文
景

———

Horizon

社 科 新 知 　 文 艺 新 潮

萨哈林旅行记

ОСТРОВ САХАЛИН

АНТОН ПАВЛОВИЧ ЧЕХОВ

[俄] 契诃夫

—— 著 ——

刁绍华、姜长斌

—— 译 ——

上海人民出版社

目 录

阿穆尔河畔的尼古拉耶夫斯克城——贝加尔号轮船——普隆格岬和河口湾的入口——萨哈林半岛——拉彼鲁兹、布罗顿、克鲁逊什特恩和涅维尔斯科伊——日本考察者们——扎奥列岬——鞑靼海峡沿岸——迭卡斯特里

地理概况——到达北萨哈林——火灾——码头——在城郊——Л先生家的午餐——新相识——科诺诺维奇将军——督军莅临——宴会和灯会

导读

看见同时代人避而不见的真实

1890 年 4 月 21 日，契诃夫从莫斯科出发，开启前往一万公里之外俄罗斯最东极的旅行。年方三十的他刚刚获得普希金奖，在俄罗斯文坛声名鹊起，为什么要突然踏上他一生最艰难、最漫长的旅途呢？亲友中没有人理解，也没有人支持，而契诃夫本人对不同的人给出的不同解释，似乎更像是现找理由、搪塞敷衍。现代研究者发现，他至迟在前一年冬天就有了这个念头，当时就开始搜集一切有关西伯利亚和萨哈林岛的资料。在做了相当充分的研究之后，契诃夫宣布要去萨哈林岛，去看看俄罗斯刑罚流水线的终点站，那个用刑徒和流放犯垒砌起来的新殖民地。

他的哥哥和另两位家庭成员都死于肺结核，特别是一年前哥哥的死对他打击尤其大，造成了一段时间的情感与思想危机——很可能这才是（或也是）催生萨哈林之旅的现实因素。据说契诃夫早有咳血症状，而医生出身的他选择了讳疾忌医，宁愿相信那些血沫来自呼吸道而不是肺部。正是在这样的身心条件下，他把目光投向遥远的东方，投向大陆的尽头。如他自己在给亲友的信中所说，社会大众对罪犯的兴趣通常只在犯案事实和法庭审判，一旦罪犯被判刑，他们再不会出现在报章新闻和日常谈话中，仿佛不复存在了一样。契诃夫说，他想知道苦役地的情况，也就是说，他想了解俄罗斯刑罚体制的真实面貌，他想看到被判决之后的罪犯。为此，他进行了这次堂吉诃德式的远行。

不管是在准备远行之时，还是已在路上，契诃夫一再宣称这次冒险可能什么结果也没有，他可能不会写出人们期待的作品。很显然，他从头就没打算把这次旅行经历转化为他赖以成名的小说或戏剧作品。他已经读了太多有关西伯利亚和萨哈林岛的旅行记或考察报告，几乎全都是非虚构写作，对他后来写作自己的萨哈林经历可能产生了体裁上和方法上的影响。他要写的是纪实的、非虚构的，但他并不想写一部那种泛泛反映自己日常见闻的旅行记，因为他有更高的标准。

还在行前的准备中，契诃夫就找到了两个无论是在旅行还是在写作上都适合当作榜样的人：一个是伟大的德国学者亚历山大·冯·洪堡（Alexander von Humboldt），他1829年自西而东横贯俄罗斯的欧亚大地，历时半年多，行程一万五千多公里，随后写出三卷本《中央亚细亚》。洪堡的科学精神和工作方法，为契诃夫在萨哈林岛上的调查树立了最佳范例。另一个榜样是美国人乔治·凯南（George Kennan），他先于1864—1865年在堪察加半岛和西伯利亚其他地方生活两年，回国后写出在西伯利亚民族志调查方面至今仍很重要的《西伯利亚的帐篷生活》（*Tent Life in Siberia*，1870），之后又两度在俄罗斯旅行，一次是1870年在高加索地区的达吉斯坦，一次是1885年穿越西伯利亚。后一次旅行中他接触了大量流放政治犯，他们改变了他对俄罗斯政治的看法，使他从此成为俄帝国的激烈批评者。凯南最后一次西伯利亚旅行所催生的两卷本《西伯利亚与流放制度》(*Siberia and the Exile System*，1891)，虽然出版于契诃夫的萨哈林旅行之后，但主要内容之前已在《世纪杂志》(*Century Magazine*)连载，契诃夫很可能读到了。凯南所关注的西伯利亚流放制度、流放犯境遇以及刑徒管理，在此前俄罗斯的主流知识分子中还没有公开讨论过。这个主题本身，以及凯南所持的批判立场，可能都对契诃夫产生了深刻的影响。

所以契诃夫要写的不是一部游记，而是以萨哈林岛上刑犯生活为中心的田野调查报告。这样我们就可以理解，他是从阿穆尔河（黑龙江）入海口的尼古拉耶夫斯克写起的，从莫斯科出发到抵达这座滨海小城之间的近三个月、近万公里艰辛旅程，竟完全被排除在这本书之外，而对于一般写作者来说，仅这一部分就够写厚厚一本书了。同样我们也可以理解，无论是写作中的契诃夫，还是出版时的编辑与出版商，或者最初的、后来的甚至现在的许多读者，都不知道该如何给此书恰当定位，不知道该把它归入哪一个图书类别。从现代学科分野的角度，研究者把这本书视为某种人类学或民族志著作，是有相当理由的，但显然它又不限于此。前不久《纽约客》的一篇评论，说这本书常被误认为医学人类学作品，但它实际上属于调查新闻，而且是 19 世纪最伟大的新闻作品。毫无疑问，这部跨文体著作是不应简单归类的，它是契诃夫唯一的非虚构作品，耗费了他最多的时间与精力，而它多方面的成就也配得上契诃夫的巨大投入。

1890 年 7 月 10 日，契诃夫乘贝加尔号轮船横渡鞑靼海峡，到达萨哈林岛，之后在岛上的多个地点连续生活了三个月（确切地说，是 82 天）。他的名声、社交能力和关系网为他带来了巨大的好处，使他以非官方身份，竟然获得了准官方人员的调查机会，除了不能接触到政治犯以外，几乎不受干扰、畅通无阻。像一个训练有素的社会调查专家，他设计了一种简洁易用的人口调查卡片，用来采访几乎全部苦役犯、流放犯和定居者，自称填写了上万张卡片。但他又说，他使用这些卡片不过是为了使他的调查显得正式，他真实的目的只是接近被调查者，让他们"打开"，好听见他们的痛苦、绝望与淡漠。他走访了所有的监狱和几乎所有的定居点，采访过数千人，参观过全部医疗设施，多次参与接诊，目击过犯人被折磨和处决的过程。他总是早上五点起床，白天采访，晚上整理笔记。高强度的工作使他的眼睑出现持续痉挛，他只好不停地眨眼。不祥的咳血再度发生，而且，还有令他难以忍受的头痛。按研究者的说法，这些与他后来健康状况的恶化和早逝是有关系的。如果这个说法是靠得住的，那我们可以说，这部跨文体非虚构作品真称得上心血之作、生命之作。

对于那些先接触契诃夫短篇小说和戏剧作品的人来说，读这本书时你会吃惊地发现他对数据的大量使用。这些无处不在、清晰明确的数据，对当时读者的意义究竟如何，也许已难悬想，而对于今天的我们来说，简直就是档案资料一样真切强硬。契诃夫仿佛刻意要提高自己写作的科学报告的价值，多次直接抄录官方文件。他要呈现一个真实的萨哈林岛，他要让俄罗斯中心世界的人们看到所谓的刑徒殖民究竟如何。他用冷峻的文句和数据，描绘出利用刑徒流放制度拓殖远东是多么失败，不仅达不到设定的目标，而且对于所有参与者，无论是罪犯还是管理罪犯的政府官员与普通士兵，都造成了深重的人道灾难。契诃夫不能接触政治犯，当然是一大遗憾，但也许反倒强化了他这部作品非政治化的基本特征。他接触的都是被法庭确认的刑事罪犯，至少从法律角度可以说他们都在承受自己犯罪行为的后果。然而罪犯也是人。契诃夫正是把他们看作人，正是看到了他们是人，才揭示出萨哈林岛上的徒刑实践，是多么反人道甚至反法律的。

这本书在内容与形式上都有科学报告的性质，然而它不止是一部科学报告，它的几乎每一个章节都燃烧着炽烈的人文关怀，这使它超越了田野调查的属性，而进入文学写作的最高境界。契诃夫对边缘人、对苦难中的人，似乎有种与生俱来的感同身受。他对萨哈林岛上女性、残疾人、老人、儿童的处境格外关注，用笔墨最多，大概是因为这些边缘人中的边缘人，最能体现流放制度及其实践的邪恶。作为医生，他注意到欧洲人带来的传染病（如天花和梅毒）对西伯利亚土著人口的毁灭性打击，他也努力试图理解土著人口的急剧减少原因到底何在。他在记录那些令人无法忍受的事件、人物和境况时，语气平和，冷静克制。这样的叙述风格与全书作为观察笔记的性质互相支撑，强化了内容的思想张力，使阅读总是处在亢奋与爆发的边缘。

一部伟大的作品必定具有超强的可读性，何况它的作者是契诃夫。他在西伯利亚旅途中写给亲友的信上说：这里没有人害怕说出自己的想法。对契诃夫而言，说出自己真实想法的途径是很多的，最重要的不是想什么，而是看见什么。看见同时代人没有看见或避而不见的，然后用最好的写作表达出来，那是他的职责所在，当然也是他最令人赞叹的本事。

罗新

译者前言
契诃夫的萨哈林之行

　　《萨哈林旅行记》是俄国著名中短篇小说家和剧作家安·帕·契诃夫（1860—1904）的一部大型游记，是他在 1890 年赴萨哈林旅行的产物，最初出版于 1895 年。

　　契诃夫于 1880 年登上文坛，名声与日俱增。到了 80 年代后半期，他虽然尚不到而立之年，但已成为闻名全俄的大作家，相继发表了《草原》（1885）、《命名日》（1888）、《乏味的故事》（1889）等名篇佳作。此外，他的第一个多幕剧《伊万诺夫》（1887—1889）也成功地在舞台上演出。1888 年他因短篇小说集《黄昏集》而荣获普希金奖金。可是 1890 年 1 月 26 日，莫斯科报纸《今日新闻》突然发表消息说，著名小说家契诃夫不久将取道西伯利亚赴萨哈林旅行。这一消息引起人们议论纷纷，有人同情和支持，但多数人则感到莫名其妙，不可理解。而作家本人又多半以开玩笑的口吻来掩饰他此次旅行的真实目的，譬如 2 月 2 日在给 C. H. 费里波夫的信中说：他"想要从生活中抹去一年或一年半"。[1]

---

[1] 本文引用契诃夫的书信皆根据《三十卷本契诃夫著作和书信全集》书信集第四卷，1976 年莫斯科版，以下不另注明。

那么，契诃夫究竟为什么要放下成效卓著的文学创作，不顾千难万险，万里迢迢地到孤悬海外的萨哈林岛去呢？

一

契诃夫早在莫斯科大学医学系学习和毕业后行医时就曾参加过法医鉴定，写过这一题材的短篇小说《死尸》（1885）。后来他采访过法庭的审判，写了这方面的报道（如《雷科夫及其同伙的案件》）和短篇小说《法庭》、《审判中的一件事》、《昏头昏脑》（1881—1887）等。他还有些短篇小说，如《小偷》（1883）和《呻吟》（1886），直接描写被判处流放西伯利亚的犯人，而《幻想》（1886）则再现一个将要被流放到西伯利亚去的在押犯人的思索。在《打赌》（1888）中，死刑和终身监禁的问题则成为主人公争论的对象。由此可见契诃夫对流放和苦役等刑事惩罚问题的关心。

萨哈林原为中国的领土，称作库页岛，欧洲航海家误用黑龙江口地区的蒙语名"萨哈林（连）"称呼该岛。19世纪60年代，沙皇俄国通过不平等条约强占库页岛，沿用了"萨哈林"的名字。为了开发这个面积比希腊大一倍的海岛，沙俄政府开始在这里进行苦役殖民。到了80年代，萨哈林已成为俄国最大的流放苦役地，囚禁着成千上万的在押苦役犯、流放犯和强制移民，其中有俄罗斯人、乌克兰人、鞑靼人、芬兰人、波兰人、高加索人、犹太人、茨冈人等等。这个时期，司法、监狱、流放、苦役等问题，为俄国社会所普遍关注，人们的这种关注反映了对沙皇专制的不满。因此，考察苦役地的情况和了解各种犯人的命运，应该是契诃夫萨哈林之行的重要目的之一。1890年3月9日，他在给苏沃林的信中说："萨哈林只是对于不把成千上万的人流放到那里去并且不为之花费几百万巨资的那个社会来说才可能是无用和无意思的……萨哈林——这是个无法忍受的痛苦的地方……遗憾得很，我并不多愁善感，否则我会说，我们应该到类似萨哈林这样的地方去朝圣，就像土耳其人去麦加一样，而特别是海员和研究监狱的学者则应该看看萨哈林，犹如军人应该看看塞瓦斯托波尔。从我所读过和正在阅读的书籍中可以看出，我们在监狱中已虐待死了数百万人，无缘无故地虐待，失去了理性，野蛮……"考察流放地的状况，了解犯人被判刑以后的处境，以便引起社会对他们的命运遭遇的关注，这表现出契诃夫作为作家的高度社会责任感。

但契诃夫的萨哈林之行还有更深远的目的。

19世纪80年代是俄国历史上最反动、最黑暗的年代。这个时期，民粹派运动已经瓦解，大规模的无产阶级革命正在酝酿之中。反动势力甚嚣尘上，资产阶级卑躬屈膝、苟且偷安的市侩习气笼罩着俄国社会，一般的知识阶层过着醉生梦死、得过且过的灰色生活。契诃夫从创作一开始便以民主主义和人道主义为思想基础，深刻揭露了沙皇俄国的黑暗，表现出当时俄国社会"脱离开生活标准到什么程度"，反映了广大群众要求摆脱种种迫害和疾苦的强烈愿望。他向往新的生活，但另一方面却又不了解通向新生活的具体道路。作家明确意识到自己的创作以及整个世界观的这一严重缺陷，他写道："比较优秀的作家都是现实的，他们写的是现有的生活，但是因为字里行间充满浓厚的目的性，所以除了现有的生活之外，你还可以感觉到应该有的生活，使你入迷的也正是这一点。至于我们呢？唉，我们！我们写的是现有的生活，可是再进一步呢？无论怎么逼，即使是用鞭子抽，我们也不行……我们既没有近期目标，也没有远大目的，我们的灵魂里空空洞洞，什么也没有……。"《乏味的故事》就反映了包括作者本人在内的当时俄国民主主义知识分子这种深刻的精神悲剧，女主人公卡佳刚一踏上人生旅途，便遭受种种挫折，于是向她所崇拜的保护人，有威望的著名学者尼古拉·斯捷潘诺维奇教授发问：她该怎么办？可是教授自己也正为这个问题所苦恼，因为他缺少"一般的思想"。"如果没有这种东西，那就等于什么也没有"，"一辈子也找不到归宿"。契诃夫本人当然也深刻意识到这一点，80年代后半期他对自己的生活更加不满意，精神上感到无限苦闷，在给友人的信中抱怨说："唉，朋友，多么苦闷啊！如果说我是个医生，我就需要有患者和医院；如果说我是个文学家，我就要生活在人民中间，哪怕是一点点社会政治生活也是好的。可是现在这种生活，关在四堵墙里，接触不到大自然，看不到人，见不到祖国，身体不健康，食欲不振——简直不是生活！"正是为了走出"四堵墙"，深入接触社会，解脱思想危机，他在1887—1889年间过着一种"流浪汉"式的生活，四处漫游，先后到故乡塔甘罗格、乌克兰、高加索、克里米亚等地旅行。他还想要去中亚和波斯，甚至产生过环球旅行的念头。他在赴萨哈林途中，在西伯利亚遭受到难以想象的困难，一度发生动摇，想要返回莫斯科，可是一想到自己近年来的精神生活，立即决心不达目的绝不罢休。因此，契诃夫萨哈林之行的深远目的即在于从生活中寻找"该怎么办？"这一极重要问题的答案。1890 年 3 月 22 日，他在给作家伊·列·列昂节夫的信中写道："若是我们知道我们该怎么办，……福法诺夫就不会待在精神病院里，迦尔洵至今还会活在人世，巴兰采维奇就不会患上忧郁症，我们也不会感到寂寞和苦闷，您可以不被戏院所吸引，我也无须奔赴萨哈林。"

二

契诃夫决定赴萨哈林旅行，至少不晚于 1889 年夏。这时，他的哥哥尼古拉逝世，《新时代报》的发行人苏沃林建议契诃夫赴欧洲旅行，但被他拒绝，因为这时他已另有打算，即赴遥远的萨哈林。同年 6 月，契诃夫在敖德萨向 70 年代末去过恰克图和萨哈林的女演员克·亚·卡拉狄根娜第一次透露自己的打算，向她了解旅行的路线和途中有关注意事项，并要求她为之保密。直到翌年 1 月，契诃夫准备赴萨哈林的想法才被其亲友所知。

契诃夫行前搜集和阅读了许多有关萨哈林的资料，他的"书单"包括六十五种书刊（后来写作《萨哈林旅行记》的过程中又增加了两倍）。按照他的说法，他那些日子完全脱离了"文学"，整天关在家中，谢绝会客，埋头读书和做笔记，满脑子"装的全是萨哈林"。

3 月中旬，契诃夫确定了未来的旅行记的总体性质，这将是一部文艺性和学术性兼而有之的考察报告。他还决定在书中加进插图，企图说服画家列维坦与他同行，但没能成功。这个时期，契诃夫也大体上规划了这次旅行的路线：从莫斯科乘火车到下诺夫哥罗德，然后乘轮船沿卡马河到彼尔姆，再乘火车到秋明，从那里乘马车经克拉斯诺亚尔斯克、伊尔库茨克赴涅尔琴斯克，再转乘轮船从石勒喀河（俄人称阿穆尔河）入黑龙江，抵阿穆尔河口的尼古拉耶夫斯克后横渡鞑靼海峡赴萨哈林，在那里逗留两个月；回程是：新潟—上海—汉口—马尼拉—新加坡—马德拉斯—科伦坡—亚丁—塞德港—君士坦丁堡—莫斯科。

契诃夫充分估计到旅途中可能出现的种种危险，对此做了足够的思想准备，启程前夕（4 月 10 日）在给 B. M. 拉甫罗夫的信中说："我要长时期离开俄国，有可能永远也不回来……"他甚至留下类似遗言的嘱托，4 月 15 日写信给苏沃林说："我有一种感觉，好像是我准备去参加一场战争……如果我淹死，或者发生类似的事情，请您记住，我现在所拥有的和将来所能拥有的一切皆归我妹妹所有。"

1890 年 4 月 19 日，契诃夫从莫斯科启程，但旅行路线略有变化。为了能够多多观赏伏尔加河的风光，他从莫斯科乘火车赴雅罗斯拉夫尔，在那里换乘亚历山大·涅夫斯基号轮船，4 月 23 日抵达喀山，改乘米哈伊尔号在伏尔加河上又航行五天，然后溯卡马河而上，4 月 27 日抵达彼尔姆，翌日乘火车赴叶卡捷琳堡。契诃夫因病在这里耽搁了数日——咳嗽，甚至咯血，他作为医生知道这意味着什么，但并没因此而退缩。后来契诃夫向别人谈起他的肺结核时，说在赴萨哈林途中便已开始。5月2日，契诃夫乘火车从叶卡捷琳堡抵达秋明，从此开始了漫长而又十分艰苦的马车旅行。

西西伯利亚真正的春天尚未到来，寒风凛冽，道路难行，桃花水使大小河流泛滥，两岸草地多被淹没，不得不换乘小船，而且途中发生了许多意想不到的险情。5月5日夜间，契诃夫乘坐的马车跟迎面飞驰而来的邮车相撞而被撞翻。5月7日，他冒着生命危险在被额尔齐斯河汛水淹没的草地上行驶，随时都有可能连车带人一起掉进深渊。5月14日，他乘小船渡托木河，天气异常恶劣，风雨交加，险些翻船。尽管如此，契诃夫在旅途中仍然坚持"用铅笔记日记"，记下途中的见闻和感想。5月16日，他抵达托木斯克，在此停留数日，整理"旅途印象"。从托木斯克到伊尔库茨克，契诃夫走了两个星期，这两千俄里的路程更加艰难，常常为了修理被颠簸坏了的马车而等上十到十五个小时，有时又不得不徒步行走。6月4日，他终于抵达伊尔库茨克，6月5日出发赴贝加尔湖，由于途中不能在驿站及时更换马匹而耽搁，到达湖边的落叶松屯时轮船已经开航。他和旅伴们（《寄自西伯利亚》中提到的两位中尉——施米特和麦列尔，还有伊尔库茨克工专的学生尼基金）决定冒险，搭上一条开往克留耶沃的轮船，从那里徒步走了八俄里，到达地角屯，然后乘马车赴鲍雅尔斯卡亚驿站。6月20日，在叶尔马克号轮船启航一个小时之前，契诃夫赶到涅尔琴斯克，结束了从秋明开始的历时两个多月，行程四千多俄里艰难而又危险的马车旅行。

三

登上叶尔马克号轮船，契诃夫的心情轻松下来，他当天写信给友人阿·尼·普列谢耶夫说："马车旅行结束了；大皮靴收藏起来，脸洗干净了，换了衬衣，莫斯科的小瘪三变成了老爷。"契诃夫在航行期间由于船体摇晃抖动而无法写作，只能利用轮船靠岸的短暂时间给亲友写信。从这些书信中可以看出他乘轮船在石勒喀河和黑龙江上旅行的大概情景，他深深被黑龙江两岸壮丽的自然风光所吸引。

叶尔马克号轮船驶入石勒喀河和额尔古纳河的汇合处，便进入黑龙江，俄人称作阿穆尔河。契诃夫在这条中俄两国的界河上航行，有机会接触到中国和中国人民，对他们产生了浓厚兴趣，叶尔马克号进入黑龙江不久便撞在礁石上，停下来修理。契诃夫在 6 月 21 日给家人的信中写道："我们的船撞到礁石上，撞了一个洞，现在正修理。我们搁在浅滩上，从船上往外抽水。左边是俄国的河岸，右边是中国的。假如我现在回家，就有权夸耀说：'我虽然没有到过中国，但是在离我三俄尺 [1] 远的地方见到了她'……在中国的岸上有一个哨所：一个小房，岸上堆放着一袋袋的面粉，一些衣衫褴褛的中国人用抬架往房子里搬运。哨所后面便是茂密的无边无际的森林。"契诃夫早在伊尔库茨克便开

---

[1] 1 俄尺等于 0.71 米。——译者注

始接触中国人，在 6 月 6 日的家信中说："我看见了中国人。这是一些善良而聪敏的人。"叶尔马克号轮船在黑龙江航行时，他有了更多的机会观察中国人。叶尔马克号轮船于 6 月 26 日抵达布拉戈维申斯克（海兰泡），契诃夫第二天写信给苏沃林说："从伊尔库茨克便开始遇见中国人，……这是最善良的民族……我招呼一个中国人到餐厅去，请他喝点儿伏特加，他在喝酒之前先把酒杯举向我，举向餐厅管理员和仆役们，说道：请！这是中国的礼节。他不像我们那样一饮而尽，而是一小口一小口地呷，每呷一口必吃点儿东西。最后，他为了感谢我，给了我一些中国铜钱。真是非常有礼貌的民族。他们穿得不好，但很整洁，吃的东西很有味道，并且很讲究礼节。"

契诃夫在布拉戈维申斯克换乘穆拉维约夫号轮船，他利用启航前的空闲时间游览了对岸的中国城市瑷珲。遗憾的是他在 6 月 29 日的家信中对此没有详细叙述，只是写道："我在 27 日游逛了中国的瑷珲城。我渐渐地进入一个幻想的世界。"

在穆拉维约夫号轮船上，契诃夫跟一个中国人同住一间一等舱。他在 29 日的家信中说，这个中国人叫宋留利（译音），在 7 月 1 日的信中又更正为孙乐礼（译音）。此人会俄语，吸食鸦片，有一定文化，从这些方面判断，可能是地方官员或者在中俄边境一带活动的商人。[1] 他向契诃夫"不断地讲述"，说"在中国往往因为一些微不足道的小事而'脑袋搬家'"。他还为契诃夫"按照曲调唱了

---

[1] 刘邦厚先生在《未曾发生的奇遇》（见《北方文学》1994 年第 12 期）中认为此人就是当年漠河金矿总办李金镛的属员、民国初年任黑龙江巡抚的宋小濂，但没有提供充分证据。

他的扇子上所写的东西"。这显然是吟诵中国古诗。应契诃夫的请求，这个中国人在空白信纸上写了两行汉字："我上庙街，我 Я 也杜你可来子可杜拉四杜"。庙街，即位于阿穆尔河口的尼古拉耶夫斯克，因明代建永宁寺而得名。俄文字母"Я"是"我"的意思，下面的一些字是俄文"去尼古拉耶夫斯克"和"您好"的汉字注音。契诃夫用这张写着上述汉字的信纸给自己的家人写了一封信，向他们解释这些汉字的意思。作家还和这个中国人一起在轮船甲板上照相，照片和这封家书原稿至今仍然完好地保存着。

四

契诃夫于 7 月 5 日抵达尼古拉耶夫斯克，因市内没有旅馆而在贝加尔号轮船上住了两夜，8 号乘该船横渡鞑靼海峡，11 日登上萨哈林岛。在亚历山大罗夫斯克，他先后寄居在当地医生 Б. А. 彼尔林和岛区长官公署司库 Л. А. 布尔加列维奇的寓所。7 月 12 日，契诃夫拜会萨哈林岛区长官弗·奥·科诺诺维奇将军，一周后参加欢迎阿穆尔边区督军安·尼·考尔夫男爵视察萨哈林的活动。这位督军于 22 和 23 日两次接见契诃夫，准许他在岛上进行各种调查活动，但不准接触政治犯。7 月 30 日，岛区长官公署发给契诃夫"证明"，准许他为文学写作搜集素材，访问监狱和屯村，采访居民和犯人，查阅有关文件。但与此同时，岛区长官又给其下属下了一道秘令："密切监视，务使契诃夫先生不得与因犯有叛国罪而被流放和服苦役的人以及受警察监管的行政流放犯有任何接触。"

契诃夫在萨哈林滞留了三个多月，工作紧张而繁重，主要方式是挨门串户地进行人口调查，从监狱到屯村，几乎走遍岛上一切有人烟的地方。他专门印制了一种卡片式的表格，分为十二项调查内容，调查时逐项填写。这种办法使他有可能走进每一个家庭和监狱号房，和每一个苦役犯、流放犯和强制移民谈话，亲眼看到他们的生活状况，了解他们的历史，得到有关他们的法律地位、家庭情况、思想情绪等各方面的资料。这些调查卡片的内容丰富而准确，是作家了解社会的有效方式。虽然有些卡片已经散失，但至今仍保留有七千六百多张，由此可以看出契诃夫当年工作量之大。此外，他在萨哈林还研究了从岛区长官到公署办事员，从监狱看守到普通士兵的生活。岛上的农业生产、商店、建筑工地、学校、医院、娱乐场所等等，以及居民的饮食、服装、居住条件、卫生状况、婚丧嫁娶、生儿育女等等，甚至岛上的自然环境、气候、物产、自然生态等等，以及土著居民基里亚克和爱奴人的生活习俗等等，所有这些都无一不是他考察的内容。

契诃夫不顾当局的禁止，想方设法接触政治犯。前苏联学者在档案中发现，契诃夫访问萨哈林期间，当地共有四十余名政治犯，其中有俄国民意党人，有波兰的社会革命党"无产者"的成员，有波兰立陶宛社会革命党"秘密委员会"的成员。在现存的人口调查卡片中，契诃夫亲手登记的政治犯有二十多人，还有他们的家属，只不过是没有注明其政治犯的身份。这些卡片证明，契诃夫起码与岛上一半以上的政治犯有过直接交往。

9月10日，契诃夫乘贝加尔号轮船离开亚历山大罗夫斯克，前往科尔萨科夫哨所。他在南萨哈林又进行了历时一个月的调查，10月13日乘志愿商船队的彼得堡号轮船启程回国。他原计划归途中访问日本和中国，但不巧的是当时远东一带正流行霍乱，因此他没有可能访问上海和汉口，在符拉迪沃斯托克（海参崴）停留了五天，然后经日本海和中国海直达香港。这是契诃夫第二次踏上中国的土地，只不过香港当时正处于英国统治之下。他在12月9日给苏沃林的信中写道："我们经过日本，没有停留，因为日本正流行霍乱……在我们的旅途中第一个外国港口，就是香港。海湾非常美丽，海面上的交通情景，我甚至在绘画上都从来没有看到过。"

1890年12月5日，契诃夫乘彼得堡号轮船抵达敖德萨，经过八个多月的长途旅行之后于12月8日返回莫斯科。他此行最直接的收获，便是《萨哈林旅行记》和《寄自西伯利亚》。

五

契诃夫启程之前就曾答应苏沃林为他的《新时代报》撰写西伯利亚旅行随笔，但要"过了托木斯克之后才能动笔，因为从秋明到托木斯克之间的旅途早已被人描写过，并且已经被人用了上千次"。可是作家在托木斯克停留期间仍然整理了从秋明到托木斯克的旅途印象，写成《寄自西伯利亚》的前七章，并且为该报寄出前六章，后来在伊尔库茨克又寄出第七和第八两章。他在给苏沃林的信中允诺还将陆续寄出"关于贝加尔湖、外贝加尔地区和阿穆尔河的篇章"。但上了轮船以后，情况完全不像原来设想的那样。他在 6 月 21 日写信给苏沃林说："叶尔马克号轮船疯狂地抖动，因此根本不可能写字。由于这种小小的麻烦，我原来寄托于乘轮船旅行的一切希望都落空了。现在能够干的只有睡觉和吃饭。"于是 6 月 20 日写完的《寄自西伯利亚》第九章，便成了西伯利亚旅行随笔的最后一章。

《寄自西伯利亚》虽然没有反映出契诃夫在西伯利亚旅行的全过程，但在思想上和艺术上都是相当完整的，其主题与《萨哈林旅行记》一脉相通，是它不可缺少的"序曲"。首先，作者在这里即已开始反对惩罚的终身性，反对沙皇政府奉行的西伯利亚流放殖民政策。其次，这些随笔还提出其他一些重要问题，如崎岖不平、艰难而又危险的道路，地方官吏的专横与腐败，西伯利亚居民的风俗习惯，单调而恶劣的西西伯利亚自然条件等等。作者像是写私人信件一样，无拘无束，信笔写来，使人倍感亲切。他时而援引"驿站里的谈话"，时而借助他人的讲述，时而直接描写个人的种种印象，从而勾画出一幅幅鲜明的画面和众多的人物肖像，如流放犯、官吏、车夫、移民、能工巧匠等等。俄国大画家列宾读过契诃夫的《寄自西伯利亚》之后，1890 年 7 月 25 日写信给艺术评论家斯塔索夫说："安·契诃夫寄自西伯利亚的信真是美妙绝伦！"[1]

萨哈林之行对于契诃夫来说绝不是一次休闲的旅游观光，而是一种艰苦而重要的劳动，是一项艰巨的创作任务。他回到莫斯科家中立即投入《萨哈林旅行记》一书的写作，书名为《萨哈

---

[1]《列宾和斯塔索夫通信集》，俄文版，第 153 页。

林岛》，副题为《旅行记》。但本书的写作不得不时断时续，因为这期间作家还有其他一些事情要做，有许多新小说的构思需要写出来。1891年上半年，除了到欧洲旅行四十天之外，他还写了短篇小说《古塞夫》《女人们》和中篇小说《决斗》，但到5月底仍然写完《萨哈林旅行记》的前三章。同年12月底，旅行记的第二十三章在文集《救济饥民》中先行发表。1892年上半年，契诃夫又写成《在流放中》《邻居》《六号病房》《恐惧》等小说，下半年则埋头写作《萨哈林旅行记》，1893年6月最后定稿。全书从1893年年底到1894年上半年首先在《俄国思想》杂志上连载，1895年6月出版单行本。

《萨哈林旅行记》不无费·米·陀思妥耶夫斯基的《死屋手记》的影响，融汇了各种笔法。这里有艺术性很强的描写与叙述，也有带有浓厚抒情和政论色彩的议论，还有客观的考察纪实；作者时而直接记述个人的观察和思考，时而引用他人的讲述和有关文献，从而使本书包罗了丰富的资料。不动声色的艺术性描写、带有抒情成分的议论和学术性的分析论证，相互穿插，加强了旅行记的揭露和批判倾向。全书明显分为两个部分，第一至十三章按照作者的行踪，以时间先后为序，描写叙述了他在萨哈林旅行的过程和对岛上三个行政区的哨所、监狱、屯落、矿坑、各类人物的生活状况以及自然条件的考察；而下半部，第十四至二十三章，则以翔实的材料为基础，每章集中分析论述一个或两三个相互关联的问题，如南萨哈林的爱奴人和日本人，殖民地的农业和渔业，妇女问题，流放居民的衣食和文化教育、道德面貌和重新犯罪的问题，家庭婚姻状况和儿童问题，驻军士兵和地方官员、流放犯外逃问题，流放犯地医疗卫生和疾病死亡等等。但不管怎样变换写法，全书自始至终贯穿一个基本主题：萨哈林是一座人间地狱。

契诃夫在《萨哈林旅行记》中既是一位艺术家，又是一位学者，不仅以极大的艺术感染力描写了婚礼、送葬、肉刑等一系列生活场面，塑造了叶戈尔、"小金手"等许多栩栩如生的流放苦役犯的形象，而且提供了极其丰富的社会调查和自然考察的第一手资料和数据，在当时具有很大的学术价值。但是，书中艺术描写和学术考察论证之间并没有明显的界限，二者是紧密结合在一起的。譬如岛上的气候本是气象学家的研究课题，但在契诃夫笔下却被描写得生动有趣，使读者有亲临其境之感。作者写作过程中在给友人的信里说："昨天一整天都忙于描写萨哈林的气候。这种东西很难写，但是终于抓到了要领，找到了门路。我提供了一幅气候的画面，读者读到此处就会感到冷如冰窖。"可以说，全书写人状物都达到了这种艺术境界。契诃夫以冷静客观的态度，通过大量精确的材料，对流放苦役犯和强制移民的悲惨处境做了真实的描绘，字里行间随处都饱含着他对被蹂躏的囚徒深切的同情和对沙皇专制制度的强烈憎恨。

萨哈林之行是契诃夫一生中的重大事件之一，对他后半生的思想发展和文学创作都起了积极作用。可以说，假如没有萨哈林之行，他后来的许多作品就无法写出来。这次旅行，用他自己的话来说，促进了他的"成熟"，使他"产生了数不尽的计划"，也就是说，加深了他对许多社会政治和人生哲理问题的认识，极大地丰富了他的生活和艺术视野，为他后来的文学创作积累了丰富的素材，打下了深厚的思想和物质基础。

契诃夫旅行归来后第一件事就是决心要"生活在人民中间"，感到需要有"哪怕是一点点社会政治生活"，为此而把家从莫斯科市区搬到郊外乡下。他这次旅行之后的创作也显示出前所未有的新特点。1892 年，契诃夫正是根据萨哈林之行的总体印象，在中篇小说《六号病房》中才能够把专制制度的俄国概括成一座阴森恐怖的大监狱的形象。他的短篇小说《匿名者的故事》早在 1887—1889 年即已动笔，但一直未能完成，正是由于他在萨哈林与流放此地的民意党人有了交往，对他们有了了解，才于1893 年完成这篇反映恐怖主义者活动的作品。契诃夫在萨哈林最早结识的邮局职员爱德华·杜琴斯基是一个莱蒙托夫式的业余诗人，作家后来写作剧本《三姊妹》时即以此人为原型塑造了索连内的形象。完全可以设想，如果没有作者的西伯利亚和萨哈林之行，诸如《在流放中》等作品也就无从谈起。

至于《萨哈林旅行记》，这部作品虽然被作者戏说成是他的"散文衣橱里"一件"粗硬的囚衣"，但却为这位小说和剧作大师的创作增添了许多光彩，同时也极大地丰富了光辉灿烂的俄国文学宝库。

1995 年 1 月　于哈尔滨

寄自西伯利亚

1

"你们西伯利亚为啥这么冷？"

"上帝乐意这样嘛！"车夫回答道。

是的，已经 5 月了。在俄国，树林变绿，夜莺啼鸣。在南方，金合欢和紫丁香早已开放。可是这里，从秋明到托木斯克的一路上，大地是褐色的，树木光秃秃，湖面上覆盖着白色的冰，岸边和谷地里还有积雪……

但我有生以来从未见过这么多的野禽。只见野鸭在田野里乱串，在池沼和路边水渠里游来游去，马车几乎走到跟前，它们才扑棱着翅膀，懒洋洋地向桦树林飞去。四周一片寂静，突然响起熟悉的悦耳声。你往天上望去，只见头顶不高的地方有两只白鹤在飞翔，不知为什么觉得忧伤起来。一行大雁飞过去，又有一群像雪一样洁白美丽的天鹅掠过……到处都可听到鹬鸟在呻吟，江鸥在哭泣……

我们赶过两辆带篷的大车和一群男女农民。这是一些移民。

"从哪省来的？"

"库尔斯克。"

人群的最后面，有一个庄户人蹒跚而行，他跟别人都不一样，下颏胡须剃得光光，唇上留着灰色短髭，原色粗呢外衣上的衣袋盖不知为什么缝在后面；他腋下夹着两把用布包裹着的小提琴。无须询问他是什么人，他的这两把小提琴是从哪儿来的。他为人轻佻，不稳重，病魔缠身，对寒冷很敏感，对酒颇有好感，为人怯懦，终生寄人篱下，起初在父亲跟前，后来在弟兄家中，都是个无用的多余人。没有分给他家产，也没有给他成家……他是个浪荡子！干活时他浑身发冷，两杯酒下肚就醉醺醺的，说起话来信口开河，只会拉小提琴和在热炕上和孩子们厮混。他在酒馆里，在婚礼上，在田地里拉小提琴，拉得还真不赖！可是现在，弟兄的房子、牲口和全部家产都变卖了，携家到遥远的西伯利亚去。这个孤苦伶仃的人也跟了来，他无处可去。他带上这两把小提琴……可是到达终点以后，他会由于西伯利亚的严寒而冻僵，一声不响地默默死去，谁也不会发觉，而他那两把小提琴曾给故乡的人带来欢乐，也引起他们忧伤，却要转到外乡人或流放犯手中，换来二十个戈比，外乡人的伙伴们将要拽掉琴弦，弄坏琴马，往音箱里灌水……还是言归正传吧！

我早在乘轮船在卡马河上航行时就见到过移民。记得有一个四十来岁的庄稼汉子，蓄着淡褐色的胡须，坐在轮船甲板的长椅上。他的脚下放着几个装有家当的口袋，上面躺着几个穿树皮鞋的孩子。从卡马河空旷的岸上吹来刺骨的寒风，孩子们蜷缩着身躯。这个庄稼汉子脸上的表情在说："我已经服了。"眼睛流露出讥讽的神情，但他极力把这种讥讽埋进自己的心底，埋进他度过的一生，生活曾经残酷地欺骗了他。

"不会再糟了！"他说，只用上嘴唇笑了笑。

你只能用沉默来表示对他的回答，什么也不用问，但过了片刻他又重复道：

"不会再糟了！"

"会更糟的！"坐在另一张长椅上的一个庄稼汉说，他生着红头发，目光锐利，显然不是移民，"会更糟的！"

而现在这些走在路上的农民，却一声不响，拖着艰难的步伐，跟在自己带篷的大车左右。他们的脸色严肃，精神集中……我看着他们，心中在想：生活好像是不正常，永远告别这种生活，为此而牺牲了故土和老窝，这只有不平凡的人，英雄……才能做得到。

后来过了不久，我们赶过一队押解的犯人。三十至四十个在押犯人在路上走着，镣铐哗啦哗啦地响，他们的两侧是荷枪的士兵，后面是两辆拉货的大车。有一个在押犯人很像亚美尼亚神甫，另一个生着鹰钩鼻子和宽大前额的高个子在押犯，我好像是在什么地方见到过，大概是在药铺的柜台后面，第三个脸色苍白，疲惫不堪，像戒斋派僧人一样严肃。我来不及观察所有的人。在押犯人和士兵都已筋疲力尽；道路难行，没有力气走下去了……他们将在前面的村子里过夜，可是到村子还有十俄里的路程。他们到达村子以后，匆匆忙忙吃点儿东西，喝点儿砖茶，就立即倒下睡觉。这时臭虫便把他们团团围住——对那些疲惫不堪和困倦思睡的人来说，这是最凶残和无法战胜的敌人。

傍晚，大地开始冻结，泥泞的道路变得崎岖不平。马车不停地颠簸，隆隆作响，发出各种声音。天气很冷！既看不见人烟，也见不到行人……在黑暗的空中，一切都一动不动，没有任何声响，只是听见马车压轧冻土的声音。当你抽着香烟的时候，路边有两三只被火光惊动的野鸭扑棱起翅膀……

我们走到河边，需要用渡船摆渡到对岸。可是岸上连一个人影也没有。

"都到对岸去了，这些该遭瘟的！"车夫说，"大人，我们得吼叫。"

拼命喊叫，哭泣，呼喊，招唤——在这里都意味着吼叫，因为在西伯利亚吼叫的不只是熊，而且有麻雀和老鼠。"遇到猫就吼叫"，人们这样谈论老鼠。

我们开始吼叫起来。河面很宽，在黑暗中看不见对岸……由于河里的潮气，双腿变得冰冷，然后全身也都冻透……我们吼叫了半个小时，一个小时，可是渡船还是不见踪影。这里的水和撒落天空的繁星如死一般的寂静，不久就让人难以忍受。由于寂寞无聊，我跟车夫老爹闲聊起来，得知他十六岁结婚，生了十八个孩子，只有三个夭折，他的父母如今尚都健在；父亲和母亲都是基尔扎奇人，都是分裂教派教徒，不抽烟，一生中除了伊希姆之外，一个城市也没有到过，而他虽然年岁已大，但还跟年轻人一样，放任自己，也就是吸烟。我从他那里得知，在这条昏暗而严峻的河里产有小鲟鱼、白鲑鱼、江鳕鱼、狗鱼，但是没有人捕捞，而且也没有捕捞工具。

终于听见均匀的溅水声，河面上出现一个笨重的黑影。这是渡船。它的形状像是一条不大的驳船；上面有五个桨手，他们的两只长木桨各有一个宽大桨叶，很像是蟹螯。

靠岸以后，桨手们第一件事就是开口骂娘。他们恶狠狠地谩骂，无缘无故，显然是处于蒙眬状态。听着他们那些不堪入耳的骂人话，可以认为不仅我的车夫、马匹和他们自己，而且就连河水、渡船和木桨也都有娘。桨手们最不伤人的、温和的骂人话，就是"你这个该遭瘟的"或者"让你嘴里生疮！"。希望生什么样的疮，我虽然询问过，但最终也还是不得要领。我穿着短皮大衣和长筒靴，戴着皮帽子，黑暗中看不清我是"大人"，因此一个桨手用嘶哑的声音对我喊道：

"你这个该遭瘟的，张着嘴站在那里干啥？赶快把拉边套的马卸下来！"

我们驶上渡船。摆渡者们一边骂着，一边操起木桨。这不是本地农民，而是些流放者，因生活中行为不端而经村社判决被流放到这里来。他们在所注册的那个村子里无法生活——感到没有意思，不会耕地，或者已经不习惯，况且别人的土地也不亲切，于是他们就到这里来干起摆渡的营生。他们面容憔悴、脸色枯瘦，疲惫不堪，流露出来的是一种什么样的表情啊！看得出，这些人是用装载犯人的驳船给押解到这里来的，每两个人用手铐给锁在一起，当他们走在这条押解犯人的路上时，在房子里过夜，身体被臭虫咬得无法忍受，他们已麻木到骨髓了。而现在他们不分白天黑夜在冰凉的水里挣扎，除了光秃秃的岸边之外，什么也看不见。永远失去以前有过的一切温暖，他们生活中剩下来的唯有：酒、妓女，妓女、酒……在这个世界上，他们已不再是人，而是野兽。而据我的车夫老爹的意见，在另个世界里他们会更糟：因为罪恶而进地狱。

2

5月6日前夜，六十岁的老人赶车拉着我离开大村子阿巴茨科耶（距秋明375俄里）。套车前不久，他在浴室里洗了蒸汽浴，拔了吸血罐。为什么要拔这火罐呢？他说他的腰痛。他敏捷利落，活泼好动，喜欢谈话，这与他的年龄不相称，但走路的姿势却很笨拙：看样子，他患有脊椎痨。我乘坐的是一辆车身很高的敞篷马车，套着两匹马。老人挥动着鞭子，吆喝着，但已不像以前那样大声喊叫了，而只是发出呼噜声或呻吟声，像鸽子叫似的。

道路两旁和远处地平线上，野火像驼一样的蠕动着；这是去年的荒草在燃烧，在这里故意放火焚烧荒草。荒草潮湿，不易燃烧，因此火苗蠕动缓慢，忽而分成一段段，忽而熄灭，过一会儿，又死而复燃。火堆上火星飞溅，每一堆上都冒着一团白烟。当火苗吞食高草时，很是壮观：地面上冲起一俄丈高的火柱，把一大团烟泼向天空，然后立即消失，好像钻进泥土里。而当火蛇在小白桦树上蠕动时，则更为壮观：整个树林被照得通明，白色的树干看得清清楚楚，白桦树的影子上撒上一个个光点。这好像是彩灯，不过使人觉得有点恐怖。

一辆套着三匹马的邮车迎面急驰而来，在崎岖不平的路上发出隆隆响声。老人急忙把车向右拐，一辆巨大的重载邮车立刻从我们身旁飞驰而过，车上坐着回程的车夫。可是接着又听到新的隆隆声：另一辆套着三匹马的邮车迎面而来，也是全速急驰。我们急于向右拐，可是令我不解和吃惊的是邮车却不知为什么不向右，而是向左拐，直奔我们而来。要是撞上，可怎么办？我刚刚来得及给自己提出这个问题，就听见咣啷一声，我们套着两匹马的车和套着三匹马的邮车搅作一团，我们的马车竖立起来，我摔到地上，身上压着我的皮箱和包袱……当我惊恐地躺在地上时，听见又有第三辆邮车驶来。"嗯，"我想，"这辆恐怕要把我轧死。"可是感谢上帝，我什么也没有损伤，摔得也不疼痛，能够自己从地上站立起来。我一跃而起，窜到一旁，不住声地惊叫：

"停！停！"

从空邮车底下钻出一个人来，他抓住马缰绳，第三辆邮车几乎是紧贴着我的行李停下来。在沉默中过去了两分钟。浑浑噩噩，我们大家好像是都无法理解发生了什么事情。车辕撞折了，马套断了，挂着铃铛的马轭放在地上，马匹喘着粗气；它们也受了惊，看样子摔得很疼。老人哼哼着，呼哧呼哧地从地上站起来；前面的两辆邮车转回来，又来了第四辆，后来又来了第五辆……

然后开始了狂暴的谩骂。

"让你遭瘟！"跟我们相撞的那个车夫叫喊道，"让你嘴里生疮！你的眼睛哪去了，老狗？"

"是谁的过错？"老人用哭诉的声音说，"是你的过错，可是你怎么还骂人呢？"

从他们的谩骂中可以明白，撞车的原因如下：有五辆载着邮件、套着三匹马的车返回阿巴茨科耶村。按规定，车夫在回程中应该缓行，可是最前面的车夫感到无聊，希望早点儿到达温暖的地方，就赶马拼命奔跑，而后面四辆邮车的车夫则睡着了，无人驾驭马匹，也都跟着第一辆拼命地狂奔起来。假如我在车里睡着了，或者第三辆邮车紧跟着第二辆而至，那么，当然事情就不会是这样的结果，我就不会如此安然无恙了。

车夫们扯着嗓门叫骂，也许在十俄里以外都能听得到，骂得令人无法忍受。为了琢磨这些污秽的字眼儿和以伤害他人为目的的语句，玷污人的一切神圣、珍贵和亲切的东西，人们绞尽脑汁，倾注了全部恶意和不正的心术！只有西伯利亚的车夫和摆渡者才会这样谩骂，而他们据说又是从在押犯人那里学会的。车夫中间，骂得最响和最凶的又是那个肇事者。

"你别骂人，傻瓜！"老人自卫道。

"怎么？"肇事的车夫问道。这个十九岁的孩子摆出一副威胁的架势，走近老人，把脸正面朝着他，"怎么的？"

"你不太对！"

"那又怎么样？回答呀！怎么的？我拿这个两截的车辕子，叫你也变成两截，生疮的！"

从语气来看要打架。夜间，在这拂晓前，身处这群野蛮叫骂的乌合之众中间，望着近处和远处吞食着野草的荒火——这火丝毫也没有使夜里寒冷的空气变暖——这些劣马挤在一起，不安地嘶鸣着，我站在它们身边，感到一种难以描绘的孤独。

老人嘟哝着，把脚抬得高高的，在马车和马匹周围转来转去，把一些能解下的绳子和皮带解下来，用它们捆绑折断的车辕，然后一根接一根地划火柴，趴在路上寻找马套。我捆绑行李的带子也都用上了。东方已经出现霞光，睡醒的大雁早已鸣叫起来。邮车终于走了，可是我们仍然还停在路上修车。试着往前走，但捆绑的车辕啪的一声断了……又得停下来……天气真冷！

我们一步一停地总算挪到了村子。在一座二层的小房附近停下来。

"伊里亚·伊万内奇，马在家吗？"老人喊道。

"在家！"屋里有人闷声闷气地回答说。

在屋里接待我的是一个高个子的人，穿着一件红衬衫，赤着脚，睡眼惺忪，在半睡半醒中微笑着。

"让臭虫给折腾苦了，朋友！"他一边搔着一边说，笑着的嘴张得更大了，"正屋故意不生火。屋子冷，臭虫不走动。"

这里的臭虫和蟑螂不是爬行，而是走动；旅行者不是乘车，而是奔跑。往往这样问你："你往什么地方跑，大人？"这意思是："你上哪儿去？"

院子里正在给马车上润滑油，弄得铃铛叮当响。伊里亚·伊万内奇马上就要给我赶车，我趁他穿衣服的工夫在角落里找到一个合适的地方，把头枕在一个装着粮食的口袋上，立刻就沉睡起来。我梦见自己的床，自己的房间，梦见我在家里坐在桌子旁，给家人讲述着我那辆套着两匹马的车如何与套着三匹马的邮车相撞，但过了两三分钟，我听见伊里亚·伊万内奇拽着我的袖子说：

"起来吧，朋友，马已备好。"

这是对懒惰的嘲弄，是对寒冷的蔑视，哪管它像一条小蛇一样在你的脊背上横竖乱爬！我又上路了……天已经亮了，日出前的天空泛着金黄色。道路、田野里的荒草和凄苦的小白桦树都盖上薄霜，好像是撒上一层白糖。黑琴鸡发出求偶的鸣叫声……

5月8日

3

沿着西伯利亚大道，从秋明到托木斯克，没有城镇，也没有小屯落，只有大的村庄，彼此相距20、25或者甚至40俄里。沿途没有遇见庄园，因为这里没有地主。尔也看不到工厂、磨坊和客栈……沿途唯一能让人想到人类生活的，就是被风吹得呜呜作响的电报线，还有里程木桩。

每个村庄都有教堂，偶尔有两个，也有学校，村村都有。房子是木制的，常常是双层的，房顶上苫着木板。每所房子附近，在篱笆上或者白桦树上都挂着一个椋鸟房，如此低矮，一伸手就能摸得到。在这里，椋鸟受到普遍的喜爱，甚至连猫儿都不动它们。没有花园。

挨了一夜冻，经过令人疲倦的旅行之后，清晨五点钟，我坐在自由雇佣车夫的家中，在正屋里喝茶。这正屋明亮而宽敞，里面的陈设对于库尔斯克或莫斯科省的农民来说只能是梦想。惊人的整洁，可谓一尘不染。墙壁洁白，地坂必定是木制的，或是涂了油漆，或是铺着粗麻布垫；摆着两张桌子、一个沙发、几把靠背椅、一个餐具橱，窗台上有几盆花。房间的一角，放着一张床，上面堆着高高一摞羽绒被和套着红色套子的枕头。要想攀登上去，得踩着椅子，往上面一躺，就沉了下去。西伯利亚人喜欢在绵软的铺盖里睡觉。

从墙角上的圣像起，两边墙壁上都贴着木版画。这里有皇帝肖像，必定是好几张，有胜利者乔治[1]，有"欧洲皇帝"，但不知为什么其中还出现了波斯的沙赫。然后是圣徒像，上面印着拉丁文和德文的署名。接着是巴腾贝尔格[2]和斯科别列夫[3]的半身肖像，再下去又是圣徒像……包糖果的花花纸、伏特加酒瓶上的商标、香烟盒也都用来装饰墙壁。这副贫困相跟讲究的床铺和油漆地板则完全不相称。可是有什么办法呢？这里对艺术有很大的需求，而上帝又没给派来画家。你往门上瞧瞧，上面画着一棵树，开着蓝的和红的花，还有几只鸟儿，与其说像鸟还不如说更像鱼；这棵树是长在花瓶里的。根据这个花瓶可以看出，是个欧洲人画的，即流放犯画的。流放犯还在天棚上勾了一些圈圈儿，在炉子上涂抹了一些花纹。不高明的绘画，可是这里的农民却无力为之。他九个月不脱掉皮手套，不能伸直手指。不是 −40℃ 的严寒，就是草地被大水淹没 20 俄里。短暂的夏季到了，干起活来累得腰酸背痛，犹如断了筋骨。哪里有时间绘画？由于一年四

---

[1] 胜利者乔治，基督教和东正教圣徒，常以屠龙的形象出现。——译者注

[2] 巴腾贝尔格（1857—1893），保加利亚公爵，反对联合俄国。——译者注

[3] 斯科别列夫（1843—1882），俄国将军，在侵略中亚的过程中立下汗马功劳。——译者注

季不断地与大自然进行残酷斗争，他就不能成为画家、音乐家和歌手。你在村子里很少能听到手风琴声，也别期望车夫哼哼歌曲。

门开了，透过门斗可以看见另一个房间，也很明亮，铺着木制地板。那里正热火朝天地工作。女主人是个二十五六岁的婆娘，瘦高个儿，生着一张善良和温顺的面孔。她正在桌子上和面，阳光射到她的眼睛、胸部和手上，仿佛是她在把面团与阳光和在一起。男主人的妹妹是个未出嫁的姑娘，她正在烙煎饼。厨娘正在用开水浇一只刚杀的仔猪，男主人在用羊毛擀毡靴。闲着的只是老头和老太太。老奶奶坐在炕炉上面，悬着两条腿，哼哼着，唉声叹气。老爷爷躺在吊板床上，不停地咳嗽，但见到我之后，爬起来，穿过门斗，进了正屋。他想要说说话……他从天气说起，说今年春天特别冷，多年不遇了。大概明天就是尼古拉节 [1]，后天是耶稣升天节 [2]，可是夜里却下了一场雪，在通往村子的路上冻死一个女人。牲口由于饲料的不足都消瘦了，牛犊由于天气冷而泻肚子……后来他问我从哪里来，往哪里跑，为了啥，是不是结了婚，女人们都说要打仗，是不是真的。

听见孩子的哭声。这时我才发现在床和炕炉中间挂着一个小摇篮。女主人放下面团，跑进正屋来。"我们这儿发生了这样一件事，商人！"她对我说，一边摇着摇篮，温顺地笑着。"两个月以前，从鄂木斯克来了一个女小市民，抱着一个孩子……穿

---

[1] 尼古拉节，东正教节日，1890 年为 5 月 9 日。——译者注
[2] 耶稣升天节，东正教节日，1890 年为 5 月 10 日。——译者注

戴像是个太太……她是在秋卡斯克生的孩子，在那里洗了礼。分娩以后在路上病倒了，便住到我家来，就住在这个正屋。她说出嫁了，谁知道呢？她的脸上也没有写着，她也没带身份证。也许孩子是非法的……"

"评论不是我们的事。"老爷爷嘟哝着说。

"她在我们这里住了一个星期，"女主人继续说道，"然后说：'我要到鄂木斯克去找我丈夫，把我的萨沙留在你们这里，过一个星期以后我来接他。现在我怕路上冻坏他……'我对她说：'太太，你听着，上帝给人送来孩子，有的人十个，有的人十二个，而我和当家的则受到惩罚，一个也没给。你就把萨沙留给我们吧，我们把他当儿子。'她想了一会儿说：'得等一等，我取得丈夫的同意，过一个星期给你们寄信来。没有丈夫的同意，我不能作主。'她丢下自己的萨沙就走了。如今已经两个月过去了，她本人不来，也不寄信来。上帝的惩罚。我们爱上了萨沙，像亲生的一样，现在自己也说不清他是我们的还是别人的。"

"你们应该给这个女小市民写封信。"我建议道。

"看来是应该写！"男主人在门斗里说。

他走进正屋，一声不响地看着我。我是否能给他出个主意？

"你怎么给她写信？"女主人说，"她连自己姓啥都没告诉。只知道个玛丽娅·彼得罗芙娜。再说鄂木斯克又是个大城市，你在那里找不到她。岂不是大海捞针！"

"看来是找不到！"男主人表示同意，看着我，仿佛是想要说，"帮帮忙吧，看在上帝的份儿上！"

"我们对萨沙已经习惯了，"女主人说，把奶嘴给了孩子，"不管是白天还是夜里，只要他一叫唤，心里就感到另一种滋味，好像连我们的房子都变了样儿。说不准她会回来，从我们这里带走……"

女主人的眼圈儿红了，涌出了泪水，她立即走出正屋。男主人朝着她点点头，微微一笑，说道：

"她习惯了……显然是舍不得！"

他自己也习惯了，他也舍不得，只不过他是个男子汉，不好意思承认。

这是一些多么好的人啊！当我喝着茶，听着关于萨沙的事的时候，我的行李在院子里放在马车上。对于是否会被人偷的问题，他们笑着回答道：

"这里有谁会偷呢？我们这里就是夜间也没有人盗窃。"

的确，一路上从来没听说过行路人被偷的事。此地在这方面民风纯正，有着良好的传统。我深信不疑，假如我把钱掉在马车上，自由雇佣车夫找到以后连钱夹看都不看，就会归还给我。我很少乘坐驿车，关于驿站车夫只能说一点：我在驿站上由于无事可做翻弄意见簿，只有一次读到控告被盗的记录，一位旅客丢失一个装着皮鞋的口袋。但从驿站长的批示可以看出来，这项控告没有审理，因为口袋很快就找到了，并且归还给那位旅客。至于路上抢劫，此地甚至无从谈起，从未听说过。我来的路上遇到一些流浪汉，他们竟然把我吓了一跳，可是此地的旅客对流浪汉惧怕的程度丝毫不大于对野兔和野鸭的惧怕。

喝茶时吃的有小麦粉做的煎饼、奶渣和鸡蛋馅饼、油炸饼、奶油鸡蛋小白面包。煎饼很薄，油很多，小白面包的味道和形状都很像塔甘罗格和顿河罗斯托夫的乌克兰人在市场上出售的那种松软的黄色小面包。沿着西伯利亚大道，处处面包都烤得很香；每天都烤，而且烤得数量很大。这里的面粉很便宜：一普特30到40戈比。

只吃面包，是不会饱的。中午你想要点菜肴，到处所能提供的都只有"鸭子汤"，此外什么都没有。而这种汤是无法吃的：这是一种黏糊糊的稀汤，里面有几块鸭子和没有洗净的内脏。没有味道，而且看起来都恶心。家家都吃野味。在西伯利亚没有任何狩猎法规，一年到头随时都可以打野禽。但这里未必很快就能把野禽打光。从秋明到托木斯克1500俄里的距离，野禽多得很，但没有见到一杆像样的猎枪，一百个猎手中只有一个会打飞着的鸟。通常是猎手在土堆上和湿漉漉的草地上向野鸭爬去，只是在二三十步远的地方，才躲在树丛后面开枪打栖落着的鸟，而且他那杆讨厌的枪会卡壳五次，开了枪后坐力很大，打得肩部和脸部生痛。如果击中目标，那也有不少麻烦，得脱掉皮靴和裤子，下到冰冷的水里去。这里没有猎犬。

5月9日

4

刮起凛冽的寒风，下起雨来，白天黑夜地下，没完没了。在离额尔齐斯河18俄里远的地方，自由雇佣车夫把我拉到农夫费奥多尔·帕甫洛维奇的家。他说，不能继续前行——由于下雨，额尔齐斯河岸的草地已被淹没。库兹玛昨天从普斯腾斯科耶来，他差一点儿没把马淹死。得等一等。

"等到什么时候？"我问道。

"谁知道呢？问问上帝吧。"

我走进屋里。正屋里坐着一位穿红衬衫的老头，他喘着粗气，咳嗽不止。我给他服了镇咳剂才有所减轻，可是他不相信医学，说他有所减轻是因为他"过了这个劲儿"。

我坐着心里琢磨：得留下来过夜吗？可是这位老爹会整夜咳嗽不停，大概还有臭虫，况且又有谁能保证明天汛水不会蔓延得更大呢？不行，最好还是走！

"我们走吧，费奥多尔·帕甫洛维奇！"我对主人说，"我不等啦。"

"随您的便，"他简短地表示同意，"只是我们不能在水中过夜。"

我们上路了。雨点儿不是在降落，而是如常说的那样，如瓢泼，我的马车又没篷。开头八俄里我们是在泥泞的道路上行驶，但毕竟还是小跑过来的。

"这天气！"费奥多尔·帕甫洛维奇说，"得承认，我本人很长时间没到那边去了，没有见到汛水，叫库兹玛给吓住了。上帝保佑，我们可能过得去。"

可是眼前展现的却是一片汪洋。这是被淹没的草地。风在水面上吹拂和呼啸，掀起涟漪。可以看见有三三两两的小岛露出水面，还有一些没被水淹的长条地带。一些桥和泽间小径虽然被水泡软，泥泞难行，并且几乎全都离开了原地，但毕竟能指出行车的路线。远处在水泽的那边，伸延着额尔齐斯河高高的河岸，一片灰褐色，景色凄凉，而它的上空高悬着灰色的阴云，岸上有的地方还残留着积雪。

我们进入水泽。车轮被水淹没不深，只有四分之一俄尺。假如没有这些桥，也许会好一些。每到一座桥，都必须从马车上爬下来，站到烂泥里或者水中。为了把车赶上桥，必须把散乱地放在桥上的木板或者原木拿来搭在翘起的一端上。马得一匹一匹地牵过桥去。费奥多尔·帕甫洛维奇卸下拉边套的马，让我来牵着。我拽着冰冷而又肮脏的缰绳，而这些劣马则拼命地往后挣，风要掀掉我的外衣，雨点打在脸上很疼。是不是得回去呢？可是费奥多尔·帕甫洛维奇一声不吭，可能是在等待着我自己建议回去。我也默不作声。

我们通过了一座桥，两座桥，然后又是第三座……我们在一个地方陷进烂泥里，差一点儿没有翻车，而在另一个地方马发起犟劲来，野鸭和江鸥在我们头顶上飞来飞去，仿佛是在嘲笑我们。我根据费奥多尔·帕甫洛维奇的脸色，不紧不慢的动作，根据他的沉默，看出他并非第一次遇到这种麻烦，有时会更糟，早已习惯这种寸步难行的泥泞道路、水泽和冰冷的雨水。他为生活付出了昂贵的代价！

我们驶上一个小岛。这里有一栋无盖的小房，两匹湿淋淋的马在潮湿的马粪中走来走去。费奥多尔·帕甫洛维奇喊了一声，一个大胡子的庄稼汉应声从屋里走出来，手里拿着一根细树枝，为我们引路。他一声不响地走在前头，用树枝测量水的深浅和试探着泥土的硬度，我们则跟在他后面。他把我们领到一个被称作山岗的狭长地带。我们应该顺着这个山岗走，走到头之后往左拐，然后再往右，走上另一个山岗，顺着它便可直奔渡口。

天黑下来，已经看不见野鸭和江鸥。大胡子的庄稼汉告诉明白我们该怎么走，就回去了。第一道山岗走到头，我们又在水中扑腾起来，先往左拐，然后往右。终于找到第二个山岗。它一直伸延到河岸。额尔齐斯河很宽。当年叶尔马克渡河时要是赶上汛期，即使不穿铠甲，也得沉下去淹死。[1] 对面河岸很高，而且陡峭，完全荒无人烟。看到一块凹地，据费奥多尔·帕甫洛维奇说，这块凹地里有一条路，往山顶上通往荒山村，我需要去那里。这边的河岸不陡，高出水面一俄尺。岸上光秃秃的，被河水侵蚀出一道道的缺口，看样子很滑。混浊的波涛顶着白色的浪尖，凶猛地拍打着岸边，立刻又退回去，仿佛是它们讨厌触及这个丑陋而又泥泞的岸边。看样子，在这岸边上生活的只有癞蛤蟆和大罪人的灵魂。额尔齐斯河既不喧嚣也不咆哮，好像是它在自己的河底敲打着棺材。令人讨厌的印象！

我们走近摆渡工住的房子。出来一个人，说不能摆渡到对岸去，天气不允许，得等到早晨。我留下过夜。一整夜都听着摆渡工和我的车夫打呼噜，雨点敲打着窗户，狂风呼啸，愤怒的额尔齐斯河敲打着棺材……一清早，我向河边走去。雨继续下个不停，风倒是小了一些，可是仍然不能乘船过河。只能用舢板把我送过去。

---

[1] 叶尔马克，俄国哥萨克首领，1581 年越过乌拉尔东征，占领了西伯利亚汗国，1584 年 8 月 14 日遭库楚姆汗袭击，逃跑时在额尔齐斯河中淹死。——译者注

这里摆渡是由独立农户合作社经营的，摆渡工中间没一个是流放犯，全都是自己的。这些人和气而善良。我渡过河以后，攀登一座滑溜溜的山，想要走上有马车在等待我的大路。这时从身后向我传来祝福，祝我一路顺风，身体健康，事业成功……可是额尔齐斯河却在发怒……

5 月 12 日

5

汛水真是让我吃尽了苦头！在科雷湾，不给我提供驿马。据说鄂毕河岸上的草地被淹没，无法通行。甚至连邮车都被阻截，在等候专门的指示。驿站的录事建议我雇佣一辆马车去维庸村，从那儿到红谷村。我从红谷村坐 12 俄里的船，到达茂林村，在那里便可得到驿站马车。于是我就这样做了，到了维庸，然后又到了红谷……我被带到农夫安得烈的家，他有船。

"有船，有！"安得烈说，这是一个五十来岁的庄稼汉子，瘦瘦的，蓄着淡褐色的胡须。"有船！一清早就送陪审官的录事到茂林去了，很快就会回来。您稍等一下，先喝点茶。"

我喝了茶，然后爬到一摞羽绒被和枕头的顶上……睡醒后询问船的事——还没有回来。为了驱寒，女人正在屋里生起火，顺便烤制面包。正屋暖和起来，面包也烤好，可是船还是没有回来。

"派去的小伙子不可靠！"主人叹了口气，摇着头，"木头脑袋瓜子，像婆娘一样，让风给吓住了，不敢划船。可是这算什么风呀！老爷，您再喝点茶，还是怎么的？您大概很烦恼吧？"

一个傻子穿着破破烂烂的原色粗呢外衣，赤着脚，被雨浇得湿淋淋的，在往门斗里搬劈柴和拎水。他不时地往正屋里瞧瞧，在看我，把蓬乱的头伸进来，快速地说了些什么，像牛犊哞哞叫一样，然后退回去。你看着他那张湿淋淋的脸和痴呆的眼睛，听着他说话的声音，好像是自己也很快就要说起傻话来。

下午，一个高大而肥胖的庄稼汉子来找主人，他后脑勺宽大得跟公牛一样，有着一双巨大的拳头，像个脑满肠肥的俄国包酒商。此人叫彼得·彼得罗维奇。他住在邻村，和兄弟一起饲养五十匹马，运送旅客，为驿站提供三匹马的马车，种地，贩运牲口，现在到科雷湾来办理一件生意上的事。

"您从俄国来？"他问我。

"是从俄国来。"

"我一次也没有去过。我们这里有谁去一趟托木斯克，就把鼻子翘得老高，好像他走遍了整个世界似的。据报纸写的，不久就要把铁路铺到这儿来。请问，先生，怎么会是这样呢？火车用蒸汽推动——这一点我了解得很清楚。可是，譬如说，如果让铁路通过村子，那岂不是要把我们房子给撞坏，并且要轧死人！"

我向他解释，而他注意地听着，说道："瞧您说的！"我从谈话中得知，这个肥胖的人常去托木斯克、伊尔库茨克、伊尔比特，结婚以后自学，学会读书和写字。这家主人只到过托木斯克，他很看不起，不愿意听他说话。给他端来吃的，或者建议他吃点什么，他总是彬彬有礼地说："不必客气。"

主人和客人坐下来喝茶。一个年轻的婆娘，主人的儿媳，用托盘给端来茶，低低弯着腰，他们接过茶碗，一声不响地喝着。一旁，炕炉附近，茶炊里的水沸腾。我再次爬到一摞羽绒被和枕头上，躺下看书，后来又下来，写点东西。过去了很长很长的时间，那个婆娘还在弯着腰，主人和客人还在喝茶。

"别——巴！"傻子在门斗里叫着，"灭——马！"

船还是没有！外边黑下来，正屋里点上蜡烛。彼得·彼得罗维奇不断地询问我到哪儿去，目的是什么，是不是要打仗，我的手枪值多少钱。最后，他终于说腻烦了，一声不响地坐在桌子旁，用两只拳头撑着两腮，陷入了沉思。蜡烛结了灯花。门静悄悄地开了，傻子走进来，坐在柜子上。他站起脱下外衣，露出两只胳膊，骨瘦如柴。他又坐下来，眼睛盯着蜡烛。

"滚开，滚！"主人说。

"灭——马！"他哼哼地叫着，低着头走进门斗，"别——巴！"

雨敲打着窗户。主人和客人吃起鸭子汤来，他们无精打采地吃着，只是由于无事可做……后来，年轻的婆娘在地板上铺上羽绒被和枕头。主人和客人脱了衣服，并排躺下。

多么烦闷无聊啊！为了解闷，我的思想飞到了故乡，那里已是春天，冰冷的雨不再敲打窗户，可是我却好像故意地想起了那种灰色的生活，毫无生气的，没有益处，好像是那里也结了冰花，那里也在喊叫："灭——马！别——巴……"我不想往回走。

我把短皮大衣铺在地板上，躺下，把蜡烛放在身旁。彼得·彼得罗维奇抬起头来看着我。

"我想要给您讲讲……"他小声地说，怕主人听见，"西伯利亚这里的人都愚昧无知，没有才干。从俄国给他们运来短皮大衣、印花布、餐具、钉子，可是他们自己却什么也不会干。只会种地和运送旅客，再就什么都不会了……就连捕鱼都不会。这些人真没意思，别提他们多么没意思了！你跟这种人生活在一起，只能无限地发胖，而对于心灵和头脑，则什么也没有，就跟吃的一样！看着都叫人可怜，先生！这里的人本来也还不错，心软，不偷窃，不欺侮人，也不怎么酗酒。是金子，但不是人，您瞧，一文不值，没有任何益处，像只苍蝇，也可以说，像只蚊子。你问问他：'你为什么活着？'"

"人干活，吃得饱，穿得暖，"我说，"他还有什么可需要的？"

"他毕竟应该懂得，为了什么需要而活着。在俄国必定是都懂得！"

"不，不懂得。"

"这绝对不可能，"彼得·彼得罗维奇想了一下说，"人不是马。在我们整个西伯利亚都没有真理。如果说从前有过，但早就被冻死了。人也正是应该寻找这种真理。我是个庄稼人，但有钱，有力量，跟陪审官有交情，明天就能让这家主人倾家荡产，让他死在监狱里，他的孩子们到处流浪。没有任何东西可以约束我，没有任何东西能保护他，因为我们生活没有真理……就是说，户口本里只是写着我们是人，是张三或李四，可是一办起事来，我们就成了狼。再譬如说，在上帝的议论里……这不是儿戏，是严肃认真的，这家主人就寝时只是在前额上画三下十字，这就完事了。挣了钱，把它藏起来，等到攒够八百，便又去购买新马，可是他应该问问自己，这是为了什么？这些东西是带不到那个世界去的！他即使是问了，也不会明白。头脑不够用。"

彼得·彼得罗维奇讲了许久……最后总算讲完了。但这时已经天亮，公鸡啼鸣。

"灭——马！"傻子在哼哼地叫着，"别——巴！"可是船还是没有！

5 月 13 日

6

在茂林村，我领到马匹，于是继续赶路。可是在距托木斯克 45 俄里的地方，又说不能通行，托木河淹没了草地和道路。又得坐船。在这里又是在红谷村的那番经历：船到对岸去了，不能回来，因为风太大，河面上波浪太高……得等待！早晨下起雪来，把地面盖了一俄寸半厚 [1]（现在已是 5 月 14 日了！），中午，下起雨来，把雪都融化了，而傍晚太阳落山的时候又下起雨夹雪来。我站在河岸上观望，只见小船在和波涛搏斗，距我们越来越近……这时却发生了与雪和严寒毫不相关的现象：我清楚地听见了轰隆隆的雷声。车夫们划着十字说，这说明天气要暖和起来。

船很大。先是装上 12 普特重的邮件，然后是我的行李，用

---

[1] 一俄寸等于 4.4 厘米。——译者注

湿漉漉的粗席把一切都苫上……邮差是一个高个子上了年岁的人，坐在邮件上，而我坐在自己的箱子上。我的脚下坐着一个小个子士兵，满脸雀斑。他的军大衣都能拧出水来，从军帽上往脖子上淌着水。

"感谢上帝！开船！"

我们在柳条丛的边上顺流而下。桨手们说，刚才，即十分钟以前，淹死了两匹马，坐在车上的小男孩勉强救上来，因为被挂在一簇柳条上。

"划呀，划呀，伙计们，等以后再讲！"舵手说道，"加把劲儿！"

河面上像雷雨前夕常有的那样，刮起大风……光秃秃的柳条弯向水面，发出呼呼的响声，河水突然变得昏暗起来，掀起狂涛巨浪……

"伙计们，拐到条通里去，得避一避！"舵手低声地说。

开始向柳条通拐去，可是桨手中间却有人说，要是遇上坏天气，我们在柳条通里蹲上一夜也得沉没，因此是不是往前划？建议由大多数人说了算，最后决定继续往前划……

河水更加昏暗，强劲的风雨抽打着我们的一侧，而岸边还很遥远，出现灾难时可以当作救命草的柳条丛已经落到了后面……邮差这一辈子见过世面，沉默不语，一动不动，好像僵住了似的，桨手们也都沉默不语……我发现小兵的脖子变红了。我的心情沉重起来，心里想道，如果翻船，我得脱去短皮大衣，再脱掉外衣，然后……

可是岸边越来越近了，桨手们情绪愉快起来，干活起劲了。

压在心头的石头一点点落下来，当距离岸边还剩下不到三俄丈远的时候，突然轻松了，愉快了，我在想：

"当个胆小鬼很好！要想突然变得愉快，他并不需要付出很多！"

5 月 15 日

7

我不喜欢一个有知识的流放犯站在窗前一声不响地望着邻家的房盖。他这时在思考什么呢？

我不喜欢他跟我谈些鸡毛蒜皮的琐事时看着我的脸，流露出这样一种表情，似乎是要说："你可以回家，可是我却不能。"人们经常说：死刑如今只是在个别情况下才使用。但是这种说法并不确切。取代死刑的一切最高惩罚手段，仍然带有死刑最重要和最本质的特征，即终身性、永久性，其目的都是从死刑那里直接继承下来的——让罪犯永远脱离人的正常生活环境。一个人如果犯了重罪，对于他所诞生和成长的社会来说，他也就死亡了，这跟死刑占统治地位的时代是一样的。我们俄国的立法是比较人道的，但在这里最高的惩罚，刑事的也好，矫正性的也好，几乎全都是终身的。苦役劳动必定要伴随着永久性定居；流放之所以可怕，正是在于它的终身性；一个人被判处到惩罚连队去，服刑期满后，如果社会不同意接收他加入进来，就得被流放到西伯利亚；剥夺一切权利，也带有终身性，如此等等。这样一来，所有最高的惩罚手段便不能给罪犯以坟墓里的永久安宁，这一点反倒使我的感情能够容忍死刑。而从另一方面来看，终身性会使人丧失改善处境的希望，使他意识到自己作为一个公民业已永远死亡，个人的任何努力都不能使他复生。因此可以说，死刑在欧洲和我国并未废除，只不过是采取了另一种对于人的感情来说不那么反感的形式罢了。欧洲长期习惯于死刑，想废止它，除非经过长期令人讨厌的拖延不可。

我深信，再过五十至一百年之后，人们看待我们现行的终身性惩罚，会不理解和感到难堪，犹如我们现在看待劓鼻或剁掉左手手指一样。我同样也深信，不管我们如何真诚而明确地意识到诸如终身性惩罚这类过时现象的落后性和偏狭性，我们也完全无力解除灾难。要想用某种较为合理和公正的手段来取代终身性惩罚，我们目前知识不足，经验不够，从而也缺乏勇气。在这方面的一切尝试都不坚决，而且片面，只能引导我们犯严重错误和走向极端——所有的举动只要不是建立在知识和经验的基础上，都必定会有这样的下场。对于俄国来说，什么更为合适——监狱还是流放？我们现在甚至无权解决这个时髦的问题，因为我们完全不了解什么是监狱和什么是流放，不管这是多么叫人悲伤和感到奇怪。请您瞧瞧我们关于监狱和流放的著述吧，真是叫人寒碜！两三篇小文，两三个作者的名字，空空如也，仿佛俄国根本就没有监狱，没有流放，没有苦役似的。任何一个罪犯都是社会的产物——我们思想界把这句话已经重复了二十到三十年，可是他们对这个产物却无动于衷！对关押在流放地并在这里受着熬煎的人如此冷漠，这在一个基督教的国度里和基督教的著述里都是不可理解的，其原因则在于我们俄国的法官异常无知。他所知甚少，而且不无职业的偏见，正像他所嘲笑的赃官一样。他通过大学考试，只是为了审判别人并且判处他监禁和流放；担任公职，领取薪俸，他只管审判和判刑，至于罪犯在判决之后到哪里去和去干些什么，监狱是什么，西伯利亚是什么，他则一无所知，毫无兴趣，这都不属于他的职权范围。这已是押解人员和红鼻子狱吏的事了！

据我有机会与之谈过话的地方居民、官吏、车夫们反映，有知识的流放犯——他们从前都是军官、官吏、公证人、会计、纨绔子弟，由于某种卑鄙行为如盗用公款、营私舞弊等等而被流放到这里——过着一种封闭式的简单生活。只有具备诺兹德廖夫 [1] 气质的人才例外；这种人无论在哪里，什么年龄，处于什么环境，都一如既往。但他们并不是待在一个地方不动，而是在西伯利亚过着茨冈人那种流浪生活，行踪不定，几乎是无法监视。除了诺兹德廖夫们之外，在有知识的"不幸者"中间有时还可遇到彻底堕落、道德沦丧、无耻透顶的人，但这种人几乎全都受到严密监视，人人都认识他们，公开地受到指责。绝大多数，我重复一遍，则过着简单的生活。

这些有知识的人到达流放地之后，初期惘然若失，惊慌失措。他们胆小怕事，仿佛是痴钝愚笨。他们大多数贫困，软弱无

---

[1] 诺兹德廖夫，一译罗士特莱夫，俄国作家果戈理的小说《死魂灵》中的人物，是个恣意放纵，胡作非为的地主恶少。——译者注

力，所受教育极差，无一技之长，只会写一手好字，而这往往又毫无用处。他们中间的一些人便开始一点一点地变卖自己的荷兰亚麻布衬衫、床单、手帕，结果是两三年之后死于赤贫之中（譬如不久前死于托木斯克的库佐甫列夫，此人在塔甘罗格海关案中是个重要角色，由一个慷慨的流放犯出资安葬）。而另一些人则逐渐学会某种谋生之道，站稳脚跟。他们往往是经商，从事律师事务，为地方报纸撰稿，当抄写员，等等。他们每月挣的钱不超过 30 到 35 卢布。

他们的生活很枯燥。他们觉得西伯利亚的大自然单调，贫乏而没有生气；耶稣升天节还结冻，圣灵降临节还下雨夹雪。城里住房条件极差，街道肮脏不堪，店铺里的一切都昂贵，不新鲜而且不丰富，欧洲人所习惯的许多东西用多少钱也弄不到。当地知识界中，有思想和无思想的人从早到晚喝酒，喝得不文明、野蛮，没有分寸，一醉方休。当地知识分子跟你谈话时，没有说上两句，就必定提问："您不喝点儿酒吗？"流放犯由于烦闷无聊，就跟他一起喝，起初还皱着眉头，后来就习惯了，最终当然也变成酒鬼。谈到酗酒问题，可以说并非流放犯败坏居民的道德，而是居民败坏了流放犯的道德。这里的女人也跟西伯利亚的大自然一样枯燥乏味。她不具特色，冷漠，不会穿戴，不唱歌，不笑，面貌不可爱，犹如当地一个老住户跟我谈话时所形容的："摸上去硬邦邦的。"将来西伯利亚产生自己的小说家和诗人时，妇女在他们的小说和长诗中不会成为主角。她不能鼓舞和呼唤人们去从事崇高的事业和奔赴"天涯海角"。城市里没有任何娱乐场所，如果不算那些下等酒馆、家庭浴室和为数众多的妓院——

这些妓院有公开的，也有暗地的，西伯利亚的男人对此怀有浓厚的兴趣。在秋冬漫长的夜晚，流放犯或是独坐家中或是找老居民去饮酒。两个人喝上两瓶伏加特和半打啤酒，然后提出一个常提的问题："我们去那种地方？"也就是妓院。烦闷无聊啊！何以解忧？一个流放犯读了一本毫无价值的书，诸如里波[1]的《意志疾病》，或者是在第一个阳光明媚的春日穿上一条浅色裤子——这也就是一切。里波枯燥无味，况且连意志本身都没有，阅读关于意志疾病的书合适吗？穿浅色裤子会挨冻，但毕竟可以变变花样！

5月18日

8

西伯利亚大道是全世界最长，似乎也是最不像样子的道路。从秋明到托木斯克一段尚可忍受，这不是归功于官吏，而是归功于当地的自然条件。这里是没有森林的平原，早晨下雨，晚上就干，5月底以前，由于积雪融化，大道上覆盖着大冰块，可是您可以在田野里行驶，在广阔的地面上随意选择绕道。可是从托木斯克却开始了原始密林和丘陵，地面干燥得很慢，无处能选择绕道，不得不走大道。因此过了托木斯克以后，过往旅客便开始骂

---

[1] 里波（Ribot，1839—1916），法国心理学家，他的《意志疾病》一书于1884年译成俄文出版。——译者注

起娘来，并且用心地书写意见簿。官员先生们认真地阅读他们的意见，在每一条上都批示道："无须审理。"为什么而写呢？若是中国官员，早就盖上官印了。

从托木斯克到伊尔库茨克，与我同行的有两位中尉和一位军医。一位中尉是步兵，戴着一顶毛茸茸的高筒帽，另一位是地形测绘员，肩上佩戴着绶带。每到一站，我们被慢腾腾的旅行和马车的颠簸折磨得疲惫不堪和昏昏欲睡，不顾浑身的泥水，一头倒在沙发上，愤怒地说道："多么糟糕的路啊，真可怕！"而驿站的录事和工长却对我们说：

"这还不算什么，等你们到了科祖尔卡会是什么样！"

从托木斯克开始，每到一站，录事都神秘地微笑着，用科祖尔卡来恫吓我们，而迎面过来的旅客则幸灾乐祸："我算是过来了，现在该你的了！"想象力受到惊吓，于是神秘莫测的科祖尔卡开始以一个长着长嘴和绿眼睛的大鸟的形象出现在梦中。

被称为科祖尔卡的是黑河站和科祖尔斯卡亚站中间那段22俄里的距离（这是在阿钦斯克和克拉斯诺亚尔斯克两个城市之间）。到达这个令人生畏的地方之前的两三站，就开始出现预兆。一个迎面过来的旅客说，他翻了四次车，另一个抱怨说，他的车轴断了，第三个愁眉苦脸，一声不吭，对于路好不好走这个问题回答说："非常好，让他见鬼去吧！"人人都惋惜地看着我，像是看一个故去的人，因为我的轻便马车是个人的。

"车子可能会弄坏和陷进烂泥里！"他们叹息地对我说，"您最好还是乘坐驿车！"

离科祖尔卡越近，预兆则越是令人生畏。在距黑河站不远的地方，傍晚时分，我的旅伴们乘坐的马车突然翻车了，两位中尉和医生连同他们的皮箱、包袱、军刀和小提琴都一起掉进烂泥里。夜间轮到我身上。在黑河站近处，车夫突然向我宣布，车上的机头弯了（这是一个铁螺栓，把前轮车和车辕部分跟车轴连接起来；它如果弯曲或折断，车身就会趴倒在地上）。到了驿站，便开始修理。五个车夫发散着大葱和大蒜气味，使人感到窒息和恶心，他们把满是泥浆的马车翻转过来，开始用锤子敲击，要把弯曲的机头敲出来。他们告诉我，车上还有一个什么垫松动了，三个螺帽脱落了，可是我对此却一窍不通，况且也不想弄通……漆黑的夜，寒冷，无聊，想要睡觉……

驿站的屋里，点着一盏昏暗的小油灯。发散着煤油、大蒜和大葱的气味。那个戴着高筒帽的中尉躺在一张沙发上睡觉，另一张沙发上坐着一个蓄着大胡子的人，在有气无力地蹬皮靴。他刚刚接到命令，要到什么地方去修理电报机，可是他却想睡觉，但又得去。肩上佩戴绶带的那位中尉和医生坐在桌子旁，把昏沉沉的脑袋放在手臂上打盹。可以听到戴高筒帽的中尉打呼噜声和院子里敲击锤子声。

有人在谈话……这是在驿站上常有的谈话，一路上处处都是这一个话题：批评地方长官和咒骂道路。挨骂最多的是邮政电报局，尽管它对西伯利亚大道只是管辖，而不是管理。在驿站所说的一切，对于一个已经疲惫不堪但距离伊尔库茨克还有一千多俄里路程的旅行者来说，简直是令他惊惧。某地理学会会员带着妻子旅行，马车坏了两次，最后不得不在森林里过夜；某女士由于马车颠簸而碰伤了头部；某消费税税吏在烂泥里坐了 16 个小时，给了农民 25 个卢布，他们才把他拽出来，拉到驿站；没一个自备马车的人能够顺利地到达驿站——诸如此类的谈话像是不祥的鸟的鸣叫，在心灵里引起回声。

根据讲述的情况判断，最遭罪的是邮车。假如有那么一个好心肠的人，承担起考察邮车从彼尔姆到哪怕是到伊尔库茨克一路上的行程，他把自己的印象记录下来，满可以成为一部足以唤起读者眼泪的中篇小说。开头是，所有这些邮件和差役给西伯利亚带来宗教、文化、贸易、秩序和金钱，但在彼尔姆却毫无必要地耽搁了好几个昼夜，仅仅因为慢慢腾腾的轮船总是晚点，赶不上火车。从秋明到托木斯克，若是在春天，一直到 6 月，邮车得跟河流可怕的汛水和寸步难行的烂泥搏斗。记得在一个驿站上，我因为汛水而不得不等候了一天一夜，跟我一起的还有一辆邮车。用小船运载沉重的邮件渡河和被水淹没的草地，小船没有倾覆，也许只是因为西伯利亚的邮差有他们的母亲为之热烈地祈祷。从托木斯克到伊尔库茨克，在这些数不清的科祖尔卡和黑河站附近，邮车每天得在烂泥里跋涉 10 至 12 个小时。5 月 27 日，我在一个驿站上听说，不久前，卡洽河上的桥被邮车压塌，车和马差点一块儿沉没河里——这是平平常常的历险之一，对于西伯利亚邮车来说早已司空见惯。我驶往伊尔库茨克时，六昼夜的过程中，没有一辆来自莫斯科的邮车赶上来。这说明它耽搁了一个多星期，这个期间发生了什么事情。

西伯利亚的邮差都是些受难者。他们的十字架很沉重。这是一些英雄，但国家却坚决不愿意承认。他们付出的劳动很多，没有任何人像他们那样与大自然搏斗，他们遭的罪常常是难以忍受的，可是他们被免职、开除和罚款的机会却比受奖励多得多。您知道他们的工薪是多少吗，您一生中见到过有哪个邮差佩戴奖章吗？他们比起那些批示"无须审理"的人要有用得多，可是请您看看，他们是多么担惊受怕，备受折磨，在您面前有多么胆怯……

终于宣布说，马车已修好，可以继续赶路了。

"起来！"医生叫醒戴高筒帽的中尉，"能越早走过这可诅咒的科祖尔卡越好。"

"先生们，小鬼并不像画的那么可怕，"那个蓄着大胡子的人说道，"或许科祖尔卡丝毫也不比别的驿站更坏。再说，您要是害怕，22俄里的路程您尽可以步行……"

"是的，只要不陷进烂泥里去……"录事补充说道。

天空已现出破晓时的曙光，很冷……车夫们还没走出院子，就已经喊起来："让路，不要命啦！"我们走在村子里……使车轮陷进去的稀泥和干爽的土包坑洼交替出现。垫道用的木板和原木，从稀溜溜的牲口粪便里面露出一些棱角来，车子走在这上面，人的五脏六腑会翻倒出来，车轴会给颠断……

村子终于走过了，我们正行驶在令人恐怖的科祖尔卡。这里的道路确实糟得很，但我并不认为比马林斯克或者那个黑河站附近更坏。请想象一下，一条四俄丈宽的林间通道，上面用泥土和垃圾垫成一条土埝——这也就是所谓的大道。从侧面看去，这条土埝像是从管风琴音箱里露在外面的大管子，只不过是用泥土垒成的。两旁是壕沟。土埝上面伸延着车辙，有半俄尺深，或者更深，而且又被许许多多横向的辙沟所切断，这样一来，这条土埝也就成了一道峰峦叠嶂的山脉，有自己的卡兹别克峰和厄尔布

鲁士峰 [1]；山峰已经干燥，车轮碰上去发出哐啷啷的声音，而山脚下还有水在扑哧哧地响。恐怕唯有技法高明的魔术大师才能在土墩上使马车保持平稳，而通常情况下，马车所处的状态，当你还没有适应的时候，会让你每时每刻地发出惊叫："车夫，我们要翻车啦！"忽而右面的车轮掉进深深的辙沟里，而左面的车轮却立在山峰顶上，忽而有两只车轮陷入烂泥里，第三只攀上山顶，而第四只则悬在半空……马车的状态可以变化成几千种，你这时不是抓着自己的头部，就是抓着腰，身体向四面八方倾斜，咬着舌头，而你的皮包和箱子也都在造反，彼此拥挤着，或者压向你的身上。可是，你瞧瞧车夫，这个杂技演员究竟是怎样设法稳坐在御座上呢？

　　假如有人从一旁观看我们，他会说，我们不是旅行，而是在发疯。我们想要离开这土墩，走到林中空地上去，找一条绕道。可是这里也有车辙沟和土包，支棱着垫道的树条和木板。走了不远，车夫停了下来。他思索片刻，无望地叫了一声，露出这样一副表情，好像他马上就要干出什么最卑鄙的勾当来，然后把车赶向大道，直奔壕沟。哐啷一声，前面的两只轮子撞上了，接着又哐啷一声，后面的两只又撞上了！——我们是在过壕沟。然后爬上土墩，也发出哐啷的响声。马身上冒着热气，车辕横木开了，皮轭和夹板滑向一边……"他妈的！"车夫喊道，用鞭子猛抽一下，"伙计！该死的！"马把车拉出去有十来步远，停了下来。现在不管怎么抽打，不管怎么吆喝，它们就是不往前拉。毫

---

[1]　卡兹别克和厄尔布鲁士是高加索山脉两座最高的山峰。——译者注

无办法，我们又下到壕沟里，离开土埝，还得寻找绕道，然后又是一番思索，再转回土埝——直到最后。

一路上心情沉重，非常沉重，可是当你想到，这条丑陋不堪，高低不平的地带，这些坑坑洼洼，差不多就是连接欧洲和西伯利亚唯一的大动脉，这时心情就更加沉重！据说，沿着这条大动脉流向西伯利亚的是文明！是的，据说的事情多着哩，那些浑身是泥水的庄稼人往欧洲运输茶叶，在大车旁陷进没膝深的烂泥里，假如他们，或者马车夫和邮差听见这些话，这些人对欧洲及其真诚性又会作何感想！那就请您看看运货的车队吧。四十辆拉着茶叶箱子的大车也是在那条土埝上艰难地行走……车轮有一半陷进深深的车辙里，瘦弱的马挺着脖子……大车旁走着车夫，他们从烂泥里把脚拔出来，帮着马拉车，早已筋疲力尽……有几辆车停下来。发生了什么事？一辆车的轮子坏了……不，还是不看为好！

为了嘲弄受尽折磨的马车夫、邮差、大车夫和马匹，有人下令在道路两旁堆放一些碎砖和石头。这么做是为了提醒你，道路不久还会变得更坏。据说，沿着西伯利亚大道，在城市和乡村住着一些人，领取薪水，因为维修道路。如果真是这样，应该给他们加薪，以便让他们不再费力维修，因为道路正是由于他们的维修而变得越来越坏。据农民说，维修诸如科祖尔卡那样的道路是这样进行的。6 月底或 7 月初，正是蚊虻滋生的季节——这是当地的大灾难，把老百姓从村子"驱赶"出来，下令他们用枯树枝、碎砖头和石块把干涸了的车辙沟和水坑填平，维修工作一直进行到夏末。然后下雪了，路面上又布满坑洼，这是世界上唯一能把人颠簸得翻肠倒肚的道路。然后是春天，伴随而出现的是烂泥，然后又是维修——这样年复一年。

我在赴托木斯克时有机会结识一位陪审官并跟他一起走了两三站的路程。记得我们坐在一个犹太人家里吃着鲈鱼汤，村长走进来，向陪审官报告说，某处的道路毁坏了，养路工长不愿意维修……

"把他叫来！"陪审官下令道。

没过多久，走进来一个小个子庄稼汉，头发蓬乱，相貌丑陋，陪审官从椅子上跳起来，向他奔去……

"你这个下流坯，怎敢不维修道路？"他用一种哭丧的声音叫喊起来，"不能通行，要挨收拾的，省长要写信来，警察局长要写信来，我在人人面前都有过错，可你这个坏蛋，该死的，遭天杀的，不要脸的东西——看什么？啊？你这个混蛋！明天得把路修好！明天我回去，如果看见路没修好，就剥了你的皮，打断你这个强盗的腿！滚！"

庄稼汉眨了眨眼睛，脸上冒出汗珠，变得更加难看，一下子钻出门去。陪审官回到桌子旁，坐下来，微笑着说：

"是的，您经过彼得堡和莫斯科的女人之后，当然不会喜欢此处的女人，不过要是认真寻找，在这儿也能找到小妞……"

不知这个庄稼汉明天以前是否能来得及完成？这么短的期限又能做些什么呢？陪审官在一个地方待的时间不长，不知这对西伯利亚大道来说是件好事还是坏事。他们时常更换。据说，有一位刚上任的陪审官，到达他管辖的地段以后，把农民都赶出来，命令他们在道路两旁挖掘壕沟。他的继任者在独创性方面不甘落后，把农民赶出来，命令他们把壕沟填平。第三位在自己的地段下令把路面铺上一层半俄尺厚的泥土。第四、第五、第六、第七位——人人都想要在蜂巢里加上自己的一份蜂蜜……

结果是道路一年到头都不畅通：春天——泥泞，夏天——崎岖不平，还要维修，冬天——坑坑洼洼。当年使费·费·维格尔[1]，后来又使伊·亚·冈察洛夫[2]喘不过气来的那种疾驰，如今也许只有在初冬时节才有可能。诚然，当代作家也曾惊叹过西伯利亚的疾驰，但这只是因为他们既然到了西伯利亚，不体验一下疾驰，不好意思，哪怕是在想象中也好……

但难指望科祖尔卡能有朝一日不再损坏车轴和车轮。西伯利亚的官吏们有生以来从未见过较好的道路，对这样的也很喜欢。至于意见簿、通讯、来西伯利亚旅行的人的批评，这些对道路也很少带来好处，正如用来修理道路的钱款一样……

我们到达科祖尔斯卡亚站的时候，太阳已经很高了。我的旅伴们继续赶路，我则留下修理自己的马车。

9

如果说路上的风景对您来说并非新鲜，那么您从俄国赴西伯利亚旅行，从乌拉尔直到叶尼塞河，会感到乏味。寒冷的平原，弯

---

[1] 费·费·维格尔（1786—1856），俄国旅行家，在其《回忆录》第一卷（1864）中描写了在西伯利亚的旅行。——译者注

[2] 伊·亚·冈察洛夫（1812—1891），俄国作家，1852—1855年乘巴拉达号三桅战舰进行环球旅行，写有《巴拉达号三桅战舰》（1858）一书，最后一章《到伊尔库茨克之前》描写在西伯利亚的陆上旅行。——译者注

弯曲曲的白桦树，水坑，偶尔遇到的湖泊，5月的积雪，还有鄂毕河支流荒凉而单调的岸边——这些就是前一段两千俄里路程在记忆中所能留下来的一切。异族人崇拜大自然，我们的逃亡者也尊崇大自然，可是能够逐渐成为西伯利亚诗人取之不尽的金沙矿藏的大自然，独特、宏伟和美丽的大自然，只是从叶尼塞河才开始。

我有生以来从没有见到过比叶尼塞河更壮美的河流，我这么说，但愿不伤害好生气的伏尔加河的崇拜者。

如果说伏尔加河是一位盛装的纯朴而忧郁的美女，那么叶尼塞河则是一个强壮而剽悍的小伙子，不知把自己的青春和力量用到何处。在伏尔加河上，人开始很勇敢，而最后却唱起呻吟的歌来。他那光辉灿烂的金色希望，换成软弱无力的俄国式的悲观主义。而在叶尼塞河，生活开始是呻吟，最后却是我们在梦中也没见到过的勇敢，起码是我站在宽阔的叶尼塞河的岸上是这么想的，我贪婪地望着河水，只见它急湍而汹涌地向严峻的北冰洋奔去。叶尼塞河在两岸中间感到狭窄。河水后浪逐前浪，形成不算很高的波涛，拥塞着，形成一个漩涡。令人感到奇怪的是这个大力士还没有把两岸冲刷掉，没有把河底钻透。在这边的岸上是克拉斯诺亚尔斯克，这在西伯利亚所有的城市中是最好和最美丽的，对岸耸立着高山峻岭，让我想起高加索来，也是那样云雾缭绕，令人遐想联翩。我伫立着，心里想：将逐渐有多么充实、明朗和无拘无束的生活沸腾起来啊！我真羡慕西比利亚科夫[1]，从书刊上得知，他乘船到了北冰洋，目的是从那里到达叶尼塞河河

---

[1] 西比利亚科夫，A. M.（1849—1933），俄国轮船主，曾企图在北部开辟一条从欧洲到西伯利亚的海上的运输线。——译者注

口。在托木斯克已开办一所大学，可是在克拉斯诺亚尔斯克却没有，我为此而感到遗憾。我产生了各种各样的想法，他们在头脑里拥塞着，就像这叶尼塞河水一样，虽然混乱得捋不出头绪，但我感觉很好……

过了叶尼塞河不久就开始了原始密林。关于原始密林，已经谈得很多，写得很多，可是因此你所期待它的却不是它所能给予的。起初你似乎有所失望。道路两旁不断伸延的是红松、落叶松、云杉和白桦树林。没有五抱粗的参天古树，没有高耸入云的树冠让你抬头望去感到头昏目眩。这里的树木丝毫也不比生在莫斯科索科尔尼基的那些更高大。我听说，原始密林里一片寂静，植物没有芳香味。我期待的是这样，可是当我在原始密林里行驶时，一直听到鸟儿婉转啼鸣，昆虫唧唧鸣叫。针叶经阳光烤灼而散发出浓重的焦油气味。路旁的林中空地上处处鲜花盛开，有浅蓝色的，有粉红色的，也有黄色的，不只是赏心悦目。很显然，描写过原始密林的人，不是春天，而是夏天见到它的，俄国森林在那个季节寂静无声并且不散发芳香气味。

原始密林的力量和迷人之处不在于参天大树，也不在于坟墓般的寂静，而在于恐怕唯有候鸟才知道它的边缘在哪里。开头一天它并不引起你的留意，可是到了第二和第三天，你就会震惊，第四和第五天，你就会体验到这样一种心情，仿佛你永远也不会从这片绿色里走出去。你爬上一道覆盖着密林的山冈，顺着道路往前面东方望去，只见过了这道山岗，前面是另一道林木茂密的山岗，再往前又是第三个，如此没有尽头。过了一天，你从山岗上再往前望去，还是同样的画面。虽然你知道前面将是安卡拉河和伊尔库茨克城，可是路边两侧连绵不断的森林往南和往北究竟还伸延几百俄里，这甚至连车夫和生在原始密林中的农民也都不知道。他们的想象力比我们大胆，可是他们决不盲目地说出原始密林的规模，回答您的问题时只是说："没有尽头！"他们只是知道，冬天有什么人从遥远的北方骑着鹿，穿过原始密林，来这里购买粮食，但这是些什么人，他们来自何方，连老人也都不清楚。

一个潜逃犯在松树附近蹒跚而行，背着布袋和一口小锅。他的罪恶、他的痛苦以及他本人与大原始密林相比，是多么渺小和微不足道啊！只要是没有稠密的农民，原始密林就是强有力的和不可征服的。"我是大自然的主宰"这句话听起来在任何地方也不会像在这里那样怯懦和虚假。假如，譬如说，所有沿着西伯利亚大道居住的人，商定毁灭原始森林，为此而拿起斧头和放起山火，结果无非是重复山雀想把大海烧干的那段故事。有时山火烧毁了五俄里的森林。可是从总体来看，这场大火却几乎是难以察觉，过了数年之后，在被焚烧的树林原址上又长出一片小树，比以前更加茂盛和稠密。有一个学者当年在东岸曾无意地烧着了森林，大火顷刻之间吞没了一片绿树。学者被这一非凡的景象所震惊，认为自己是"灾难的罪魁祸首"。可是这十来俄里的地段对于这浩瀚的大原始密林来说算得了什么呢？现在也许在从前着火的地方已经长出无法通行的树林，那里有熊瞎子在安详地游逛，有榛鸡在飞来飞去，那位学者的著作在大自然中所留下来的痕迹远比使他惊惶失措的灾难大得多。通常人的尺度在原始森林里是不适用的。

而原始森林里又隐藏着多少秘密呀！你看这些树林中间曲曲弯弯地伸延着一条道路或者一条小径，消失在林中的昏暗处。它通向何方？是通向秘密酿酒厂，通向警察局长和陪审官还是不知其存在的村落，通向流浪者们开辟的淘金地？这神秘的小径洋溢着多么无拘无束和诱人的自由呀！

　　据车夫说，原始森林里栖息着熊、狼、鹿、貂和野山羊。沿着大道而居的农民，家中没有活计时，便到原始森林里去，一待就是好几个星期，在那里捕猎野兽。这里的狩猎方式很简单：只要枪弹能射出去就好，如果卡壳，那就得请求熊瞎子开恩。一个猎手向我抱怨说，他的枪往往一连卡壳五次，只有第六次枪弹才能射出枪膛。拿着这种古董，不带刀或木棍去打猎——这是很大的冒险。外地运到这里的枪，质量不佳而且昂贵，因此一路上时常遇到会制造枪的铁匠。一般说来，铁匠就是一些很有才干的人，这在原始密林中尤为明显，他们在其他众多的人才中间没有被埋没。我因为需要而有机会密切地结识一位铁匠。车夫把他介绍给我时说："唔，这可是一位能工巧匠！他甚至会造枪！"车夫说话的语调和面部表情都使我想起我们关于著名艺术家的谈话。我的轻便马车坏了，需要修理，根据车夫的推荐，到驿站上来了一个消瘦而苍白的人，一举一动有些神经质，从一切特征来看，很有才华，同时也是个大酒鬼。犹如一个有临床经验的优秀医生治疗一般的病症感到枯燥一样，他漫不经心地扫了我的马车一眼，简短而明确地做出诊断，思考一下，一句话也没对我说，懒洋洋地走了，然后在路上回过头来对车夫说：

　　"怎么？也许你得把马车赶到铁匠房去。"

有四个木匠帮助他修理马车。他干起活来无精打采，似乎是铁块并非按照他的意志而变化成各种形状。他时常抽烟，没有任何必要地在废铁堆里翻来翻去，我催促他时，他仰面望着天空，好像有些演员，当人们要求他们唱支歌或者朗诵点儿什么的时候，他们却装腔作势。有时他好像是故意卖弄或者要让我和木匠们吃惊，高高地举起铁锤，火星四溅，一锤子打下去，解决了一个复杂的玄奥的问题。粗笨而沉重的锤击仿佛要砸碎铁砧，使大地颤抖，可是由于这种敲击，一块轻轻的铁片却变成所希望的形状，就是列斯科夫笔下能造出跳蚤的左撇子也无法挑剔。他干这个活从我手里得到五个半卢布：自己留下五个，半个给了四个木匠。他们连声道谢，把马车拖向驿站，或许很羡慕这种有才干的人，这种人在原始密林里也跟在我们大城市里一样，深知自己的价值，也很专横。

6 月 20 日

萨哈林旅行记

第一章

阿穆尔河畔的尼古拉耶夫斯克城——贝加尔号轮船——普隆格格岬和河口湾的入口——萨哈林半岛——拉彼鲁兹、布罗顿、克鲁逊什特恩和涅维尔斯科伊——日本考察者们——扎奥列岬——鞑靼海峡沿岸——迭卡斯特里

1890年7月5日，我乘轮船抵达我国东极之一的尼古拉耶夫斯克城[1]。阿穆尔河[2]流到这里河面非常宽阔，距海只有27俄里。[3]这个地方景色壮丽、优美。但是回想起这一带从前的历史，想着旅伴们讲到这里的严冬以及同样严酷的地方习俗，苦役地已经临近和眼前城市的凄凉、荒芜景象——这一切使人完全失去欣赏这里自然风光的兴致了。

尼古拉耶夫斯克是不久前于1850年由著名的根纳季·涅维尔斯科伊[4]创建的。这恐怕是这座城市历史上最光辉的一页了。

---

[1] 即庙街。——译者注

[2] 即黑龙江。——译者注

[3] 一俄里等于1.06公里。——译者注

[4] 根纳季·涅维尔斯科伊（1813—1876年），沙皇俄国海军军官。（转下页）

50 和 60 年代，曾经不惜士兵、囚犯和移民的性命，沿阿穆尔河播下了文化的种子。当时，边区长官的驻节地就设在尼古拉耶夫斯克，许许多多各种各样的俄国和外国冒险家们纷至沓来，一批批移民惑于异常丰富的鱼类和野兽而定居下来。那个时候，这座城市看来还不乏人间乐趣。甚至还有过这种情况：有一位学者途经这里，认为有必要并且也有可能在俱乐部向公众作一次讲演。可是现在，几乎有一半房屋被主人遗弃，东倒西歪，窗扇也不知去向，只有一个个的黑洞，好像骷髅的眼窝，注视着我们。留下的居民过着醉生梦死的生活，普遍处于听天由命、半饥半饱的状态。他们往萨哈林贩鱼，掠夺黄金，盘剥异族土著，向中国人出售制造兴奋剂的鹿茸，靠这些营生之道苟延残喘。从哈巴罗夫卡[1]到尼古拉耶夫斯克的途中，我遇到不少走私贩子，他们毫不隐讳自己的职业。其中有一个拿出金沙和一对鹿茸给我看，骄傲地对我说："我父亲也是个走私者！"他们盘剥异族人，除了通常用烧酒将异族人灌醉，进行诈骗而外，有时还采用独特的方式。比如尼古拉耶夫斯克已故的商人伊凡诺夫，每年夏季都到萨哈林，向基里亚克人收缴贡赋，如果有人不按时按数交付，就会受到严刑拷打乃至被绞死。

城里没有旅馆。吃过午饭，我在俱乐部的大厅里休息。这

（接上页）1849 年利用贝加尔号运输船前往堪察加半岛运送军需物资之机，进入中国黑龙江口。1850 年 7 月再次进入中国领土，在黑龙江口附近建立第一个俄国侵略据点——彼得冬营地。接着，他沿江而上，在庙街升起俄国军旗，建立了以沙皇尼古拉一世的名字命名的尼古拉耶夫斯克哨所。——译者注

[1] 现在叫哈巴罗夫斯克。——译者注

个大厅天花板低矮，据说冬天在这里举行舞会。我询问在哪里可以过夜，人们只是耸耸肩膀，算是对我的回答。我无计可施，只好在轮船上权住两夜。轮船向哈巴罗夫卡返航后，我便陷入一筹莫展的境地，无处可去了。我的行李放在码头上。我在岸上来回踱着，不知如何是好。幸好在城市对面离岸两三俄里的地方，停泊着贝加尔号轮船。我将搭乘这艘船去鞑靼海峡，尽管启航旗已在桅杆顶上飘扬，但是据说轮船要在四五天以后才能启航，决不会再早了。现在就到贝加尔号上去吗？很不好意思，怕船上推说为时尚早，不让登船。起风了，阿穆尔河像大海一样，波涛翻滚，令人惆怅。我到俱乐部去，在那里慢腾腾地吃着午饭，听着邻座的谈话。他们谈论着黄金、鹿茸以及到尼古拉耶夫斯克来的一个魔术师和一个日本人，说他拔牙不用钳子，干脆用手薅。仔细听上一阵子，便会发现，这里的生活距离俄国那么遥远，真有天壤之别！从这里下酒用的熏鲸鱼脊肉，到各种谈话，一切都使你感到这里有一种独特的，非俄罗斯的风味。我在阿穆尔河上航行时，就产生了这种感觉，仿佛我不是在俄国，而是置身在巴塔戈尼亚 [1] 或者在得克萨斯的什么地方。至于说到自然界，那也是独特的，非俄罗斯。我随时都觉得我们俄国的生活方式同本地的阿穆尔人格格不入。普希金和果戈理在这里不能被人理解，因而也不需要，人们对我国的历史感到枯燥无味。我们这些来自俄国的人，被看成是外国人。我发现这里的人对宗教和政治漠不关心。我在阿穆尔河见到的神甫，在斋戒期里照样吃大鱼大肉。我

---

[1] 阿根廷的一个地方。——译者注

还听说，有一个神甫穿的是白绸袍子，在从事黄金掠夺方面毫不逊色于他的教民。对于一个阿穆尔人，你只消同他谈起政治、俄国政府、俄国艺术，他就会感到乏味、无聊，连打哈欠。道德，在这里也有自己的一套，也不是我们俄国的。对待妇女的骑士风度，在这里得到尊崇，但是与此同时为了金钱而把自己的妻子让给别人，也不被人认为是可耻的事。还有一点更加有趣：这里一方面没有等级偏见，同流放犯可以平等相处，可是另一方面，在森林里却能随意开枪打死一个流放的中国人。当然，拦路抢劫就更不是什么罪过了。

言归正传，继续讲自己吧。我没有找到住宿的地方。傍晚，我决定到贝加尔号上去。可是又遇到了新的倒霉的事情：河里起浪了，基里亚克舟子，不管我出多少钱，都不肯送我过去。我重又在岸上踱来踱去，不知如何是好。太阳已经落山，阿穆尔河的波涛昏暗起来。河的对岸，基里亚克人家的狗狂吠不止。我为什么要到这里来？——我问自己，我觉得这次旅行实在过于轻率。我想，苦役地已近在咫尺，数日后就可以登上萨哈林的土地。但又一想，我没有携带任何引荐文书，可能不准登岛，我不安起来。总算有两个基里亚克人同意用三块板钉的小船送我到贝加尔号上去。我给了他们一个卢布，安全地登上了贝加尔号。

这是一艘中等吨位的商办海船。乘过贝加尔湖和阿穆尔河上的内河轮船之后，我感到这艘船相当不错了。这艘船航行在尼古拉耶夫斯克、符拉迪沃斯托克和日本的各港口之间，运载邮件、士兵、犯人、旅客和货物，主要是官家的货物。根据同官府签订的合同，它可从官府领取很大一笔补助金。它每年夏季应赴萨哈林数次，到亚历山大罗夫斯克哨所和南部的科尔萨科夫哨所。运费之高，恐怕是举世无双的。开发殖民地，首先要求交通畅通无阻，可是运费却如此高昂，简直不可理解。贝加尔号上的统舱和客舱虽很狭窄，却很清洁，一色欧式布置，有一架钢琴。船上的仆役是中国人，他们梳着长辫子，用英语把他们叫作"包衣"。厨师也是外国人。他们做的是俄式饭菜，所有的菜肴都因作料过多而发苦，有一种类似波斯菊的味道。

我读过很多描写鞑靼海峡风暴和浮冰的书。本来以为在贝加尔号上会遇到一些类似捕鲸者的人，他们声音嘶哑，说话时嘴里嚼着烟草，唾沫四溅，可是实际上我遇到的却都是很有学识的人。船长 Л 先生是位西部人，在北方各海域航行已有三十余年，走南闯北，见多识广，知识渊博，讲起故事饶有风趣。他在堪察加和千岛群岛一带度过半生，恐怕比奥赛罗更有权力谈论"不毛的荒原，恐怖的深渊，不可攀登的悬崖"。我感激他为我写这本旅行记提供了许多有用的资料。他有三名助手：Б 先生，著名天文学家 Б 的侄子，另外两位是瑞典人伊凡·马尔登纳奇和伊凡·维凡阿米纳奇，他们为人善良，和蔼可亲。

7 月 8 日，午饭前，贝加尔号启碇开航。同行的有三百多名士兵，由一位军官率领。另有几名犯人。有一名犯人带着一个五岁的女孩，说是他的女儿。当他登舷梯的时候，小女孩拽着他的镣铐。还有一名女苦役犯，她的丈夫自愿陪她来服苦役，这一点引起人们的注意 [1]。除了我和军官以外，还有几名乘坐头等舱的

---

[1] 在阿穆尔河的轮船和贝加尔号上，因犯都被安置在甲板上，同（转下页）

男女乘客，甚至还有一位男爵夫人。在这荒僻之地竟有这么多有学识的人，请读者不要为此而惊奇。阿穆尔河流域和滨海地区，纵然居民很少，但是知识分子却占不小的比例。这里的知识分子比俄国任何一省都相对地多。阿穆尔河畔有座城市，那里单是文官武将就有十六名之多。现在可能还要多。

天气晴朗，风平浪静。甲板上炎热灼人，船舱里令人窒息，水温18℃。这种天气只有在黑海才能常见。右岸的森林在着火，一望无际的绿色林海喷吐着红色火焰，团团浓烟，汇成一条长长的黑带，一动不动地浮悬在森林的上空……火势很大，但周围却是一片寂静。森林毁掉了，不关任何人的事。看来，绿色的宝库在这里只归上帝所有。

吃过午饭以后，6点钟左右，我们抵达普隆格岬。亚洲大陆在这里已到尽头，也可以说，如果不是萨哈林岛横在前面，阿穆尔河就在这里直接注入太平洋了。广阔无垠的河口湾展现在眼前。前方有一长条模糊的黑影隐约可见——那就是苦役岛萨哈林。左边的海岸线蜿蜒曲折，在一片雾色中时隐时现，伸向不可思议的远方。仿佛这里就是世界的终极，再往前已无处可去。心灵上笼罩着一种神秘莫测的感觉，俄底修斯[1]漂泊在陌生的海上，朦胧地预感到要遇见妖魔鬼怪时，大概就是这种

（接上页）三等舱的乘客在一起。有一天，天刚拂晓，我到船首甲板去散步。看到士兵、女人、孩子、两名中国人和戴着镣铐的囚犯睡得正熟，相互拥挤在一起，身上被露水打湿。甲板上凉飕飕的。押解士兵站在这群人中间，双手抱着枪，也睡着了。——原注（如无特别说明，本书中的注释皆为作者注）

[1] 古希腊史诗中的英雄，传说中的伊大卡岛上的国王。他参加了希腊人围攻特洛伊城的战争。战争结束后，曾在海上漂泊历险。——译者注

心情吧。果然，这时在右面河口的转弯处，沙滩上有座基里亚克人的小村落，从那里向我们驶来两条小船，船上坐着一些奇怪的人，高声喊叫着听不懂的话，手里挥动着什么东西。很难弄清他们手里拿的究竟是什么。直到他们驶到近处，我才看出是一些灰色的禽类。

"他们是想向我们兜售打死的大雁。"有人解释说。我们向右转。沿途设有指示航向的航标。船长寸步不离船长台，机械师一直守在机舱。贝加尔号的航行越来越小心翼翼，好似在摸索着前进。需要异常谨慎，因为这里很容易搁浅。轮船的吃水量是 12.5 英尺，一些地方水深只有 14 英尺，有时我们甚至听到船骨擦过沙底的声音。欧洲人长期以来认为萨哈林是个半岛，其主要原因就是这条浅水航道以及鞑靼海峡和萨哈林沿岸的景象造成的。1787 年 6 月，著名的法国航海家拉彼鲁兹伯爵在萨哈林西岸北纬 48° 以北的地方登陆，同土人进行了谈话。从他留下来记载可以看出，他在岸边不只是遇到了居住在这里的爱奴人，而且也遇到了来这里同爱奴人进行贸易的基里亚克人。他们经验丰富，既熟悉萨哈林又熟悉鞑靼海峡沿岸。他们在沙滩上画图，向拉彼鲁兹解释说，他们所在的土地是个岛屿，这个岛屿同大陆和北海道（日本）中间隔着海峡。[1]拉彼鲁兹后来沿着西岸向北继

[1] 拉彼鲁兹写道，他们把自己的岛屿叫作乔科，但是这个名称，基里亚克人大概指的是别的什么东西。拉彼鲁兹没有理解他们。在我们的克拉申尼科夫（1752年）的地图上，萨哈林西岸标有一条名叫秋哈的河流。这个"秋哈"同"乔科"是否有关？顺便说一下，拉彼鲁兹写道，那个基里亚克人画了一个岛屿，把它叫作乔科，同时也画了一条河流。"乔科"翻译出来是"我们"的意思。

续航行，指望找到从北日本海到鄂霍次克海的通道，从而缩短到堪察加的路程。但是他越是上行，海峡就越浅，每上行一海里，水深就减一俄丈 [1]。他向北航行到他的船能够到达的地方，也就是到达水深 9 俄丈的地方，便停止了。海底逐渐地增高，海峡里的海流几乎难以察觉，这使他确信，这里不是海峡，而是海湾，萨哈林和大陆通过地峡连在一起。在迭卡斯特里，他再次询问基里亚克人。当他在纸上给他们画一个与大陆分离的岛屿时，一个基里亚克人抢过他的铅笔，横着海峡画了一条线，解释说，基里亚克人有时不得不拖着自己的小船通过这个地峡，在这个地峡上甚至生长着青草——拉彼鲁兹就是这样理解的。这更使他坚信，萨哈林是个半岛 [2]。

比拉彼鲁兹晚九年，英国人布罗顿（Broughton）来到鞑靼海峡。他的船舶不大，吃水量不深于 9 英尺，因此他比拉彼鲁兹有可能向北多走一段路。在到达两俄丈的深度时，他停了下来，派遣自己的助手北上去测量。他的助手在航途中也遇到了深水，但是这些深水越来越浅，忽而把他引向萨哈林岸边，忽而把他引向一侧低矮的沙岸。于是产生了这样一幅景象，仿佛两岸在向一起靠拢，海湾在这里已到尽头，没有任何通道。结果，布罗顿也得出了和拉彼鲁兹相同的结论。

我国著名的克鲁逊什特恩于 1805 年考察了萨哈林的沿岸，也陷入了同样的错误。他向萨哈林航行时使用的是拉彼鲁兹的地

---

[1] 一俄丈等于 2.134 米。——译者注

[2] 这里顺便引用一下涅维尔斯科伊的观察：土人通常在两岸中间画一条线，表明从此岸可以乘船到彼岸，也就是说，两岸之间存在着海峡。

图，因此就怀有先入为主的偏见。他顺着萨哈林的东岸北上，绕过萨哈林北部各岬，进入海峡后自北向南而行。看来已经非常接近于揭开这个谜底了。但是水深逐渐减到平均 3.5 俄丈，而主要的是先入为主的偏见，使他不得不承认有地峡存在，尽管他并没有看到这个地峡。然而他毕竟产生了怀疑，感到不安。他写道："很可能以前，而且是不久以前，萨哈林还曾经是一个岛屿。"可能，他返航时心情很是不安，当他在中国第一次见到布罗顿的札记时，他"甚为高兴"[1]。

1849 年，涅维尔斯科伊纠正了这个错误。但是他的几位先行者的权威竟如此之大，当他向彼得堡报告自己的发现时，人们都不相信，认为他的行为是狂妄的，应该受到惩处，并且"决定"贬斥他。假如不是皇帝亲自出面庇护，不晓得会造成什么后果。皇帝认为他的行为是勇敢的，高尚的和爱国的[2]。涅维尔斯科伊为人很有毅力，血气方刚，有教养，富于自我牺牲和人道精神，具有崇高的理想和并且全身心地忠于这一理想，他在道德上是位纯洁的人。有一位了解他的人写道："我没有见过比他再诚实的人。"他在东部沿海和萨哈林的短短五年时间里创造了光辉

---

[1] 这三位严肃认真的考察家仿佛共同商定一样，重复了同一个错误。这个情况本身很能说明问题。他们没有发现阿穆尔河的入口，这是因为他们考察时掌握的资料十分有限，而主要的一点，他们都是天赋聪颖的人，都怀疑过，甚至几乎猜测到了另一个真理，并且准备同意它。萨哈林存在地峡或者萨哈林是个半岛，不是神话，事实上的确存在过，这一点现在已经得到证实。

尼科利斯基的《萨哈林和岛上的脊椎动物》一书对萨哈林考察史做了详尽的叙述。这本书里还可以找到有关萨哈林的相当详细的书目。

[2] 详见他所著的《俄国海军军官在俄国远东的功勋（1849—1855 年）》。

的业绩，但却失去了女儿（他的女儿是饿死的）。他本人衰老了，他的夫人也衰老了并且丧失了健康。他的夫人是位"年轻美貌、和蔼可亲的女人"，英勇地经受了一切艰难困苦[1]。

在结束关于地峡和半岛的问题时，介绍一些细节不是多余的。1710 年中国皇舆敕令在北京的外国传教士绘制一幅鞑靼地区图；传教士们在绘制这幅地图时使用了日本的地图，这一点是显而易见的，因为当时只有日本人才知道拉彼鲁兹海峡和鞑靼海

---

[1] 涅维尔斯科伊的夫人叶卡捷琳娜·伊凡诺芙娜从俄国到她丈夫这里来的时候，在 23 天的时间里骑马走了 1100 俄里的路程。她当时有病，但却穿过泥泞的沼泽，越过崇山峻岭、荒无人迹的原始密林和鄂霍次克冰封的栈道。涅维尔斯科伊最有才华的战友，发现皇帝港的，同僚们称之为"幻想家和大孩子"的尼·康·鲍什尼亚克——当时他只有二十岁——在自己的札记中写道："我们大家乘贝加尔号运输船来到阿扬，并在那里换乘舍烈霍夫号帆船。当帆船开始沉没的时候，谁也没有能够说服涅维尔斯卡娅夫人首先上岸。她说：'船长和军官们都最后上岸，所以我也要等船上不再有一个妇女和小孩时才离船登岸。'她正是这样做的。这时候帆船已经倾斜……"鲍什尼亚克继续写道，他经常同涅维尔斯卡娅夫人交往，但他和他的同事们从来没听到过她有任何怨言或者不满，相反她倒是经常看到她平静地、骄傲地经受着命运给她安排的痛苦的，但却是高尚的境遇。她常常一个人关在室温只有五度的屋子里越冬，因为男人们都外出执行任务去了。1852 年，堪察加没有开来给养船，大家陷入了绝境。吃奶的孩子没有牛奶喝，病员没有新鲜的食物吃，有好几个人患坏血病死掉了。涅维尔斯卡娅献出了她自己唯一的一头奶牛供大家享用。一切新鲜的食品都由大家分享。她对待土人和蔼可亲，关怀备至，这一点甚至连不开化的野蛮人也都察觉到了。当时她只有十九岁。（鲍什尼亚克中尉：《阿穆尔沿岸地区考察记》，载《海洋文集》，1859 年第 2 期）她的丈夫在札记里也谈到她同基里亚克人的动人关系。他写道："叶卡捷琳娜·伊凡诺芙娜让他们（基里亚克人）在地板上围坐一圈，中间摆着一只大碗，里面装着饭或者茶。这间屋子是我们住房里最大的一间，权充大厅、客厅和餐厅。他们享受着款待，经常拍着女主人的肩膀，一会儿喊她去拿塔姆奇（烟草），一会儿叫她去取茶。"

峡是可以通行的。这幅地图传到法国，为世人所知，是因为地理学家丹维尔的地图册采用了它。[1] 这幅地图引起了一番小小的误解，由此产生了萨哈林的名称。地图上，在萨哈林西岸，恰好对着阿穆尔河口的地方，传教士写道："Saghalien-angahata"，蒙古语，意思是"黑河的峭壁"。这个名称可能指的是阿穆尔河口处某个悬崖或岬角，但在法国却给做了另一种解释，被认为是指岛屿本身。由此产生了萨哈林的名称，并被克鲁逊什特恩所沿用。此后，俄国地图上也就使用这个名称了。日本人把萨哈林叫作桦太岛，意思是中国的岛屿。

日本人著作传到欧洲，要么是时间太晚，已经不再需要，要么就是遭到篡改。在传教士的地图上，萨哈林呈岛屿形状，可是丹维尔对这幅地图持怀疑态度，在岛屿和大陆中间画了一个地峡。日本人是最早考察萨哈林的，从 1613 年就已开始。但是欧洲对此重视不够，以至后来当俄国和日本着手解决萨哈林的归属问题时，俄国人说只有他们才拥有首次考察权[2]。

早就需要对鞑靼地区和萨哈林沿岸进行一次新的尽可能详尽的考察了。现在军用和商用船舶经常搁浅，触礁，实际发生事故的次数比报纸上披露的要多得多。由此就足以看出现在的地图是不能令人满意的。主要是由于地图都很糟糕，这里的船

---

[1] *Nouvel Atlas de la Chine, de la Tartarie Chinoise, et du Thibet*, 1737。(《中国、中国所属鞑靼和西藏最新地图册》，1737 年。)

[2] 日本测地学者间宫林藏于 1808 年乘小船顺西岸旅行，到达阿穆尔河口附近的鞑靼海岸，不止一次往返航行于岛屿和大陆之间。他第一次证明萨哈林是个岛屿。我国的旅行家费·施密特十分称赞他的地图，认为他的地图"特别精彩，显然是亲自测量绘制的"。

长们都异常谨慎，多疑而又神经质。贝加尔号船长不相信官方的地图，用的是自己的地图，那是他在航行时亲自绘制并且随时订正的地图。

Л先生害怕搁浅，决定夜间停航，太阳落山便在扎奥列岬附近抛锚。岬角的山顶上，有一座孤零零的小房子。海军军官Б先生住在这里。他负责设置和检查航标。房子后面是一片茂密的原始森林。船长送给Б先生一些鲜肉。我利用这个机会随舢板登岸。岸上没有码头，堆积着一些光滑的巨石，人们只好在这些巨石中间跳上跳下。有阶梯通向山上的房子。这些阶梯是用木桩做成的，木桩的一头埋在土里，与地面几乎呈垂直状态，因此在攀登的时候，两手必须牢牢抓紧。处境真是令人狼狈不堪！当我向山上的房子攀登的时候，一团团的蚊子把我包围了。黑压压的一片，我的脸面和手被叮得火烧火燎，但是没有可能腾出手来驱赶。我想如果留在这里露天过夜，不在四周拢起篝火，就可能被叮死，或者起码要发疯。

房子里的住屋由一条小走廊分成两半：左面住着水兵，右面住着军官一家。主人没在家。我见到了他的妻子和两个女儿。这位太太受过教育，衣着雅致。两个小姑娘被蚊子叮得满脸是包。每个房间的墙壁上都挂满枞树的绿枝，窗户上绷着冷布，屋里熏着烟。但是这一切都无济于事，蚊子照样有，而且不停地叮着两个可怜的小姑娘。墙上挂着几幅素描画，其中有一幅是用铅笔勾勒出来的女人头像。原来Б先生还是一位画家。

"你们的日子过得不错吧？"我问这位太太。

"很好，就是这些蚊子受不了。"

她对鲜肉并不感到高兴。据她说，她和孩子们早已习惯于吃咸肉，对鲜肉反而不喜欢了。

"况且昨天我们还炖了鲑鱼。"她补充道。

一个无精打采的水兵送我回舢板船，他仿佛猜透了我想要问他什么似的，叹了一口气，说道：

"若是自愿，谁也不肯到这个地方来！"

第二天风平浪静，天气暖和，一清早我们便继续航行。鞑靼海岸山峦重叠，尖峰林立，好像一个个巨大的圆锥突起在群岭之中。上空轻轻地涂抹着一层淡蓝色的雾霭，这是从远处森林火灾飘来的青烟。据说这烟有时非常浓重，对于航海者来说，其危险的程度不亚于浓雾。假如有一只鸟儿从海面上直接飞越山岭，那么它恐怕在五六百俄里或者更远一些的范围内看不到一座房舍、一个活人……阳光下的岸边显得更加苍翠，生意盎然。荒无人烟，似乎使它反而更加美丽。六点钟，驶进海峡最窄处，即波哥比岬和拉扎列夫岬之间，两岸清晰可见。八点，通过"涅维尔斯科伊帽儿山"——这是一座山的名称，因山顶有一帽形山峰而得名。早晨阳光灿烂。我因为能够目睹两岸的风光而感到欣慰，并增强了我的喜悦心情。

下午一点多，驶进迭卡斯特里湾。在整个海峡，这是船舶航行时唯一可以躲避风暴的地方。若是没有这个地方，在这不好客的萨哈林沿岸航行是不可思议的 [1]。甚至有这么一句谚语："躲

---

[1] 关于这个港湾在目前和未来的作用，请参见斯卡利科夫斯基所著《太平洋上的俄国贸易》一书，第 75 页。

进迭卡斯特里"。海湾优美，仿佛按照人们的吩咐由大自然精心安排好的一样。这是一个圆形的巨大池塘，直径约三俄里左右，四周高岸环绕，形成挡风屏障。有一狭窄的出口通向外海。如果单从外表判断，这个港湾是最理想不过的了。可是，这只不过是看上去而已！海湾一年有七个月覆盖着冰雪，无法抵御东风的侵袭，而且水浅，轮船要在离岸两俄里的地方抛锚。出海处虎踞着三个小岛，或者更正确些说，是三块礁石，这使港湾的景色更加美丽，具有独特风格。其中之一叫作牡蛎礁，水下繁殖着个大、肥美的牡蛎。

岸上有数间房舍，一座教堂。这就是亚历山大罗夫斯克哨所。哨所司令官和他的书记官、电报员住在这里。一位地方官员到我们轮船上来进午餐。这位先生百无聊赖，而且也使别人感到枯燥乏味。他进餐时开怀畅饮，夸夸其谈，一边吃着一边给我们讲一个老掉牙的逸闻趣事。他说，有几只鹅吃了酿酒用的浆果，结果酩酊大醉，被人当成死鹅，拔掉羽毛，弃之于外。后来，这几只鹅醒酒后，只好一丝不挂地走回家去。这位官员一边讲着，一边发誓赌咒，说这件事就发生在迭卡斯特里他家的院子里。教堂没有神甫。需要的时候，神甫从马林斯克来这里。好天气非常少见，跟尼古拉耶夫斯克一样。据说今年春季测量队来这里工作时，整个 5 月份只有三个晴天。没有阳光怎么能测量呢！

我们在碇泊场遇到海龙号和通古斯人号两艘兵船以及两艘鱼雷艇。值得一提的还有，我们刚刚抛锚，天空便昏暗起来，雷雨将至，海水呈现出不寻常的鲜绿色。贝加尔号要卸下的公家货物有四千普特，我们只好留在迭卡斯特里过夜。为了消磨时间，我和机械师在甲板上钓鱼。钓到了一些很大的圆头杜父鱼。无论是在黑海还是亚速海，我都没有钓到过这种鱼。还钓了一些比目鱼。

这里轮船卸货的速度异常缓慢，令人难以忍受，弄得人心烦意乱。顺便说一句，我国所有东方港口的命运，普遍都是这样悲惨。在迭卡斯特里，先得把货物卸到不大的平底驳船上，这种平底船也只有在涨潮时才能靠岸，因为装满货，就时常搁浅。常常发生这种情况：一艘轮船为了卸下百八十袋面粉，在退潮和涨潮中间这一段时间里，就得白白地停在那里。尼古拉耶夫斯克的混乱状况更为严重。在那里，我站在贝加尔号的甲板上看到，一艘拖轮拽着一只载有二百名士兵的大驳船，竟然丢掉了拖船用的缆索。驳船在碇泊场里随波逐流，直向停在我们不远的一条帆船的锚链冲去。我们都惊呆了，再过瞬间，驳船就会被锚链割为两半，幸而善良的人们及时抓住了拖船缆索，士兵们才得以幸免，仅仅受了一场虚惊。

第二章

地理概况——到达北萨哈林——火灾——码头——在城郊——Л先生家的午餐——新相识——科诺诺维奇将军——督军莅临——宴会和灯会

萨哈林位于鄂霍次克海中,长近一千俄里,把西伯利亚东岸和阿穆尔河口同大洋隔开。它自北而南呈长形,据一位作者的意见,很像一条鲟鱼。它的地理方位是:从北纬45°54′到54°53′,从东经141°40′到144°53′。萨哈林的北部,永冻地带贯穿全境,就其纬度位置来说相当于梁赞省,而南部则相当于克里米亚。岛长九百俄里,最大宽度为125俄里,最窄处为25俄里,面积比希腊大一倍,比丹麦大一半。

从前,全岛分为北、中、南三个部分,但这种分法实际上很不妥当,现在只分南北两部分。岛屿北部的三分之一,就其气候和土壤条件来说,完全不适于居住,因此往往不计算在内。中部的三分之一叫作北萨哈林;南部的三分之一叫作南萨哈林。南北两部分之间并不存在严格的分界线。目前,北萨哈林的流放犯居住在杜伊卡河和特姆河流域。杜伊卡河流入鞑靼海峡,特姆河流入鄂霍次克海。从地图上看，这两条河的上游相距甚近。西部沿海，在杜伊卡河口上下不大的地带也有人居住。北萨哈林在行政管理方面划分两个区：亚历山大罗夫斯克区和特姆区。

我们在迭卡斯特里住了一夜。翌日，即7月10日中午，横越鞑靼海峡，驶向杜伊卡河口的亚历山大罗夫斯克哨所。当天风平浪静，天空晴朗，这在此地极为少见。平静的海面上，一对对鲸鱼喷着水柱，游来游去。这种壮丽的奇观，一路上很使我们开心。但是我得承认，我的心情并不愉快，距萨哈林越近，情绪越坏。我觉得惴惴不安。那位带兵的军官知道我赴萨哈林的目的以后，很是吃惊，并且让我相信，我没有任何权利接近苦役地和移民区，因为我不在国家机关中任职。诚然，我知道他说的不对，可是听了他的话以后，我不免烦恼起来。我担心人们在萨哈林真的会这样对待我。八点钟以后，抛锚停泊。萨哈林岸上的森林有五处燃着大火。周围一片昏暗，海面弥漫着浓烟。我看不见码头和建筑物，只见哨所里灯影绰绰，其中有两盏发着红光。昏暗的背景上，黑黝黝的山峰，滚滚的浓烟，大火和灯光，构成一幅线条粗糙的恐怖画面，仿佛把人带进神秘世界。左面，燃着奇异莫测的篝火。上空，群山耸立。远处，大火的血红色的火光，从山峰后面高高升起，伸向天际。仿佛整个萨哈林都在燃烧。右面，容基那尔岬像个黑色的庞然大物，突兀海上，状如克里米亚的阿尤—达格岬；岬顶，灯塔熠熠闪亮；岬底，海船和海岸之间的水中耸立着三块尖顶礁石，名之谓"三兄弟"。一切都湮没在烟雾之中，好似在地狱里一般。

一艘小艇向轮船驶来，艇后拖着驳船。这是运送苦役犯，为轮船卸货的。传来了鞑靼口音的说话声和谩骂声。

"别让他们上轮船！"有人在船舷上喊道，"别放他们上来！黑夜里他们会把全船给偷光的！"

机械师发现我对岸上的景象感到不快，便对我说："亚历山大罗夫斯克这里还不算什么，您瞧瞧杜厄吧！那里，海岸陡峭，峡谷昏黑，裸露着黑色的煤层……阴森森的海岸！我们贝加尔号时常往杜厄运送苦役犯，每次都是二三百人，他们中间有许多人一看到海岸就大哭起来。"

"在这里充当苦役犯的不是他们，而是我们，"船长愤愤地说，"如今这里很平静，但是您等着秋天再看吧：狂风，暴雪，寒冷，海浪掀过船舷——真是一言难尽！"

我留在轮船上过夜。清晨，五点左右，一阵吵嚷声把我唤醒："快点！赶快！小艇最后一次去岸上了！我们马上就要开船啦。"一分钟以后，我已坐在小艇上了。我身边坐着一位年轻的官员，一脸怒气，睡眼惺忪。小艇尖叫一声，载着我们向岸边驶去，后面拖着苦役犯乘坐的驳船。囚犯们工作了一夜，没有睡觉，显然已经精疲力尽。他们一个个无精打采，面孔阴郁，始终沉默不语。他们的脸上挂着水珠。至今我还清楚地记得几个高加索人，面部线条分明，皮帽低低地压在眉毛上。

"让我们认识一下吧，"身边的官员对我说道，"十四等文官 [1]Д。"

这是我到萨哈林认识的第一个人，他是一位诗人，写有暴

---

[1] 最低的文官等级。——译者注

露性诗篇《萨哈林诺》，诗的开头是："告诉我，医生，不是白白地……"后来他常来看我，陪我一道在亚历山大罗夫斯克市内和郊区散步，给我讲述各种奇闻轶事，或者无休无尽地朗读自己的诗作。他在漫长的冬夜里写作自由主义的小说。一遇机会，他总喜欢让人知道他虽是十四等文官，但实际上却身居十等官的要职。一次，有一个女人有事求见他，称呼他 Д 先生，他大为恼火，气势汹汹地对她喊道："我不是你的什么 Д 先生，而是大人！"上岸途中，我向他询问萨哈林的生活情况。他不吉祥地叹息着说道："有您瞧的！"太阳已经高高升起。昨晚阴森恐怖、昏黑模糊的景象，如今在这朝阳的照耀下已经消失得无影无踪。粗犷的容基那尔岬，岬顶的灯塔，"三兄弟"，几十俄里以外从两侧皆可看见的高耸的陡岸，山中轻纱般的云雾，冒着滚滚浓烟的森林大火，这一切在阳光的照耀下和粼粼碧波陪衬下，构成了一幅不算很坏的图画。

这里没有港湾，海岸险要。瑞典轮船阿特兰特号的遭遇令人难忘，这艘船在我来此前不久遇难，如今仍放置在岸上。虽有码头，但只为小艇和驳船而设。码头是一座伸进海里的几俄丈高的框架结构，形如丁字。许多粗大的木桩牢牢地埋进海底，形成一个方框，里面填满石头，上面铺着木板，板上沿着整个码头敷设着推车轨道。在丁字横杠的一端，有一所漂亮的小房。这是码头管理处。旁边竖着一根高高的黑色旗杆。整个设施虽很讲究，但是并不坚固耐久。据说，遇有狂风暴雨，海浪会拍到小房的窗户上，甚至飞溅到旗杆横桁上，整个码头都会随着颤动。

码头附近的岸上，有五六十名苦役犯，可能由于无事可做，在东游西逛。有的穿着囚衣，有的穿着短袄或者灰色粗呢上衣。我一出现，这五六十人一齐把帽子摘下。迄今为止，恐怕没有一个文学家获得过这样的荣誉。岸上停着一辆无弹簧的带篷马车。苦役犯把我的行李搬进马车。有一个人蓄着黑胡子，衬衣从上衣下面露出，坐到御座上去。我们要上路了。

"您到哪里去，大人？"他转过身来，脱掉帽子，问道。

我问他此地是否有出租的房子，哪怕一个房间也行。

"正是这样，大人，能租到。"

从码头到亚历山大罗夫斯克有两俄里的路程，筑有上好的公路。路面平坦整洁，两侧有排水沟和路灯。同西伯利亚的道路相比，这简直是无法形容的豪华。和公路并行有一条敷设铁轨的道路，但是，沿路的自然景象非常贫乏。杜伊卡河流经亚历山大罗夫斯克谷地，周围群山环抱。山上，烧焦了的树桩，或被风吹得干裂的落叶松树干，直挺挺地耸立着，好像豪猪身上的针毛。山下河谷里遍地是草墩和酸性禾草，证明不久前这里还是无法通行的沼泽。新挖的排水沟的土层横断面，暴露出土质的贫瘠。火灾过后的沼泽土壤，上面覆盖着薄薄一层黑土。既没有松树，也没有橡树和枫树，只有一种落叶松，长相枯萎、单薄，仿佛被啃过一般。在这里不像我们俄国，落叶松不是森林和公园的点缀，而是沼泽土质贫瘠和气候恶劣的证明。

亚历山大罗夫斯克哨所，或简称亚历山大罗夫斯克，是一座很美观的西伯利亚型小镇，有三千居民。城中没有一所石头建筑，教堂、房舍乃至人行道，全是用木材，主要用落叶松建成。这里是萨哈林文明的中心，岛区长官的驻节地设在这里。监狱坐落在主要街道附近，外表上跟兵营相差无几。因此亚历山大罗夫斯克并不像我原来想的那样，完全不带阴森恐怖的囚堡色彩。

马车夫送我到了亚历山大罗夫斯克城郊屯。我们来到流放犯出身的农民П的家里。我看了住房。小小的庭院，按照西伯利亚的方式铺着原木，四周围着栅栏。房子里有五间宽敞整洁的住屋，一间厨房，但是没有任何家具。女房东是个年轻的女人。她搬来一张桌子，五分钟后又拿来一个方凳。

"房费，包括烧柴在内，22卢布，不带烧柴，15卢布。"她说。

一个小时以后，她端着茶炊走了进来，唉声叹气地说："您算是到了个倒霉的地方啦！"

她是当姑娘的时候跟随母亲到这里寻找父亲的。父亲是个苦役犯，直到现在还没有服满刑期。现在她嫁给了一个流放犯出身的农民。丈夫是个阴郁的老头，我在院子里曾见过一面。他得了什么病，躺在凉棚下呻吟着。

"我想，我们唐波夫省现在正割麦子，"女房东说，"可是在这里，就连瞧一眼也休想。"

的确没有什么值得看的，从窗里往外望去，只见有几垄洋白菜苗，旁边有几条很不像样子的排水沟，远处耸立着干枯的落叶松。男主人手按着腰，哼哼唧唧地走进屋里，对我抱怨起来，诉说着欠收的年景，寒冷的气候，贫瘠的土地。他顺利地服满了苦役和流放期，现在有两所房子，养着牛马，雇有不少帮工，自己什么活都不干，讨了个年纪轻轻的老婆。而主要的是他早就取得了移居到大陆上去的权利，可是他仍然牢骚满腹。

中午，我到城郊屯散步。屯边有一幢很漂亮的带凉台的小房，门上钉着一块小铜牌。院子里住房旁边是一爿商店。我走进去，想买些吃的东西。"商行"和"贸易委托栈"——在我保存的印刷的和手抄的价格表中，这家小小的商店叫这个字号——的主人是流放犯Л。Л从前是近卫军军官，十二年前由彼得堡地方法院判为凶杀罪犯。他已经服满苦役，现在经商，同时还承办旅行和其他各种委托事宜，为此而领取看守长一级的薪俸。他的妻子是自由民，出身于贵族。现在监狱医院里当医助。店里出售肩章上用的金星、土耳其糖果、截锯、镰刀以及"女帽，夏用凉帽，式样时兴，美观大方，每顶价格从 4 卢布 50 戈比到 12 卢布不等"。我正在和店员谈话的时候，店主走了进来。他穿着丝绸的常礼服，系着一条花领带。我们彼此认识了。

"您肯赏光在寒舍进午餐吗？"他邀请我说。

我同意了。我们一起向他的住宅走去。他的家里陈设舒适。一色的维也纳家具，摆着鲜花，还有一架美国八音琴和一把安乐椅。Л每天午饭后都要坐在这把椅子上晃动着身子，闭目养神。除了女主人外，我在餐厅里还遇见四位客人，他们都是官员。其中一位老头没蓄须，两腮留着银白连鬓胡子，脸相很像剧作家易卜生。原来他是本地医院的医生。另一位也是老头，自我介绍说是奥伦堡哥萨克军的校官。这位军官一开始说话，就给我这样的印象：他为人善良，是位热诚的爱国者。他温顺，敦厚，老成持重，但是一旦谈起政治来，就完全不能控制自己了。他怀着真诚的情感讲起俄国的强大，轻蔑地谈论德国人和英国人，尽管他有生以来从没见过他们。据说，经海路来萨哈林的途中，他在新加坡想给太太买一条丝绸头巾。可是这要求他把俄国钞票兑换成美元，据说他对此大为光火，说道："怎么！我得把我们的宝钞兑换成什么埃塞俄比亚的纸票子！"头巾也就没有买成。

午餐有苏波汤、炸子鸡和冰激凌，还有葡萄酒。

"此地大约何时落最后一场雪？"我问道。

"5月份。"Л回答说。

"不对，是6月份。"很像易卜生的那位医生说。

"我认识一个移民，"Л说，"他种的加里福尼亚品种的小麦，收成是种子的二十一二倍。"

但又遭到医生的反驳：

"不对。您的萨哈林什么都不收。可恶的土地。"

"对不起，"一位官员说，"1882年小麦收成是种子的四十倍，我很清楚这一点。"

"您不要相信，"医生对我说，"他们这是给您灌迷魂药呢。"

进餐时有人讲了一个故事，说俄国人占领萨哈林岛以后，开始欺侮基里亚克人，于是有一个基里亚克萨满[1]便诅咒萨哈林，预言以后从岛上不会得到任何好处。

"果然如此。"医生叹息道。

午餐后，Л演奏八音琴，医生邀我到他家去住。

当天傍晚，我就住进了主要大街上的一所房子里。这儿离公署非常近。从这天晚上起我开始洞悉萨哈林的秘密。医生告诉我说，在我来这里前不久，他在海滨码头上给牲口做防疫检查，

[1] 巫师之意。——译者注

同岛区长官发生过一场严重的龃龉，结果将军甚至抽了他一棍子；第二天宣布准予他呈请辞职，尽管他本人并没有提出辞呈。医生拿出一捆文件给我看，说是他为了维护公理和出于对人类的爱而写的。这是一些呈子、状子、报告……和告密书等等的抄件 [1]。

"您住在我家，将军会不高兴的。"医生意味深长地眨了一下眼睛，说道。

翌日，我拜会了岛区长官科诺诺维奇。将军不顾劳累和公务繁忙，盛情款待了我，并且同我进行了一小时左右的谈话。他很有教养，知识渊博，此外，还具有丰富的实际经验，来萨哈林任职之前，曾主管卡拉岛苦役地长达十八年之久。他谈吐高雅，文笔优美，给人的印象是一位诚挚的、充满人道精神的人。我不会忘记同他谈话给我带来的快乐。他不断表示厌恶体罚，这在开始时听起来多么令人愉快。肯南曾在他那本著名的书中对岛区长官敬佩不已。

将军得知我打算在萨哈林逗留数月，警告我说，这里生活艰难而枯燥。

"苦役犯、移民和官员，所有的人都想逃出这里，"他说，"我还不想逃，但我由于用脑过度，已感疲倦。这里要求大量脑力劳动，主要因为事务零乱纷繁。"

他答应给我全力支持，但要求我等待一些时候，因为萨哈

---

[1] 下面就是一份标准的告密电报稿："某某贪污受贿，伪造文件，鱼肉百姓，至今仍逍遥法外。凭良心之义务，据第3卷第712款，认为必须有劳尊驾采取措施，以护法统，伸张正义。"

林正在准备迎接督军，所有的人都在忙着。

"我很高兴您住在我们医生家里，"他在分手时说，"您将会知道我们的缺点。"

督军莅临之前，我在亚历山大罗夫斯克一直住在医生家里。生活很不一般。每当我早晨醒来，各种各样的声音都会提示我身在何处。窗户敞开着，一队戴着镣铐的囚犯在街上不慌不忙地从窗前走过，发出均匀的金属碰撞声。寓所对面的兵营里，为了迎接督军，士兵军乐手在演习进行曲，横笛吹一个调，低音长号奏另一个曲，竖笛响的是第三种腔，真是九腔十八调，一片嘈杂。而我们屋子里养的金丝鸟则啼鸣不已。我的房东医生在屋子里不停地来回走动，边走边翻阅法律大全，喃喃自语地说：

"如果根据某条某款，我向某处提出呈请……"诸如此类等等。

要么他就坐下来，同儿子一道起草诉讼状。到街上去走走吧，外面又十分炎热。听说出现了旱灾。军官们穿上了白色军服。这并非每年夏季都是如此。街上的景象比县城要繁华得多。这是很容易解释的，因为正在准备迎接边疆区长官，而主要的原因是这里的居民成年人占绝大多数，他们每天大部分时间都在户外活动。这里在一块不大的地面上，聚集着一个千人的监狱和一所五百人的兵营。杜伊卡河上正在紧张地架桥，街道上竖起几座牌楼，家家户户都在打扫和粉刷房屋，士兵在操练步伐。两匹马的和三匹马的马车，挂着串铃，在街上驰骋，这是为督军预备的马车。真像过节一样，一片繁忙景象。

马路上，一群土著居民基里亚克人向警察局走去，几条驯良的萨哈林看家狗向他们狂吠。这些狗不知为什么只向基里亚克人吠叫。又有一伙人走过来，是戴着镣铐的苦役犯，有的戴着帽子，有的光着头，拉着沉重的装满沙子的平板车，锁链发出哗啦哗啦的响声。几个孩子紧紧跟在车子后面。两侧是看押的士兵，他们满脸流汗，皮肤热得通红，肩上扛着步枪，有气无力地走着。苦役犯把沙子撒在将军官邸前的广场上，然后原路返回，镣铐声不绝于耳。一个苦役犯穿着印有红方标记的囚服，挨门串户地叫卖覆盆子浆果。当你走在街上时，坐着的人都会站起来，所有遇到的人都会脱下帽子。

苦役犯和流放移民，除了少数例外，一般都可以在街上自由行走，不戴镣铐，没有人看押，因此你每走一步都会遇到成群结伙的和单个苦役犯。在农户的庭院里和屋子里也有这种人，他们充当车夫、看门人、厨师、厨娘和保姆。这种亲密的关系，起初使人很不习惯，感到困惑不解，不知所措。你从一处建筑工地附近经过，会看见几个苦役犯手里拿着斧头、锯子和锤子。这时你不禁会想，他这么一抢，你就得七魂出窍！或者你到一个熟人家去，偏巧他不在家，你坐下来给他写个便条，可是这时你的背后站着一个苦役犯——他的仆人在等待着你，手里拿着一把刀，他刚才在厨房里用这把刀在削马铃薯。或者，清晨四点来钟，你被一种沙沙的声响惊醒，睁眼一看，只见一个苦役犯踮着脚尖，屏住呼吸，悄悄向你走来。怎么回事？这是要干什么？"擦擦皮鞋，大人！"我很快就看惯了这些，并且习以为常了。这里的太太们毫不介意地放孩子们随着充当保姆的无期苦役犯出去散步。

一位记者写道，他起初甚至对每一墩矮树丛都感到害怕，在路上遇见一个囚犯，就得赶紧去摸摸大衣里面的手枪；后来他放心了，得出这样一个结论："一般说来，苦役犯们是群羔羊，懦怯，懒惰，半饥半饱，只会向人讨好。"认为俄国囚犯只是由于懦怯和懒惰，才不杀害和抢劫路人，这未免把人类想得太坏了，或者说是不了解人。

阿穆尔督军考尔夫男爵乘海龙号兵船，于7月19日抵达萨哈林。在岛区长官官邸和教堂中间的广场上，他受到仪仗队、全体官员以及移民和苦役犯的隆重欢迎。演奏了我方才提到的那首乐曲。一位仪表非凡的老人端着本地制造的银盘，向他敬献了面包和盐。这位老人姓波焦姆金，从前是个苦役犯，后来在萨哈林发了家。我的房东医生也在场，他身穿黑色礼服，头戴无檐帽，手里拿着一份呈请书。我第一次见到萨哈林的民众，他们那种悲惨的特点并没有掩过我的眼睛：人群中有壮年男女，也有老人和孩子，但是唯独没有青少年，好像从十三到二十岁的年龄在萨哈林就根本不存在似的。我情不自禁地给自己提出一个问题：这是否意味着青年人稍一长成，只要一有可能，便都离岛他去了呢？

督军在到达的第二天，便开始视察监狱和移民区。移民们焦急地等待着他。所到之处，移民们都向他递交请求书或者口头提出请求。大家讲话时，有的是为自己，有的代表全屯。讲演的艺术在萨哈林甚为高超，因为任何事情，离开讲演就办不成。在杰尔宾斯科耶屯，移民马斯洛夫在讲演中数次将官长叫作"最仁慈的统治者"。遗憾的是，求见考尔夫男爵的人请求的事情，远远不都是真正需要的。这里跟在俄国类似的情况下一样，也表现出农民那种令人沮丧的愚昧无知：人们请求的不是兴办学校，不是公正的执行法律，不是做工赚钱之类的大事，而是各种鸡毛蒜皮的小事。比如，有人申请官府救济，有人请求准立子嗣，总之一句话，提出的请求都是地方当局可以满足的。考尔夫对待他们的请求非常关注和热心。他深深地为他们的不幸境遇所感动，许下诺言，激发对美好生活的期望[1]。在阿尔科沃屯，副典狱长报告说："阿尔科沃一切顺利。"男爵听了之后，指着秋播和春播小麦对他说："一切顺利，只有一点除外，就是阿尔科沃没有粮食吃。"亚历山大罗夫斯克监狱，在他莅临之际，给犯人吃了鲜肉，甚至还有鲜鹿肉；他巡视了所有的囚室，接受了请求书，下令除掉许多犯人的镣铐。

7月22日这天是法定的节日。祈祷和阅兵完毕之后，一个巡丁跑来报告说，督军大人要接见我。我去了。考尔夫十分亲切地接待了我，同我进行了半个小时的谈话。我们谈话时科诺诺维奇将军也在座。当时向我提出一个问题：我是否负有官方使命？我回答说没有。

"最低限度您是接受某个学术团体或者报纸的委托吧？"男爵问道。

我的衣袋里本来是有记者证的，但是我不打算在报纸上刊登关于萨哈林的文章，因此不想把那些完全信任我的人引入五里雾中。我回答说："没有。"

男爵说道："我允许您自由出入任何地方，会见任何人。我们没有什么可隐瞒的。您在这里可以考察一切，将发给您自由出

---

[1] 甚至也有一些不可能实现的期望。他在一个屯子里谈到流放犯出身的农民现在已经有权移居大陆的时候，说："以后你还可以回到祖国，回到俄国去。"

入所有监狱和移民屯的通行证，您可以利用您需要的文件。一句话，所有的地方都为您敞开大门。只有一点我不能允许您做，就是不准同政治犯有任何交往，因为我没有任何权力允许您这样做。"

告辞时男爵说：

"明天我们再谈谈。请您带着纸来。"

这天，我出席了岛区长官宅邸举行的欢迎宴会。我在这里几乎认识了萨哈林所有的政界人士。宴会进行时，演奏了乐曲，发表了演说。考尔夫为答谢对他的祝酒，发表了简短的演说。我现在还记得他的一些话。他说："我坚信，萨哈林'不幸者'的生活，比在俄国乃至欧洲某些地方都更轻松。在这方面我们需要做的事情还很多，因为善良之路是无穷尽的。"五年前他来过萨哈林一次，现在他认为这里进步显著，超过了预期水平。他的褒扬之词，同人们看到的饥饿、女流放犯普遍卖淫、残酷的肉刑等现象无法调和。但是听众应该相信他的话，因为现在同五年前相比，似乎可以说，黄金时代开始了。

晚上是灯会。街道被小油灯和五色花火照得通明。士兵、移民和苦役犯成群结队，一直游逛到深夜。监狱门大开。杜伊卡河一向破败，肮脏不堪，河岸光秃秃，如今两岸都装点得格外美丽，蔚为壮观。但是这很可笑，就像给厨娘的女儿穿上小姐的礼服一样。将军的花园里奏着音乐，歌手们唱着歌。还鸣了礼炮，有一门大炮还爆炸了。尽管如此热闹，街上仍觉烦闷无聊。既没有歌声，也没有手风琴声，连一个醉汉也没有。人们像幽灵一样游荡着，像幽灵一样缄默不语。苦役地尽管被花火照得五彩缤纷，但仍然还是苦役地。远处传来悦耳的乐曲声，但是永远回不了祖国的人听到这乐曲，只能产生绝望的哀愁。

我带着白纸去见督军。他向我阐述了对萨哈林苦役地和殖民区的看法，让我把他讲的都记录下来。当然，我很愿意完成这项任务。他建议我给记录下来的东西冠以这样一个标题：《不幸者的生活记述》。从我们最后一次谈话和我在他口述下记录下来的东西中，我得到一个信念，坚信他是一位宽厚、高尚的人，但是他对"不幸者的生活"了解的程度并不像他自己认为的那样。请看《记述》中的一段话："任何人都没有被剥夺获取完全平等的希望。不存在终身惩罚。无期苦役不超过二十年。苦役劳作并不沉重。如果说沉重，那只表现在强制性劳动不给劳动者本人提供私利，而不表现在体力强度上。不披枷戴镣，不用人看守，不给剃光头。"

天气一直很好，晴朗，清新，很像我们俄国那里的秋天。黄昏尤为美妙。我永远不能忘怀那西方火红的晚霞，深蓝的大海和从山后冉冉升起的皎洁的明月。每当这样的黄昏，我都喜欢在哨所和新米哈伊洛夫斯科耶屯之间的河谷里往来驰骋。这里道路平坦，并排有小平板车轨道和电报线。从亚历山大罗夫斯克前行，河谷越来越窄，昏暗益形浓重，高大的牛蒡使人觉得很像热带植物。黑黝黝的群山从四面八方向你围过来。远处出现火光，那是燃烧着的煤炭，或森林中的大火。一轮明月，高悬中天。一幅奇幻的画面忽然使我感到恐怖：一个身穿白衣的苦役犯，驾着一辆小平板车，不断地用木杆撑地，沿着铁轨向我迎面奔来。我不禁打了一个寒噤！

"该回去了吧？"我问车夫。

苦役犯车夫把马车调转过来，望望四周的群山和火光，说道：

"这里真烦闷，大人！咱们俄国比这儿好。"

第三章

人口登记——统计表格的内容——我问了些什么以及如何回答我的——房舍及其居住者——流放犯对人口登记的意见

为了尽可能走遍全部有人居住的地方，深入了解大多数流放犯的生活，我采用了人口登记的办法。就我所处的地位来说，这是唯一可行的办法。我在所到的屯落里，访问了所有的住户，把户主、家庭成员、寄居者和帮工都一一调查登记。为了减轻我的工作和缩短时间，有关方面好心地为我提供了几名助手。但是，我进行人口登记的主要目的，不在于它的成果而在于登记过程本身给我的印象，所以我只是在很少的情况下才找别人协助。这项工作靠一个人在三个月内完成，实际上不能称作人口登记；登记的成果不可能准确和全面。可是由于书籍和萨哈林衙署里都缺少像样的资料，我的统计数字可能会有些用处。

我登记时使用的表格是警察局印刷厂为我印制的。登记的过程如下：首先，我在每张登记表的第一栏里记下哨所或屯落的名称。第二栏是该民户在官方户籍中的编号。然后第三栏是被登记人的身份：苦役犯、强制移民、流放犯出身的农民和自由民等项。对于自由民，只有下述情况才予以登记，即同流放犯有直接关系者，比如，同流放犯结婚者（合法的和非法的）、流放犯的家族成员，或者作为雇工或寄居者住在他家中的人，等等。按照萨哈林的生活习惯，身份十分重要。苦役犯无疑会为自己的身份感到羞愧。问他是什么身份，他通常回答说："干活的。"假如他在服苦役前是士兵，那么他必定会补充一句："士兵出身，大人。"刑满后，或者用他本人的话来说，"服满期限"后，他会成为移民。他认为这个新的身份已不再是低贱的了，因为"移民"这个词跟"屯民"二字相差无几，至于这种身份享有的权利，那就更不必说了。当问到一个强制移民他是什么人时，通常都回答说："自由民"。强制移民经过十年，而在最好的条件下经过六年（流放犯管理条例中限定不得少于六年）以后，可取得流放犯出身的农民身份。一个农民，当问到他是什么身份时，他仿佛不屑同其他人为伍，并且同他们有着某种特殊的区别，不无自豪感地回答道："我是农民"。但是却不冠以"流放犯出身"的字样。对于流放犯，我不询问他们从前的身份，因为这在衙署里有足够的材料。除了士兵外，不论他们本人是小市民还是商人或神职人员，都避而不谈自己失去的身份，仿佛往事不堪回首，而简单地用"自由"二字泛指自己从前的地位。假如有人谈到自己的过去，那么往往会这样开始："当我自由生活的时候……"等等。

第四栏是名字、父名和姓氏。有关名字的问题，我记得好像没有一次我能准确无误地记录女人的鞑靼名字。在姑娘多的鞑靼人家庭里，由于父母对俄语一知半解，听他们谈话很难得到要领，只好凭猜测记录。官方文献里，鞑靼名字也往往搞错。

有时会遇到这样的情况：一个受过东正教洗礼的俄国农民，在问到他叫什么名字时，他并非开玩笑地答道："卡尔。"这往往是潜逃犯，在流浪途中改换了某个德国人的名字。记得我登记过两个：卡尔·兰盖尔和卡尔·卡尔洛夫。有一个苦役犯，名叫拿破仑。有个女潜逃犯自称普拉斯科菲娅，其实叫玛丽娅。至于姓氏，由于某种奇特的巧合，在萨哈林姓鲍格丹诺夫和彼斯巴洛夫的人很多。也有许多稀奇古怪的姓氏，如施康狄巴，热鲁道克，彼斯鲍什内伊，泽瓦卡。我听说，在萨哈林尽管已经褫夺一切特权，但鞑靼人姓氏却仍然保留着标志尊贵身份和封号的冠词和附加词。此说是否正确，我不清楚，但是可汗、苏丹和奥格雷之类的身份，我却登记了不少。潜逃犯最通用名字是伊凡，最常见的姓氏是涅波姆尼亚希伊 [1]。下面是一些潜逃犯的绰号："记不清的穆斯塔法"，"没爹的瓦西里"，"记不清的弗朗茨"，"记不清的二十岁伊凡"，"无名氏雅科夫"，"三十五岁的流浪汉伊凡" [2]，"身份不明的人"。

这一栏里我还填写被登记人同户主的关系：妻、子、同居女人、帮工、寄居者、寄居者之子等等。我在登记子女时，区分合法和非法的，亲生的和收养的。顺便提一句，萨哈林的义父养子很多。我不仅登记过养子养女，而且登记过养父。同居者中间，有许多人同户主是搭伙从业者或者是对分从业者的关系。北部两区，一块地段常常有两个或者三个占有者——一多半农户都

---

[1] 意为"记不清"。——译者注

[2] 这里的三十五岁是姓氏的一部分，实际上他已经四十八岁了。

属这种情形。一个强制移民得到一块地段，盖起房子，建立家业，可是过两三年后，又会给他指派一个搭伙从业者；或者是一块地段直接就拨给两个强制移民。这往往是由于行政当局懒于或不善于寻找新的居址所致。还有这类情况：一个服满苦役的人，本来获准定居某哨所或某屯落，但是该处已没有建房立业之地，于是不得不让他同有了家业的人搭伙经营。每当颁发大赦令的时候，行政当局必须马上为数百人找到居住地点，搭伙从业者这时就会骤然增多。

　　第五栏是年龄。四十以上的妇女往往记不清自己的年龄，回答问题时都得想一会儿。来自埃里温省的亚美尼亚人干脆不知道自己的岁数。有个亚美尼亚人是这样答复我的："大概是三十岁，或许已经五十岁啦。"在这种情况下，只好根据相貌判断大致的年龄，然后再根据花名册进行核实。十五岁以及再大一些的青年常常少报自己的岁数。有的姑娘已经出嫁或者早就开始卖淫，但却还是十三四岁。原因是，赤贫家庭的少年儿童可以从官府领取生活补贴。这种生活补贴只发给十五岁以下的儿童。青年人及其父母，隐瞒实际年龄正是出于这种打算。

　　第六栏是宗教信仰。

　　第七栏是出生地点。回答这个问题一般都没有什么困难，唯有潜逃犯往往用微妙的双关语或"不知道"相回答。有个姑娘叫娜塔利娅·涅波姆尼亚希娅，回答这个问题时对我说："什么地方都沾点边儿。"同乡人明显地互相袒护。他们成帮结伙，就是逃跑也跑在一起。土拉人找土拉人搭伙同居，巴库人找巴库人。看样子，存在着同乡会一类的组织。假如询问某个没有在场的人的情况，那么他的同乡会提供有关他的最详细的材料。

第八栏是：何时来萨哈林？很少有人毫不迟疑地回答这个问题。到萨哈林来的那一年本是不幸的一年，然而却记不清楚了，或者干脆忘记了。比如，你问一个女苦役犯哪一年到萨哈林的，她会无精打采，不假思索地回答道："谁知道呢？大概是 1883 年吧。"她的丈夫或者同居男人插嘴说："算了吧，瞎说些啥？你是1885 年来的。""或许是 85 年吧。"她叹了口气，表示同意。我们计算一番，结果是她男人说的对。男人不像女人那么迟钝，但是他们也不能都马上回答出来，而需要思索一会儿或者谈一阵子。

我问一个强制移民："你是哪一年被赶到萨哈林的？"

他打量着伙伴们，犹豫不决地说道："我是跟格拉特基一块儿浮运来的。"

格拉特基是第一次浮运来的，而第一次浮运，便是志愿商船队的船只第一次来萨哈林，那是 1879 年。于是我便照此予以登记。有时候会遇到这样的回答："我服了六年苦役，后来当移民，现在是第三年……请您算算看。""那么说，你在萨哈林已经是第九个年头了？""不对。来萨哈林之前还蹲了两年集中营。"诸如此类，等等。还有这样的回答的："我是在杰尔宾被打死那年来的。"或者："米楚利死的那年。"对于我来说特别重要的是得到 60 和 70 年代来到这里的人的准确答复。我不想漏掉他们中间任何一个人，但是看来我并没有做到。二十——二十五年前来到这里的人中间，究竟有多少人活了下来？对于萨哈林殖民当局来说，这可以说是个十分不幸的问题。

第九栏里我记载主要的工作和职业。

第十栏是文化程度。通常是这样提出问题的："是否有文化？"有时我也这样问："你识字吗？"这种提问方式在许多情况下使我有可能得到比较准确的回答，因为不会写字但却能看书读报的农民，认为自己是没有文化的。也有的人出于谦虚，故意装作文盲，他们会说："算了吧，我们那点底儿算什么文化呀！"只有当你把问题重复一遍，他们才会说："从前还能马马虎虎看点书报，可是现在全都就饭吃了。我们都是大老粗，一句话，是庄稼汉。"视力不好的人和盲人也自称是文盲。

第十一栏是家庭状况：已婚，丧偶，未婚？如果已婚，那么是在哪里结婚的，是在国内还是在萨哈林？只说"已婚、丧偶、未婚"，在萨哈林还不能说明家庭状况。已婚者在这里常常注定要过独身生活，因为他们的丈夫或妻子还在国内，并没有同他们离婚；可是未婚者或丧偶者却过着家庭生活，已经生了半打孩子。因此，有的人虽然从形式上看应该算是已婚，但实际上却过着独身生活。这样，我认为有必要注明"独身"的字样。非法婚姻在俄国任何地方都没有像在萨哈林这样广泛地公开地流行，任何地方都没有采取这样独特的形式。非法的同居，或者像当地所说的，自由的同居，不论是官方还是教会都无人反对，相反，却得到鼓励和批准。有些屯落，竟然找不出一户合法的婚居。自由结合的夫妻也按照合法婚姻的原则来建立家业。他们为殖民地生儿育女，因此注册时没有理由为他们专门做特殊的规定。

最后，第十二栏：是否从官府领取生活补贴？我想从对这个问题的答案中弄清，究竟是多少居民离开官府的物资救济便无法生存，或者换句话说，是谁养活移民，是他们自己还是官府？

所有苦役犯、强制移民在服满苦役后的头几年，鳏寡孤独的老人和赤贫家庭的少年儿童都有权向官府领取生活补贴，或是物资或是钱款。除了这些经官方认可的生活津贴领取者外，我还记下那些靠官府为生的流放犯，如教员、文书、巡丁等，他们从事各种公务，从官府领取薪俸。但答案并不全面。除了通常的供应定额、补贴和薪俸之外，还广泛通行另外一行形式的资助，它们在登记表格中无法填写，比如结婚补助，有意高价向移民收购粮食，而主要的是，借贷籽种、牲畜等等。有的移民亏欠公款达数百卢布，而且永远也不会还清。但这种人，我只得登记为不领取补贴者。

凡是女性，我在登记表中都用铅笔在姓名下面画一道杠。我认为这比专辟一个性别栏更为合适。我只登记现有的家庭成员。如果长子去符拉迪沃斯托克做工，次子在雷科夫斯科耶屯当雇工，那么长子干脆不予登记，次子记入现居址栏中。

挨家串户地进行调查，通常只由我一人进行，偶尔有一名苦役犯或移民陪同，担任向导。他们多是闲得无聊才做这事的。有时有一名挎枪的巡丁陪我，他像影子一样跟在我的身后，或者同我保持一定的距离。派遣他来原是为我解释疑难的。可是当我真的提出某个问题时，他会立即满头冒汗，回答道："我不知道，大人！"我的旅伴光着脚，不戴帽子，手里拿着我的墨水瓶。每到一处，他总是跑到前面，哐唧一声把门打开，在门斗里对主人嘀咕几句，大概是说明对人口调查的猜想。我跟着走进屋里。在萨哈林，可以见到各种各样的房舍，样式会因建造者是西伯利亚人、乌克兰人，抑或芬兰人有所不同。但是常见的都是不太大的俄式木克楞，六俄尺高，有两扇或三扇窗户，没有任何外部装饰，房顶通常苫着干草、树皮，偶尔也用薄板。一般没有庭院。房舍附近没有一棵树。西伯利亚式的仓房或浴室很少见。有的人家养狗，但这里的狗不凶猛，如我已说过的那样，只咬基里亚克人，也许是因为他们穿的鞋是用狗皮做的吧。但是不知为什么这些驯良的不伤人的狗都是拴着的。饲养猪，猪脖子拴着木枷。连公鸡也是拴着腿的。

我问一家的主人："为什么你家的狗和公鸡都是拴着的？"

"我们萨哈林一切都拴着锁链。就是这样的地方么。"他打趣地回答说。

房子里面有一间住屋，砌有俄国式的炉子。地板是木头的。一张桌子，两三个小方凳，一把长靠椅，一张放着铺盖的床，或者是铺盖直接摊在地板上。要么就是没有任何家具，只在屋子当中的地板上铺着羽毛褥子，可能刚刚在上面睡过觉。窗台上放着一只碗，里面装着吃剩的饭菜。从陈设来看，这不是住宅，不是卧室，而像单人囚室。有女人和孩子的人家，不管陈设如何简陋，还像个过日子的样子，像个农民家庭。然而即使是这样的家庭，也是令人觉得缺少什么重要东西似的。没有爷爷奶奶，没有古圣像，没有祖传的家具，缺少老辈的治家传统。没有供奉圣像的角落，即使有，也十分可怜，暗淡无光，没有神灯，没有装饰品，总之，没有传统的习俗。陈设简陋，能对付则对付，好像不是住在自己家里，而是在客栈，或者像刚刚搬来，还没有布置就绪。没有猫，冬季的夜晚听不到蟋蟀的叫声……而主要的是，没有祖国。

我见到的情景，往往向我表明，这里没有兢兢业业的治家风气，没有舒适的家庭环境，没有殷实的家境。我在房舍里遇见的户主，经常都是孤苦伶仃，愁眉不展，像是无家无业的人，由于无事可做和忧郁苦闷而显得麻木不仁。他穿着自由民的衣服，但是却习惯地按照犯人的方式把大衣披在肩上。如果他是不久前才从监狱里放出来的，那么他的桌子上还扔着一顶无檐便帽。炉子没有生火。厨房里只有一口锅和一只用纸塞着嘴的瓶子——这就是全部炊事用具。谈到他的生活和家业，他本人总是带着嘲弄的口气，态度冷漠，显出一副不屑一顾的神情。他说，什么方法都试过，但是毫无益处，只有最后一招，就是随它去吧。正当跟他唠扯的时候，邻居也都凑拢进来，于是话题就扩展到各个方面，谈到长官、气候、女人……由于寂寞无聊，大家都想谈谈和听听，没完没了。有时除主人之外，在屋子里还会遇到一大群寄居者和帮工。门槛上坐着一个寄居的苦役犯，他手拿细皮条，在缝皮鞋。屋子里散发着皮革和芒硝的臭味。门斗里，在破布烂棉花堆里躺着他的孩子。黑暗狭窄的角落里，他的自愿跟来的妻子在小桌上做草莓酱和甜饼。这是一个不久前才从俄国搬来的家庭。在另一处房舍里，住着五个男人，有的自称是寄居者，有的是帮工，有的是同居者。一个人站在炉子跟前，鼓着腮帮子，瞪着眼睛，在焊一件什么东西；另一个显然是个活宝，故作怪相，慢声细语地讲什么，逗着其余的人忍不住哈哈大笑。床铺上坐着一个放荡的娘们儿，她是女主人鲁吉丽娅·涅波姆尼亚希娅。她头发蓬乱，面容憔悴，满脸雀斑。回答我的问题时，她竭力想逗人发笑，悠荡着双腿。她的眼睛丑陋，混浊无光。从她那张形容枯槁、冰冷麻木的脸上可以判断出，她在短短的一生中经受了无数囚禁、押解和疾病的折磨。鲁吉丽娅就是这所房子里的生活特征。她的存在使整个环境显示出一种接近于荒淫放荡的和失去理智的跑腿窝棚的味道。这里根本谈不上认认真真地过日子。有时在屋子里还能碰到一伙赌牌的人。他们的脸上露出困窘、无聊和期待的神情，心里可能在想，你什么时候离开，炉子上光秃秃的，靠着墙壁几个契尔克斯人并排坐在地板上，有的戴着帽子，有的光着头，头发又短又硬。他不眨眼地盯着我。如果我只碰到同居女人一个人在家，那么她往往是躺在床上。回答我的问话时，打着哈欠，伸着懒腰。我刚一走开，她重又躺下。

流放居民都把我当成官方人士，把人口调查看成是经常履行的手续之一，例行公事。但我不是萨哈林的官员，这一情况在流放犯中间引起了某种好奇。他们问我：

"您为什么要给我们大家登记造册？"

接着便开始了各种猜测。一些人说，也许是上边官府要给流放犯发放补助；另一些人说，很可能是终于做出决定，要大家都迁居到大陆上去——这里的人坚信迟早总会把苦役犯和移民都迁徙到大陆上去的；再一些人装出怀疑派的样子说，他们什么好事都不想，因为上帝对他们已经抛弃不管。他们这样说，是为了引起我的反驳。好像对这些希望和猜测进行嘲弄似的，从门斗里（或是从炉顶上），传来因为受到打扰而充分厌倦、烦闷、沮丧的声音：

"他们老是写呀，写呀，写呀的，圣母马利亚！"

我漫游萨哈林各地时，没有挨过饿，也没有遭受别的艰难困苦。我以前曾读到，大概是农学家米楚利，在考察萨哈林岛时经受了巨大的困难，甚至不得不把自己的狗吃掉。但是从那时起，情况发生了重大的变化。现在的农学家可以坐上马车，在良好的道路上行驶。哪怕是在最穷的屯落里，也有屯监所或所谓的驿站，都可以找到暖和的住处、茶炊和行李铺盖。当考察人员要深入岛中腹地，进入原始密林的时候，他们可以带上美国罐头、红葡萄酒、盘碟、刀叉、枕头以及一切可以往苦役犯肩上压的东西。在萨哈林，苦役犯代替了驮东西的牲口。现在也还有靠腐败食物和一把食盐勉强度命，乃至人吃人的情况，但是这同旅行家，同官员们毫不相干。

在下面几章里我将描写哨所和屯落，并且就我在短期内所能了解到苦役犯的工作和监狱情况，向读者顺便介绍一下。在萨哈林，苦役犯的工作内容五花八门，应有尽有。他们不只是淘金和挖煤，而且要承担萨哈林整个日常生活的一切工作。他们分散在岛上一切有人居住的地方。刨树、建房、疏浚沼泽、捕鱼、刈草、装卸轮船，这一切都是苦役犯干的活计。它们已同殖民地的生活融为一体，成为不可缺少的了。希图把它们分开或者看作岛上独立存在的一个部门，这恐怕是对待事物的一种陈腐观点。根据这种观点，就应该首先到矿山和工厂去寻找苦役犯的工作。

我要从亚历山大罗夫卡河谷，从杜伊卡河流域的屯落讲起。最早选择在北萨哈林这条河谷安置移民，不是因为对这里考察得最清楚，或这里最符合殖民的目的，而完全出于偶然，即这条河谷离最早出现苦役地的杜厄最近。

第四章

杜伊卡河——亚历山大罗夫卡河谷——城郊屯亚历山大罗夫卡——惯逃犯"美男子"——亚历山大罗夫斯克哨所——它的过去——地窝棚——萨哈林的巴黎

杜伊卡河，又名亚历山大罗夫卡河。1881年，当动物学家波利亚科夫来这里进行考察的时候，下游的宽度达十俄丈，两岸堆积着大堆大堆的倒木，这是被河水冲下来的。许多低洼的地方覆盖着古老的森林，长有冷杉、落叶松、赤杨和柳树，周围是一片无法通行的泥泞沼泽。可是现在，这条河却像一个长形的水泡子，两岸光秃秃的，水流缓慢，很像莫斯科的排水沟。

只要读一下波利亚科夫对亚历山大罗夫卡河谷的描写，尔后再看看现在的河谷，哪怕是只扫一眼，就足以明白，为了开发这个地方花费了多少艰苦的，真正是苦役的劳动。波利亚科夫写道："从邻近的山顶望去，只见亚历山大罗夫卡河谷林木繁茂，给人一种密不通风的僻静的感觉……高大的针叶林覆盖着谷底的大片土地。"他描写了沼泽，无法通行的泥塘，劣质的土壤和森林，在那里"除了生长着高大的树木而外，地面上常常横躺竖卧着一根根巨大的半腐朽的树木。这些树木是由于衰老而倒落的，或者是被风暴掀翻的。倒树的根部旁边往往有长着青苔的土堆，而土堆旁则是土坑和深沟"。可是现在，在从前的密林、泥塘和深沟之处，却耸立着整座城市，敷设了道路，开辟了草场，地里种着黑麦和蔬菜。人们在抱怨缺少林木了。在这个变化过程中付出了多少劳动，进行了怎样的斗争啊！在水深没腰的烂泥塘里干活，还有严寒、冷雨、怀念故里、屈辱、笞刑。想到这些，我们的头脑里就会浮现出那些可怕的身影。无怪乎一位善良的萨哈林官员，每当我俩一道乘车外出时，都给我朗诵涅克拉索夫的《铁道》这首诗。

杜伊卡河口右侧，有一条小河注入。这条小河名叫小亚历山大罗夫卡河。小河两岸坐落着**亚历山大罗夫斯科耶屯**，又名城郊屯。我曾提到过它。这是哨所的郊区，同哨所已经合为一体，但是因为它同哨所有某些不同，过着自己独特的生活，所以值得专门谈一谈，这是最早建立的屯落之一。当年的杜厄建立苦役营不久，这里便开始殖民。选中这个地方而不是别的什么地方，正如米楚利所写的，是考虑到这里有茂盛的草地，良好的建筑用林，通航的河流，富饶的土地……这位狂热的作者把萨哈林当成了天堂，他写道："看来，大可不必怀疑殖民的成效，可是1862年为此目的派遣到萨哈林的八个人之中，只有四个人在杜伊卡河附近定居下来。"这四个人能够做些什么呢？他们用十字镐和铁锹开垦土地，有时春天播下去的不是春小麦而是冬小麦，最后的结果就是一致要求返回大陆。1869年这里建立了一个农场，计划解决一个非常重要的问题：使用流放犯的强制劳力从事农业生产，能否收到成效？苦役犯们用了三年的时间清理房场，建造房屋，疏浚沼泽，敷设道路和种植粮食。但是期满之后谁都不想留在这里。他们向督军提出申请，要求回到大陆上去，因为种植粮食毫无所获，同时，赚不到工钱。他们的请求获准了。可是，所谓的农场仍然继续存在。杜厄的苦役犯逐渐成为强制移民，从俄国又陆续来了一些携带家眷的苦役犯。需要分给他们土地。萨哈林硬被说成是富饶的土地，适于农业殖民，可是当生活不能自然地进行下去的时候，便慢慢地采取一些人为的措施，进行强制，付出大量的财力和人力。1879年，奥古斯丁诺维奇医生来到城郊屯时，这里已有28座房舍了 [1]。

现在城郊屯有15家从业户。房屋都是用薄板苫盖的，很宽敞，有的房舍有好几间屋子，庭院里有很好的附属建筑，房前屋后有菜园，平均每两座房舍有一间浴室。

在册耕地近40俄顷 [2]，草地24.5俄顷，马23匹，牛羊47头。

城郊屯的从业主，按社会地位看，可以说是贵族居民。有一名跟移民女儿结婚的七等文官，一名随苦役犯母亲来岛的自由民，7名流放犯出身的农民，4名强制移民，苦役犯只有2名。

在这里居住的22户家庭中只有4户是非法成家的。居民的年龄比较正常，跟一般农村相差不多。壮年人虽然占优势，但不像其他屯落那样占绝对优势。这里有儿童和少年，也有六十五岁

---

[1] 奥古斯丁诺维奇，《有关萨哈林的若干资料——旅行日记摘抄》，载《现代》，1880年，№1；他还有一篇文章：《在萨哈林岛上》，载《政府导报》，1879年，№276。

[2] 1俄顷等于1.09公顷。——译者注

以上的甚至七十五岁的老人。

城郊屯的从业主宣称："靠种庄稼没法生活。"但是这里的境况毕竟还是比较富裕的。那么究竟怎样解释这种情况呢？为了回答这个问题，可以指出几种原因。在通常的情况下，可以认为这些原因有利于安居乐业。比如说，居民中1880年以前到萨哈林来的老户占的比例很大，他们已经习惯于这个地方，适应了这里的条件。还有一点也很重要，就是有19名妇女是随着她们的丈夫来萨哈林的，而且几乎所有分到地段的人都有家室。女人的数量较多，单身的男人只有9人，而且无一不是有家业的。一般说来，城郊屯是幸运的。还可以指出一个有利条件，就是文化程度较高，有26名男人和11名妇女识字。

七等文官任萨哈林土地测量官，姑且不去谈他。自由民和流放犯出身的农民，既然有迁徙权，为什么不去大陆呢？据说是他们贪恋城郊屯农业生产的成功。但是并非所有的人都是如此。城郊屯的草场和耕地并非掌握在所有人的手里，而只为一部分人所用。只有8户拥有草场和牲畜，12户耕种土地。不管怎么说，这里的农业生产的规模还不很大，尚不足以保障富裕的经济状况。没有任何其他收入，没有人从事手工业，只有从前的军官Л开一爿商铺。那么到底为什么城郊屯的居民都很富裕呢？没有任何官方资料能够解释这个问题，因此只好做出唯一的一种解释——求助于不道德的恶行。从前，城郊屯曾经大规模地进行私贩烧酒的活动。萨哈林严禁私运和倒卖烧酒，认为这是一种特殊形式的走私活动。私运烧酒的容器，有形似俄国土产块糖的圆锥形铁桶，还有茶饮以及挎在腰间的弧形扁桶，但通常把烧酒装在普通的铁桶和一般容器里，因为下级官员都被买通，而上级官员则佯作不知。北萨哈林所有的监狱都从这里弄酒。官员中间不可救药的酒徒不嫌弃这种劣等烧酒。我认识这样一个酒徒，他在犯酒瘾时，为了得到一瓶酒恨不得把自己的老婆也给了囚犯。

现今，城郊屯私贩烧酒的风气已不那么盛行。人们在谈论另一门生意：倒卖旧的囚服——"破烂儿"。他们廉价收购外衣、衬衣、短大衣，然后把这些破烂儿运到尼古拉耶夫斯克出售。此外还有开秘密钱庄放印子钱的。考尔夫男爵在一次谈话中，把亚历山大罗夫斯克哨所称作萨哈林的巴黎。在这个喧闹和贪婪的巴黎，你想要酗酒，出卖赃物，或者出卖灵魂给魔鬼吗？好，烧酒、赌场、娼妓等一切诱人的鬼怪，应有尽有。这一切恰好都在城郊屯。

海滨和哨所之间，除了一条铁轨路和上述的城郊屯之外，还有一处奇景，那就是杜伊卡河上的摆渡。河里跑的不是渡船，而是一个方方正正的平底摆渡。这艘奇特"舰艇"的船长是一个苦役犯，绰号叫"记不得宗族的美男子"。他已七十一岁了，驼背，肩胛骨突起，断了一根肋骨，一只手缺少大拇指，全身满是鞭打留下的伤痕，但头发却一根没白，只是仿佛褪了色似的。一双蓝汪汪的眼睛，明亮，愉快，和善。他衣衫褴褛，打着赤脚。他机灵，爱讲话，喜欢笑。1885年，他"由于愚蠢"从军队开了小差，开始流浪，自称是记不得宗族的人。他被捉住，给遣送到外贝加尔，照他的说法，当了哥萨克。

他对我说道："我那时以为西伯利亚人都住在地下哩。很轻率地又开了小差，顺着大道逃出了秋明。逃到卡美施洛夫后，被捉住，大人，判了我二十年苦役和九十下鞭刑。我被送到卡拉。身上这些伤疤就是那会儿打出来的，从那里又给送到这萨哈林的科尔萨科夫。我同一个小伙伴从科尔萨科夫逃出来。可是刚到杜厄，就病倒，不能再往前走啦。可我那个小伙伴却到了布拉戈维申斯克。现在我在服第二个刑期，在萨哈林总共住了二十二年啦。我的全部罪行就是从军队开小差。"

"那么你现在为什么隐瞒自己的真名实姓呢？有什么必要呢？"

"去年我向长官说出了自己的名字。"

"结果如何？"

"没什么。那个长官说，'等我们把你的事调查清楚了，你可也就死啦。行吧，你就这么活着吧。调查不调查，对你有什么用？'这是实情，没说错……反正活不长了。话又说回来，我的亲人们能够知道我在哪里，那有多好哇！"

"你叫什么名字？"

"我在这里的名字是伊格纳季耶夫·瓦里亚，大人。"

"那么真实的名字呢？"

"美男子"沉思片刻，说道："尼基塔·特罗菲莫夫。我是梁赞省斯科宾斯克县人。"

我开始乘"摆渡"过河。"美男子"用一根长杆子撑着河底，他那瘦骨嶙峋的身躯绷得紧紧的。这个活很不轻松。

"吃力吗？"

"没啥，大人。没有人把刀架在脖子上催，挺轻快。"

他说，他在萨哈林二十二年，没挨过一次打，没蹲过一次禁闭。

"派我去伐木，我就去。把这根棍子交到我手里，我就操起来。命令我在公署里烧炉子，我就去烧。得服从哇。没啥可抱怨上帝的，生活蛮不错嘛。上帝保佑！"

他夏天住在渡口附近的草窝棚里。窝棚里放着他的一堆破烂儿，一块大圆面包，一杆枪，发散着一股呛人的酸腐气味。问他要枪干什么，他说：防备小偷和吓唬酒鬼。枪是坏的，放在这里是摆样子的。冬天他当烧炉工，住在码头上的管理处。有一次，我见到他高高挽起裤管，露出淡紫色的青筋嶙嶙的两条腿，在和一个中国人一道拽渔网，网里有许多驼背大麻哈，银光闪闪，每一条都有我们这里的硬鳍鱼那么大。我喊他，他高兴地对我答应着。

亚历山大罗夫斯克哨所是1881年设立的。一位在萨哈林生活已达十年之久的官员告诉我说，他刚到亚历山大罗夫斯克哨所来的时候，差一点没有陷进沼泽淹死。修士司祭希拉克略1886年以前一直住在亚历山大罗夫斯克哨所，他讲，起初这里只有三所房舍，现在乐队住的那个小兵营，当年是监狱。街道上尽是树桩。现在的砖厂，1882年还是捕猎黑貂的地方。曾想把看守岗楼划给希拉克略充当教堂用，但他借口太狭窄，拒绝了。晴天，他在广场上做弥撒，遇到坏天气，就在兵营里或随便什么地方做小型晚祷。

他说："他在做弥撒，可是镣铐却在哗啦啦地响，人声嘈杂，锅里冒着蒸气。这边是'荣耀属于主宰一切的圣主'，那边则是'日你的娘'"。

亚历山大罗夫斯克哨所的真正繁荣，是在颁布新的萨哈林条例以后取得的。当时增设了许多新的官职，包括一名将军。新设了官职和衙署，就需要有新的地方，这之前的苦役管理局所在地杜厄，则显得又狭窄又阴暗。城郊屯位于距杜厄六俄里开阔地上，当时在杜伊卡已经有一所监狱，于是驻节地就开始一点一点地往邻屯这边发展，建起了官员们的宅邸和衙署、教堂、仓库、商店等等。这样便出现了一座城市——萨哈林的巴黎。城市里有社交场所，也不乏谋生之道。市民过着名符其实的城市生活，干着城市的工作。

各种建筑、场地清理和洼地疏浚工程，都由苦役犯承担，1888 年以前，现在的这座监狱还没有建成，苦役犯那时都住在地窝棚里，这是一种挖进地里 2 至 2.5 俄丈的木克楞建筑，两坡水的泥顶，又小又窄的窗户与地面处于同一水平，里面又昏又暗，尤其是冬季，整个窝棚都埋在雪堆里。地下水位有时升到和地板一般高，泥屋顶和不坚固的墙壁经常发霉，湿漉漉的，令人难以忍受。人们穿着短大衣睡觉。周围的土地以及水井常常受到人的粪便和各种垃圾的污染，因为根本没有厕所和垃圾坑。苦役犯和妻小就住在这种地窝棚里。

现在，亚历山大罗夫斯克的面积约两平方俄里。它已经同城郊屯连成一片，还有一条街道通往科尔萨科夫斯科耶屯，不久三者即可融为一体，所以亚历山大罗夫斯克的规模实际上十分可观。它拥有数条笔直宽阔的街道，可是仍沿用老的习惯叫法，不叫街道，而叫城郊屯。萨哈林有一种习惯：某些官员在世的时候，就用他们的姓名为街道命名；不仅采用他们的姓氏，而且还保留他们的名字和父名[1]。不过，很幸运，不知为什么亚历山大罗夫斯克至今还没有这样做，没有任何一位官员永垂青史。这里的街道是从城郊屯发展而成的，因此迄今仍保留着过去的名称：砖厂屯、彼西科夫屯、卡西杨诺夫屯、录事屯、士兵屯。这些名称的来源都不难理解，唯有彼西科夫屯例外。相传，从前这里还是一片密林的时候，有一个犹太人在这里做买卖。苦役犯为了纪念他，便根据犹太人的长头发一词（犹太语发音为"彼西"），取了这个名称。另一种说法是：从前曾有一个姓彼西科娃的女移民在这里定居，做过生意。

　　街道两侧铺着木头的人行道，洁净，井然有序，甚至在拥挤着贫民的偏僻街道上也没有水坑和垃圾堆。哨所的中心区是官方机构：教堂，岛区长官宅邸及其公署，邮电所，警察局和附属印刷厂，区长的宅邸，殖民区商店，兵营，监狱医院，军医院，正在兴造的尖塔清真寺。官员居住的公寓，流放犯和苦役犯监狱及其附属仓库和作坊。房舍大部分都是新建的，欧式风格，铁皮房盖，外表常常加以粉刷。萨哈林没有熟石灰和质量好的石头，因此没有石砌建筑。

　　士兵屯住着同自由民结婚的士兵，他们是最不稳定的因素，每年都要换防。如果不把官员和军官以及士兵屯的住户计算在内，那么亚历山大罗夫斯克共有 298 家从业户，1499 名居民，其中男 923 人，女 576 人。如果加上自由居民、军官以及住在监

---

[1] 假如说有个官员叫伊凡·彼得罗维奇·库兹涅佐夫，那么第一条街就叫作库兹涅佐夫街，另一条叫伊凡街，再一条叫伊凡诺沃－彼得罗夫街。

狱里没有家业的苦役犯，那么人口总数为三千人左右，同城郊屯相比，这里农民很少，但是苦役犯却占从业户总数的三分之一。流放犯管理条例准许矫正级的苦役犯安家立业，住在监狱外面。但是这项法律不切合实际，因此往往不能全部奉行。住在民宅里的不仅有矫正犯，而且也有考验犯、长期徒刑乃至无期刑犯。录事、制图员、能工巧匠，就更不必说了，他们由于工作的性质，更不必住在监狱里。萨哈林有不少带家眷的苦役犯。他们携妻带子。如果把他们关在监狱里，与他们的家属分离，那是不切实际的做法。这也会给殖民地的生活带来许多混乱。要么是把他们的家庭也关进监狱，由官府给他们提供住房和食品，要么就是在家长服苦役的整个期间不准家属随行。

考验级的苦役犯住在民宅里，因此所受的惩罚往往比收监的矫正犯还要轻。这就明显地破坏了平等惩处的原则。但是这种混乱状况是殖民地生活的特殊条件造成的，尚属有情可原，而且也容易消除：只消把其余犯人一律由住监狱改为住民宅，事情就可以解决。在谈到带家眷的苦役犯的时候，也不该容忍另一种混乱状况，即由于行政当局的疏忽大意，致使几十户家庭只好居住在没有园田、耕地和草场的地方。与此同时，其他区的屯落，虽然条件优厚，孤身赤贫的农民却没有家室，只好自己料理家业。没有女人，家业也根本不可能料理好。南萨哈林每年的收成都不错，可是有的屯落竟然一个女人都没有。而在萨哈林的巴黎，仅从俄国自愿跟随丈夫前来的自由妇女，就有 158 人。

亚历山大罗夫斯克已经没有住宅用地了。从前地面宽敞的时候，每户可分得住宅用地一百到二百，多至五百平方俄丈，现在只能分得十二，甚至八九平方俄丈。我统计了161户人家，每户的房屋和菜园占地面积不超过二十平方俄丈。其主要原因是受亚历山大罗夫卡河谷的自然条件所限，不可能往海滨方面发展，那里土质不佳，而哨所两侧又被山岭夹持。它只能往一个方向，即溯杜伊卡河而上，沿着所谓科尔萨科夫大道向前伸延，形成房舍成排之势，一处挨一处，十分拥挤。

根据户籍资料，使用耕地的只有36户，使用草场的只有9户。耕地地块大小不一，小的为300俄丈，大的达一俄顷。几乎家家户户都栽种马铃薯。只有16户养马，养牛的则有38户。值得注意的是，饲养牲畜者都不是务农而是经商的农民和移民。从这些简单的数字可以看出，亚历山大罗夫斯克的从业主，主要不是靠务农为生。这里几乎完全没有老户。由此也可以看出，这里的土地缺少吸引力。1881年落户的，现在一户也没有剩下。1882年落户的只有6户，1883年的有4户，1884年的有13户，1885年的有63户。就是说，其余的207户都是1885年以后落户的。农民只有19户。农民数量这样少，可以说明：每个从业主务农的时间取决于他取得农民权利所需要的时间。一经获得农民权利，他就会放弃经营，返回大陆。

那么亚历山大罗夫斯克的居民究竟以何为生呢？这个问题我迄今没有完全解决。退一步说，从业主及其妻小可以像爱尔兰人那样吃马铃薯，而且马铃薯也足够他们整年吃的，可是其余那241名强制移民和358名男女苦役却吃什么呢？这些移民和苦役犯是作为同居者、寄居者和雇工而住在灵宅里的。不错，几乎有一半居民可以以犯人口粮和儿童补贴的形式从官府领取生活资助。也还有人做工赚钱。一百多人在官办作坊和衙署里做事。我的登记表里记有不少工匠。离开这些人，城市便不能生存。他们是家具匠、裱糊匠、首饰匠、钟表匠、裁缝等等。在亚历山大罗夫斯克，木器和金属器皿的制造工钱非常昂贵，仅"小费"一项决不可少于一个卢布。但是为了成年累月地在城市生活，仅仅靠着犯人口粮和微薄的工钱够用吗？工匠的人数远远超过需求，而力工，比如粗木工，每天只能挣十戈比，还得吃自己的饭。这里的居民本来只能勉强度日，可是他们却每天喝茶，吸土耳其烟叶，穿自由民服装，付房租。他们从返回大陆的农民手里购买房屋，或者建造新房。这里的商铺生意兴隆，囚犯出身的各种暴发户从中获取万贯资财。

这样，很多事情就模糊不清了。我只好猜测，要么亚历山大罗夫斯克的居民多数从俄国来时带有钱财，要么就是生活中求助于非法的手段。收购犯人的物品，大宗地运往尼古拉耶夫斯克出售，盘剥异族人和新来的囚犯，私卖烧酒，放高利贷，输赢很大的赌博——这些都是男人们的营生。而妇女，包括流放犯和自愿随丈夫前来的自由民，则靠卖淫过活。在审讯一名自由妇女时，问她的钱是从哪里来的，她回答道："用自己的肉体挣来的。"

家庭总数是 332 户，其中合法家庭 185 户，自由同居的 147 户。家庭数量比较大，但不是因为经济上的特点有利于家庭生活，而是由一些偶然因素造成的：地方行政当局安置带家眷的流放犯时，十分轻率地把他们都集中在亚历山大罗夫斯克，而不把他们分散到更合适的地方去。此外，这里的强制移民由于接近长官和监狱，比较容易得到女人。假如生活不是按照通常自然程序进行而是靠人为的安排，假如生活的发展不是取决于自然和经济的条件，而是取决于个别人物的理论和专断独行，那么类似的偶然性，就必然决定着生活的性质，成为人为的生活的法律。

第五章

亚历山大罗夫斯克流放苦役监狱——牢房——镣铐犯——"小金手"——厕所——"卖堂"——亚历山大罗夫斯克的苦役——仆役——作坊

来到亚历山大罗夫斯克不久，我就访问了流放苦役监狱[1]。这是一座很大的方形院落，四周有六栋兵营式的简易木房，各牢房中间筑有围墙。大门总是开着，门旁有哨兵走动。院内扫得很干净，完全见不到石块、垃圾、废物和污水坑。这种无可挑剔的洁净，给人以良好的印象。

每栋牢房的门都敞开着。我走进一栋牢房，门里有一条不大的走廊，左右都是通向囚室的门。门上挂着黑色木牌，上面写着："第×号囚室。室内空间××立方俄丈。居住苦役犯××人"。走廊的尽头单有一个门，通向一个小室，里面住有两名政治犯。他们身穿坎肩，敞着怀，光脚穿着皮鞋，在匆匆忙忙地揉

---

[1] H. B. 穆拉维约夫在其《我国的监狱和监狱问题》一文中对一般的俄国监狱做了极好的说明，见《俄罗斯导报》1878年第4期。关于作为萨哈林前身的西伯利亚监狱，参见马克西莫夫的研究著作《西伯利亚和苦役》。

着草褥子。窗台上放着一本书和一块黑面包。陪同我的区长对我解释说，这两个犯人本来获准住在监外，但他们不希望和其他苦役犯有所不同，因此没有去住。

"立正！起立！"响起了看守的口令。

我们走进囚室。室内看起来挺宽敞，有效空间约为 200 立方俄丈。光线充足，窗户开着。墙壁没有粉刷，凹凸不平，原木之间的空隙里积满灰尘，只有荷兰式火炉是白色的。地板是木头的，没有上油漆，很干燥。囚室中间有两排斜面通铺，苦役犯们睡觉时分成两排，头冲着头。铺位没有编号，中间没有任何间隔，因此整个床铺可睡 70 人，也可睡 170 人。没有任何行李，只好睡在硬木板上或者铺着破口袋、自己的衣服以及各种褴褛不堪的破烂儿。床铺上摆着帽子、鞋、面包、盛牛奶的空瓶子（瓶嘴塞着纸或破布），还有鞋楦子。床底下堆放着箱子、肮脏的口袋、包袱、工具以及各种破旧物品。床铺前有一只吃饱了的猫在懒洋洋地走动。墙上挂着衣服、小锅、工具，搁架上放着茶壶、面包和装东西的小木箱。

在萨哈林，自由民进牢房时无须脱帽。脱帽的礼节，唯有流放犯才是必须遵守的。我们戴着帽子在床铺附近走着。囚犯们立正站着，一声不响地望着我们。我们也缄默不语，望着他们，好像我们是来买他们似的。我们往前走，到别的囚室去，那里也是极端贫穷。这种贫穷的褴褛的外表，就像用放大镜看苍蝇一样，无法掩盖自己的本相。这种简陋不堪的生活，纯粹是虚无主义的，否定私有财产，不允许有个人的单独活动，没有舒适的条件，没有安稳的睡眠。

住在亚历山大罗夫斯克监狱的犯人，享有相对的自由。他们不戴镣铐，在一天期限内可以离开监狱，不用看押，随便到什么地方都行。衣着方面不求一律，根据天气和工作情况，需要穿什么就穿什么。等待审理的未决犯，刚抓回来的逃犯和因某种干系临时逮捕的犯人，囚禁在特殊的牢房里。这种牢房叫作"禁闭室"。萨哈林最常用的威慑手段就是："我关你禁闭。"这个可怕地方的入口，由几名看守把守着。一个看守向我们报告说，禁闭室平安无事。

门上挂着一把笨重的大锁，仿佛是从古董商那里买来的。锁响了，接着我们走进这间不大的囚室。现在这里关着二十个人。他们都是不久前逮回来的逃犯，衣着褴褛，蓬头垢面，戴着镣铐，脚上缠着破布，绑着绳子。脑袋有一半头发蓬乱，另一半剃得光光，但已经开始长出短发。他们个个面容消瘦，仿佛被剥掉了一层皮，可是倒都蛮有精神。没有铺盖，全都睡在光秃秃的床板上。屋角放着一个便桶。每个人都是当着二十个人的面大小便。立刻，有人请求放他出去，起誓发咒不再逃跑；有人要求给他取下镣铐；有人抱怨发给他的面包太少。

有的囚室只关两三个人。也有单人囚室。在这里碰到不少很有意思的人。

关在单人囚室里的犯人，特别引人注目的是大名鼎鼎的索菲娅·勃留芙施坦，绰号"小金手"。她因为从西伯利亚潜逃被判三年苦役。这个纤巧、瘦弱的女子，头发已经斑白，脸上堆满皱纹，像是个老太婆。她戴着手铐，床铺上放着一件灰色的羊皮短大衣，既可用来防寒又可当被盖。她在囚室里踱来踱去，走个不停，仿佛像只刚出洞门的老鼠，不断地在嗅着空气，她的面部表情也跟老鼠一样。望着她，很难令人置信，曾几何时她还是个天仙似的美人，曾经使所有的狱吏神魂颠倒。比如，在斯摩棱斯克有一个看守曾帮助她逃走，而且自己也同她一起逃走。在萨哈林，初期她跟所有流放到这里的女人一样，住在监外，住在自由的民宅里。她曾试图逃走，为此化装成士兵，但是却被捕获了。当她在监外的时候，亚历山大罗夫斯克哨所一连发生数起案件：商铺老板尼基金被杀，犹太移民尤尔科夫斯基被盗 56000 卢布。在这几起案件中，"小金手"都是被怀疑的对象，被指控为犯罪的直接参与者或同案犯。地方审讯机关制造了种种荒诞不经的情节和虚假不实之词，使人纠缠在密密的疑网之中，结果她的案情没有一处可以查清。不管怎么样，56000 卢布还是没有找到。各种荒诞不经的情节也就无法推翻。

我来到厨房，看到正在给 900 个犯人做午饭。关于厨房、伙食以及犯人们如何吃饭，我将在专门的一章里谈及。现在我要谈谈厕所。众所周知，绝大多数俄国人都认为这种设施可有可无。农村根本没有厕所。在修道院、集市、客栈以及尚没有建立卫生监督制度的各种场所，厕所的情况极其令人厌恶。俄国人把自己对厕所的轻视也带到西伯利亚来了。从苦役制的历史上可以看出，监狱里大小便的地方一向都是令人窒息的恶臭的地方，并且也是传染病的发源地，而囚犯和行政当局却毫不介意地容忍这种现象。弗拉索夫先生在报告中写道，1872 年，卡拉的一所牢房里根本没有厕所，定时地将犯人放出去到一个空场上大小便，可是在放风的时间里并非每个人都解大小便，只是一部分人有这种要求。类似的事例可以举出上百件。在亚历山大罗夫斯克监狱，厕所单独建在院子里，位于各个牢房的中间，里面挖有一个普通的土坑。可以看出，修建厕所时首先考虑力求省钱，但不管怎么说这同过去相比毕竟是个明显的进步。起码已不再使人厌恶。厕所里很冷，安有木制通风管道。沿墙装的带盖的木箱，不能站在上面，只能坐着。这主要是为了保持厕所的清洁，防止潮湿。有臭味，但不十分浓重，混杂有松焦油和石碳酸一类的药味。厕所白天黑夜皆可使用。有了这个简单的设施，就可以不再使用便桶了。如今唯有禁闭室才放置便桶。

监狱附近有一眼水井，根据它可以判断出地下水位的高低。这里土壤构造特殊，地下水位很高，即使是海边山上的坟场，在干旱的天气里，坟坑里也浸着半下子水。监狱附近以及整个亚历山大罗夫斯克，土壤中的积水已由排水沟泄除，但是排水沟不够深，因此还不能完全免除监狱里的潮湿。

暖和的好天气，在这里很少见。天气好时，监狱的门窗都敞开，通风良好，犯人们白天的大部分时间都在院子里或在离监狱很远的地方度过。冬季里或者遇有坏天气，用炉子取暖。用来建造监狱和铺地板的落叶松和枞树的木质，具有良好的天然通风性能，但是这种性能得不到充分利用。由于萨哈林空气湿度大，多雨以及室内的蒸发，木材的缝隙里含存着水分，冬天便会结冰，造成通风不佳。况且每个人所占有的空间很小。我在日记中写道："第九号囚室。有效空间187立方俄丈。住有苦役犯65人。"这是在夏季，只一半苦役犯在监狱里过夜。下面是摘自1888年卫生报告中的数字："亚历山大罗夫斯克监狱囚室的有效空间为 970 立方俄丈，犯人数最多 1950 人，最少为 1623 人，年度平均为 1785 人；住宿者 740 人，平均每人占有空间 1.31 立方俄丈。"监狱里苦役犯最少的时候是夏季，这时他们都外出到区里筑路或参加田间劳动；人数最多的是秋季，那时外出的苦役都干完役作归来，随志愿商船队轮船新到的犯人四五百人之多，他们在被分遣到其他监狱之前一直住在亚历山大罗夫斯克监狱。这就是说，监狱里最拥挤的时候，恰恰也正是室内通风最糟的季节。

雨天，苦役犯下工回监狱过夜时，衣服往往淋得湿透，满脚是泥水。但是没有地方烘烤。一部分衣服挂在床头，另一部分只能湿着铺到身下权当褥子。皮外套散发着羊皮的腥膻味，鞋子散出皮革和焦油的臭味。犯人好久没有洗过的衬衣满是汗渍，如今还没有干透，又同旧布袋和发霉的脏衣服混放在一起，包脚布散发出汗臭味。他自己也是很久没有洗过澡了，浑身是虱子，吸的是廉价烟叶，由于患气臌症，屁声不绝，吃的面包、肉、咸鱼也都堆放在囚室里，还有食物的残渣、骨头、锅里吃剩的菜汤，用手指捻死在床铺上的臭虫——这一切使得囚室里的空气又臭又酸，又湿又闷，水蒸气达到饱和程度。寒冬的早晨，窗户里面冻结着一层冰，室内昏暗无光。空气里的硫化氢、氨臭味和各种其他化合物同水蒸气混合在一起，结果是，用看守的话说，"熏得头痛"。

在人数众多的大牢房里，保持监狱的清洁是不可能的事。这里的卫生状况任何时候都要取决于萨哈林的气候和苦役犯的工作条件。行政当局不管有怎样的良好愿望，它始终都无能为力，永远摆脱不了舆论的责难。要么承认大牢房已经过时，有必要用新式的居室代替它，事实上已经部分地在这样做了，因为许多苦役犯已不住在监狱里，而住在民宅里；要么就是与不卫生的状况妥协，认为这是不可避免的、必不可少的罪恶，让那些讲究卫生、追求纯属空洞形式的人用立方俄丈去测量污浊的空气吧。

说到大牢房制度，我认为未必能讲出什么好处来。住在监狱大牢房里的人，不是承担义务的村民或合作社成员，而是一群乌合之众，对待铺位、邻居和物品不承担任何义务。命令苦役犯不把脚上的污泥和粪便带进室内，不让他随地吐痰，让他消灭臭虫——这都是办不到的事。如果囚室里臭气熏天，偷盗成灾，淫荡小调不绝于耳，那么在这方面大家都有过错，也就是说谁都没有过错。有个苦役犯从前是很体面的公民。我问他："您为什么这样不整洁？"他回答我说："因为我的整洁在这里毫无益处。"的确，对于一个苦役犯来说，既然明天又会送来一伙新的苦役犯，紧挨着他安置一个新邻居，从这个邻居的身上向四面八方爬着寄生虫，散发着难闻的气味，那么他个人的整洁能有什么价值呢？

罪犯必须进行一些个人的单独活动，如祈祷、思考问题和反省。所有主张惩罚应以教养为目的的人，都认为这是必不可少的。可是大牢房却不允许罪犯进行这种活动。疯狂的赌博（因买通了看守），谩骂，说笑，无聊的闲谈，禁闭室里的镣铐声——这一切都彻夜不停。精疲力尽的犯人难得入睡，情绪因而变得暴躁易怒，当然也就不能不对食欲和心理产生恶劣的影响。简陋的群居生活，粗俗的娱乐，坏人不可避免地影响好人，正如早已被公认的那样，这一切对罪犯的道德发生着腐蚀作用。这种生活一点一点地消磨着他们勤俭持家的精神，而这正是苦役犯首先应该保持的，因为他们出狱后将成为殖民区的独立成员。在殖民区，从第一天起法律和惩罚的威胁都要求他做一个好的从业人员和善良的家长。

大牢房里，避免不了像拨弄是非、告密谗言、私立刑堂、投机倒把等丑恶现象。这里的投机倒把、牟取暴利，表现在所谓"卖堂"的活动上。"卖堂"是从西伯利亚传到这里来的。有钱的和爱钱的犯人以及为了金钱而来服苦役的犯人、守财奴、发财狂和骗子手，为了独占狱中的买卖权，付给同室苦役犯一定的酬金。如果犯人较多，买卖兴旺，每年仅酬金一项就可达数百卢布之多。"卖堂"主，官方叫作"倒便桶的人"，因为他负责倒便桶（如果有便桶）和监督清洁卫生。他的铺位上通常放着一个一俄尺半的绿色或褐色箱子，箱子旁边摆着糖块、拳头大的小白面包、纸烟、瓶装的牛奶以及一些用纸和肮脏的破布包着的货物 [1]。

糖块和小面包后面隐藏着罪恶，其影响远远超出监狱之外。"卖堂"——这是赌场，是小小的"蒙的卡罗" [2]，它向犯人传染着"什托斯"纸牌迷和其他的赌博狂。凡是有"卖堂"和赌博的地方，必定有高利贷者随时放贷。监狱里的高利贷者，十分残忍，毫无心肝，索取 10% 的日息，甚至一小时也是索取 10% 的

---

[1] 一包九或十支香烟，卖一戈比；一个小白面包两个戈比；一瓶牛奶八—十戈比；一小块糖两个戈比。可交现钱，也可赊账，还可以物易物。"卖堂"也卖烧酒、纸牌、夜间赌博照明用的蜡烛——这都是秘密进行的。也出租纸牌。

[2] 蒙的卡罗，摩纳哥的城市，地中海沿岸的疗养地，以大赌场著名。——译者注

利息。抵押物品一天之内无力赎回，就归高利贷者所有。"卖堂"主和高利贷者服满刑期后，定居下来，仍不放弃这一本万利的活动。因此，在萨哈林有的移民一次被盗的钱可达 56000 卢布，也就没有什么奇怪的了。

1890 年，在我逗留萨哈林期间，亚历山大罗夫斯克监狱在册的苦役犯有 2000 多人，但是住在监狱里的只有 900 人左右。请看几个信手拈来的数字：1890 年夏初，5 月 3 日在监狱里就食和住宿的有 1279 人；夏末，9 月 29 日有 675 人。亚历山大罗夫斯克市内的苦役，主要是从事建筑和各种市政劳动。建筑新房，维修旧房，保持街道和广场的城市清洁等等。木工的役作是最重的。在国内当过木工的犯人，在这里干的是真正的苦役，在这方面他比油漆工或铁匠更为不幸。役作的沉重不在于建筑本身，而在于使用每根原木都得从森林里拖回来。伐木的地点在哨所八俄里以外。夏季，人们从那里拖来半俄尺粗或更粗一些的数俄丈长的原木。我常常看到人们扭歪着脸，表情充满痛苦，特别是高加索人更是这样。据说，冬天他们手脚冻坏，甚至常常没有把原木拖到哨所就冻死在半路上。木工的役作对于行政当局来说是不容易安排的，因为在萨哈林能够连续不断地进行繁重劳动的人，总的来说是很少的；尽管苦役犯有数千名，但是缺乏劳动力仍然是这里常见的现象。科诺诺维奇将军对我说过，要想在这里建筑什么是很困难的，因为没有人力。有时木工够用，但没有人手去拖原木；如果派人去拖原木，木工就不足。这里的烧炉工也不轻松，他整天劈木柴，清晨，当大家都还在梦乡中，他就得准备烧柴，生炉子。为了判断劳动强度，不仅需要注意到消耗的体力，而且也要注意到劳动地点的条件以及取决于这些条件的劳动特点。亚历山大罗夫斯克冬季的严寒和整年潮湿有时使力工陷入无法忍受的处境，而相同的劳动，比如劈木柴，在俄国却根本算不了什么。《限定条例》规定，苦役犯的劳动要限制在力所能及的范围内，接近于普通农民和工厂工人的劳动[1]。法律还为矫正级苦役犯规定了各种优待；但是实践中却不得不违背规定，这也正是当地的条件和劳动特点造成的。不可能明确地规定苦役犯在暴风雪里拖原木应干几个小时；当必须夜间干活时，就不能不让他们夜间劳动；根据法律，节日里本应免除矫正犯的役作；可是他如果在矿坑里同考验犯一起干活，那就不能解除他的劳动，因为那样一来，两个人都得停止工作。常常由于管事的人外行、无能和笨拙，结果落得事倍功半。比如装卸轮船，在俄国并不要求工人花费多大力气，可是在亚历山大罗夫斯克却常常是人们真正的灾难。这里没有经过认真培训的装卸队。每一次都是生手。一起风浪，常常是一片惊慌忙乱。驳船撞击着轮船，轮船上的人叫骂、发怒。驳船上的人由于晕船脸色发青，有的站着，有的躺着，痛苦难忍。驳船附近的海面上漂着丢掉的船桨。因此工作拖沓，时间白白地浪费掉，人们遭受不必要的折磨。有一次卸船时，

---

[1]《1869 年 4 月 17 日御批建筑工作限定条例》，彼得堡，1887 年。根据这个条例，分配各类工作时应考虑工人的体力情况和工作熟练程度。《条例》还根据一年的不同季节和俄国不同地带规定了每日的工作时数。萨哈林属于俄国中部地带。工作时数最多的是 5、6、7 三个月，一昼夜十二个半小时；最少的是 12 月和 1 月，七小时。

我听典狱长说："我的人一整天没有吃饭了。"

　　有许多苦役劳动花费在满足监狱的需要上。监狱里每天都要有煮饭的，烤面包的，裁缝，鞋匠，担水的，擦地板的，值日的，喂牲口的等等。使用苦役劳动的还有军事部门和邮电所、土地测绘员。约有五十人被派到监狱医院，但不清楚去干什么。数不清有多少苦役犯在侍候官员先生们。每一位官员，甚至一个小小的办事员，据我了解，都可以不限数量地使用仆役。我落脚的医生家里，本来只有他和儿子两人生活，但却拥有厨师、庭院清扫工、厨娘和使女。对于一个监狱医院的下级医生来说，这实在是过分的奢侈。一个典狱长按规定可有八名仆役：女裁缝、鞋匠、使女、听差兼信使、保姆、洗衣妇、厨师、清扫工。萨哈林的仆役问题是个令人悲愤的问题，恐怕跟各个苦役地一样，不是新问题。弗拉索夫在其所著《简论苦役地中存在的混乱状态》中写道，当他1871年来到岛上时，使他"最吃惊的情况是，前任督军批准，苦役犯可以充当长官和军官们的仆役"。据他说，女人被分派去侍候包括单身的看守在内的管教人员。1872年，东西伯利亚总督西涅利尼科夫曾禁止分派罪犯充当仆妇。然而这项禁令尽管迄今仍具有法律效力，却被粗暴地规避了。一个十四等文官的名下可有半打仆役。他外出郊游，可以派遣十个苦役犯带着食品去打前站。岛区长官根采和科诺诺维奇两位先生曾经同这一恶习进行过斗争，但是不够坚决果断。起码，我见到的同仆役问题有关的命令有三项，可是被涉及的人完全可以随意解释这三项命令。根采将军仿佛在废除总督的命令，他于1885年（第95号命令）允许官员使用女流放苦役犯为仆役，规定每月向国库交付两卢布的雇佣金；科诺诺维奇将军1888年废除了他的前任的命令，规定："无论男女流放苦役犯均不得指派给官员做仆役，不准收缴任何雇佣妇女的费用。但因这些官员的官邸和杂务不可无人看管和照料，所以每座官邸允许指派所需数量的男女，令其承担看门人、烧炉工、清扫工等职，数量可根据需要而定。"（第276号命令）在多数情况下，官邸和杂务无非都是官员的需要，因此这项命令被理解为允许拥有苦役犯仆役而且是无偿的。至少，1890年我逗留萨哈林期间，所有的官员，哪怕是同监狱部门毫无关系的人员（如邮电所所长），在家庭生活方面都大量地使用苦役犯，同时他们不仅不付给仆役工钱，而且仆役的生活费用均由公家负担。

把苦役犯分派给私人充当仆役，完全不符合惩处法的立法观点。这不是苦役制，而是农奴制，因为苦役犯效忠的不是国家，而是个人。这同教养的目的或平等惩罚的思想毫不相干。这样，他称不上是流放苦役犯，而是奴隶，服从着老爷及其家庭的意志，满足他们的怪癖，完成厨房里的琐碎杂活。苦役犯成为殖民区移民以后，仍似我国农奴制时代的家庭奴仆，会擦皮靴，会炸肉饼，却不擅长农业劳动，因而也就无饭可吃，只好听天由命。分派女苦役犯充当仆役，除了上述一切弊病之外，还有其特殊的弊病。且不谈宠婢嬖妾会在犯人中间造成卑劣的风气，极其严重地损害人的尊严，此外，他们还会完全败坏纪律。一位神甫对我讲，萨哈林经常发生这样的事情：本来已经有了一个女苦役犯，但却仍须雇佣自由妇女或强令士兵充当仆役，由他们来料理

家务和上街跑道 [1]。

在亚历山大罗夫斯克，大吹大擂地称之为"工厂工业"的产品，从表面上看，光彩夺目，名声赫赫，但眼下却没有什么实际价值。管理铸造作坊的是一位自学成功的技师。我在作坊里看到有教堂用的撞钟、推车轮子、手摇磨、结网机、唧筒、炉具，等等。但这一切给人的印象却同玩具展览一样。东西很好，可是无人问津，因为价格昂贵。而本地有需要，就到大陆或敖德萨去买，这要比自己制造便宜，因为自己制造必须装配蒸汽机和雇佣大批工人。当然，如果能使这里的作坊成为苦役学习技术的学校，那么花费再多也不可惜。可事实上在铸工和钳工作坊里劳动不是苦役犯，而是有经验的工匠。他们都是强制移民，地位相当于初级看守，每人月薪十八卢布。这里只看重产品，而不关心人。轮子和锤子在作响，蒸汽机在轰鸣，追求的只是产品的质量和销路，只有商业和技艺的考虑，全无教养的目的。萨哈林应当和各地的苦役营一样，兴办一切企业的目的，眼前的和长远的，都只能是一个，即改造罪犯。这里的作坊应该努力做到：送往大陆去的，首先不是炉门和唧筒，而是有用的人才和受过良好训练

---

[1] 费拉索夫在报告中写道："对于一个军官来说，女苦役犯是他的情妇，士兵却充当他的车夫。这三个人的奇妙关系不能不使人惊异和遗憾。"据说，所以产生这种罪恶，是因为不能雇佣自由人当仆役。但是这不符合事实。第一，可以限制仆役的数量，按规定，军官只能有一名勤务兵。第二，在萨哈林，官员们的俸禄优厚，可以从移民、流放犯出身的农民和自由妇女中雇佣仆役，他们大都生活贫困，因此不会拒绝做工赚钱。长官们大概已经想到这个办法了，因为这一项命令批准一个不谙农事的女移民"受雇于官员先生为仆，赚钱谋生"。（1889 年第 44 号命令）

的工匠。

火磨、木材厂和铁匠炉的情况很好。人们劳动得挺愉快，大概是因为认识到了劳动的生产价值。在这里干活的人，主要是熟练的工匠。他们从前在国内就已经是磨面工、铁匠和其他方面的人才了。他们不是那些从前在国内不会干活，什么都不懂的人，这种人比任何人都更需要在磨坊和铁匠坊里干活，需要在那里学会一技之长，以便日后能自食其力[1]。

---

[1] 磨坊和钳工作坊在一栋房子里，两台蒸汽机供给动力。磨坊有四台火磨，每天磨面 1500 普特。木材厂的动力机是一台烧锯末的老式蒸汽机，还是当年沙霍夫斯科伊公爵运来的。铁匠坊里工作日夜不停，分为两班，有六座锻冶炉。作坊共有 105 人。亚历山大罗夫斯克的苦役犯也开采煤炭，但这项事业将来也未必能有成效。本地矿井产的煤比杜厄的煤差得多，看样子就不纯净，混杂着片岩。成本也不便宜，因为有一批固定的工人在矿上劳动，由一名专门矿业工程师负责监督。本地的矿井实无存在的必要，因为这儿距杜厄很近，随时都可以从那里得到优质煤。不过，开掘这些矿井的目的是好的，是为了使移民将来有工可做。

第六章

叶戈尔的故事

留我寄宿的那位医生，被撤职以后不久就到大陆去了。我又住到一位年轻的官员家里。他是个很好的人，只有一个女仆，是个乌克兰老太婆，苦役犯。此外，苦役犯叶戈尔也常到他家来，差不多每天来一次。叶戈尔是个烧炉工，不算是他的仆役，但"出于尊敬"，常来送劈柴，倒厨房的脏水，做一些老太婆力不胜任的活计。有时我坐在那里读书或者写什么东西，会突然听到有一种沙沙的响声和急促的喘息声，有人在桌子下面笨重地移动着。低头一瞧，原来是叶戈尔。只见他赤着脚，蹲在那里拣碎纸，或者在擦拭灰尘。他四十来岁，笨手笨脚，动作缓慢，完全是所说的"笨伯"。他面貌纯朴，初看起来有点愚相，生着一张宽大鲇鱼嘴，红头发，胡须稀疏，小眼睛。问他话，他不马上回答，先是斜着眼睛看看你，问道："啥？"或者是"你说谁？"。他对你总以"大人"相称，可又直呼"你"。他一分钟也闲不住，不论走到哪里，到处都能找点活干。他总是一边跟你谈话，一边用眼睛四处搜寻，看是否有什么东西需要收拾或者修理。他一昼夜只睡两三个小时，因为他没有时间睡觉。每逢节日，他往往穿着红色的衬衫，外面罩上一短上衣，挺着肚子，叉开两腿，站在十字路口的什么地方。这叫作"遛弯儿"。

在这苦役地，他给自己盖了一所房子，做了水桶、桌子、粗糙的柜橱。他会做各种家具，但只是"给自己"，也就是为了个人使用。他从来没有打过架，也没有挨过打；只是小时候，挨过父亲的鞭子，因为他看管豌豆时放进了公鸡。

有一次我跟他进行了如下的谈话：

"你是因为什么事流放到这儿来的？"我问道。

"你说啥，大人？"

"因为什么把你流放到萨哈林的？"

"因为打死了人。"

"你从头给我讲讲，是怎么回事。"

叶戈尔站到门旁，两手背在身后，开始道：

"我们到老爷弗拉基米尔·米哈伊雷奇家去，给雇去伐树、锯木头，供应车站。活儿干得挺顺利。干完了活，往家走。刚刚离开村子，大伙派我带着契约去账房——对证一下，免得出差错。我骑着马去了。走到半路，安德留哈把我截了回来，因为河里发大水，过不去。他说：'明天我去账房谈租地的事，可以捎带对证契约。'好吧。我俩一块儿往回走，我骑马，伙伴们用步量。我们到了巴拉欣诺。庄稼人走进酒馆去抽烟，我和安德留哈停在后面的一家饭馆旁的人行道上。他说：'你有五戈比吗？我想喝点酒。'可是我却说：老弟，你这个人要进屋喝上五戈比，不用出屋就得醉倒。可是他却说：'不会，喝两口，完了就回家。'我们去找庄稼人，商定大伙凑上二十五戈比。凑够了，就进了小酒馆，买了酒。我们坐到桌旁去喝。"

"你简短点。"我提出了意见。

"等一等，不要打断我，大人。我们喝光了这些酒，可是安德留哈又要一瓶胡椒白酒。给他自己和我各倒了一杯。我和他一块儿各自干了一杯。大伙离开酒馆往家走，我和安德留哈也跟在后边走。我骑马骑腻了，从马身上下来，就地坐在河沿上。我唱着歌，说着笑话。没有说什么坏话。后来我们站起来，就走了。"

"你讲打死人的事吧。"我打断了他。

"等一等。到家我就躺下了，一觉睡到第二天早上，有人叫醒我：'快起来，你们谁打了安德烈？'安得烈抬来了，紧跟着警察也到了。警察审讯了我们所有的人，我们谁也不承认跟这件事有牵连。而安德烈还活着，他说：'谢尔古哈，是你用杆子打了我一下，我再就什么都记不得了。'谢尔古哈没有承认。我们大家也都认为是谢尔古哈干的，便开始监视他，免得他发生什么事。过了一天一夜，安德烈死了。谢尔盖的家人，姐姐和老丈人便暗中教唆他：'谢尔盖，你死也不要承认，你反正都是一样。你一承认，你的亲人就都得抓起来。你也就遭殃了。'安德烈刚一死，我们大家就去找村长，向他告谢尔盖的状。我们审问谢尔盖，可是他却死也不承认。后来我们把他放回家去睡觉。有人监视他，免得他出意外。他有一杆枪，很危险。第二天早晨一看，他没有了。我们集合起来到他家去搜查，找遍了全村，跑到田野里去找他。接着，警察局来人说谢尔盖在那里。说完就动手抓我们。原来谢尔盖直接跑到警察局，给警察下了跪，告了我们的状，说叶夫列莫夫弟兄早在三年前就雇人痛打过安得留哈一顿。他说：'我们三个人——伊凡、叶戈尔和我在路上走着，我们商定好一起去打他。我用树根打了他一下，伊凡和叶戈尔就开始猛打他，我害怕了，往前跑，追上了前面的庄稼人。'这样，就把我们——伊凡、吉尔沙、我和谢尔盖都抓了起来，投进城里监牢。"

"伊凡和吉尔沙是谁？"

"是我的亲弟兄。商人彼得·米哈伊雷奇来到监狱，把我们保了出来。我们被保释在他家，一直住到圣母节。我们很快活，也很安分。圣母节的第二天在城里对我们进行了审判。吉尔沙有证人——走在前面的庄稼人给他做证，可我就倒霉啦。我在法庭上说的就像跟你说的一样，也就是全都照本实发，可是法官不相信：'都是这么说，起誓又发愿，可都是撒谎。'就这样我们判决了，投进了监牢。在监狱里都给上了锁，可是我管倒便桶、扫地和打饭。大伙每人一个月给我一份定额的面包。一个人三俄磅。刚一听说要走，我们就给家打了电报。这是尼古拉节前几天的事。媳妇和哥哥吉尔沙来看望我们，给我们带来几件衣服，还有些别的东西。……媳妇又哭又嚎，可什么办法也没有。她走的时候，我给了她两份面包，让她带回家去当礼物。我们哭了一顿。我要她向孩子们和所有的乡亲捎好。路上，给我们戴上了罪犯的手铐。两个人编一组，我跟伊凡在一起。到了诺夫哥罗德，手铐给我们摘了下来，戴上了枷锁，剃了头。然后解到莫斯科。押在莫斯科的时候，我们递呈子请求宽恕。怎样到了敖德萨，我记不得了。一路平安。到了敖德萨，医生给我们检查身体，脱掉衣服，查看了一阵，然后，把我们集合起来，送到轮船上。哥萨克和士兵让我们排成一行，押着上了舷梯，把我们安置在船舱里。我们坐在床铺上，每人都有自己的铺位。上层铺坐着我们五个人。起初我们不明白，后来有人说：'开船啦，开船啦！'走啊，走，后来开始摇晃了。热得不行，大家都脱得光光的。有人呕吐，有人不在乎。当然，大部分人都躺着。风暴很大。一会儿倒向这边，一会儿又倾向那边。走啊，走，后来触礁了。我们觉得好像有人推了一下似的。那是个大雾天，什么也看不见。动了一下之后，就停住了。船触了礁，左右摇晃，我们以为是一条大鱼在船底下搅得船直晃呢[1]。往前开，开也开不动。这就往后退，开着开着，船底撞了个大窟窿。用船帆堵，堵了半天也不见效。海水涌进船里。大伙坐在铺上，水流到了大伙的脚底下。人们哀求着：'大人，救救我们吧！'老爷说：'不要挤，不要嚷，我保证大家平安无事。'后来水涨到了下层铺。难友们又是吵，又是挤。老爷说：'弟兄们，我放你们出去，可是不准乱，不然我就要开枪啦。'我们都出了船舱。大伙一齐跪下，做了祈祷，求上帝保佑太平无事。做完祈祷，给大伙发了饼干和糖，大海平静了下来。第二天把人用驳船运到岸上。在岸上又做了祈祷。后来把我们装到另一条船上，那是一条土耳其船[2]，就给送到了这个亚历山大罗夫斯克。天亮时我们登上码头，等了很久，天黑时才离开码头。难友们排成一长串往前走，很多人都患了夜盲症。大家拉着手。有人看得见，有人看不见，排成了一大串。我在前头

---

[1] 指1886年科斯特罗马号在萨哈林西岸沉船事件。

[2] 指志愿商船队的符拉迪沃斯托克号轮船。

走，后来领着十来个难友。我们被带到监狱的院子，按房间各自分开。临睡前，把身上带的东西马马虎虎吃了一点，第二天早晨才正式分发早饭。歇了两天，第三天洗了澡，第四天就给赶出去干活。头些日子我们在工地上挖排水沟，就是在现在监狱医院那个地方。刨树根，挖土，收拾场地，还有些别的活计，这样干了一周或者两周，也可能是一个月。后来我们从米哈伊洛夫卡往这边运原木。三俄里远的路，全凭力气拖，在桥旁堆了一大垛。到了割草的季节，把难友们召集到一块，问谁会割草。谁说会，就把他登记上。我们这一伙人，发给了面包、米和肉，由一个看守领着，到阿尔姆丹割草去了。我过得不错，上帝给了我个好身板，草也割得挺好。别人都挨过看守的打，可我连句呵斥的话都没有听到过。大家一个劲儿地骂，说你为什么干得这么欢，可我不在乎。空闲时间或者下雨天，我编草鞋。人们下工回来睡大觉，可我坐在那里编草鞋。编了草鞋就卖，一双能换两份牛肉，值四戈比。晾干了草，我们回家了。回到家，又给关进监狱。后来把我派到米哈伊洛夫卡去给移民萨什卡当雇工。在萨什卡家我什么农活全都干，割地，打场，磨面，刨马铃薯，萨什卡替我给官家运原木。我们都吃自己的，就是从官家那里领来的。我干了两个月零四天。萨什卡答应给我钱，可是最后一个铜子儿也没给，只是给了一普特马铃薯。萨什卡把我送回监狱。官家又交给我一把斧子和一条绳，让我背柴禾。我烧七个炉子。我住在窝棚里，替看守老爷担水、擦地板。有一个蛮子[1]给鞑靼人看管'卖

---

[1] "蛮子"是俄国殖民主义者对我国汉人的侮称。——译者注

堂'。我一下工，他就把'卖堂'委托给我。我给他卖货，一天一宿给我15戈比。春季里白天长了，我开始编树皮鞋，一双卖10戈比。夏天到河里去打捞漂流木。我积攒了一大垛，后来全都卖给了开钱庄的犹太人。我还攒了60根好原木，每根卖了15戈比。现在日子过得还不错，这都是上帝的恩赐。大人，只是我没有时间跟你长谈，该挑水去了。"

"你快要当上移民了吗？"

"还得五年。"

"想家吗？"

"不想。只有一点——可怜我的孩子呀。都太傻。"

"叶戈尔，告诉我，在敖德萨把你押上轮船的时候，你都想了些什么？"

"祷告上帝了。"

"祷告些什么。"

"祈求上帝让孩子们聪明一些。"

"你为什么不把老婆和孩子都接到萨哈林来？"

"他们在家里也不坏。"

第七章

灯塔——科尔萨科夫斯科耶屯——苏普鲁年柯医生的
搜集品——气象站——亚历山大罗夫斯克区的气候——新米
哈伊洛夫卡屯——波焦姆金——前行刑员捷尔斯基——红谷
屯——布塔科沃屯

我同邮电所的官员,《萨哈林诺》一诗的作者在亚历山大罗
夫斯克及其郊区的散步,给我留下愉快的印象。我们经常到灯塔
上去。灯塔高高地耸立在容基耶尔岬上,俯瞰着河谷。白天,从
下仰望,只见一座平平常常的小白房,房顶上竖着木杆,上面挂
着一盏灯笼。夜间,灯塔则在漆黑的夜空里闪着明亮的光芒,仿
佛是苦役地在以自己红色的眼睛观看世界似的。一条螺旋形的山
道绕着陡峭的山峰,盘旋而上,直达山顶的小房。道旁长着古老
的落叶松和枞树。越是往上登,呼吸越觉得自由。大海展现在眼
前。这时你的头脑会逐渐地被另一番思绪所占据,同监狱、苦
役、殖民毫不相关。你只是感到,脚底下的生活是多么令人烦闷
和困苦。苦役犯和强制移民日复一日地背负着惩罚的重担,自由
民从早到晚只是谈论着有谁挨打,有谁逃跑,有谁被捉和将要挨

打。奇怪的是，对于这些谈话和人们的兴趣，过不上一星期你也就习以为常了。早晨醒来，你会首先拿起印有将军命令的当地的日报，然后就整天都在听着和谈着有谁逃跑和被开枪打死等等新闻。而如今站在这个山顶上，面对着大海和美丽的山谷，一切又显示出它们的本来面目，使你感到人们的确是庸俗和愚蠢到了无以复加的程度。

据说，从前在通向灯塔的山路上曾经放着一些长椅，但是后来不得不撤掉，因为苦役犯和移民散步时在长椅上写下和用小刀刻下各种各样污秽和淫乱的图形。这种所谓厕所文学的爱好者在自由民中间也是大有人在。但是在苦役犯中间，这种厚颜无耻就超越了任何程度，达到了无以复加的地步。在这里，不仅仅僻静之处长椅和墙壁上的文图，而且连情书的内容也都是不堪入目的。一个人尽管感到绝望，感到深深不幸，被世人所遗弃，可是却又在长椅上书写和刻画各种龌龊不堪的文字和图形，这真是奇怪得很。有的人已是老态龙钟，一个劲儿说他已经厌世嫉俗，行将就木了，他还可能患有严重的风湿病，视力不好，可是他却能够兴致勃勃地、一口气不停地说出一长串秽言恶语来，既是精心选择的骂人话，又像是害热病时发出的谵语。假如他识字，那么在没有人的地方他就很难抑制住自己的冲动，直至用指甲在墙上划出违禁的话来。

小房附近用锁链拴着一条恶狗，摆着一门大炮，挂着一口大钟。据说，不久就要运来一个报警器，安放在那里，以便下雾的时候鸣笛报警。无疑，它将激起亚历山大罗夫斯克市民新的惆怅和忧郁。站在灯塔上鸟瞰脚下的大海和"三兄弟"，眺望礁石四周泛起的浪花，你会头晕目眩，大有惊心动魄之感。隐约可以看到鞑靼海岸乃至迭卡斯特里湾的入口。灯塔管理员说，他有时能看清在迭卡斯特里出入的船只。脚下辽阔的海面在太阳底下闪着白光，发出沉默的喧响，远方的岸边令人神往，忧伤和苦闷也随着油然而生，仿佛永远也挣脱不出这个萨哈林。遥望对岸，好像我也成了一名苦役犯，决心不顾一切，要从这里逃走。

离开亚历山大罗夫斯克，沿杜伊卡河逆流而上，就是**科尔萨科夫斯科耶屯**。这个屯子建于 1881 年，是为了纪念前任东西伯利督军米·谢·科尔萨科夫而命名的。有趣的是，萨哈林的屯落往往都是为纪念西伯利亚的省长、典狱长乃至医生而命名的，但却完全忘记了像涅维尔斯科伊、海员科尔萨科夫、鲍什尼亚克、波利亚科夫以及其他许多考察者，我认为这些人比起因为残忍而被击毙的典狱长杰尔宾来，倒是更值得尊敬和纪念的。[1]

科尔萨科夫卡屯有居民 272 人：男 153 人、女 119 人。从业主 50 人，其中有农民身份的 26 人，苦役犯只有 9 人。就其从业主的社会成分、妇女人数、收割干草数量、饲养牲畜头数等方面来说，科尔萨科夫卡同富裕的亚历山大罗夫斯克城郊屯

---

[1] 对于流放殖民区来说，从它的创建和对它的负责态度来说，迄今为止做出最大贡献的有两个人，一个是米楚利，另一个是加尔金－弗拉斯科伊。为纪念前者，命名了一个有十户人家的贫穷的和寿命不长的小屯，为纪念后者而命名的屯子已经有了旧的地名：锡扬查屯，这个名字沿用日久，因此只有在公文中（而且还不是所有的公文中）才叫作加尔金－弗拉斯科耶屯。但是在萨哈林不仅有一个屯子而且有一个大哨所，用了科尔萨科夫的名字，这并非因为他有什么特殊的贡献或者做出了牺牲，而仅仅因为他是个督军，能够引起人们的畏惧。

区别不大。这里八个从业主各拥有两栋房子。每九家平均一个澡堂。养马的有45家，养牛的4家。其中很多家拥有两匹马和三四头奶牛。就老户居民的数量来说，科尔萨科夫卡在萨哈林恐怕首屈一指，有43户是从建屯一开始落户的。我进行人口调查时得知，1870年以前来到萨哈林的有八人，其中一人甚至1866年就已流放来此。在殖民区里，老户居民百分比高，是个良好的征兆。

科尔萨科夫屯从外观上看，会使人误以为是个美好的、偏僻的俄国小村庄，好像文明还没有接触到它。我第一次来到这里是在一个星期天的下午。天气温暖，没有一点儿风，使人感到有一种节日的气氛。庄稼人在树荫下睡觉或喝茶，大门旁的窗户下，女人们相互在头上抓虱子。庭院和菜园里鲜花盛开，窗台上摆着洋海棠。有很多小孩，他们都在大街上玩耍，有的玩"当兵"，有的玩"骑马"，有的在逗引着吃饱后昏昏欲睡的狗。老流浪汉出身的牧羊人赶着一百五十多头牲口的畜群回到屯里。一时，屯里充满了只有夏季才能听到声音——牛羊的哞咩叫声，牧羊人的抽鞭子声，驱赶牛犊的妇女的和孩子们的喊声，尘土飞扬和满是粪便的土道上人和牲口奔跑的脚步声。空气中弥漫着牛羊的腥膻味——真是一幅完整的田园生活画面。连杜伊卡河在这里也是迷人的。它在几家后院菜园子旁边流过。河的对岸长着山水杨和香蒲，一片翠绿。当我来到这里时，河中平滑如镜的水面上落下了黄昏时的阴影，河水好像一动不动，静静地入睡了。

像在富裕的亚历山大罗夫斯克城郊屯一样，我们在这里发现，老户居民、妇女和识字者的百分比也很高，自由妇女数量很大，有着一部几乎相同的"过去的历史"：私贩烧酒、高利盘剥等等。据说，从前长官的偏爱对这里的兴家立业也起了显著的作用，长官很慷慨地贷给牲畜、种子乃至烧酒。科尔萨科夫卡屯民好像都是政客，甚至对最小的官员都称呼为大人。但是不同于亚历山大罗夫斯克城郊屯的是，这里富裕的主要原因毕竟不是靠私卖烧酒，不是长官的偏爱，或者因为距离萨哈林的小巴黎较近，而是因为种植庄稼取得了不容置疑的成效。在城郊屯，四分之一的从业主完全没有耕地，另外的四分之一只有少量的耕地。可是在科尔萨科夫卡屯这里，所有的从业主都耕种土地，种粮食。亚历山大罗夫卡有一半民户没有牲畜也可以丰衣足食，而这里几乎所有的民户都认为必须饲养牲畜。许多情况促使人们对萨哈林的农业不能不抱怀疑态度，但是必须承认，科尔萨科夫卡屯的农业却很不错，并且取得了比较好的成果。不能认为科尔萨科夫卡屯民每年撒到地里两千普特的种子，只是出于倔强或者想讨好长官。我不掌握有关收成的准确数字，而对于科尔萨科夫屯民自己所说的又不能轻信，但是根据某些特征来看，比如牲畜数量多，生活的外部环境良好以及这里的农民不急于去大陆，尽管他们早已取得了这种权利等等，可以得出结论，这里的收成不仅够吃，而且还有某些剩余，这有利于移民永久定居下来。

为什么科尔萨科夫卡屯民种植庄稼取得了成功，而邻近屯落的居民则由于一系列的失败而遭受贫困，已经不再指望能靠自己的粮食度命，这一点并不难解释。科尔萨科夫卡坐落在杜伊卡河河谷比较宽阔的地带，屯民们落户一开始，就拥有大面积的土地。他们在土地方面有选择的余地。现在有二十家农户耕种三到六俄顷土地，少于两俄顷的不多。如果读者希望把这里的地段同我国农民的份地进行比较，那么他还应该注意一点，就是这里的耕地不包括休耕地，每年全部播种，一垄也不剩，因此这里的两俄顷相当于我国的三俄顷。使用大块土地是科尔萨科夫卡屯民成功的全部秘密。萨哈林的收成平均是籽种的二三倍，在这种情况下要想使土地提供足够的粮食只有一个办法，就是多种。土地多，种子多，劳动力便宜，不值钱。在粮食完全歉收的年头，科尔萨科夫卡屯民还可以靠蔬菜和马铃薯度命。这里蔬菜和马铃薯的种植面积也很可观，达 33 俄顷。

流放殖民地存在的时间还不长，居民人数很少，很不稳定，因此还没有形成完整的统计资料。迄今为止它所能提供的数字资料极其贫乏，在各种适当的场合下就不得不仅仅根据一些现象和猜测来做出自己的结论。如果不怕有人责备结论的草率，并根据科尔萨科夫卡屯的有关资料得出有关整个殖民区的结论，那么恐怕就可以说，由于萨哈林的收成低，为了不亏本，能够吃饱，每个从业主必须拥有两俄顷以上的耕地。这还不包括草场和种植蔬菜、马铃薯的土地。现在确定出更准确的标准是不可能的，但是从一切方面看，从业主该有四俄顷左右的土地。可是根据《1889年农业状况的报告》来看，在萨哈林每个农户平均只有一俄顷半（1555 平方俄丈）的耕地。

科尔萨科夫卡屯有一所房子，规模很大，红色的房盖，带有漂亮的花园，很像是一个中等财产的地主园地。这所房子的主人是医务主任苏普鲁年柯医生。他于春天到俄国参加监狱展览会的工作去了，并将永远留在那里。他的房舍空着，我在这里只见到一些精致的动物标本。我不知道他的全部收藏品现在何处，是否有人根据这些标本研究萨哈林动物区系。但是根据剩下来的这些为数不多的极其美丽的标本和别人的介绍来看，我可以判断出苏普鲁年柯医生收藏的丰富、知识的渊博以及他从事这项有益工作所花费的劳动和心血。他从1881年开始搜集标本，十年的时间里他搜集到了几乎所有萨哈林可以遇到的脊椎动物标本。此外，他还搜集了许多人类学和民俗学资料。他的收藏品假如还留在岛上，可以成为一个很好的博物馆的基础。

这所房子旁边设有一个气象站。直到不久以前，这所气象站一直归苏普鲁年柯医生主管，现在由农业督导官主管。我去的时候，有一位录事——流放苦役犯戈洛瓦茨基正在进行观测。他是一位头脑清晰的热心肠的人，为我提供了许多气象学统计表。根据九年的观测，已经完全可以做出结论，因此我将努力提供关于亚历山大罗夫斯克区气候的某些概念。符拉迪沃斯托克市长有一次对我说，在他们符拉迪沃斯托克以及整个东部沿海"没有任何气候"。关于萨哈林，人们也说这里没有"气候"，有的只是坏天气，这个岛屿是俄国降雨量最多的地方。我不知道这后一种说法是否正确，我逗留期间一直是很好的夏天，但是气象学统计表以及其他一些作者的简要介绍却提供了一幅气象险恶的图画。亚历山大罗夫斯克区的气候属海洋性，具有不稳定的特点，也就是说年平均温度[1]、雨雪天数的波动幅度较大，等等。年平均温度低，雨雪量大，阴天多，这是它

---

[1] 年平均温度波动于 −1.2—+1.2℃之间；雨雪天数波动于 102 和 209 天之间。1881 年无风天只有 35 天，1884 年多出两倍，为 112 天。

的主要特点。我以亚历山大罗夫斯克区和诺夫哥罗德省切列波韦茨县的月平均温度进行比较，后者的特点也是"气候寒冷，潮湿，变幻无常，对健康不利"：[1]

亚历山大罗夫斯克区	切列波韦茨县
1 月 ······ −18.9	−11.0
2 月 ······ −15.1	−8.2
3 月 ······ −10.1	−1.8
4 月 ······ 0.1	+2.8
5 月 ······ +5.9	+12.7
6 月 ······ +11.0	+17.5
7 月 ······ +16.3	+18.5
8 月 ······ +17.0	+13.5
9 月 ······ +11.4	+6.8
10 月 ······ +3.7	+1.8
11 月 ······ −5.5	−5.7
12 月 ······ −13.8	−12.8

亚历山大罗夫斯克区平均温度 0.1℃，也就是说几乎是 0℃，而切列波韦茨县则是 2.7℃。亚历山大罗夫斯克区的冬天比阿尔汉格尔斯克冷，春季和夏季相当于芬兰，秋季相当于彼得堡，年平均温度相当于索洛维茨基群岛，那里也是 0℃。杜伊卡河河谷可以见到永冻层，波利亚科夫于 6 月 20 日在四分之三俄尺的深

---

[1] 格里亚兹诺夫：《切列波韦茨县农民生活的卫生条件和医学地形学的比较研究》，1880 年。格里亚兹诺夫使用的是华氏度，我一律换算成摄氏度。

处发现过永冻层。他于7月14日在垃圾堆底下和在山下的凹地里发现有雪，这些雪只是在7月末才融化。1889年7月24日在不太高的山上降了雪，所有的人都穿上了皮大衣和皮袄。根据九年的观察，杜伊卡河开河的最早日期是4月23日，最晚是5月6日。在整个九年的冬季，没有解冻的日子。一年有181天是严寒的天气，150天刮寒风。所有这些都有着重要的实际意义。在切列波韦茨县夏季比较暖和，时间比较长，但据契尔诺夫说，荞麦、黄瓜籽和小麦不能很好地成熟，而在亚历山大罗夫斯克区，据当地农业督导官证实，没有一年的气温能使燕麦和小麦完全成熟。

这里过分湿润值得引起农学家和卫生学家的特别重视。一年中雨雪天气平均189天，其中下雪是107天，下雨是82天（在切列波韦茨县下雨是81天，下雪是82天）。天空有时一连数周布满阴云，只好借酒浇愁。许多冷酷的人可能变得更加残忍，许多善良的人和性格脆弱的人因为一连几周甚至几个月看不到太阳而永远丧失获得美好生活的希望。波利亚科夫写道，1881年的6月份没有一个晴天，而在农业督导官报告中可以看到，在四年的时间里，每年从5月18日到9月1日，晴天的日数平均不超过八天。大雾弥漫，在这里是经常的现象。尤其在海上，对于海员来说这是真正的灾难。含有盐分的海雾，据说对于沿海植物具有破坏性的影响，既影响树木又影响草场。下面我将要谈到一些屯落，那里的居民主要是由于这种浓雾，已不再种植粮食作物，全部耕地都改种马铃薯。有一次，在一个晴天里，我看到浓雾像一堵乳白色的墙壁一样从海上涌过来，仿佛是天穹落下一道白色的幕布似的。

气象站配备的仪器都是经过彼得堡天文台检查过，并从那里购置来的。气象站设有图书馆。除了上面提到的录事戈洛瓦茨基和他的妻子外，在站上我还登记了六名男工和一名女工。他们在这里做些什么，我不清楚。

科尔萨科夫卡屯有一所学校和一座小教堂。也曾经有过一个医疗站，有十四名梅毒患者和三名精神病患者在这里住院治疗。精神病患者中有一名传染上了梅毒。也还听说，梅毒患者常常给外科做悬带和裹伤用的棉线团。但是我没有机会去这个中世纪的医疗机关参观，因为在9月份它被一位临时履行监狱医生职务的年轻军医给关闭了。假如说根据监狱医生的命令将这里的精神病患者放在火中烧死，那么这不会有什么奇怪的，因为当地的医疗制度落后于现代文明起码有二百年。

黄昏时分，我在一所房子里遇到一个四十来岁的人。他穿着短上衣和散腿裤子，下巴剃得光光的，没有浆过的衬衫很脏，系着一条类似领带的东西——从这一切装束来看他曾是一位特权人物。他坐在一把矮椅子上，端着一个陶碗，在吃咸肉煮马铃薯。他通报了姓名，他的姓是以"基"结尾的。我不知为什么觉得我看到的是一位从前的军官，那位军官的姓也是以"基"结尾的，是因违犯军纪罪而被流放到这里服苦役的。

我问道："您从前可是位军官？"

"不，大人，我是神甫。"

我不知道他为什么流放在此，可是我也没有追问下去。这个人不久前还被人称为约翰神父，被人们吻着手，可是如今却穿着一件破旧的短上衣，在你的面前毕恭毕敬地垂手而立，这时你会顾不得去想犯罪问题。在另一所房子里我看到这样一个场面。一位年轻的苦役犯，黑黑的头发，脸色异常阴郁，穿着一件漂亮的短外衣，两手托腮，坐在桌子旁；女主人也是个苦役犯，正在从桌子上往下收拾茶炊和茶碗。我问他是否已婚。年轻人回答说，他的妻子自愿携带女儿随他来到萨哈林，但是两个月以前她领着孩子到尼古拉耶夫斯克去了。尽管他已经给她拍了数封电报，但是她却不肯回来。女主人带着某种幸灾乐祸的口吻说道："不会回来啦。她在这儿有什么可做的？难道她没见过你的萨哈林？事情是那么容易的吗？"他沉默着，而女主人却说道："不会回来啦。她是个年轻的女人，自由自在的，她需要什么？像只鸟儿一样飞来了，不过如此而已，现在是一去不返，音信皆无。非同我和你呀。假如我不杀死丈夫，而你也没有放过火，我们不也是自由自在的嘛，可是现在你就等着吧，叫你望眼欲穿，愁肠欲断，你的妻子却照样无影无踪……"他感到痛苦，心里可能像铅一样沉重，而她却还在喋喋不休地刺痛着他。我走出房子，但是她的声音却一直萦绕在我的耳际。

在科尔萨科夫卡，苦役犯基斯利亚科夫陪我挨门串户进行调查。他是个相当古怪的人。采访法庭的记者们大概还没有忘记他。这正是那个当年在彼得堡尼古拉耶夫大街用锤子打死自己妻子的军队文书基斯利亚科夫。作案后他到市长那里投案自首。据他讲，他的妻子是个美人，他非常爱她，但是有一次同她吵了几句嘴；他就在圣像前发誓一定要弄死她，从那时起直到打死她为止，一个看不见的幽灵不断地在他耳边嘀咕说："打死她，打死她！"审判前他被关在圣尼古拉医院里，恐怕是因为这一点，他认为自己是个精神病患者。他不止一次地请求我为他求情，确认他是个狂人，把他关进修道院里去。他的全部苦役工作就是在监狱里制作分配面包口粮的标签，这个工作看来并不困难，但是他却雇了另外一个人代替自己，他本人说是要"授课"，其实什么都不干。他穿着一件帆布做的夹克式上衣，外表挺体面，为人浅薄，但很爱说话，是个哲学家。每逢看见孩子，他都用柔和圆润的男中音说道："哪里有跳蚤，那里必定有孩子。"当人们问我为什么进行人口登记的时候，如果有他在场，他就说："为的是把我们都送到月球上去。你知道月球在哪儿吗？"那天我们很晚才步行到亚历山大罗夫斯克，在路上他不止一次没头没脑地重复说："复仇是最高尚的感情。"

溯杜伊卡河再往上行便是**新米哈伊洛夫卡屯**。屯子建于1872年，取这个名称是因为米楚利名叫米哈伊尔。不少作者把它叫作上界屯，而当地移民则把它叫作耕地屯。屯中居民共520人，男的287人，女的233人；从业主133人，其中有两人和别人搭伙经营。从农户注册来看，全体从业主都拥有可耕地段，其中84户饲养大牲畜。然而除少数例外，各家都惊人地贫穷，居民们异口同声地说在萨哈林"毫无生路"。据说，往年新米哈伊洛夫卡穷得更厉害。从屯中有一条小道通向杜厄，那是女苦役犯和自由妇女为了几个铜板去杜厄和沃耶沃达监狱向囚犯们出卖肉体踩出来的。我得以验证，这条小道迄今为止还没有长出青草。某些居民像科尔萨科夫卡屯民一样，拥有大块耕地，面积从三到六俄顷不等，有的甚至达八俄顷。他们倒是不穷，但是这里大地块很少，而且越来越少。现今有一半以上的从业主占有的地块仅为八分之一到 1.5 俄顷，这意味着种植庄稼只能赔钱。老户居民囿于经验只种大麦，并且开始在种植粮食的地块上栽种马铃薯。

这里的土地不能使人迷恋，不利于定居。建屯最初四年落户的人，现在一家也没有剩下，1876 年落户的剩有九家，1877 年有七家，1878 年有两家，1879 年有四家，其余的全都是新户。

新米哈伊洛夫卡有电报站、学校、济贫院和一个没有建成的教堂。有一个面包房，为修筑新米哈伊洛夫卡地区道路的苦役犯烤面包；大概是当局对它没有任何监督，所以烤出的面包质量极其低劣。

每个途经新米哈伊洛夫卡的人，都必定要认识一下住在这里的流放犯出身的农民波焦姆金。当有重要人物莅临萨哈林时，往往由波焦姆金敬献面包和盐；当人们想要证明农业殖民获得了成功，往往会以波焦姆金为例。户籍册里写着他有二十四马和九只牛羊。但据说他的马匹比这个数目要多出一倍。他在这里开有一个商店，在杜厄另有一爿商店，由他的儿子经营。他给人的印象是个精明干练的富裕的分裂派教徒。他家里整齐洁净，墙壁糊着壁纸，贴着一张画：《马里安温泉，利巴瓦附近的海水浴》。他和他的老伴都很庄重、谨慎，谈话很有政治头脑。我在他家喝茶时，他和他的妻子对我说，在萨哈林可以过得去，土地能长好庄稼，全部不幸在于现在人们变懒了，惯坏了，不求上进。我问他，据说他用自己菜园里产的西瓜和甜瓜招待过一位重要人物，是否真有其事？他连眼睛也没眨，回答道："正是这样，这里能种甜瓜，有时也可以成熟。"[1]

新米哈伊洛夫卡屯还住有一位萨哈林的知名人士——强制移民捷尔斯基，他从前是行刑员。他咳嗽，用两只苍白的青筋嶙嶙的手抓着胸脯，抱怨说他落下了"伤力"。有一次他因为犯有过失，根据长官的命令受到了亚历山大罗夫斯克现任行刑员科麦列夫的惩罚。从那时起，他就萎靡不振。科麦列夫当时是如此地卖力气，"差点没把他打得七魂出窍"。但是不久，科麦列夫也犯了法，这回捷尔斯基像过节似的。他撒开手脚报仇，把自己的同行狠狠毒打了一顿，据说科麦列夫到现在身体还在溃烂。果然如人们所说，两条毒蜘蛛放在一个罐子里，它们会把对方活活咬死的。

1888 年以前，新米哈伊洛夫卡是杜伊卡河上最后一个屯子，现在又有了**红谷屯**和**布塔科沃屯**。正在修筑从新米哈伊洛夫卡通往这两个屯子的道路。到红谷屯去的路，前半段有三俄里，刚刚修好，平坦又笔直。我乘马车走过这条路。后半段要穿过风景如画的森林，路面上的树桩已经挖除，乘车行驶在这里像在良好的村间道路上一样，轻松愉快。沿路凡是挺拔的建筑用树，几乎都已砍伐殆尽。但是森林仍然十分优美，令人心旷神怡，白桦、山杨、白杨、柳树、水曲柳、接骨木、稠李、绣线菊、山里红等等树木中间，生长着高可没人的蒿草。高大蕨菜和叶子直径可达一

---

[1] 波焦姆金来到萨哈林时就已经很富有了。他到萨哈林三年以后，奥古斯丁诺夫医生见到过他，写道："流放犯波焦姆金的房子比所有人的都好。"如果说苦役犯波焦姆金能在三年的期间里为自己盖成一所好房子，养起马群并且把女儿嫁给一个萨哈林的官员，那么我认为这同务农毫无关系。

俄尺多的牛蒡，同乔木和灌木混杂在一起，形成了茂密的无法通行的树丛，给黑熊、紫貂和鹿提供了良好的栖息场所。狭谷两侧，群山绵亘，山上长满冷杉、枞树和落叶松等针叶林，像是两道绿色的墙壁。再往上又是阔叶林，顶峰是童山，间或覆盖着灌木林。像这里这么大的牛蒡，我在俄国任何地方都没有遇到过，这些牛蒡赋予这里的密林和草地独特的风貌。我已经说过，夜间，特别是在月光下，这里的森林和草地呈现出一种神奇莫测的色彩。还有一种非常壮观的伞形科植物，使这里的风景更添异彩，这种植物在俄语中似乎没有名称，它主干挺拔，高达十英尺，底部粗为三英寸，上部呈绛红色，顶部有一直径达一英尺的伞状冠，这个主冠四周生着六个小一些的伞状冠，看上去很像枝形烛台。这种植物的拉丁文名称叫作 angelophyllum ursinum（熊根子）[1]。

红谷屯的历史只有一年多的时间，屯中只有一条宽阔的街道，路还没有修好，从一所房子到另一所房子要经过草墩、土堆，踩着刨花木屑，跳过原木、树桩和排水沟，沟里的积水已经发黑。房子还没有全部盖好。这家主人在制砖，那家在抹炉子，再一家则把原木拖过街道。共有 51 户，其中有 3 户，包括中国人彭吉超，扔下已经开始建造的房子，走掉了。谁都不知道

---

[1] 大多数作者都不喜欢萨哈林的风景。这是因为他们来到萨哈林时对于锡兰和日本或者阿穆尔河流域的自然界还保留着深刻的印象，也是由于他们是从亚历山大罗夫斯克和杜厄开始旅行的。这里的自然界也的确很贫乏。这里的天气不好，也有影响。萨哈林的风景不管如何美丽和别具一格，但是如果它一连几个星期始终藏在浓雾或烟雨之中，那么就很难显出它的本色来。

他们现在何处。这里有七个高加索人，他们已经停止了工作，全都挤在一所房子里，虽然刚刚是 8 月 2 日，但他们已经冻得蜷成一团了。这个屯子建立不久，还处于草创阶段，这从一些数字也可以看得出来。居民共 90 人，男人对女人是二比一，合法家庭有 3 户，而自由同居的倒有 20 户，五岁以下的儿童只有 9 个。3 户有马，9 户有牛。现在全村从业主都领取因犯的定额口粮，但是以后他们靠什么活命，暂时还不清楚。靠种庄稼吃饭，指望不大。到目前为止只找到了 24.5 俄顷可耕地，也就是说每户平均不到半俄顷。现在已经刨出树根，种上了粮食和马铃薯。没有可供刈干草的草场。这里的河谷狭窄，两面夹山，什么都不能种。行政当局需要的只是给人们随便找个地方，并没有进行认真的考虑，以后每年还要往这里安置几十家新户。可耕地只有现在这么多，也就是说每户只能有八分之一、四分之一和二分之一俄顷，或者更少。我不知道红谷屯的屯址是谁选定的，但从各个方面可以看出，承担这项任务的人完全是外行，从来没有到过农村，而主要的是很少考虑农业殖民问题。这里甚至连像样的水源都没有。我问水源在哪里，人们指给我看的是排水沟。

这里所有的房子全是一个样式，两扇窗户，房舍木料又湿又劣，建房时的唯一打算就是马马虎虎地把强制移民期对付过去，然后到大陆去。行政当局对房舍的建造没有任何监督，恐怕原因是官员中没有一个人知道怎样盖房子和砌炉子。按编制来说，萨哈林应该有建筑师，可是在我逗留期间却没有见过，即使有，大概也只是管公家的建筑。屯监乌比延内赫住的是官房，比所有的民房都体面。这位乌比延内赫是个丘八，个子矮小、瘦弱，表情完全符合他的姓 [1]，脸上确实有一种死气沉沉和莫名其妙的痛苦神态。也许这是由于有一个又高又胖的强制女移民同他住在一个屋子里的缘故。这个女人是他的同居者，给他繁殖了一个人数可观的家庭。他已经在领取看守长的薪俸。他的全部职责是向来访者报告，在这个世界上一切都平安无事。但是他也不喜欢红谷屯，想离开萨哈林。他问我，转为预备役去大陆时，能否允许他的同居女人跟他一道去。这个问题很使他担心。

我没有去过布塔科沃屯 [2]。根据神甫的忏悔名册，我对这个屯的一部分户口进行了核对和补充，那里共有居民 39 人，成年妇女只有 4 人。共有 22 户。目前只建成四所房子，其余的还只是立起了房架子。种粮食和马铃薯的土地合在一起是四俄顷半。屯里暂时还没有家畜和家禽。

结束了对杜伊卡河谷的考察之后，我转到了一条名叫阿尔科伊的小河。这条河上有三个屯落。选中阿尔科伊河谷建屯，不是因为对这里考察得比其他地方更清楚，认为它能满足殖民要求，而是纯属偶然，只是因为这条河谷同其他河谷相比，距离亚历山大罗夫斯克最近。

---

[1] 乌比延内赫，俄文意行为"被杀死的人"。——译者注
[2] 屯名是纪念 A. M. 布塔科夫的，他是特姆区的区长。

第八章

阿尔科伊河——阿尔科伊警戒哨——阿尔科沃头屯、二屯和三屯——阿尔科伊河谷——西部沿海各屯：姆格奇、坦基、霍埃、特兰鲍斯、维亚赫图和乌安基——隧道——电缆房——杜厄——家属住房——杜厄监狱——煤矿——沃耶沃达监狱——重镣囚犯

阿尔科伊河在杜伊卡河以北八至十俄里处注入鞑靼海峡。不久前这还是一条真正的河流，可以在这里捕捞驼背大麻哈。可是现在由于森林火灾和滥砍滥伐，这条河已经变浅，夏初完全干涸。只是在下暴雨的时候，它才显出本相，像春汛那样大肆泛滥，水势急湍，波涛汹涌。它已经不止一次地淹没两岸的菜园，把干草和移民的庄稼卷进大海里去。防止这种灾难是不可能的，因为河谷狭窄，两岸没有多远就是群山。[1]

---

[1] 五年前，一位重要人物在同移民谈论农业时，曾向他们建议说："你们知道，芬兰是把粮食种在山坡上的。"但是萨哈林不是芬兰，气候条件，而主要的是土壤条件，绝不允许在这里的山上种植任何作物。农业督导官在自己的报告中建议养羊，羊"可以充分利用山坡上贫瘠的但为数甚多的牧场，（转下页）

在紧靠阿尔科伊河口向河谷转弯的地方，坐落着基里亚克人的阿尔科伊卫屯，阿尔科伊警戒哨和三个俄国屯落的名称都由此而来，即阿尔科沃头屯、二屯和三屯。从亚历山大罗夫斯克到阿尔科伊河谷有两条路：一条是山路，我在那里时这条路不能通行，因为发生森林火灾时沿途的桥梁已被烧毁；另一条濒临海滨，但只在退潮时马车才能通行。我第一次到阿尔科伊去，是 7 月 31 日早 8 点。开始退潮了。天空阴沉，空气令人气闷，大雨将至。海面上看不到一片帆影。陡峭的黏土质海岸非常险峻，波涛翻滚，发出沉闷和忧郁的喧嚣。高高的海岸上，枯萎、病态的树木向下俯视着。在这空旷的地方，每一棵树都只好单独地同严寒凛冽的海风进行残酷的斗争。秋冬两季，在漫长可怕的黑夜里，每棵树都得永不停歇地摆来摆去，一会儿倒向这边，一会儿又倒向那边，低低地弯向地面，发出呜呜的哀怨声——但这哀怨声却不被任何人听到。

阿尔科伊警戒哨位于基里亚克人小村落附近。从前它只是个守卡，驻有士兵，以便捕捉逃犯。现在这里住着一名屯监，大概是执行移民监事官的职责。

阿尔科沃头屯距警戒哨两俄里。屯子里只有一条街道。由于地势特点，屯子只能纵向延伸，而不能横向扩展。今后所有三个阿尔科沃屯将逐渐连在一起，那时它就将成为萨哈林最大的一座只有一条街道的村镇了。阿尔科沃头屯建于 1883 年，居民

（接上页）而在这种牧场上大牲畜是无法吃饱的"。但是这项建议并没有实际意义，因为羊群"利用"牧场只能在短暂的夏季期间，而在漫长的冬季里它们会因为没有饲料而饿死的。

136 人：男 83 人，女 53 人。从业主 28 人，都是有家室的。只有女苦役犯巴甫洛夫斯卡娅例外。她是天主教徒。她的同居男人是她家真正的当家人，不久前死掉了。她恳切地请求我说："给我指派一个户主吧！"有三户人家各有两所房子。**阿尔科沃二屯**建于 1884 年，居民 92 人：男 46 人，女 46 人。从业主 24 人，都有家室。其中二人各有两所房子。**阿尔科沃三屯**跟二屯同时建立，由此可以看出当初向阿尔科伊河谷移民的仓促状况。这里居民 41 人，男 19 人，女 22 人。从业主 10 人，搭伙从业主一人。有家室的 9 人。

三个阿尔科沃屯的从业主都有自己的耕地，地段大小不一，在半俄顷到两俄顷之间。有一人拥有三俄顷土地。大量种植小麦、燕麦、大麦和马铃薯。大多数人都饲养牲畜和家禽。根据移民监事官搜集的农户材料，可以得出结论说，所有三个阿尔科沃屯在其短暂的时期里，都在农业方面取得了重大成就。无怪乎一位没有署名的作者在谈到这里的农业时写道："这种热情的劳动得到了应有的报酬，因为这里的土质条件良好，最适于耕种，这一点从森林和草地植物的长势便可看得出来。"事实并非如此。所有三个阿尔科沃屯都是北萨哈林最穷的屯落。这里有耕地，有牲口，但是一次也没有丰收。除了整个萨哈林所共有的不利条件外，这里的农户还面临阿尔科伊河谷特有的天然敌人。刚才引用的那位作者对这里的土质大为赞扬，其实这里的土壤表层是腐殖土，而底层则是砾石，在炎热的天气里地层晒得发烫，会把植物的根部烤干，砾石下面是黏土，雨季里渗透性很差，植物的根部最易腐烂。在这种土壤里能够健全生长的，看来只有那些根部粗壮、扎得很深的植物，如牛蒡。农作物中只有根块作物芜菁和马铃薯适于生长，种植这些作物时必须比粮食作物耕得深，耕得细。关于河水造成的灾害，我已经说过了。根本没有割晒干草的草场，只能到森林里的小块草地上去割，或者用小镰刀零星地割上一点。有钱的人则到特姆区去买草。据讲，这些家庭整个冬季没有一块面包，只能以芜菁充饥。在我去前不久，阿尔科沃二屯饿死了一个姓斯科林的移民。据邻居讲，他三天只能吃上一磅面包，很长时间都是如此。邻居被他的死吓坏了，对我说："我们大伙的下场也是同样的。"我记得，有三个妇女在叙述自己的生活时，哭了起来。有一所房子，里面没有家具，一座黑暗、阴郁的炉子占去了半个房间，几个孩子围着女主人哭闹，鸡雏围着她的脚唧唧叫；女主人到街上去，孩子们和鸡雏也跟着走到街上。她望着他们，又是哭又是笑。因为孩子的哭叫和鸡雏的吵闹，她向我表示歉意。她说，这都是饿的。她在等待丈夫归来，可是却不见踪影。他到城里卖草莓去了，卖了钱好买粮。她剁了些洋白菜叶子，给了鸡雏，鸡雏一个个贪婪地扑上去，结果是受了骗，叫得更欢了。在一所房子里住着一个庄稼汉，是个苦役犯。他毛发发达，像个蜘蛛，眉毛下垂，肮脏不堪。同他住在一起的另一个苦役犯，也是这样毛发发达，肮脏不堪。他俩都有很大的家口，可是房子里却像通常说的那样，羞耻带倒霉——连根钉子都没有。除了孩子的哭闹、鸡雏的唧唧叫声以及像斯科林之死这类事实而外，这贫穷和饥饿还有许多各种各样的间接表现。阿尔科沃三屯的移民彼得罗夫的房子上了锁，他本人"因懒于治家和擅自屠宰牛犊被关进沃耶沃达监狱"。很显然，他屠宰牛犊是由于贫穷。牛犊肉拿到亚历山大罗夫斯克卖掉了。从官府借贷来的种子本应用于播种，农户注册中也说是已经用到地里去了，可是实际上却有一半被人吃掉了。移民们自己在谈话中也不掩饰这一点。现有的牲畜是从官府借贷来的，并且靠着官府供给的饲料喂养。越穷债务越多。所有的阿尔科沃屯民都欠债，他们的债务随着每一次播种，每多一头牲畜而日益增加。有些人的债务已经达到无法还清的数目——平均每人为二百，甚至三百卢布。

阿尔科沃二屯和三屯之间建有**阿尔科沃驿站**，到特姆区去可以在这里更换马匹。这是一个驿站兼旅店。如果用我们俄国的标准来衡量，那么，在这里驿路交通相当简陋的情况下，站上除了站长之外有两三个站丁就足够了。可是在萨哈林一切都喜欢讲排场，习惯于大手大脚。驿站里除站长外，还有录事、信差、马夫、两个面包匠、三个烧炉工，还有四个工人，问他们这里干什么活，他们回答我说："背草。"

假如哪位风景画家有机会到萨哈林来，那么我建议他留心一下阿尔科伊河谷。这个地方除了环境优美而外，景物的色调也绚丽斑斓。用五彩缤纷的地毯或者万花筒作比喻，虽然不免陈腐，便很难找出更恰当的字眼来。葱茏茂密的草丛中，有几棵高大的牛蒡，刚被雨水洗濯过，显得生意盎然。距离此处不过两三俄丈远的平野上，黑麦泛着翠绿。接着是一小块大麦地，而那边又有一棵牛蒡，后面有一小块燕麦地。再过去是一垄垄的马铃薯，两棵没有长成的向日葵垂着头，最后一块楔形的麻田。漫山遍野，随处都长着伞形科植物，好像是一个个枝形烛台傲倨于群芳之上。在这五颜六色的世界里，漫洒着罂粟花的玫瑰色和鲜红色的斑点。路上走来几个妇女，头上顶着牛蒡的大叶子挡雨，好像是绿色的甲虫。而周围群山怀抱，这些山尽管没有高加索那么雄伟，但毕竟是山啊！

从阿尔科伊河口上行，沿着西部沿岸，有六个小屯子。我一个也没有去过，有关这些屯子的数字，是我从农户注册和忏悔名册中得来的。这些屯子坐落在嵌入海里的岬角上或者位于一些小河的河口旁，由此也就产生了它们的名称。开始时它们都是监察哨，往往只有四五个人。后来逐渐感到只有这些监察哨不够用，于1882年决定在杜厄岬和波哥比岬之间的几个大岬角上安置居民。这些居民都是可靠的，多半是有家室的移民。建立这些屯落及附设警戒哨的目的是："使来自尼古拉耶夫斯克的邮差、旅客和赶狗爬犁的人在途中有可能找到宿处和取得庇护，以及沿海岸线建立全面警戒监视，因为这里是逃犯唯一可行之路，又是被禁止私贩烧酒的通道。"到海岸各屯落去，暂时还没有道路。只能在退潮时沿岸步行。冬季可以乘狗爬犁。也可以乘坐小船和气艇，不过天气要非常好才行。这些屯落的位置是按如下的顺序自南向北排列的。

姆格奇屯。居民38人，男20人，女18人。从业主14人，有家室13人，其中非法结合的家庭只有两户。全体都有耕地，总面积约为12俄顷左右，但是已有三年不种粮食，只种马铃薯。有11家是从建屯一开始就落户的，其中五家的户主已获得农民身份。他们的收入很多，因此农民不急于去大陆。有七人养狗，冬季赶狗爬犁运送邮差和旅客。一人以狩猎为生。至于监狱管理局1889年报告中说到捕鱼业，其实完全没有。

坦基屯。居民 19 人，男 11 人，女 8 人。从业主 6 人。耕地三俄顷左右，但是也跟姆格奇屯一样，经常有海雾，妨害粮食作物生长，因此只种马铃薯。两户有小船，从事捕鱼。

霍埃屯，位于同名的岬角上。该岬深入海内，从亚历山大罗夫斯克可以看得见。居民 34 人，男 19 人，女 15 人。从业主 13 人。这里还没有绝望，继续种植小麦和大麦。3 人从事狩猎。

维亚赫图屯。在维亚赫图河畔。这条河把一个湖和海连接起来，这倒很像涅瓦河。据说湖中可捕捞鲑鱼和鲟鱼。居民 17 人，男 9 人，女 8 人。从业主 7 人。

特兰鲍斯屯。居民 8 人，男 3 人，女 5 人。女人比男人多的屯落都是幸福的。从业主 7 人。

乌安基屯。最北的一个屯落。居民 13 人，男 9 人，女 4 人。从业主 8 人。

根据一些学者和旅行家的描写，越是往北，自然界就越是贫乏、凄凉。特兰鲍斯以北，萨哈林岛的整个三分之一是一马平川，完全是冻土地带。贯穿全岛的主要分水岭在这里成为一些起伏的丘陵，这些丘陵被某些作者看成是阿穆尔河的冲积层。在红褐色的沼泽平原上随处可见质量不高的阔叶林带。落叶松的树干不超过一英尺，树冠铺在地面上，像是绿色的垫子，雪松树丛匍匐在地，枯萎的林带中间长着地衣和青苔。像在俄国的冻土地带一样，这里也可以遇到酸涩的浆果——匍伏茶藨子、覆盆子、石悬钩子、蔓越橘。唯有平原的最北端重又丘陵绵亘。此处面积不大，濒临冰冷的大海，自然界仿佛在微笑着招手告别；在克鲁逊什特恩的地图上，这一带长着挺拔的阔叶林。

但是不管大自然如何严峻和贫乏，据知悉内情的人证实，沿海屯落的居民生活仍然比阿尔科沃和亚历山大罗夫斯克要好。

　　这是因为那里人烟稀少，他们所掌握的财富只在为数不多的人中间分享。耕地以及收成的好坏，对于他们来说无关紧要。他们自己主宰自己，自己为自己选择营生之道。这些屯落是冬季从亚历山大罗夫斯克到尼古拉耶夫斯克去的必经之路。冬季有基里亚克人和雅库特猎人来这里进行贸易，移民们向他们出卖物品或者以物易物，不必经过商人之手。这里没有商铺、"卖堂"、犹太投机商，也没有公务员，这些公务员往往用烧酒换取特好的狐狸皮，然后带着得意的笑容向客人们炫耀。

　　向南去，没有建立新的屯落。亚历山大罗夫斯克以南的西部沿海只有一个居民点——杜厄。这个地方在各方面都一无可取，龌龊，鄙陋不堪。心甘情愿在这里居住的，只能是圣徒或者是自暴自弃的人。这是一个哨所；居民把它叫作港口。建于1857年，它的名称，杜厄或者杜伊，以前就已存在，泛指现在杜厄煤矿所在的沿海一带。杜厄位于一个狭窄的河谷里，谷中有一条叫作霍英兹的小河。从亚历山大罗夫斯克到杜厄有两条路，一条是山路，另一条是海滨路。容基耶尔岬像一个庞然大物横卧在岸边的浅滩上；若不是凿了一条隧道，就不可能从这里通过。在凿这条隧道时没有同工程师商量，没有精心设计，结果是隧道弯弯曲曲，既黑暗，又泥泞难行。这项设施造价高昂，但却没有用处，因为已经有一条良好的山路，没有必要沿着海滨通行，而且受涨潮和退潮的限制。这条隧道反映出，俄国人好大喜功，不惜花费一切代价去完成各种各样异想天开的壮举，但却完全不能满足最迫切的需要。隧道凿通了，工程指挥人员乘坐挂有"亚历山大罗夫斯克—码头"牌子的车厢在铁轨上驰骋，可是因为建造房屋人力不足，苦役犯们这时却拥挤在肮脏潮湿的窝棚里。

走出隧道，海滨路旁是晒盐场和电缆房。电缆房的电报电缆经过沙滩伸入海中。房子里住着一个波兰苦役犯和他的女同居者。苦役犯是个木匠，同居女人，据说，十二岁时在押解途中被一个囚犯强奸后，生了孩子。去杜厄的沿途，险峻陡峭的海岸布满岩屑堆，随处可见宽为一俄尺至一俄丈不等的黑色煤层。据专家们描述，这里的煤层覆盖着砂岩、黏土质片岩、页岩土和黏土砂石层。这些岩石层高低起伏，形成褶皱，许多地方夹杂着大量的玄武岩、闪绿岩和斑岩。这里本来有其独特的美丽之处，但是人的偏见竟是如此地深，不只是对待这里的人，就是对待植物，也惋惜它们不该生长在这里，而应该生长在别处。前行七俄里，海岸上出现一条峡谷。这是沃耶沃达沟。令人毛骨悚然的沃耶沃达监狱孤零零地设在这里。监狱中关押着重犯，其中包括连车重镣犯。哨兵在监狱周围来回走动。除了他们而外，四周看不到一个人影，仿佛他们是在荒原上看守着一座非同寻常的宝库似的。

继续前行一俄里，开始进入采煤场。沿空无人烟的光秃秃的海岸再前行一俄里，又出现一个峡谷，这里就是萨哈林苦役地从前的首府——**杜厄**。当你走进街里的最初几分钟，杜厄给人的印象好似一座不大的古堡：平坦光滑的街道，很像是一个操练步伐的校场，一所所洁白的房舍，涂着黑白条纹的岗楼和木桩，只差没有听到击鼓声，使古堡的印象还不够完整。白房子里住着守军长官、典狱长、神甫、军官等人。这条短短的街道的尽头，横着一座灰色的木结构教堂，挡住了港口的私人住宅区；峡谷在这里分成两叉，有两条大沟向左右伸延。左侧是从前叫作热多夫斯卡亚的城郊屯，右侧是监狱建筑和一个无名小屯。西面，尤其是左面，洁白的房舍不见了，一切都是肮脏、拥挤，破败的民房杂乱无章地遍布山下的路边、山坡和山顶上，没有庭院，没有树木，门前没有台阶。房前屋后的空地，假如可以把它们叫作宅旁空地的话，十分狭小，据户籍记载，宅旁空地够四平方俄丈的只有四户。简直是无立锥之地。尽管如此，在这拥挤和恶臭的环境里，杜厄的行刑员托尔斯迪赫却仍然为自己找到一块地方，盖起了房子。不算驻军、自由居民和监狱，杜厄的居民 291 人，男 167 人，女 124 人。从业主 46 人，另有搭伙从业者 6 人。大多数户主都是流放犯。什么原因促使行政当局让这些人和他们的家庭在这个峡谷里而不是在别的地方落户，这是不可理解的。根据农户注册，全杜厄只有八分之一俄顷耕地，根本没有草场。假如说，男人们都忙于苦役劳作，可是八十名成年妇女都做些什么呢？她们怎么消磨时间呢？贫穷，气候恶劣，不断听到的是锁链的声响和大海的喧嚣，不断看到的是荒凉的群山和大海的波涛，从看守室不断传出来的是鞭笞犯人时发出的呻吟和哭泣，这一切都使这里的时间比俄国显得更加漫长和痛苦难熬。女人们在完全无所事事中打发时间。在一所通常只有一个房间的房舍里，您会遇到一个流放犯的全家，和这个家庭住在一起的还有一个士兵的家庭和两三个苦役寄宿者或者客人。这里还有半大孩子，角落里放着两三个摇篮。屋子里还有几只鸡，一条狗。房子附近的街上堆着垃圾，散落着污水坑。没有事情可做，没有东西可吃，说话和吵架的兴致都丧失了，到街上去更觉无聊——这是多么单调、令人厌恶的啊，多么令人苦闷啊！傍晚，服苦役的丈夫下工回来，他想吃饭，想睡觉，可是妻子却哭泣起来，一边哭一边诉说着："你这个该死的，可把我们给毁啦！我算完啦，孩子完啦！"炉子顶上，士兵嘀咕着："啊，嚷起来啦！？"所有的人都睡熟了，孩子们哭够了，安静下来，可是女人却久久不能入睡。她想着，听着大海的咆哮。现在她受着痛苦的折磨，可怜着丈夫，心里埋怨自己，不该任性，不该责备丈夫。可是第二天，同样的经历却又重演一番。

假如单看杜厄的情况，就可以说萨哈林的农业殖民是因为妇女和苦役犯家属过多而负担过重，由于土地不足，27 户家庭居住在早就该拆除的"家属营房"里，房舍里污秽不堪。根本不是什么卧室，而是跟监狱里一样的囚室，搭有通铺，摆着便桶。居住者的成分五花八门。窗玻璃残缺不全，室内散发着令人窒息的臭味。第一间屋子里住着五个家庭：第一家，苦役犯和他的自由人妻子；第二家，苦役犯和自由人妻子，带着一个女儿；第三家又是苦役犯，妻子是强制移民，有一个女儿；第四家还是苦役犯和他的自由人妻子；第五家是强制移民，波兰人，同居女人是个苦役犯，一应什物全都堆放在房间里。人们并排睡在一个通铺上。另一个房间住着十家，第一家，苦役犯，他的自由人妻子，一个儿子；第二家，女苦役犯，鞑靼人，她有个女儿；第三家，苦役犯，鞑靼人，妻子是自由人，有两个小孩，都戴着无檐便帽；第四家，苦役犯，妻子是自由人，有一个儿子；第五家，强制移民，在苦役地已经度过了三十五个春秋，但还是一条好汉，留着黑色的胡髭，由于没有鞋穿而打赤脚，是个狂热的赌徒 [1]，床铺上挨着他的是他的同居女人，她是个苦役犯，一副萎靡不振和睡不醒的模样，看着叫人可怜；接着是第六家，苦役犯、自由人妻子和三个孩子；第七家，没有家室的苦役犯；第八家，苦役犯，自由人妻子和两个孩子；第九家，强制移民；第十家，刮光了胡子的老头，苦役犯。屋里还有一个小猪仔到处找东西吃，地上满是泥浆，发散着臭虫的臭味和一股酸味。据说臭虫咬得人们无法安生。第三个房间里住六家。第一家，苦役犯、他的自由人妻子和两个孩子；第二家，苦役犯、自由人妻子和一个女儿；第三家，苦役犯、他的自由人妻子和七个孩子，其中一个女儿十六岁，另一个十五岁；第四家，苦役犯、他的自由人妻子和一个儿子；第五家，苦役犯、他的自由人妻子和一个儿子；第六家，苦役犯、他的自由人妻子和四个孩子。第四个房间里住着四家。第一家是个看守，下士军衔，他的妻子年仅十八岁，有一个女儿；第二家是苦役犯等等。十六岁和十五岁的姑娘不得不睡在苦役犯的身旁。读者可以根据这种野蛮的居住环境判断，妻子和女儿在这里受着怎样的侮辱和损害，她们本来都是自愿跟随丈夫和父亲来到苦役地的，可是这里却无人关心她们。农业殖民

---

[1] 他告诉我说，赌牌时他的"血管里通了电"，由于激动，两手总觉得发麻。他年轻时有一次曾经偷过警察局长的怀表，这是他最愉快的回忆之一。他兴奋地讲着各种赌博场面。我记得，他曾像一个打了空枪的猎人一样，大失所望地说："瞎触，没触到正地方！"我记录了他的一些话，以飨爱好者："把运输线吃光！呐别！呐别！里别！吃角！眼睛往卢布上盯！向着花色，开炮！"等等。

又算得了什么。

杜厄监狱比亚历山大罗夫斯克监狱规模小，历史久，但比后者肮脏得多。这里都是大囚室的通铺，但是设施更简陋，秩序更坏。墙壁和地板同样的脏，由于时间久和经年潮湿，颜色已经变黑。假如擦洗，也未必能变得干净一些。根据1889年医务报告，这里每个犯人只有1.12立方俄丈的有效空间。夏季门窗一开，便有污水沟和厕所的臭味扑鼻而来。我由此可以想象得出这里冬季的情景：一座人间地狱，室内结满白霜和冰溜。典狱长是个波兰人，从前是个下级军医，现在的职衔是科员。除了杜厄监狱之外，他还掌管沃耶沃达监狱、矿井和杜厄哨所。这么大的职权同他的职衔是完全不相称的。

在杜厄的单人禁闭室中关押着重犯，多半都是惯犯和未决犯。看上去这都是一些极平常的人，外貌忠厚憨直，对于我提出的问题，表现出来的只是好奇心，回答时尽可能地显得礼貌。他们中间大多数的犯罪行为并不比他们的外貌更聪明和狡猾一些。多是由于打架斗殴击毙人命而被判处无期徒刑和缓期死刑的。他们犯罪活动几乎全都很乏味，很平庸，起码从表面上来看没有什么吸引人的地方。我在前面有意叙述了《**叶戈尔的故事**》，为的是让读者知道，我从囚犯和接近苦役犯的人那里听来的上百个故事、身世自述和逸闻，实在是平淡无奇，枯燥乏味。可是，有一个姓捷列霍夫的老头，给我的印象是一个真正的恶棍。他年纪六十到六十五岁，被关在阴暗的单人禁闭室中。我来到的前一天，他受了鞭刑。当我们谈到这件事时，他让我看他臀部紫青色的皮下淤血。据犯人们讲，这个老头一生打死的有六十个人。他好像是养成了这样一种癖性：仔细观察新来的囚犯，哪些人最有钱，于是就挑唆他们和自己一起逃跑，然后在密林里把他们打死，掠走财物。而为了销赃灭迹，他把尸体切成碎块，一一抛进河里。在最后一次追捕他时，他挥动粗木棒抵御巡丁。望着他那暗淡无光、毫无表情的眼睛和剃了一半的、有棱角的、像块石头似的头颅，我已经准备相信关于他的这些传说了。一个也是关在单人禁闭室里的乌克兰人，以他的坦率打动了我。他向典狱长提出请求，希望把搜走的195个卢布还给他。典狱长问道："你在哪里弄到的这笔钱？""赌牌赢的。"他回答道，并且起了誓。他又解释说，这没有什么奇怪的，因为整个监狱几乎全都赌牌，囚犯赌徒拥有二三千卢布，算不得稀罕事。在单人禁闭室里我还见到一个潜逃犯，他砍掉了自己的两个手指，伤口缠着肮脏的破布。另一个潜逃犯受了枪伤，子弹穿透了胸部，幸运的是从第七根肋骨上部穿过。他的伤口也是用肮脏的破布包扎的 [1]。

杜厄总是静悄悄的。镣铐有节奏地哗啦哗啦地响着，海浪均匀地拍击着岸边，电报的铁线发出呜呜的呻吟，对这一切，你的耳朵很快就会习惯。这些声音加重了这死一般的寂静。严峻的烙印不仅仅打在涂着黑白条纹的木桩上。假如有人走在街上无意中大笑起来，那么这笑声会是非常刺耳和使人感到不自然。从杜厄建立的那天起，生活就采取了这样一种形式，这形式只能用凄惨的、绝望的声音表现出来。唯有冬夜里从海上吹进峡谷的凛冽

---

[1] 我遇到不少伤口化脓的患者，但是一次也没有嗅到碘酒味，尽管萨哈林每年消耗半普特多的碘酒。

寒风，唱的才是需要的歌儿。因此，每当寂静中突然响起杜厄的怪人施康狄巴的歌声时，都会觉得悚然，惊惧。这个流放犯是个老头，他从到萨哈林的第一天起就拒不干活。在他那无法征服的、野兽般的倔强面前，任何强制性的手段都只能甘拜下风。把他关进黑牢里，一次又一次地拷打他，但是他顽强地经受着惩处。每次行刑之后他都高声喊道："我还是不干活！"终于一切措施都告失败，只好听之任之。现在他在杜厄游荡着，唱着 [1]。

---

[1] 在人们中间，杜厄的名声扫地，但这种坏名声显然是夸大了的。我在贝加尔号轮船上听到一个故事。故事说，有个旅客是位上了岁数的官场人物，当轮船停到杜厄的碇泊场上时，他向岸上观望良久，最后问道：

"请告诉我，这岸上的绞刑架在哪里？不是说把苦役犯绞死，然后抛进水中吗？"

杜厄是萨哈林苦役地的摇篮。有一种意见认为，最早选择此处作为流放殖民地的，正是苦役犯们自己。相传，有一个叫作伊凡·拉普申的人，因犯杀父之罪被判徒刑，在尼古拉耶夫斯克城服苦役。他向当局申请移居萨哈林，1858 年 9 月被送到这里。他在离杜厄不远的地方住了下来，开始经营菜园，种庄稼，用弗拉索夫话来说，在这里上苦役课程。他被送到岛上来时，大概不止他一个人，因为 1858 年已有苦役犯在杜厄附近采煤（参见《寄自阿穆尔河和太平洋沿岸》，载《莫斯科公报》，1874 年 №207）。维舍斯拉夫在其《匆忙草就的特写》中写道，1859 年 4 月，他在杜厄遇到有四十来人，由两名军官和一位军事工程师负责管理。他赞叹道："多么奇妙的菜园，周围是一座座舒适整洁的小房！夏季里蔬菜成熟两次。"

萨哈林真正出现苦役犯的时间是 60 年代。当时我国行政管理体制的混乱状态达到最严重的程度。也就是在那个时候，执行警察局处长、部务顾问官弗拉索夫，对他在苦役地遇到的一切大为吃惊，直接宣称，我国的惩罚制度和体系只能促进重大刑事犯罪的发展，降低国民的道德，对苦役劳作就地深入考察，使他确信，俄国几乎不存在苦役（参见他的大作《简论苦役地中存在的混乱状态》）。监狱管理总局在其十年总结报告中对苦役制做了批判性的概述，指出：在所描述的时期，苦役已不再是最高的惩罚手段。的确，它变成了一种造成混乱状态的最高手段，其根源是人们的愚昧无知、（转下页）

（接上页）漠不关心和残忍。产生以前那些混乱的主要原因是：（1）流放法的制定者和执行者对于苦役制没有明确的概念，不清楚苦役的内容应该是什么，为什么需要苦役。实践的时间虽然已经很长，但是不仅没能提出一个完整的体系，而且也没有提供从法律上对苦役进行阐述的资料。（2）出于各种经济上和财政上的考虑而牺牲了惩罚的教养目的和刑事目的。把苦役犯当成劳动力，认为他应当为国库增加收入。如果苦役犯的劳动没有盈利或者有亏损，那么宁肯把他关在监狱里不让他做任何事情。既然都是亏损，那么无所作为比工作更好。此外，过分迁就殖民目的，也是原因之一。（3）不熟悉地方的条件，因而对工作的性质和本质缺乏明确的认识。比如曾把苦役分成矿山劳动、工厂劳动和农奴制劳动。这种分类法不久前已被废除，实际情况是，一个被判处无期矿山苦役的人，会在监狱里无事可做；同一个被判处四年工厂劳动的人则可能是在矿井里干活。在托博尔斯克苦役监狱里，犯人们则搬运铁球，撒沙子，等等。社会上以及一部分书刊中形成了这样一种观点，即认为只有在矿坑里的劳动，才是名符其实的、最沉重的和带有侮辱性的苦役。假如涅克拉索夫的《俄罗斯妇女》中的主人公不是在矿坑里劳动，而是为监狱捕猎或者砍伐木材，那么一定会有许多读者感到不满意。（4）我国流放犯管理条例落后。这个条例对于日常实践中的大量问题，完全不能回答，因此只能给随心所欲的解释和违法乱纪大开方便之门。不少条款极难实施，条例也就变成了一纸空文。也许部分地由于这个原因，弗拉索夫先生竟然在苦役监狱的一些管理机关里找到一份条例。（5）对苦役地缺乏统一管理。（6）苦役地距彼得堡十分遥远，完全缺少舆论的监督。只是不久前，从建立监狱管理总局时起，才开始发表官方的总结报告。（7）我们的社会情绪对于整顿流放和苦役制度也是不小的障碍。如果社会对于某一事物没有明确的观点，那么就会很容易迁就社会情绪。社会上常常不满于监狱的秩序，但是每一项改善犯人生活的措施都会遇到反对意见。比如有人说："假如一个庄稼汉在监狱或苦役地比在家里生活还好，那怎么能行！"按照这种逻辑，要是庄稼汉在家里的生活比苦役地坏，那么苦役地就应该成为地狱。押运车厢里没有水喝，只好给犯人喝些克瓦斯，这就会被认为是"对杀人犯和纵火犯关怀备至"等等。同这种情绪相反，优秀的俄国作家却又表现出美化苦役犯、流窜犯和逃犯的倾向。1863年奉旨成立一个委员会，其目的是寻求和制定措施，以便合理地组织苦役犯的役作。委员会认为必须"将重犯流放到遥远的殖民区去，强制劳作，其主要目的是使他们在流放地点定居"。委员会在各个（转下页）

我已经说过，采煤的地点距哨所一俄里。我去过矿坑，被引进了阴暗、潮湿的巷道，并且事先向我介绍了情况。但是，由于我不是专家，很难描绘出这里的一切情形。我将回避技术细节。如果有人对此产生兴趣，那么请他阅读矿业工程师凯边先生的专著，他曾经管理过这里的矿井。[1]

现在，杜厄煤矿的开采权完全归私人萨哈林公司所有，该公司的代表住在彼得堡。根据 1875 年签订的为期二十四年的合同，该合同可以使用萨哈林西部沿海长两俄里、宽一俄里的地块。在滨海省及其附属的岛屿上，可以无偿地自由选择地点堆放煤炭；公司还可无偿地得到建筑材料。进口技术设备和管理工作

（接上页）遥远的殖民区中间找到了萨哈林。它单凭臆断，认为萨哈林具有如下优点：（1）地理位置适宜，可以防范流放犯逃回大陆；（2）惩罚具有相应的威慑力量，因为流放萨哈林可以认为是永无归期；（3）对于那些决心开始新的劳动生活的罪犯来说，能够提供广阔的天地；（4）从国家的利益着眼，把流放犯集中在萨哈林能够保证我国牢固地占据该岛；（5）蕴藏的煤炭可以得到开采，以满足大量的需要。此外，它还设想，将流放苦役犯全部集中在该岛，会节省费用开支。

[1] 《萨哈林岛，岛上的煤炭矿床以及发展中的煤炭工业》，1875 年。关于煤炭的论著，除凯边先生的大作而外，还有矿业工程师诺索夫一世的《有关萨哈林岛以及岛上煤炭的开采的拙见》（《矿业杂志》，1859 年，№1）；矿业工程师洛帕金的《书信摘抄》（《俄国皇家地理学西伯利亚分会 1868 年报告附录》）、《给东西伯利亚总督的报告》（《矿业杂志》，1870 年，№10）；矿业工程师杰伊赫曼的《萨哈林岛的矿业》（《矿业杂志》，1871 年，№3）；矿业工程师斯卡利科夫斯基的《太平洋上的俄国贸易》，1883 年。西伯利亚船队的一些船长在不同时期的报告中也谈到过萨哈林煤炭的质量，这些报告发表在《海洋文集》中。为了避免遗漏，恐怕还应该提到布斯科夫斯基的某些文章：《萨哈林岛》（《历史通报》，1882 年第 10 期）和《萨哈林及其意义》（《海洋文集》，1874 年第 4 期）。

所需要的一切物资，皆可免税；海军部购买每普特煤炭向公司付15到30戈比；每天向公司派出的苦役犯劳工不得少于400人；如果派出劳动的人数少于这个数目，那么每缺少一名劳工，官府每天都应向公司交罚款一个卢布；公司所需要的劳工准许在夜间使用。

为了履行承担的义务和保护公司的利益，官府在矿山附近建立两所监狱，即杜厄监狱和沃耶沃达监狱，常驻340人的一支驻军，每年耗资15万卢布。如前所述，住在彼得堡的公司代表只有五人，而为了保护他们每一个人的收益，官府每年得付出三万卢布。姑且不说为了保障他们的收益，必须违背农业殖民的目的，置卫生要求于不顾，让七百多名苦役犯、他们的家庭、士兵和职员挤住在沃耶沃达沟和杜厄沟这两个可怕的人间地狱；也不去说为了金钱必须把苦役犯交给私人公司使用；而主要的是行政当局牺牲了惩罚的教养目的，迁就工业上的考虑，就是说，重复了行政当局自己所指责过的错误。

公司方面本应承担三项严肃的义务：合理开采杜厄煤矿，设置一名监督合理开采的矿业工程师；每年两次按时缴纳煤矿租金和苦役犯的劳动报酬；开采煤矿的一切有关工作都应该使用苦役犯的劳动。但是这三项义务并未兑现，看来早已被置于脑后。开采是不诚实的，掠夺性的。我们在一位官方人士的报告中读到："没有采取任何改善生产技术的措施，根本没有考虑生产的可靠前途；经营管理方面具有掠夺性的特征，区工程师最近一次报告也证明了这一点。"根据合同，公司应该设置现场的矿业工程师，可是事实上并没有设置。管理开采工作的是一名普通的采矿工长。至于付款，正像那位官方人士在报告中所说的那样，具有"掠夺性的特征"。公司使用矿山和苦役犯的劳动都是无偿的。它应该付款，但不知为什么却没有付。官方代表对于这种明显破坏法制的行为，早该行使权力，可是却由于某种原因一直拖延不办。不仅如此，每年还继续开销十五万卢布，用以保护公司的收益。而现在从双方的态度来看，很难说何时能结束这种不正常的关系。公司在萨哈林的"江山"十分牢固，不可动摇。截至1890 年 1 月 1 日为止，它拖欠公款达 194337 卢布 15 戈比。这笔款项的十分之一应归苦役犯所得，作为对他们的劳动的合法奖励。何时以及如何还清杜厄的苦役犯这笔账呢，谁付给他们钱，他们是否能够有所得呢，我都不得而知。

住在杜厄和沃耶沃达监狱的苦役犯，每天有 350 至 400 人被派去参加劳动。其余的 350 至 400 人组成后备队。没有后备是不行的；因为合同规定每天参加劳动的苦役犯必须是"有劳动能力者"。派到矿井劳动的人，早晨五点钟在所谓派遣处接受矿山当局的调遣。所谓矿山当局，就是"经理处"的几名私方代表。他们分派工作，决定每人每天劳动的数量和强度。这样一来，罪犯们是否能够均等地受到惩罚，完全取决于他们这几个人了。监狱当局只负责监视犯人的行为和防止他们逃跑，其余的事一概不予过问。

矿井有两处，一个新矿，一个旧矿。苦役犯是在新矿干活。这里煤层厚度约为二俄尺，巷道宽度也是二俄尺，从坑口到作业地点距离为 150 俄丈。工人拖着一普特重的小橇，沿着黑暗潮湿的巷道爬过去，然后把小橇装满煤再拖来。这是一项最沉重的劳动。到了坑口把煤装到小煤车里，再沿着铁轨推到煤场去。每个苦役犯每天拖小橇车上下往返不得少于十三次，这是给他规定的限额。1889—1890 年度，每个苦役犯每天平均采煤为 10.8 普特，比矿山当局规定的定额少 4.2 普特。一般说来，矿山和矿山苦役犯的生产率很低，日产量波动于 1500 到 3000 普特之间。

在杜厄煤矿干活的，也还有自由雇佣的强制移民。他们的条件比苦役犯还要艰苦。他们干活的老矿，煤层厚度不超过一俄尺，作业地点距坑口有 230 俄丈，坑顶岩层严重漏水，因此不得不经常浸在水中干活。他们自带口粮，居住条件比监狱还要糟糕得多。尽管如此，他们的劳动生产率却比苦役犯高 70% 乃至 100%。这就是自由雇佣劳动比强制劳动优越之处。雇佣工人，对于公司来说比根据合同采用苦役犯更为有利。因此，这里有些苦役犯往往雇佣强制移民或别的苦役犯代替自己劳动，而矿山当局则很高兴地允许这种混乱状态存在。第三项义务早已名存实亡。从杜厄一建立起，那些穷人和愚钝的人就顶替别人干活，而那些骗子手和高利贷却在工作时间里喝茶、赌牌，戴着镣铐在码头上闲逛，或者同被买通的看守聊天。歪风邪气也就由此大肆泛滥。比如，有一个富有的犯人，从前是彼得堡的商人，因纵火罪被流放到这里。他在我到来前一周因所谓不愿劳动遭到笞刑。这个人有点愚钝，不知往哪儿塞钱好。无节制地进行贿赂，时而给看守五卢布，时而给行刑员三卢布。最后他厌倦了，谁也不给了。这就给他带来了不幸。看守向典狱长报告说某某不愿干活，于是典狱长下令打他三十大棍。当然，行刑员也很卖力气。这个商人在挨打的时候喊："我还从来没有挨过打呢！"受刑之后，他服帖了，给了看守和行刑员一笔钱。此后他一如既往，继续雇佣移民顶替自己干活。

在地下黑暗潮湿的巷道里干活，一会儿得匍匐爬行，一会儿要弯腰低首，可这还算不上矿井最艰苦的劳动。建筑和修路的露天作业，风吹雨淋，则消耗工人更多的体力，熟悉我们顿涅茨矿的人，对杜厄矿就不会感到惊异。不寻常的艰辛不在于劳动本身，而在于环境，在于各种下级人员的麻木不仁和丧尽天良，每迈动一步，都得饱受他们的厚颜无耻、无法无天和专横暴虐的欺凌。有钱人喝茶，穷光蛋干活，看守明目张胆地欺骗上司，矿上和监狱当局不可避免的冲突，给生活带来数不清的纠纷、流言蜚语和各种各样的混乱。这一切都是落在犯人头上的重担，正如俗话所说，老爷和太太吵架，奴仆的皮囊遭殃。不论苦役犯如何堕落和不公正，但他们却最喜欢公理和正义。如果在比他地位高的人身上看不到公正，他就会年复一年地陷入悲愤和极端的失望之中。因此在苦役地，悲观厌世的人、忧郁的愤世嫉俗者越来越多。他们脸色阴沉、凶狠，滔滔不绝地谈论着人们、长官、美好的生活，可是监狱当局却无动于衷地听着，或者哈哈一笑——因为这一切确实可笑之至。杜厄矿井劳动之所以沉重，也还因为苦役犯经年累月看到的只是矿坑，只是到监狱去的道路和大海。他们的全部生活仿佛都埋藏在这黏土的海岸和大海中间的狭窄海滩里。

矿山经理处附近有一所不大的破旧板棚，这是在矿井干活的强制移民马马虎虎凑合过夜的地方。我在早晨五点钟来到这里时，移民们刚刚起床。恶臭，昏黑，拥挤，达到了无以复加的地步！一个个都是头发蓬乱，仿佛整夜都在相互斯打似的，脸色灰黄，浑浑噩噩，神色有如病人或者疯子。看得出来，他们睡觉时没有脱去衣服和鞋袜，相互挤在一起，有的睡在床铺上，也有的钻在床铺底下，直接睡在肮脏的泥土地上。陪同我的医生说，这里是三四个人才摊得上一立方俄丈的空间。当时萨哈林正有发生霍乱的危险，来岛船只一律要进行防疫检查。

当天早晨我还到了**沃耶沃达监狱**。这所监狱建于 70 年代。当年为了清理监狱用地，曾经削平了面积为 480 平方俄丈的崖岸。如今，它是萨哈林监狱中最恶劣的一所，没有进行任何的改革，因此可以作为描写旧秩序和旧式监狱准确的插图。它能激起人们无比的厌恶和恐惧。沃耶沃达监狱有三栋主要牢房，另外还有一座特设的禁闭室。当然，根本谈不上什么有效空间或者通风设备。我走进去的时候，人们刚刚擦完地板，潮湿闷人的空气同夜间的臭味混合在一起，弥漫室内。地板湿漉漉的，令人嫌恶。我在这里首先听到的是抱怨臭虫太多，使人不得安生。从前曾经试用过漂白粉和严寒天气的低温消灭臭虫，但现在这也无济于事。看守室里也有一股难闻的厕所臭味和酸腐味，看守也在抱怨臭虫太多。

沃耶沃达监狱关押着一些连车重镣犯。这里一共有八个这样的人。他们同其他囚犯一起住在大囚室里，不做任何事情。至少，《流放苦役犯分工须知》规定，连车重镣犯属于不劳动者之列。他们每个人都戴着手铐和脚镣，手铐中间拖着一根长三四俄尺的铁链，铁链另一端锁在一个不大的独轮车上。铁链和推车束缚着犯人，使他尽量减少劳动。这势必影响到他的肌肉组织。手臂哪怕稍微动一下，都会感到无比沉重。他对此已经习以为常，以致解脱铁链和推车桎梏之后，还长时期地感到手臂不灵活，不必要地去做用力和急剧动作。比如他伸手去拿茶碗，会把茶水打翻，好像患有痉挛症一样。夜里睡觉的时候，囚犯把推车放在床下。为了减少麻烦，通常让他睡在通铺的边上。

这八个人都是惯犯，一生中多次受审判。其中有一个六十来岁的老头，由于逃跑，或者如他自己所说，由于"愚蠢"被戴上重镣。看样子，他患有肺结核。前任典狱长出于怜悯，下令让他住在炉子近旁。另一个是火车乘务员，由于盗窃圣物被流放，在萨哈林又因伪造25卢布票面的纸币被捉落网。一位同我一起走访囚室的人，申斥他不该去教堂行窃，可是他却说："那算什么！上帝要钱没有用。"他发觉囚犯们没有发笑，对他这句话表示不甚愉快，便补充道："不过我没杀过人。"第三个重镣犯是个海军水手，因蔑视军纪罪——挥拳扑向一位军官，被流放萨哈林。在苦役地他又这样扑向一个人。最后一次，当典狱长下令用树条抽打他时，他竟扑向典狱长。在军事野战法庭上，辩护人把他这种扑向别人的习惯解释为病态。法庭判处他死刑，但被考尔夫男爵减为终身苦役，外加鞭刑和连车重镣。其余的全部是杀人犯。

早晨的天气潮湿，阴暗，寒冷。大海不安地咆哮着。记得，在从老矿到新矿的路上，我们曾在一个高加索老头身旁停留片刻。他躺在沙滩上昏迷不醒。他的两个同乡抓着他的双手，束手无策地、惊慌失措地向四周张望。老头面无血色，两手冰冷，脉搏微弱。我们谈了一会儿，便继续赶路了，没有给他治疗。我对陪同我的医生说，不妨给他喝点缬草酊。他却说，沃耶沃达监狱的医士什么药品也没有。

第九章

特姆河，或特密河——鲍什尼亚克中尉——波利亚科夫——上阿尔姆丹——下阿尔姆丹——漫游特姆河——乌斯科沃屯——茨冈人——徒步穿越原始密林——沃斯克利先斯科耶屯

北萨哈林的第二个行政区位于分水岭的东麓，大多数屯落都坐落在注入鄂霍次克海的特姆河流域，因此得名特姆区。从亚历山大罗夫斯克去新米哈伊洛夫卡屯，首先看到的是，一道高耸的山脉挡住了地平线，这段山脉叫作比林格山。站在比林格山顶鸟瞰，眼前展现出一幅富丽堂皇的全景图：一边是杜伊卡河谷和大海；另一边是广袤的原野，流向东北、长达二百余俄里的特姆河及其支流流经全境。这块平原比亚历山大罗夫斯克河谷大许多倍，而且更为有趣。这里水量丰富，林木挺拔、多采，草高没人，鱼类和煤炭资源神话般地取之不尽，可为千百万人的丰衣足食提供有利的前提。但是事与愿违，鄂霍次克海的寒流以及6月里靠近东部海岸依然漂流的浮冰，都无可辩驳地证明，大自然创造萨哈林的时候，很少考虑到人的利益。假设不是群山屏障，平

原就会成为冻土地带，会比维亚赫图更冷，更令人失望。

第一个到达特姆河并对它做过描述的是鲍什尼亚克中尉。
1852 年，他受涅维尔斯科伊的派遣到这里验证基里亚克人说的
蕴藏煤炭的消息，然后横越全岛，赴鄂霍次克海沿岸寻找传说中
的良港。当时发给他一张狗爬犁，够三十五天用的面包干、茶和
糖，一只袖珍罗盘。涅维尔斯科伊向他画了十字，鼓励他说：
"如果说吃块面包干可以果腹，喝杯水可以止渴，那么有了上帝
的帮助，就更可以做一番事业。"鲍什尼亚克沿着特姆河顺流而
下，抵达东部海岸后，当他勉强回到西岸的时候，已是衣衫褴
褛，饥饿不堪，两脚红肿流脓。役犬因为没有饲料可喂，饿得
鞭打不动。正值复活节的那天，他钻到基里亚克人的窝棚里落
脚，已是精疲力尽。面包干已经告罄，没有东西取暖，脚部疼痛
难忍。鲍什尼亚克考察过程中最使人感兴趣的，当然是考察者本
人，他的青春年华——不满二十一岁，以及他对事业英勇忘我的
忠贞态度。时当 3 月，特姆河覆盖着厚厚的积雪。这次旅行为他
撰写札记提供了极其有趣的素材 [1]。

对特姆河流域的严肃认真和详尽细致的考察，是由动物学
家波利亚科夫 [2] 于 1881 年进行的，具有科学的和实践的目的。他

---

[1] 又过了四年，Л. И. 什连克沿特姆河顺流而下，向东海岸进发，并从原路返回。
当时也是冬季，河上覆盖着积雪。

[2] 他已不在人世。他在萨哈林旅行以后不久就故去了。从那些匆忙写就的札记草
稿可以看出，这是一位才华横溢、知识渊博的人。他的文章有（1）《1881—1882
年萨哈林岛旅行》（给学会秘书的信件），1883 年，《俄国皇家地理学会通报》
第 19 卷附录；（2）《萨哈林岛和南乌苏里地区考察报告》，1884 年《皇家科学
院院报》第 48 卷第 6 号附录；（3）《在萨哈林》，载《处女地》1885 年第 1 期。

从亚历山大罗夫斯克出发，克服了极大困难，于 7 月 24 日乘牛车翻过比林格山，这里只有人行小径，当时的苦役犯沿着这些小径上山下山从亚历山大罗夫斯克区往特姆区背运给养。这里山高两千英尺。距比林格山最近的特姆河支流阿德姆卫河畔，曾有一处维捷尔尼科夫斯克驿站。现在，该站已名存实亡，只剩有驿站长的空头职衔了 [1]。特姆河的各条支流水流湍急，河道弯曲，水浅多滩，不能通航。因此波利亚科夫不得不一直乘牛车到达特姆河。他和同行者在杰尔宾斯科耶屯方得登船顺流而下。

阅读他的这次旅行札记，着实令人厌倦，因为他不厌其烦地罗列航程中遇到的一切岩槛和浅滩。从杰尔宾斯科耶屯起，在 270 俄里的航程中要越过 110 处障碍：11 处岩槛，80 处浅滩，10 处航道被漂木和沉树堵塞的地方。也就是说，这条河平均每两俄里就有一处浅水或淤塞的地方。在杰尔宾斯科耶附近，河宽为 20 至 25 俄丈，河面越宽，水就越浅。河道蜿蜒曲折，水浅流急，不能指望这条河有朝一日会成为重要的航道。据波利亚科夫的意见，它只适于浮运。唯有离河口最近的 70 到 100 俄里一段，河道较直，水深流静，没有岩槛和浅滩。这里可以航行汽艇以及吃水浅的拖轮。但是，在这一带殖民的前景却很渺茫。

只有本地最富饶的渔业资源落到资本家手中的时候，才有可能认真清理和疏浚航道，以至可能沿河至河口敷设铁路。到那

---

[1] 这位站长同驿站的关系，倒很像"前国王"同王国的关系，他的职责同驿站工作风马牛不相及。

时候这条河无疑会超额补偿一切开销。不过这是遥远未来的事了。在现今的条件下，不可能考虑那么久远，对特姆河流域的财富只能望洋兴叹而已。现在它能提供给流放移民的东西，实在微乎其微。特姆区的移民至少同亚历山大罗夫斯克区的移民一样，过着饥寒交迫的生活。

据波利亚科夫的描述，在特姆河谷，湖泊、旧河道、峡谷、沟壑星罗棋布；没有平坦的沃野，不生长可作饲料的青草，没有生长青草的河湾洼地，只是偶尔有些长着水草的小块草地，即生长香蒲的浅水湖沼。岗峦起伏的河岸陡坡上长着茂密的针叶林，慢坡河岸上则长着白桦、柳树、榆树、山杨和一簇簇的白杨。高大的白杨紧靠岸边。由于河水冲刷倒进水里，堵塞了水流。这里的灌木有野樱、丛柳、蔷薇、山里红……蚊蚋特多。8月1日晨有霜冻。

越是靠近海岸，植物就越是贫乏。白杨越来越少，柳树变成树丛。最终只能看到，多沙石或泥炭的河岸上生长着覆盆子、桑悬钩子和青苔。河面逐渐增宽到75至100俄丈，周围遍布冻土，沿岸地势低洼，多沼泽……从海上不断袭来冷风。

特姆河注入讷湾，讷湾又名特罗湾，水面不大，是进入鄂霍次克海（或者也可以说是太平洋）的门户。波利亚科夫在海湾岸上度过的第一个夜晚，晴朗，凉爽，空中一颗拖着两条尾巴的彗星射出强烈的光芒。波利亚科夫没有写他欣赏彗星和倾听夜间声响时的思绪。瞌睡"征服"了他。第二天早晨，命运之神赏赐给他一个突如其来的奇观：在海湾入口处，停泊着一艘黑色的船，两舷白色，船索和舵楼极其美观，船头蹲着一只被缚着的活鹰。[1]

海湾沿岸给波利亚科夫的印象是凄凉的。他把此地叫作典型的极地地形。树木稀少，而且多半弯弯曲曲。海湾和大海之间隔着一条狭窄的长形冲积沙洲，沙洲过去便是伸展数千俄里的浩瀚的大海。海面阴沉，险恶。波利亚科夫孩提的时候，曾贪婪地阅读麦因·里德的惊险小说。他在夜间睡觉时，被子从身上滑落，身体冻得发僵，梦见的正是这样的大海。可那不过是一场噩梦。现在，海面是铅灰色的，海的上空"笼罩着灰色的阴云"。海浪无情地冲击着的没有一棵树的荒凉的岸边，咆哮着，只是偶尔在海浪中间掠过几条鲸鱼或海豹的黑影。[2]

现在到特姆区去，已经无须沿着险峻崎岖的小径翻越比林格山了。我已经说过，从亚历山大罗夫斯克到特姆区去，可以取道阿尔科伊河谷，在阿尔科沃驿站更换马匹。那里的道路极佳，驿马走得很快。特姆区大道上第一个屯落距阿尔科沃驿站十六俄里，屯名颇有东方神话风味，叫**上阿尔姆丹**。它兴建于 1884 年，坐落在特姆河的支流阿尔姆丹河畔的山坡上。屯子分成两个部分，居民有 178 人，男 123 人，女 55 人。从业主 75 人，搭伙从业者 28 人。强制移民瓦西里耶夫甚至有两个搭伙从业者。读者将会看到，同亚历山大罗夫斯克区相比，特姆区的大部分屯落，

---

[1] 在河口处，两俄丈长的木杆触不到河底。海湾里可以停泊大型船只。如果在萨哈林附近的鄂霍次克海发展航运事业，那么船舶可在这个海湾里找到平静、安全可靠的碇泊场。

[2] 矿业工程师洛帕金于 6 月中旬在这里见过覆盖海面的流冰；这些流冰到 7 月份才融化完。彼得节那天茶壶里的水结了冰。

搭伙从业者或对分从业者人数更多，妇女很少，合法的家庭就更少。在阿尔姆丹屯，四十二个家庭中只有九家是合法的。跟随丈夫前来的自由民妻子，只有三人，就是说，数目相当于红谷屯或布塔科沃屯，而这两个屯子存在还不到一年。特姆区的屯落缺少妇女和家庭，常常达到惊人的程度，同萨哈林妇女和家庭的总数极不相称。这跟当地条件或经济原因无关，而是因为所有新到的犯人都在亚历山大罗夫斯克分类发遣。当地官员正像俗语所说，"自己的衣裳更合身"，大部分妇女都留在自己的区里。特姆区的官员告诉我，"他们把长相好的都留给自己，而把丑的推给我们"。

上阿尔姆丹屯的房舍苫着干草和树皮。有些房子没有安装窗户，或者干脆堵死。贫穷景象令人难以置信。有二十人离家到外地去做工赚钱。78名从业主和28名搭伙从业者的全部耕地只有60俄顷，播下种子为183普特，也就是说，每户不到两普特。其实不论种多少，反正不会有什么好收成。屯子的地势大大高出海拔，没有屏障可以抵挡北风的侵袭。这里积雪融化的时间比邻近的小特姆屯要晚两周。夏季捕鱼要到20至25俄里以外的特姆河去。捕猎毛皮野兽是为了娱乐，在移民经济中收益甚小，不值一提。

我去走访时，户主和家属都在家里。虽然不是节日，但是所有的人却都闲待着。本来在这8月的大忙季节，大人孩子都该有事可做：农活正忙，特姆河鱼汛已到。户主和他们的同居女人看样子颇为苦闷，很想坐下来闲聊度日。为了摆脱寂寞和愁苦，他们时而哈哈大笑；又为了不致过分单调，他们又时而号啕大哭。他们都是一些失意者，多数患有神经衰弱症，或者干脆就是无病呻吟之徒，"多余的人"。为了获得一块面包，他们一切办法都已试过。他们本来就意志薄弱，终于精疲力尽，只好把手一挥，随它去罢，反正都是"毫无办法"，"没有活路"。这种迫不得已的无所事事，逐渐地变成了习惯。现在他们仿佛是在海边上等待晴天，心情焦急，浑浑噩噩，游手好闲，大约是已经没有能力做任何事情了。除了摔摔纸牌，别无他事可做。说来倒也奇怪，上阿尔姆丹赌博成风，赌徒名扬整个萨哈林。由于没有钱，赌注很小，但是赌博却从不停歇，正像《三十年，赌徒的一生》那出戏里描写的那样。移民西索夫是一个不知疲倦的狂热赌徒。我同他进行了如下的谈话。

他问道："大人，为什么不让我们到大陆上去？"

"你到那里干什么？"我开玩笑地说，"那里找不到人跟你赌博。"

"不，那里才有真正的赌博哩。"

"你赌纸牌吗？"我沉默片刻，问道。

"正是，大人。"

后来当离开上阿尔姆丹时，我问给我赶车的苦役犯车夫：

"他们赌的是钱财吗？"

"当然是钱财。"

"他们有东西输赢吗？"

"怎么没有？官府发给的口粮，面包或者干鱼。吃的和穿的一输光，也就只好挨饿受冻了。"

"那他吃什么呢？"

"赢了就大吃一顿，不赢呢，就饿着肚皮去睡大觉。"

顺着这条河流往下走，还有座小一些的屯落——**下阿尔姆丹**。我来到这里已是深夜，是在屯监家的棚上烟筒旁过的夜。屯监不让我到屋里去住："大人，屋里不能睡，臭虫和蟑螂多得的没法说。那股劲儿您受不了！"他两手一摊，表示毫无办法，接着说道，"请到阁楼上睡吧。"我不得不在漆黑的墙外，顺着一只被雨浇得溜滑的梯子爬到阁楼里去。我躲在烟叶堆旁往下一看，果然见到了只有在萨哈林才有的"那股劲儿"。墙壁和天棚好像蒙上了随风飘动的黑纱，有一些斑点在上面迅速、混乱地爬来爬去，可以猜想到这川流不息、熙熙攘攘的一片是些什么东西。可以听到沙沙的响动。仿佛蟑螂和臭虫正在赶赴某处集会一般。这真是罕见的奇景 [1]。

下阿尔姆丹屯的居民有 101 人，男 76 人，女 25 人。从业主 47 人，搭伙从业者 23 人。合法家庭 4 户，非法的 15 户。自由地位的妇女只有二人，年龄十五至二十岁的居民一个也没有。居民贫穷。只有六栋房子用木板盖顶，其余全用树皮，这跟上阿尔姆丹屯一样。有的房子没安窗户，或者干脆把窗眼钉死。我没有遇到一个雇工；显然从业主本人也都无事可做。有 21 人到外地去做工赚钱。屯子是 1884 年兴建的。从建屯以来，耕地和菜园一直只有 37 俄顷，也就是说，每户仅半俄顷。春播和冬播麦

---

[1] 顺便说一下，萨哈林人有一种意见，认为臭虫和蟑螂是混在青苔里从森林中带来的，这里用青苔堵塞房屋的缝隙。持这种意见的人说，还来不及把墙壁的缝隙堵死，臭虫和蟑螂便已在那里繁殖起来。显然，这同青苔毫不相干。这些昆虫都是建房木工从监狱或移民的家里带来的。

类种子使用量 183 普特。屯子完全不像种地的农村。居民是一群大杂烩，有俄国人、波兰人、芬兰人、格鲁吉亚人。他们一律食不果腹，衣不蔽体，很像沉船之后偶然聚集成一群的乌合之众。

沿着驿路继续前行，下一个屯子紧靠特姆河畔。这个屯子兴建于 1880 年，名曰**杰尔宾斯科耶**，以资纪念典狱长杰尔宾，他因残暴被囚犯杀死。杰尔宾年岁不大，为人粗暴，跛趼，专断。据了解他的人回忆，他每到监狱或走在街上，总要手提大棒，稍不如意，举手就打。他是在面包房里被打死的。他挣扎抵抗，后跌进发酵面桶里，鲜血染红了和好的面。死讯传来，囚犯们奔走相告。他们一戈比一戈比地给凶手募集了 60 卢布。

杰尔宾斯科耶屯的往昔没有什么让人高兴的东西。它现在所占据的平地，有一部分从前覆盖着浓密的白桦和山杨树林，而另一部分平地较为宽敞，但低洼，多沼泽，不适于建屯，长着一片枞树和落叶松。刚刚伐完树木，清理出建造房舍、监狱和公家仓库的场地，本来，地面已经疏导晒干，可是突然出现了一场人们没有料到的灾难：阿姆加小河春潮泛滥，淹没了全屯。需要给小河另开掘一条河道，使之改变流向。现在的杰尔宾斯科耶屯占地一平方俄里有余，具有真正的农村的外观。屯外有一座宏伟的木桥，河水淙淙作响，两岸翠绿，长着水柳。屯中街道宽阔，一排排木板房盖的房舍，带有庭院。屯子中央是新建的监狱房舍、各种仓库和粮仓以及典狱长的宅邸。这里可不像是监狱，倒很像地主的庄园。典狱长总在粮仓之间走来走去，腰间的一串钥匙哗啦啦地作响，同古时候的地主十分相像，昼夜不停地为家业操劳。他的妻子像位侯爵夫人，颇为庄重，坐在凉台上，照看着庭院中的秩序。她看到，房前园圃里西瓜已经成熟，苦役犯园丁卡拉塔耶夫面带一副忠厚的表情，规规矩矩地在那里走动。她看到，从河上捕鱼归来的囚犯们提着精心挑选的肥美新鲜的大麻哈——专给长官做熏鱼用的"银宝宝"。监狱犯人是没有份的。小姐们在凉台附近散步，打扮得像小天使一般。她们的衣服都是那个纵火流放犯女时装裁缝给缝制的。周围的气氛一片幽静，显得饱暖而又富足。人们的一举一动都得轻手轻脚，像猫一样。说话也是轻声细语，用的都是一些小字眼儿，比如：鱼儿，熏鱼干儿，官家的给养儿……

杰尔宾斯科耶屯有居民 739 人，男 442 人，女 297 人，加上监狱在押犯，总共近千人。从业主 250 人，搭伙从业者 58 人。无论从外表，还是从家庭妇女的数量、居民的年龄以及一切有关数字来看，它都是萨哈林罕见的屯落之一，可以真正称得上屯落，而不是偶然凑在一起的乌合之众。这里有合法家庭 120 户，自由同居的 14 户，在合法的妻室当中自由妇女占绝大多数，共有 103 人，儿童占居民总数的三分之一。但是要想理解杰尔宾斯科耶屯民的经济状况，仍然首先要遇到各种偶然情况。这些偶然情况在这里同在萨哈林的其他屯落一样，起着主要和决定一切的作用。自然法则和经济法则退居次要地位，占头等地位的是一些偶然因素，比如，丧失劳动能力的人、病人、小偷或现在被迫务农的前城市居民数量的多寡，老户居民的数量，监狱的远近，区长的个人素质等等——这一切因素都可能每五年就发生一次变化，甚至可能更频繁一些。第一批在这里定居的屯民，都是

1880年以前服满苦役期的。他们背负着屯落的沉重过去，受尽了苦难，一点一点地取得了较好的地位，逐渐增加了耕地面积。从俄国来时就携带钱款和家室的人，生活过得也蛮不错。220俄顷土地，每年3000普特的捕鱼量（官方报告中的数字），显然只标志着这一部分从业主的经济状况。其余的居民，也就是大半个杰尔宾斯科耶屯，则食不果腹，衣不遮体，给人的印象是，这些人都是无用的多余的人，自己不能生存而且还妨碍别人生存。在我们俄国农村，即使是一场火灾之后，也看不到这种悬殊的贫富差别。

我在杰尔宾斯科耶屯挨家串户访问时，正赶上下雨。天气很冷，道路泥泞。典狱长因自家住房狭窄，便把我安置在不久前建成的堆放维也纳式家具的仓房里。给我放了一张床，摆上一张桌子，门上安了挂钩，可以从里面把门挂上。从傍晚一直到半夜两点，我都在阅读材料或者从户籍簿和花名册中做摘录。雨不停地敲打着房盖，偶尔有个晚归的囚犯或士兵在泥泞中发出啪嗒啪嗒的响声，从附近走过。无论是仓房里，还是我的心灵里，都很平静。可是我刚刚熄灭蜡烛，躺到床上，就听到沙沙的响动声，窃窃的私语声，敲击声，溅水声和深沉的叹息声……水滴从天棚落到维也纳式靠椅上，发出滴答滴答的声音。每一响声之后，都有人绝望地低声说："咳，我的上帝呀，我的上帝！仓房隔壁就是监狱。莫非是囚犯从地道钻进我的屋里来了？"但是一阵风吹过，雨点更猛烈地敲打房盖，远处的树木呼啸作响。接着又是一声深沉的绝望的叹息："咳，我的上帝呀，我的上帝！"

早晨，我走上台阶。天空灰暗、阴郁，雨不停地下着，满地泥泞。典狱长带着一长串钥匙匆匆忙忙地从这个门走向那个门。

他叫喊着："我给你们开个便条，叫你们以后一个礼拜浑身发痒！我让你们尝尝便条的滋味！"

这番话是对一群二十来个苦役犯说的。我根据勉强可辨的只言片语得知，这些人是申请到医院去的。他们的衣服破烂不堪，被雨浇得湿淋淋的，溅满了泥浆。所有的人都在打着寒战，希图通过面部表情装出确实有病的样子，可是在冻僵了的麻木的脸上表现出来的却是一种不自然的虚伪的表情。不过，很可能他们根本没有撒谎。"咳，我的上帝呀，我的上帝！"他们中间有人叹息道。于是，我觉得我夜里的噩梦仍然在继续着。我想起了"贱民"这个词儿，习惯上用它表示一个人的地位不能再低贱了。我似乎觉得，我看到了对人的侮辱达到极限的实例。从我来到萨哈林起一共发生过两次这样的情况，一次是在矿坑旁强制移民的木棚里，一次就是现在，在杰尔宾斯科耶屯，在这个阴雨的泥泞的早晨。

杰尔宾斯科耶屯住着一个女苦役犯，她从前是位男爵夫人。这里的女人都把她叫作"干活儿的太太"。她过着俭朴的劳动生活，据说她挺满意自己的处境。有一个从前的莫斯科商人，曾在特维尔－雅姆斯卡亚大街上开过买卖，慨叹地对我说："现在莫斯科正是赛马季节！"接着他就向移民讲述起来，赛马是怎么回事，每逢星期天有多少人顺着特维尔－雅姆斯卡亚大街向城门涌去。他讲得无比激动，对我说："大人，您信不信，不要说是看看俄国，看看莫斯科，哪怕是看上特维尔斯卡亚大街一眼，我也情愿献出自己的一切，献出自己的生命。"杰尔宾斯科耶屯住着两个同名同姓的人——叶米里扬·萨莫赫瓦洛夫。记得我在其中的一个叶米里扬·萨莫赫瓦洛夫家的院子里，还看到过一只拴着腿的公鸡。住在俄国不同角落的两个同名同姓的人，最终在这杰尔宾斯科耶屯邂逅相逢，——这一奇特的巧遇的使杰尔宾斯科耶屯民，也使这两个叶米里扬·萨莫赫瓦洛夫十分开心。

8月27日，科诺诺维奇将军、特姆区区长布塔科夫，还有一位年轻的官员，来到杰尔宾斯科耶屯。这三位都是有教养、趣味高雅的人。他们和我，一行四人，进行了一次规模不大的野游。但这次野游从开始到结束，处处遇到不便，倒很像一次狼狈的探险。一开始，就下着雨，道路又泞又滑。不论什么东西，摸上去，都是湿淋淋的。水从浇湿了的后脑勺淌进衣服领子里，靴子里又湿又凉。点燃一支香烟成了一项复杂而艰巨的任务，必须大家通力合作才能完成。我们在杰尔宾斯科耶屯附近登船，沿特姆河顺流而下。途中，我们几次停下来，观看捕鱼活动，查看水磨坊和监狱的耕地。我将在适当之处再来描写捕鱼活动。我们一致认为水磨坊很出色。可是耕地却毫无特色，如果说有，也只能是地块小得可怜。一个认真的主人会说这纯粹是胡闹。河水湍急，四名桨手和一名舵工很合手，船速很快。由于河道蜿蜒曲折，我们眼前的画面每分钟都在变换。小船航行在群山和丛林夹持的河里，两岸翠绿，不时地出现悬崖峭壁。河面上的渔夫形影孤单，伫立不动。但是我情愿用这荒凉的美景换取一间暖和的小屋和一双干爽的鞋子，更何况这景色终觉单调，毫无新颖之感。而主要的是，它笼罩在灰蒙蒙的烟雨里。船头端坐着布塔科夫，他持枪向被我们惊起的野鸭射击。

从杰尔宾斯科耶屯沿着特姆河东北行，现在只建立起两个屯落：**沃斯克列先斯科耶屯**和**乌斯科沃屯**。为了使这条河直到河口都住满居民，屯落之间的距离以十俄里计算，至少还要建立三十个这样的屯落。行政当局计划每年建立一到两个屯子，屯与屯间修通道路，在杰尔宾斯科耶屯和讷湾之间逐步建成驿路。这条驿路将因一系列的屯落而变得繁荣起来，并且受着屯落的保护。当我们的船经过沃斯克列先斯科耶屯时，屯监在岸上垂手侍候，显然他在等候我们。布塔科夫向他喊着说，我们回来时将在他那里留宿，让他多预备些干草。

刚过这个屯，便闻到一些浓烈的鱼腥味。我们临近了基里亚克人的乌斯克卫屯，现在的乌斯科沃屯即由此而得名。我们在岸上遇到一些基里亚克男女和儿童以及几条狮头狗。已故的波利亚科夫当年到达此地时曾引起一片惊慌，但我们却没有见到这种情景，甚至儿童和狗都以无所谓的态度望着我们。俄国屯子距河岸有两俄里。乌斯科沃屯跟红谷屯是同一幅景象。宽阔的街道上，树根、草墩都还没有完全清除，仍然覆盖着森林里的青草，两侧是没有完工的房舍、横躺竖卧的树木和一堆堆的垃圾。萨哈林所有新建的屯落给人的印象，都好像是被敌人毁坏过或早已废弃的农村。从房架和木屑上的新鲜颜色看出，这里没有遭谁破坏。乌斯科沃屯有居民77人，男59人，女18人；从业主33人，多余的人，或者换一种说法，搭伙从业者20人。有家室的只有9人。我们在屯监所饮茶时，乌斯科沃屯民带着家眷聚集到了房舍前面。女人和儿童比较好奇，站在前边，使人觉得这是茨冈人的游牧部落。事实上妇女中间确有几个茨冈女人，她们皮肤黝黑，神色狡黠，装出一副悲哀的样子，几乎所有的儿童全都是小茨冈人。乌斯科沃屯有数名茨冈人安家落户，他们的家属自愿跟随前来，分担着亲人的痛苦命运。有两三个茨冈女人，我以前就曾见过。那是我来乌斯科沃屯前一周，在雷科夫斯科耶屯，我见过她们肩上背着口袋，在窗下走动，给人占卜算命。[1]

乌斯科沃屯民日子过得非常贫困。种植粮食和菜园用地暂时只有 11 俄顷，每户平均仅有约五分之一俄顷。所有的人都靠领取囚犯口粮过活，而且拿到这份口粮很不容易，需要穿过没有道路的原始森林背运回来。

我们休息片刻，于下午五时徒步返回沃斯克列先斯科耶。距离并不远，只有五六俄里的路程，但是由于不习惯在原始森林里行走，我们走了一俄里，我已感到劳累。雨照旧下得很大。刚一走出乌斯科沃屯，就遇到一条一俄丈宽的小河沟，沟上横着三根细而弯曲的原木。大家都安全地走了过去，我却失脚落进水里，一只皮靴灌满了水。我们面前出现一条长长的笔直的林间空地，这是为设计中的道路而开辟出来的。其实，这里无一处可以顺利行走，只好努力保持身体平衡，踉踉跄跄地向前移动。草墩，水坑，像铁线一样坚硬的灌木，露出地面的粗树根，像门槛一样绊脚，如果是隐藏在水下，就会把人绊倒。而最令人不快的是落枝枯木和一堆堆开道时伐倒的树木。勉强过了一堆之后，就会浑身冒汗；可是在泥沼中没走出几步，眼前又是一堆，又得爬上去。旅伴们向我高喊，说我走的不是地方，应该往左或者往右，

---

[1] 我离开萨哈林两年之后，又有一位作者在乌斯科沃屯附近看到了整群的马匹。

诸如此类等等。起初我只关心一点——千万不要使另一只靴子灌进水去，但是不久便一切毫不在乎，听其自然了。三个移民背着我们的东西，在后面艰难地走着，沉重地喘息着……空气闷人，呼吸困难，口干舌燥……我们把帽子摘掉，这样可以轻松一些。

将军气喘吁吁地坐到一堆大原木上。我们也都坐下来。移民不敢坐，我们给了他们每人一支香烟。

"吓！真累！"

"到沃斯克列先斯科耶还有几俄里？"

"还有三俄里。"

精力最旺盛的是布塔科夫。他从前在原始森林和冻土地带做过长途徒步旅行，如今这六俄里的路程，对他来说，如同儿戏一般。他给我讲述他沿着波罗内河到忍耐湾的往返旅行，说第一天走路很痛苦，累得精疲力尽，第二天浑身疼痛，可是以后就越走越轻松，第三天以后觉得好像插上了翅膀，仿佛不是在走路，虽然两只脚仍然在坚硬的绣线菊中绊来绊去，有时陷在泥塘里，但却好像有一种看不见的力量在拉着你前进。

半路上天黑下来，不一会儿我们就裹进漆黑的夜幕之中。我已失去希望，不相信这次旅行能够结束，只好摸索前行，忽而掉进没膝深的水坑里，忽而磕绊在原木上。四周到处都在闪动着鬼火，令人感到毛骨悚然；磷火照亮了水坑和巨大的朽木，我的靴子也因沾磷火，走起来熠熠闪光，好像萤火虫一般。

上帝保佑，远处终于亮起了火光，这不是磷火，而是真正的灯光。有人喊我们，我们答应了。屯监打着灯笼来了。他用灯笼照着水坑，迈着大步跨越着。整个沃斯克列先斯科耶屯在黑暗中隐约可见。屯监带领我们穿过全屯，来到屯监所。[1] 我的旅伴们都随身带有干衣服，以备更换。到了屯监所之后，便都急忙更换衣服。我虽然浑身湿透，但身边却无任何东西更换。我们喝足了茶，谈了一会儿，就寝睡觉。屯监所里只有一张床，由将军占用了。我们这些小民只好睡在地上的干草堆里。

沃斯克列先斯科耶屯几乎比乌斯科沃屯大一倍。居民有 183 人，男 175 人，女 8 人。自由同居的家庭 7 户，没有一对夫妻是正式结婚的。屯中孩子不多，只有一个小女孩。从业主有 97 人，搭伙从业者 77 人。

---

[1] 从乌斯科沃屯到沃斯克列先斯科耶屯六俄里的路程，我们走了三个小时。读者如果想象一下背着面粉、咸牛肉或者公家物品，再不就是背着病人从乌斯科沃屯到雷科夫斯科耶医院去就医的情形，那么就完全可以理解，"没有路"这句话在萨哈林意味着什么。既不能乘车，又不能骑马。有人曾试图骑马通过，结果折断了马腿。

第十章

雷科夫斯科耶屯——监狱——加尔金－弗拉斯科伊气象站——巴列沃屯——米克柳科夫——瓦里兹和隆加里——小特姆屯——安得烈－伊凡诺夫斯科耶屯

在特姆河上游的最南部，我看到的生活比较繁荣。无论如何，这里比较暖和，自然界的色调也比较柔和。对一个饥寒交迫的人来说，这里的自然条件比特姆河中下游更为适宜。这里的地势同俄国相像，这对流放犯来说很有诱惑力。特姆区行政中心**雷科夫斯科耶**所在的平原地区，同国内尤为相像。平原宽达六俄里，东部沿特姆河丘陵绵亘，形成屏障，西部巨大的分水岭的支脉呈现着蓝色轮廓。平原上没有岗峦，一泻平川，看上去很像常见的俄国原野，有耕地、草场、牧场和绿色的树丛。波利亚科夫来这里的时候，平原上遍布草墩、土坑、洼地、湖沼和注入特姆河的小溪；在没膝的泥水里蹚行，有时甚至深及腹部。现在这里的平原已经经过清理和疏导。从杰尔宾斯科耶屯到雷科夫斯科耶屯十四俄里，有一条极佳的大道相通，道路笔直，路面平坦。

雷科夫斯科耶屯又名雷科沃屯，建于1878年，建屯地点由典狱长雷科夫下士选定，相当适宜。屯子发展速度之快对于萨哈林屯落来说是罕见的；近五年来，它的占地面积和居民人口增加了三倍。现在它占地三平方俄里，居民人口为1368人，男831人，女537人，加上监狱和驻军，总共超过两千。它跟亚历山大罗夫斯克哨所不同。亚历山大罗夫斯克是座城镇，是一个小巴比伦，有赌场乃至一个犹太人开设的家庭浴池。而雷科夫斯科耶则是一个地道的俄国式的农村，没有什么文化需求。当你乘车或徒步经过这条伸延三俄里长的街道时，你很快就会因街道之长和单调感到乏味。这里的街道不像亚历山大罗夫斯克那样按照西伯利亚的习惯称之为屯，而叫作街，其中大部分都保留着自己起的名称。有一条街道叫作西索夫斯卡娅街，因为这条街道的尽头是女移民西索娃的住房。此外，还有脊梁街、小俄罗斯街等名目。雷科夫斯科耶屯有许多乌克兰人，因此你在任何别的屯落都不会像在这里那样遇到许多的稀奇古怪的姓氏，如"黄脚"、"胃"。有九个人姓"不信神的人"，还有"挖坑"、"河"、"面包圈"、"灰色马"、"大木头"、"扎莫兹德利亚"，等等。屯子中央有一个大广场，广场上有教堂，可是广场四周却不像俄国农村那样布满商铺，而是监狱、办公衙署和官员们的宅邸。当你通过广场时，你也许会想象出一幅熙熙攘攘的集市图：乌斯科沃的茨冈人在卖马，马粪味同焦油味、熏鱼味混合在一起，牛在哞哞地叫着，刺耳的手风琴声伴随着醉鬼的歌声。可是这幅和平的图景会突然化为乌有，你听到的却是令人厌恶的锁链声，穿过广场向监狱走去的犯人和押解士兵的沉重脚步声。

雷科夫斯科耶屯有从业主335人，对分从业者189人，他们同户主一起经营产业，因而认为自己也是户主。合法家庭有195户，自由同居的有91户。合法的妻子大部分都是跟随丈夫前来的自由民，共有155人。这是些很大的数字。但是不要被这些数字迷惑而感到慰藉。这些数字背后隐藏着许多麻烦，对分从业者是额外的户主，从他们的数量可以看出，这里无力独自成家立业的多余的人太多，成了过分拥挤和挨饿的根源。萨哈林行政当局安置移民漫不经心，不考虑环境，不展望未来。用这种简单的方法建立的新居民点和经济单位，即使像雷科夫斯科耶这样一些条件比较优越的屯落，最后也会呈现出一派贫穷的景象，从而陷入上阿尔姆丹屯的困境。对于雷科夫斯科耶屯来说，现有的耕地和收成，甚至加上其他可能的收益，有二百家民户就算"到顶"了。可是实际上这里的民户和超额户已经达到五百多，而且上级每年还在不断地增派大量新户。

雷科夫斯科耶监狱是新建的。它具有萨哈林监狱共有的特点：木结构牢房，囚室里既肮脏又简陋，带有群居生活一切不便之处。但是雷科夫斯科耶监狱也有一些不难发现的特点，这使它从不久以前起被认为是北萨哈林最好的一所监狱。我也觉得它是最好的。我每到一所监狱，都必须首先查阅官方资料，向谙悉内情的人询问情况。在整个特姆区，尤其是在雷科夫斯科耶，我一开始就不能不注意到这里的录事有着良好的训练，有纪律，仿佛进过专门学校似的。户籍簿和花名册都写得非常标准。接着我到监狱里面察看，伙夫、面包匠等同样给了我有条不紊、秩序井然的印象。甚至看守们也不像亚历山大罗夫斯克或杜厄那样脑满肠肥、架子十足和愚蠢透顶。

监狱里，凡是能够保持清洁的地方，看来这里都已尽力而为了。比如说厨房和面包房，房子本身、家具、炊具、空气、人员的服装等等都很洁净，就连好吹毛求疵的卫生检查人员也会觉得无懈可击。而且看来这种整洁是经常性的，并不取决于是否有外人前来参观。我来到厨房的时候，锅里正在煮鲜鱼粥。这种食品有害健康，囚犯们吃了河上游捕捞来的鱼，都患有肠卡他症。尽管如此，整个状况似乎表明，这里的囚犯能够按照法律的规定，领到足数的食物。监狱方面吸收特许的囚犯参加管理和分配工作。他们负责检查犯人伙食的数量和质量，因此我想，也就不可能产生诸如菜汤发臭、面包掺有泥土之类的不良现象。我从他们按每日定量给囚犯们准备的许多份面包中随便拿出几份，称了一下，每份都是三俄磅[1]略略有余。

这里的厕所也是挖有茅坑的，但是里面的情况却不同于别的监狱。清洁要求极其严格，恐怕对于囚犯们来说甚至到了束缚的地步。厕所内挺暖和，完全没有臭味。这是由于装了埃里斯曼教授描述过的通风设备的缘故，这种设备可能叫作回风构造[2]。

雷科夫斯科耶的监狱长里文先生是位有才干的人，经验丰富，具有主动精神。监狱良好的状况都应归功于他。遗憾的是他酷爱笞刑，有一次曾有人要谋害他。一个囚犯手持砍刀，像对待

---

[1] 一俄磅合 409.51 克。——译者注

[2] 雷科夫斯科耶监狱的这种通风设备构造是：在茅坑上面生有火炉，炉门是密封的，火炕有一条管道与茅坑相通。这样，火炉便可以从茅坑中取得燃烧所必需的空气。茅坑中的全部臭气也就进入炉子里，经过烟道排到外面去。厕所里面由于生有火炉，很暖和。厕所里的空气经过茅坑上面的各种窟窿进入坑内，然后再进入管道。在窟窿近处划根火柴，火焰明显地被吸往下面。

野兽似的向他扑来。但是结果却使袭击者遭到了毁灭性的报复。里文先生对人经常给予关怀，另一面却耽于笞刑，迷信体罚。关怀人和对人残忍——这二者的结合实在荒诞，无法解释。迦尔洵的《列兵伊凡诺夫的札记》中文采里上尉这个人物，看来不是凭空杜撰出来的。

雷科夫斯科耶屯有学校、电报所、医院和加尔金-弗拉斯科伊气象站。这座气象站由一个特许的流放犯、前海军少尉主持，但他并未经官方正式任命。这个人勤劳、善良。他还履行教区屯长的职务。气象站存在仅仅四年，积累的资料并不多，但是毕竟还能明确地看出北部两区的气候差别。如果说亚历山大罗夫斯克区是海洋性气候，那么特姆区则属大陆性气候，尽管两个区的气象站相隔不超过70俄里。特姆区的温差和雨雪次数波动幅度不那么大。这里夏季较暖，冬季更冷。年平均温度低于零度，也就是说比索洛维茨基岛还要低。特姆区的海拔高于亚历山大罗夫斯克区，但是由于群山环抱，好似处于盆地，每年的无风天大约多60天，而刮寒风的天数却少20天。雨雪天也有一些差别；特姆区的雨雪天较多——下雪天116天，下雨天76天。两个区的雨雪量差别很大，几乎差300毫米，亚历山大罗夫斯克区的雨雪量较大。

1889年7月24日发生早霜，杰尔宾科耶屯冻坏了扬花期的马铃薯，8月18日，全区马铃薯都被冻死。

帕列沃屯坐落在雷科夫斯科耶屯以南的特姆河支流帕里卫河畔，从前那里是基里亚克人的帕里卫屯。1886年兴建了帕列沃屯。从雷科夫斯科耶屯到这里是一片平坦的原野，良好的街道旁是树丛和田野。这使我觉得这里酷似俄国，也许是因为那天正逢好天气的缘故。两地相距14俄里。不久的将来，从雷科夫斯科耶要向帕列沃方向敷设邮电驿路，根据设计，它将把北萨哈林同南萨哈林连接起来。现在已经动工了。

帕列沃屯的居民396人，男345人，女51人。从业主183人，对分从业者137人。根据当地条件，这里五十家农户就足够了。农业殖民的各种不利情况在这里都凑到一起了。就这一点来说，在萨哈林很难找出第二个屯子来。土壤中含有很多砾石，据老户居民说，从前这里曾有通古斯人牧养麋鹿。还有些居民说，从前这里曾是海底，直到现在基里亚克人还常常发现船上的遗物。已开垦的土地只有108俄顷，既包括耕地和菜园，又包括草场，可是从业主却有三百多人。成年妇女只有30人。每十人中只有一个妇女。偏偏不巧，不久前死神光顾了帕列沃屯，在很短的时间里就掠走了三名女同居者的生命。这就使得男女比例相差更加悬殊。三分之一的从业主在流放前都是城镇居民，没有农事经验。遗憾的是，种种不利的条件远不止上述这些。俗话说，祸不单行，多灾多难的帕列沃屯不知为什么盗风炽盛，在萨哈林可能是首屈一指的。这里每天夜间都有人被盗。在我到达的前一天晚上，就有三个人因盗窃燕麦被关进重镣囚室。有的人是出于贫困，也有不少所谓的"害人虫"。他们为害乡里只是出于癖好，别无其他目的。他在夜里无缘无故地打死别人的牲畜，掘出尚未成熟的马铃薯，摘掉别人的窗户等等。这一切都会造成损失，使本来就很贫穷可怜的经济生活更加凋敝，而更重要的是居民经常惶恐不安。

生活状况除了贫穷，别无其他。房舍一律都用树皮和干草苫盖，根本没有庭院和仓库之类的附属建筑。有49栋房子尚未建成，就被主人遗弃。有17人虽有家业，但却外出做工赚钱。

我在帕列沃屯逐户进行访问时，屯监紧紧相随，寸步不离。他是强制移民出身，祖籍普斯科夫省。记得我问他：今天是星期三还是星期四？他回答道：

"大人，我记不得了。"

官房里住着一个退役的给养官，名叫卡尔普·叶罗费伊奇·米克柳科夫。他是萨哈林最早的看守之一，于1860年来到岛上。当时萨哈林的苦役制刚刚建立。在现今活着的萨哈林人中间，只有他一个人能够叙述苦役制的全部历史。他十分健谈，回答问题时，表现出一种明显的得意神情，同时像所有的老年人一样，非常啰唆。他的记忆力已经衰退，只有那些很久以前的事才清晰记得。他的境况很优越，完全不愁用度，甚至还有两幅油色画像：一幅是他本人，另一幅是他已故的夫人，胸前别着一朵小花。他生在维亚特卡省，脸相颇像已故作家费特。他谎报自己只有六十岁，实际已年逾七十。他第二次结婚，娶的是强制移民的女儿，年轻的女人生了六个孩子，年龄从一岁到九岁。最小的一个尚在襁褓之中。

我同卡尔普·叶罗费伊奇的谈话一直进行到下半夜。他对我讲的都是有关苦役地的人和事。比如典狱长谢利瓦诺夫一时兴起，用拳头砸开大门和锁头，但最后因对囚犯过分残忍而被击丧命。

米克柳科夫回到自己老婆和儿女睡觉的房间去之后，我来到屋外。夜静悄悄的，满天星斗。更夫敲着梆子，附近小溪流水淙淙。我长久地伫立着，或是仰望夜空，或是凝视房舍。我觉得这真是奇迹，我竟然离家万里，置身于一个叫作帕列沃的地方。天涯海角，人们对星期几都已忘却。其实，何必定要记住，这里星期三还是星期四有何要紧？——反正都是一样。

顺着拟建的邮路继续南行，是 1889 年兴建的**瓦里兹屯**。这里四十个男人，却没有一个女人。在我来到的一周之前，从雷科夫斯科耶屯派出三户人家到更南的地方，在波罗内河的一条支流上建立**隆加里屯**。这两个屯落的生活尚属草创。将来道路建成，才能到那里去实地访问。因此我把这项工作留给未来的作者，让他们去描述新屯吧。

为了结束对特姆区屯落的巡礼，我最后尚须提到两个屯子：**小特姆屯和安得烈－伊凡诺夫斯科耶屯**。这两个屯子都坐落在小特姆河畔。小特姆河发源于比林格山，在杰尔宾斯科耶屯附近注入特姆河。小特姆屯是本区第一个建立的屯子，兴建于 1877 年。从前，翻过比林格山去特姆河，这个屯子是必经之地。屯中现有居民 190 人，男 111 人，女 79 人。从业主 67 人，另外还有搭伙从业者。小特姆屯是从前特姆区一带的主要屯落和中心，可是现在却屈居末位，变成了无关紧要的地方。这里一切都衰败了，唯有不大的监狱和典狱长的住房还是往日繁华的见证。现任特姆屯典狱长 K 先生是彼得堡人，年轻，为人善良，有学识，看样子十分怀念俄国。高大的官邸，空阔的居室，回响着沉闷孤独的脚步声。漫长而又寂寞的时光永无尽头，这一切使他痛苦万分，感到自己和囚犯无异。好像有意和自己作对似的，年轻人每日很早，四五点钟即醒。起床、喝茶、去监狱……可是然后做什么呢？然后他就在自己的迷宫里踱来踱去，两眼望着用麻屑抹缝的木头墙壁，不停地走动着。然后又是喝茶，研究植物学，然后又是踱来踱去，除了自己的脚步声和窗外怒吼的狂风之外，什么都听不到。

小特姆屯有很多老户居民。在他们中间，我遇到一个姓富拉日列夫的鞑靼人。他当年曾随同波利亚科夫去过讷湾。回忆起那次勘察和波利亚科夫，他兴致勃勃。还有一个老头，姓鲍格丹诺夫，是个强制移民，就其生活方式来说，也许有点意思。他是个分裂派教徒，放高利贷的。他长时间不让我到他家里去，后来终于让我去了，但却说一大堆这样的话：现在什么人都有，不能随便让人到家里来，唯恐敲诈勒索，诸如此类等等。

安得烈－伊凡诺夫斯科耶的屯名源于人名安得烈·伊凡诺维奇，1885 年兴建。当时这里一片沼泽。居民有 382 人，男 277 人，女 105 人。从业主和搭伙从业者加在一起 231 人。这里同帕列沃屯一样，有五十家农户就足够了。这里的民居成分也很复杂。帕列沃屯的居民中从没种过地的小市民和平民居多数，而在安得烈－伊凡诺夫斯科耶屯非东正教徒则很多。有 47 个天主教徒，还有同样数目的穆斯林和 12 个路德教徒，他们占全体居民的四分之一。东正教徒的中间又有不少异族人，如格鲁吉亚人。[1] 居民成分的复杂性使得他们像一盘散沙，很难形成一个农业整体。

---

[1] 这里住着前库塔伊斯的贵族奇科瓦尼兄弟，一个叫阿列克谢，另一个叫铁木拉斯。本来还有老三，但生肺结核死掉了。他们的住房里没有任何家具，只有地板上铺着一条羽毛褥子。两兄弟中有一人生病。

第十一章

规划中的行政区 —— 石器时代 —— 有过自由移民吗？ —— 基里亚克人 —— 他们的人数、外貌、体型、食物、服装、住房、卫生状况 —— 他们的性格 —— 企图使他们俄化 —— 奥罗奇人

北部的两个行政区，正如读者从上述屯落巡礼中见到的，占地面积相当于俄国的不太大的县份。这两个区的面积究竟有多少平方俄里，很难精确计算，因为它们的南北界限没有划定。两区的行政中心亚历山大罗夫斯克和雷科夫科耶屯之间，翻越比林格山的最短路程是 60 俄里，然后再穿过阿尔科伊河谷，又是 74 俄里。就当地来说，这已不算很近了。而坦基屯和乌安基屯，以及帕列沃屯这些边远的屯落尚未计算在内。如果向帕列沃以南，沿波罗内河支流建立新屯，就不得不考虑划分新行政区的问题了。作为行政单位，区相当于县；按照西伯利亚概念，能够称为区的，必须拥有乘车也要走上个把月的广阔地面，比如安纳德尔区。西伯利亚的一个官员管辖的地面，往往达二三百俄里，因此可能认为萨哈林划分小的行政区多此一举。可是萨哈林居民，生

活条件特殊，这里的管理机构比安纳德尔区要复杂得多。把萨哈林这块流放殖民区划分成小的行政区域是由实践决定的。除了下面将谈到的许多其他原因之外，实践首先表明，在流放殖民区，距离越短，管理就越容易和方便。其次，划分为区能够增加编制，吸引大批人员来岛，这对殖民区无疑会有良好影响。随着有知识人员的数量增多，在质量方面也会显著加强。

我在萨哈林时正赶上讨论规划新区的问题。人们谈论新区不亚于谈论迦南福地[1]，因为计划沿波罗内河往南敷设一条穿越全境的道路；准备将现杜厄和沃耶沃达监狱的流放犯迁往新区。迁移之后，这两个阴森恐怖的地方将只留在人们的记忆之中。煤矿将脱离萨哈林公司。该公司早已破坏合同，采煤不再由苦役犯进行，而由移民集资经营。[2]

在结束关于北萨哈林的叙述之前，我认为有必要要稍许讲

---

[1] 系巴勒斯坦对腓尼基地方的古称，传为福地。——译者注

[2] 科诺诺维奇将军有一项命令涉及早就希望撤销杜厄和沃耶沃达监狱的问题："视察沃耶沃达监狱之后，我个人确信，该监狱的监督秩序不佳，或者最好是说，实际没有任何监督。该监狱自建立以来一向如此。无论该监狱所处地理条件，还是该监狱关押罪犯（多数为长期徒刑者或因新的犯罪行为而被关押者）的重大意义，皆不能满足建立应有秩序的要求。目前状况是：监狱地处杜厄哨所以北一俄里半的狭窄谷地之中，同哨所的交通联络唯有沿海滨一线，且每昼夜因涨潮缘故两次中断。夏季，山路联络十分困难，冬季则全无可能。典狱长远处杜厄，其助手亦然。地方驻军兼负守备、押解之责，以监视完成萨哈林公司合同规定之各项工作，但该驻军亦常驻上述哨所。监狱所处无人负责，只有若干看守及每日前来执勤之哨兵独操大权。执勤哨兵绝无军事长官经常直接监督。产生上述情况之原因，不外监狱地址不当和缺少进行直接监督之可能。在我请准撤销杜厄及沃耶沃达两监狱，将其迁往他处之前，尚应致力改正，即使局部改正也可。"等等。（1888年第348号命令）

讲过去不同时期生活在这里而现在仍独立于流放殖民区之外的居民。波利亚科夫在杜伊卡河谷曾发现过一块刀形黑曜石碎片、一些石箭头、磨制石器、石斧等等。这些发现使他有权认为杜伊卡河谷在远古时代居住过人类。他们是不知道金属的石器时代的居民。在他们的遗址发现过熊头骨和狗骨骼以及网坠。这表明，这些人知晓制陶业，猎过熊，用网捕过鱼，狩猎时曾借助于狗。萨哈林不产燧石，燧石制品显然是他们从大陆或附近诸岛的邻居那里得来的。非常有可能，在他们的生活中狗起着与现在相同的作用，即拉爬犁。在特姆河谷，波利亚科夫还发现过原始建筑的遗迹和简陋的工具。他的结论是：北萨哈林"对于那些智力发展处于比较低级阶段的部族来说，生存是可能的。很显然，这里居住过人类。他们世世代代地形成了抵抗饥渴和严寒的方法。这里的古代居民很可能是以小型公社的形式生活的，并且不是完全定居的"。

　　顺便说一下，当年涅维尔斯科伊在派遣鲍什尼亚克赴萨哈林时，还曾交给他一项任务：核对有关赫沃斯托夫中尉留在萨哈林的那些人的传说。据基里亚克人传说，那些人居住在特姆河流域。[1]鲍什尼亚克碰巧发现这些人的踪迹。在特姆河的一个屯子

---

[1] 参阅达维多夫的《海军军官赫沃斯托夫和达维多夫两次赴美洲的旅行记》，后者撰写，希什科夫作序，1810年出版。希什科夫海军上将在序言中说："赫沃斯托夫在心灵里把这两种对立的东西结合在一起，这就是羔羊般的温顺和狮子般的勇猛。"而达维多夫，据他说，"性格比赫沃斯托夫奔放和热情，但在坚毅和勇敢方面则有逊于他"。然而，赫沃斯托夫羔羊般的温顺并没有妨碍他于1806年在南萨哈林阿尼瓦湾沿岸捣毁日本人的商店，还抓了四名日本俘虏。1807年他同自己的朋友达维多夫一起在千岛群岛捣毁日本人的商站，并且再次到南萨哈林掠夺。这两位勇敢的军官同日本人作战并没有取得政府的同意，但他们坚信不会受到惩罚。他们二人的死亡非同寻常：正当涅瓦河上的断桥被旋开禁止通行（转下页）

里，基里亚克人用从祈祷书上撕下来的四张纸，换了他的三俄尺中国土布，并且向他解释说那本书属于在这里住过的俄国人。四张纸中有一张是标题页，上面用勉强可辨的字迹写着："我们，伊凡、达尼拉、彼得、谢尔盖和瓦西里五人，是1805年8月17日奉赫沃斯托夫之命在阿尼瓦的托马拉－阿尼瓦屯登岸的；1810年日本人来到托马拉，我们便转到了特姆河。"鲍什尼亚克查看了俄国人居住的地点后，得出结论，认为他们住着三所房子，并且种有菜园。土人对他说，最后一个俄国人是不久前去世的，俄国人是好人，曾同他们一块去捕鱼打猎，并且衣着同他们一样，但是剪发。另一个地方，土人说了这样一个细节：有两个俄国人同土人妻子生了孩子。如今，赫沃斯托夫当年在北萨哈林留下来的俄国人，已被人遗忘，关于他们的后代则一无所知。

鲍什尼亚克在札记还写道，他不断探询岛上是否有定居下来的俄国人，从坦基屯的土人那里了解到下述情况：大约三十五或四十年前，在东海岸撞碎了一艘船。船员们脱险后，为自己盖了一所房子，过了一些时间又造了一条船。这些陌生人穿过拉彼鲁兹海峡，进入鞑靼海峡，在这里又于姆格奇屯附近遇难。这次只有一人脱险，他自称凯姆茨。此后不久，从阿穆尔河又来了两个俄国人，一个叫瓦西里，一个叫尼基塔。他

（接上页）时，他们急于过桥而掉到河里淹死。他们的功勋当时引起广泛的反响，在社会上唤起了对萨哈林的某些兴趣。人们谈论着萨哈林。有谁知道，这个悲惨的、想象中令人恐怖的岛屿的命运，可能是当时就已决定。希什科夫在序言中谈了一种毫无根据的意见，似乎俄国人在上一个世纪就拟占领这个岛屿，并在那里建立殖民地。

二人同凯姆茨汇合在一起，在姆格奇屯建造了住屋。他们以射猎毛皮兽为生，常去同满洲人和日本人做交易。有一个基里亚克人拿出一面镜子给鲍什尼亚克看，说那是凯姆茨赠送给他父亲的。基里亚克人怎么也不愿意把这面镜子卖给鲍什尼亚克，说这是他父亲的朋友留下的珍贵纪念品，要珍藏起来。瓦西里和尼基塔非常惧怕俄国沙皇，由此看来他们是逃犯，这三个人都死在萨哈林。

日本人间宫林藏 [1] 于 1808 年在萨哈林听说，在岛子的西部经常有俄国船只出没，俄国人进行抢掠，最后土人不得不把他们驱逐或者打死。间宫林藏叫出了这些俄国人的名字：阿木奇、西眉那、茂木和瓦西里。什连科说："后面三个名字不难看出是俄国名字：谢苗、福马和瓦西里。而阿木奇，依他之见，很像凯姆茨。"

这八名萨哈林的鲁滨逊极其简略的历史，就是有关北萨哈林自由殖民的全部材料。如果硬要把赫沃斯托夫的五名水手和凯姆茨以及两名逃犯的奇遇说成是自由殖民的尝试，那么也应该承认这种尝试是微不足道的，起码是不成功的。它对我们有意义的无非是说有八个人在萨哈林住了很长时间，一直到死，没有种过地，而是靠渔猎为生。

为了完整起见，现在尚须提一下当地的土著居民基里亚克人。他们居住在北萨哈林东部和西部沿海及各条河流两岸，主要

---

[1] 他的著作是《东鞑纪行》。当然，我没有读过，在这种情况下我只能引用 Л. И. 什连科所著《阿穆尔地区的异族人》一书。

是特姆河畔。[1] 他们的屯落很古老,从前作者们提到的村名,现在也还都保留着。但他们的生活仍然不能说是完全定居的,基里亚克人对自己的诞生地点以及一般的固定居址没有什么眷恋之情。他们常常扔掉自己的窝棚,外出渔猎,携着家眷,带着狗在北萨哈林到处游荡。但他们在游荡时,甚至在不得不进行远途旅行到大陆去的时候,也始终是忠诚于本岛的。萨哈林的基里亚克人就其语言和风俗习惯来说,有别于居住在大陆上的基里亚克人,其差别之大,大概不亚于小俄罗斯人同莫斯科人的差别。因此,我觉得,统计萨哈林基里亚克人的数目并非很困难,不会把他们跟那些从鞑靼海峡彼岸前来谋生的基里亚克人混同起来。不妨每五到十年对他们的人数进行一次普查。否则有一个重要问题将长期得不到解决,或者只能随心所欲地解决,即流放殖民地对基里亚克人人口的影响问题。据鲍什尼亚克搜集资料,1856年萨哈林基里亚克人数是 3270 人。大约十五年之后,米楚利已经写道,萨哈林基里亚克人的数量估计在 1500 人以下,而据最新的 1889 年的材料,现在两个区的基里亚克人总共只有 320 人了。这个数字是我从官方的《**异族人人数统计表**》中得到的。假如相信这些数字是可靠的,那么过五到十年之后,萨哈林的基里亚克人就将绝迹了。我不能断定鲍什尼亚克和米楚利的数字的可

---

[1] 基里亚克人是个人数很少的部族,分布在自索菲斯克起的阿穆尔河下游,至河口湾及毗邻鄂霍次克海沿岸和萨哈林北部。这个民族有记载的历史达二百余年。在这段时间里,他们分布区域没有发生任何显著的变化。有人认为,从前基里亚克人的故乡只有一个萨哈林,后来他们才转到就近的大陆上,那是受南来的爱奴人排挤的结果。爱奴人来自日本,是被日本人排挤出来的。

靠程度，但是幸而官方的数字——320人，由于某些原因，不具有任何意义。异族人统计表是由公署办事员编制的，他们既没有科学的也没有实践的训练，甚至没有任何指导思想。如果说这些资料是他们在基里亚克屯落就地搜集的，那么这显然是以长官的口吻，粗暴地、怀着怨恨的心情进行的。基里亚克人秉性温和，他们的礼节不允许对人高傲和专横，尤其讨厌各种调查和登记注册。因此对他们要讲究专门的艺术。此外，行政当局搜集资料时没有任何明确的目的，只是出于偶然的想法。况且调查者根本不考虑民族的分布区域，而是随意行事。亚历山大罗夫斯克区的统计表只包括住在乌安基屯以南的基里亚克人，而特姆区则只统计雷科夫斯科耶屯附近的屯落，其实他们并不居住在那里，而是从那里路过。

毋庸置疑，萨哈林基里亚克人的数量不断地减少，但是只能凭估计判断这一点。究竟减少多少？由于什么原因而减少？是由于基里亚克人在逐渐消亡呢，还是由于他们往大陆或北部诸岛迁居呢？由于缺少可靠的数字资料，说是俄国人入侵给他们造成的摧残，也只能是根据推理。也很可能这种摧残迄今为止还很微不足道，甚至等于零，因为萨哈林基里亚克人多半居住在特姆河流域和东部沿海，在这些地方还没有俄国人。[1]

---

[1] 萨哈林设有一种官职——基里亚克语和爱奴语翻译官。但是这些翻译官对基里亚克语和爱奴语却一窍不通。而基里亚克人和爱奴人又大部分懂俄语，因此这一官职是不需要的，可以作为对前面提到的虚设的维杰尔尼科夫斯克驿站站长的良好补充事例。如果在编制上能把翻译官换成谙悉民族志学和统计学的官员，那要好得多了。

基里亚克人不属于蒙古种族和通古斯种族，而属于一个尚没有弄清楚的种族。这个种族从前可能十分强大，统治着整个亚洲，但现在所剩无几，只聚居在一小块土地上，尽管还是个优秀的和精神旺盛的民族，但已行将灭亡。基里亚克人特别善于交往和经常移动，早已同毗邻的民族混血了。因此现在要想遇到一个不混有蒙古种、通古斯种或爱奴种成分的 Pur-sang（纯种）基里亚克人，几乎是不可能的。基里亚克人的脸，呈圆形，扁平，黄色，高颧骨，经常不洗，吊眼梢，胡须稀疏（有的人胡须勉强可见）。头发直，乌黑，很硬，后脑勺梳成一根小辫。从面部表情看不出他们是野蛮人，表情常常是若有所思，温顺，天真而聚精会神。他或是开朗，幸福地微笑着，或是像寡妇似的，沉思而又悲痛。当他侧面站立时，稀疏的胡须，脑后拖着一根小辫，表情温柔的面部，使得他们很像女人，这时可以照着他们画出一幅库杰伊金[1]的肖像。由此可以部分地理解，为什么某些旅行家把基里亚克人归为高加索人种。

谁想详细地了解基里亚克人，我推荐他阅读民族志学专家什连科的著作[2]。我只想谈谈当地自然条件决定的那些特点，这可能直接或间接地为新来的殖民者提供一些实践中有益的指南。

基里亚克人体格健壮、敦实；身材中等甚至矮小。高大的身材在密林中活动不便。他们骨骼精壮，所有的冠突、脊骨和结节都特别发达，固着肌腱，由此可以推测，肌肉定会结实有力，

---

[1] 俄国作家冯维辛的剧本《未成年者》中的一个人物。——译者注

[2] 他的优秀著作《阿穆尔地区的异族人》附录有民族志学地图和两幅由德米特里耶夫－奥伦堡斯基先生绘制的插图，其中一幅画有基里亚克人。

这是不断地同大自然紧张斗争的结果。他们体瘦多筋，没有皮下脂肪。碰不到肥胖和大腹便便的基里亚克人。显然，全部脂肪都消耗在发热上了。萨哈林人为补偿低温和过分潮湿的空气造成的损失，体内应产生大量热能。为什么基里亚克人的食物中含有那么多的脂肪，这是可以理解的。他们食用海豹肥肉、鲑肉、鲟肉和鲸鱼脂和带血的肉，他们食用这些食物的量很大，生食、晒成肉干食，也常冻食。由于食物粗糙，所以咀嚼肌的部位特别发达，牙齿磨损严重。平时全部食用肉类，唯有在家就餐或饮宴时才偶尔增加些蒜或浆果。据涅维尔斯科伊证实，基里亚克人认为种地是莫大的罪过：谁要是挖地或埋东西，谁就必定要死亡。但是他们却很喜欢俄国人推荐给他们的面包，把它当作一种佳肴。因此如今在亚历山大罗夫斯克或雷科夫科耶遇见腋窝下夹着一个大圆面包的基里亚克人，并非稀奇的事。

基里亚克人的服装适应于寒冷、潮湿和变化剧烈的气候。夏季，他们穿着用中国土布（又名大布）做的布衫，裤子也是用这种布做的，肩上披着海豹皮或狗皮做的短皮袄，以备万一变天。脚上穿着毛皮皮靴。冬季穿皮裤。即使是最保暖的衣裳，也都缝得肥肥大大，以便行猎或驾驭狗爬犁时不妨碍他敏捷迅速的动作。有时为了追求时髦，他们穿上囚服。克鲁逊什特恩八十五年前曾见过基里亚克人穿着华丽的绸缎衣服，"上面绣有许多花"，但是现在在萨哈林，即使打着灯笼去找，也休想找到这种豪华艳装了。

至于基里亚克人的窝棚，首先是必须适应潮湿和寒冷的气候。窝棚分夏窝棚和冬窝棚两种。夏窝棚建立在立柱上；冬窝棚是地窖子，墙壁用原木垒成，整个窝棚形如被截掉尖端的四角锥体，外面培以泥土。鲍什尼亚克住过的那个窝棚，挖进地下一点五俄尺，屋顶用细木杆搭成，全部用土覆盖。这些窝棚的建筑材料很普通，随处可得，需要时将窝棚遗弃也毫不可惜。窝棚里暖和干燥，起码远远胜过我们的苦役犯筑路和野外作业时临时居住的窝棚。那种窝棚是用树皮搭的，又冷又潮。夏窝棚很值得推荐给种菜农、采煤工、渔民以及一切离开监狱或家庭在外干活的苦役犯和强制移民。

基里亚克人从不洗脸，因此即使是民族志学者也难于准确地说出他们脸部的颜色。他们不洗衣服，他们的毛皮衣服和鞋仿佛刚刚从死狗身上剥下来的一样。基里亚克人身上散发着一股难闻的气味。根据迎面飘来的难以忍受的干鱼腥味和腐烂的鱼杂碎臭味，就可以知道基里亚克人的住处已经临近。通常，每架窝棚附近都竖立着一排晒架，上边挂着满满的干鱼坯子。从远处望去，尤其是在阳光照耀下，这些干鱼倒像珊瑚串。克鲁逊什特恩当年在这种晒架附近曾见到过大量的蛆虫，地面上铺着厚厚一层。冬季，窝棚里烟熏火燎，烟是从炉灶里冒出来的。此外，基里亚克人无论男女，以至孩子都吸烟草。关于基里亚克人的发病率和死亡率，一无所知。但是可以想象，这种恶劣的卫生环境不能不对他们的健康产生不良影响。他们身材矮小，脸部浮肿，动作迟缓和慵懒，可能不良的卫生环境对此也有一定影响。基里亚克人对于传染病的抵抗能力很弱，这也应该部分地归咎于这种环境。众所周知，在萨哈林天花曾使大片地区的人口遭到灭绝。克鲁逊什特恩曾在萨哈林北端伊丽莎白岬和玛丽娅岬之间，见到过一个有二十七所住房的屯落。可是著名的西伯利亚探险队队员格连于 1860 年到这里时，只见到了一片废墟。据他说，在岛上其他一些地方，他也遇见过从前人烟稠密的痕迹。基里亚克人对他说，近十年来，也就是 1850 年以后，萨哈林的人口由于天花而显著减少。可怕的天花过去曾使堪察加和千岛群岛变得荒无人烟，萨哈林恐怕也未必能避免这种厄运。很显然，可怕的不是天花本身，而是微弱的抵抗力。假如斑疹伤寒或白喉被带到殖民区来，并且蔓延到基里亚克人的窝棚里，那么后果也将会和天花流行一样，我在萨哈林没有听说有传染病发生。可以说近二十年来根本没有发生过。唯有传染性结膜炎例外，结膜炎即使是现在也还可以见到。

科诺诺维奇将军批准区医院接受异族人患者并给以官费治疗（1890 年第 335 号命令）。我们没有对基里亚克人的疾病率进行直接的调查，但是根据现有的致病原因，可以形成某种概念，例如肮脏，不适度地饮酒，同中国人和日本人的长期交往，[1] 经常跟狗接触，发生外伤等等。毫无疑问，基里亚克人经常患病，需要治疗。如果情况允许他们享受官费治疗，地方的医生就有可能对他们进行更好的监督和检查。医学无法制止注定的灭亡，但是医生可以研究，在怎样的条件下我们对这个民族生活的干预会带来较小的危害。

---

[1] 我们阿穆尔河流域和堪察加人是从中国人和日本人那里传染上梅毒的。这种病与俄国人毫不相关。一个中国人，鸦片嗜好者，对我说，他的一个老婆（即妻子）住在芝罘，另一个老婆是基里亚克女人，住在尼古拉耶夫斯克附近。在这种情况下，把整个阿穆尔地区和萨哈林都传染遍，并非难事。

关于基里亚克人的性格，不同的作者有不同的说法。但有一点是大家一致同意的，就是这个民族不好战，不喜欢吵嘴和斗殴，喜欢同邻居和睦相处。他们对待新来的人总是抱有疑虑，为自己的前途担心，但是他们一贯对待来客态度亲切，没有丝毫敌意，最多不过是说些假话，用阴暗的色彩描绘萨哈林，意在用这种方法使外国人放弃这个岛屿。他们曾经同克鲁逊什特恩的旅伴拥抱。而当什连科患病时，消息很快在基里亚克人中间传开，并且引起他们真挚的悲哀。只是在做生意时或者在同可疑的，即他们认为是危险人谈话时，他们才撒谎，而且在说谎之前，往往互相观望一番——这是一种天真的举动。在日常的非事务性的范围内，任何谎言都使他们反感。记得有一次，在雷科夫斯科耶屯有两个基里亚克人觉得我对他们说了谎，就一定要我承认这一点。事情发生在傍晚。两个基里亚克人——一个生着胡须，另一个有着一副女人样的丰满的脸庞——躺在一户移民门前的草地上。我从他们身边经过。他们把我叫过去，让我进屋去把他们的外衣拿出来。这外衣是他们早晨放在移民那里的，他们自己不敢去取。我说，主人不在的时候，我也无权进别人的屋子。他们无话可说了。

"你当官的？"那个生着女人面孔的基里来亚克人问我。

"不是。"

"那，你的写的写的（意思是说我是录事）？"他见我手里拿着纸，便问道。

"对，我写。"

"你多少钱的挣？"

我每月挣三百卢布左右。我也就把这个数字说了出来。应该看到，我的回答产生了多么不愉快的，甚至可以说是痛苦的印象。这两个基里亚克人突然抓着肚子，身子弯向地面，摇晃起来，好像胃痛似的。他们的脸色表现着绝望的神情。

"你怎么可以这样说呢？"其中一个人说，"你说话为什么这样的不好？喂，这很不好！不要这样！"

"我说什么坏话了？"我问道。

"布塔科夫，区长，大官，只得二百，你什么官的都不是，小小地写的——给你三百！你说得不好！不要这样！"

我和他们解释说，区长虽然是大官，但他只是待在一个地方，所以只领二百。我虽说"写的写的"，但是从远方来，走了一万多俄里，花的钱比布塔科夫多，所以我也就需要更多的钱。这番话使基里亚克人恢复了常态。他们互相望了一下，用基里亚克语谈了一会儿，便不再痛苦了。从他们的脸上可以看出，他们相信我了。

"对的，对的……"生胡须的那个基里亚克人快活地说，"好。你的走吧。"

"对的，"另一个向我点了点头，"走吧。"

基里亚克人对于他人的委托都能认真地去完成，从来没有发生过基里亚克人把邮件扔在半路上或者侵吞别人东西的事例。波利亚科夫曾雇佣几个基里亚克人当船工。他写道，他们都准确地履行自己的义务，在运输官家货物时表现得尤为出色。他们敏捷伶俐，愉快，无拘无束，在有钱有势的人面前不感到自卑。他们不承认任何权势，甚至没有"长"和"幼"的概念。费舍尔在

《西伯利亚史》中说，著名的波雅尔科夫[1]曾经到过基里亚克人那里，他们当时"不受任何管辖"。他们有一个表示长官的意思的词"章京"[2]。不管是对督军还是对拥有很多中国土布和烟草的富商，都以此相称。他们在涅维尔斯科伊那里看到皇帝的画像，说这可能是个很有力气的人，他会给很多中国土布和烟草的。萨哈林岛区长官拥有很大的权势，甚至令人生畏。可是有一次我同他一起从上阿尔姆丹到阿尔科沃去，路上遇见一个基里亚克人。他竟然用命令的口气向我们喊道："站住！"然后问我们在路上是否遇见过他的白狗。人们都这样说，而且书上这样写，基里亚克人对家庭的长辈不够尊敬。父亲并不认为地位在儿子之上；儿子也不尊敬父亲，可按照自己的意志安排生活；年老的母亲在家中的权力，并不比一个十几岁的小姑娘大。鲍什尼亚克写道，他曾不止一次看到，儿子殴打生身母亲并把她赶出家门，而且谁也不敢说他什么。男性的家庭成员相互间都是平等的。如果你请基里亚克人喝酒，那么最年幼的也应该有份。女性成员都同样是无权的，不论是老祖母、母亲，还是襁褓中的小姑娘。她们都像是家畜，像是物品，一律受到歧视；可以随便遗弃，买卖，像对待狗似的用脚踢。基里亚克人对狗毕竟还是爱护的，可是对妇女却从来不爱护。结婚被认为是无足轻重的事，其重要程度远远比不上一次酒宴。结婚时不举行任何宗教的或迷信的仪式。基里亚克人可以用一根长矛、一条船或一条狗换到一个姑娘，把他领到自

---

[1] 据史书记载，系17世纪上半叶第一个入侵中国黑龙江流域的俄国人。——译者注
[2] 源于满语，原指有职守的文武官员。——译者注

己的窝棚，同她往熊皮褥子上一躺——这就是全部过程。多妻制是允许的，但并不普遍，尽管看来女人多于男人。轻视妇女，把妇女当成低贱的生物，当成物品，这在基里亚克人那里达到了这种程度，把妇女赤裸裸地、野蛮地当成奴隶，而且并不以此为耻。据什连科证实，基里亚克人常常把爱奴女人当作女奴贩运。显然，女人在他们那里像烟草和大布一样是交易的对象。瑞典作家斯特林堡是个著名的仇恨妇女的人，他希望女人永远做奴隶，满足男人的癖好。他实际上是基里亚克人的志同道合者。假如他能有机会来到北萨哈林，那么基里亚克人定会热烈地拥抱他。

科诺诺维奇将军对我说，他想使萨哈林的基里亚克人俄国化。我不知道为什么必须这样做。其实这位将军就任之前早就开始了俄化。俄化过程的开端是，某些官员，哪怕是薪俸微薄的小吏，开始拥有珍贵的狐皮和貂皮，而在基里亚克人的窝棚里则出现了俄国式的酒器。[1] 接着，让基里亚克人参加追捕逃犯，每打死或活捉一名逃犯，赏钱若干。科诺诺维奇将军下令雇佣基里亚克人充当巡丁。他在一项命令中说，这样做是由于极端需要熟悉地势的人以及为了缓和地方官长同异族人的关系。他亲自告诉我，采取这一新措施也包含有实现俄化的目的。先是任命基里亚克人瓦西卡、伊巴尔卡、奥尔昆和帕甫林卡为监狱看守（1889

---

[1] 杜厄哨所司令官尼古拉耶夫少校于 1866 年对一位作者说："夏天我跟他们不发生往来，冬天我经常买他们的皮货，相当便宜，用一瓶酒或一个圆面包就可以从他们那里换来两张上等貂皮。"这位作者因在少校那里见到大量皮货而惊异不止。（卢卡舍维奇：《我的熟人在萨哈林的杜厄》，《喀琅施塔得导报》，1868 年）关于这位传奇式的少校，我们还要谈及。

年第 308 号命令），后来伊巴尔卡和奥尔昆"因长期玩忽职守"而被撤职，任命了索夫隆卡（1889 年第 426 号命令）。我见过几个基里亚克看守。他们佩戴着号牌，挎着手枪。他们中间最有声望和最经常抛头露面的是瓦西卡。他为人机灵狡猾，嗜酒如命。有一次我来到殖民基金会的商店，在那里遇到一群有学识的人。瓦西卡站在门旁。有个人指着摆满瓶酒的货架说，若是把这些酒都喝光，就必定要喝醉。瓦西卡谄媚嘻嘻地笑了，表现出讨好的神色。在我到来之前不久，基里亚克看守处决了一名苦役犯，于是地方的圣贤们便提出一个问题：他是从前面还是从后面开枪的，也就是说要不要把他送交法庭。

参与监狱事务不能使基里亚克俄化，只能使他们腐化，这是无须证明的。他们还远远不能理解我们的需要，而且也未必能够对他们讲清楚：逮捕苦役犯，剥夺他们的自由，打伤他们，甚至枪杀他们，不是出于某种怪癖，而是为了维护法制。基里亚克人在这里看到的只是单纯的暴力和兽性的表现，并把自己看成是雇佣的刽子手。[1] 假如说必须进行俄化而且舍此无他，那么我认为在选择方式方法时首先考虑的不应该是我们的需要，而应该是他们的需要。比如，像上面提到的关于准许区医院接受异族人的命令，1886 年当基里亚克人遭受饥荒时救济面粉和粮米，关于不准许夺取他们的财产顶债的命令，以及免除债务的 1890 年

---

[1] 他们没有法庭，不知道是什么是法制。他们难于理解我们，这是显而易见的。比如，他们迄今为止尚不完全明白道路的用途，甚至在道路畅通的地方，他们仍然在密林里行走。经常可以看到他们携家带口，领着狗，排成一长串，在路边的烂泥塘里艰难地走着。

第 043 号命令——这一类措施大概会比发放号牌和手枪更能达到目的。

除基里亚克人之外，北萨哈林还居住着为数不多的奥罗奇人，又叫奥罗克人，属于通古斯种族。但是在殖民地很难听到有关他们的情况，在他们的分布区域里还没有俄国屯落，因此只能提一提他们罢了。

第十二章

我 向 南 部 进 发 —— 乐 观 的 太 太 —— 西 部 海 岸 —— 洋 流 —— 茅 卡 —— 克 里 利 昂 —— 阿 尼 瓦 —— 科 尔 萨 科 夫 哨 所 —— 新 相 识 —— 南 萨 哈 林 的 气 候 —— 科 尔 萨 科 夫 监 狱 —— 消 防 车 队

9 月 10 日，我重又乘上读者所熟悉的贝加尔号轮船。这次是到南萨哈林去。我欣然离开北部，因为我在这里已经感到厌烦，很想获得一些新的印象。贝加尔号晚 10 点启碇开航。夜幕低垂，我独自一人站在船尾上，往回望去，向这个阴森的世界告别。从海上守卫着它的"三兄弟"，现在依稀可见，在黑暗中好像三个穿着黑色袈裟的僧人。虽然轮船隆隆作响，但我仍然听到海浪拍击这三块礁石的声音。容基耶尔岬和"三兄弟"已远远地留在后面，消失在黑暗之中——对于我来说它们永远地消失了。大海的击浪声逐渐地静息下来，听到的是无力而愤懑的呻吟……船开出了八俄里——岸上闪动着灯火，这是骇人听闻的沃耶沃达监狱。又前行不远，看见了杜厄的灯光。但这一切也都很快地消失了，剩下来的只有一团漆黑和无限恐怖之感，仿佛是做了一场噩梦似的。

然后我下到船舱里，在那里遇到一群欢乐的人。除了船长和他的助手们，在公共舱里还有几名旅客：一位陌生的年轻的日本人，一位太太，一位军需官和萨哈林的传教士希拉克略修士司祭，他随我到南部去，以便在那里一起回俄国。我们的女旅伴是位海军军官的夫人，由于害怕霍乱，从符拉迪沃斯托克逃了出来。现在她已稍加心定，正在返回去。她的性格真够令人羡慕。哪怕为了一点区区小事，她也会真挚地开心大笑不止，前仰后合，直至笑出眼泪来。她有些口齿不清，说着说着，突然会像喷泉一样迸发出一阵欢快的笑声。我望着这位太太，也不禁笑了起来。希拉克略神甫，嗣后日本人也都跟着我笑起来。"呶！"船长终于忍耐不住，把手一挥，也被感染得笑起来。我想，在这通常总是气势汹汹的鞑靼海峡，恐怕从来不曾有人这样开心地放声大笑过。翌日清晨，修士司祭、太太、日本人和我都聚集到甲板上来，闲聊天。又是不断的笑声。鲸鱼从水里探出头来，望着我们。只差它们没有笑出声来。

好像有意安排的一样，天气温和，风平浪静，令人心旷神怡。左舷不远的地方是绿色的萨哈林，这正是苦役制还没有触及的那一部分，还是荒无人烟的处女地；右舷，透过清爽清晰的空气，鞑靼海岸隐约可见。海峡在这里已像大海，海水不像杜厄附近那样混浊。这里使人感到更为宽旷，呼吸更为轻松。就其地理位置来说，萨哈林的南部三分之一地区相当于法国。假如不是寒流的话，我们也会拥有一块美丽的土地，现在在这里居住的当然也就不会只是施康狄巴和彼斯鲍什内伊一类的人了。北方诸岛的周围甚至在夏末还有流冰，来自那里的寒流冲刷着萨哈林的东西两岸，尤其是东岸更易受到的寒流和寒风侵袭，所受的灾难也就更大。那里的大自然无疑是严峻的，它的植物区系具有真正极地的性质。在西岸就幸运得多了，这里寒流的影响因日本海的暖流而减弱，这股暖流名叫"黑潮"，也称台湾暖流。毫无疑问，越是往南，就越暖和。在西岸的南部地区可以见到比较丰富的植被，可是毕竟大大逊色于法国或日本。[1]

有趣的是，萨哈林的殖民者在冻土上种植小麦已有三十五年之久，敷设良好的道路，通向只有低级软体动物才会冻僵的地方。而与此同时，全岛最暖和的地方，亦即西岸的南部地区，却一直被人忽略。从轮船上用望远镜和肉眼都可以看到良好的建筑用林和苍翠的崖岸，上边可能长着茂盛的蒿草，但是却见不到一所住房和一个人影。只是在我们航行的第三天，船长才要我注意，他指着为数不多的房屋和板棚，说道："这是**茅卡**。"茅卡这里，早就有人采捞中国人非常乐意买的海菜。事情进展顺利，许多俄国人和外国人赚了不少钱，使得这个地方在萨哈林名声大震。它位于杜厄以南 400 俄里，北纬 47° 的地方，气候比较暖和。从前，采捞业掌握在日本手里。米楚利来茅卡的时候，这里

---

[1] 有人曾提出过一个方案：在海峡最狭窄的地方修筑一条海堤，挡住北来的寒流。这个方案有其自然的和历史的根据。从前存在地峡的时候，萨哈林的气候显然要温和得多。可是现在实现这个方案不见得能带来很大益处。可能也就是西岸的南部地区增加十几种新的植物而已，而岛屿的整个南部地区气候未必会有所改善。因为这里距鄂霍次克海太近，那里夏季也有冰块乃至冰原。现在科尔萨科夫区只有一条不甚高的山脉把它的主要部分同鄂霍次克海隔开，山脉彼麓直至海滨都是满满湖沼的低洼地，没有可拒寒风的屏障。

有三十多栋日本建筑，常住的是四十个男人和女人，春季从日本来这里的有三百人左右。他们同爱奴人一起干活，爱奴人当时是这里的主要劳动力。现在，海菜业归俄国商人谢苗诺夫所有。他的儿子常住茅卡，业务由苏格兰人德姆比经管。他已经不很年轻，看样子是个内行。他自己的家住在日本长崎。我结识他后，告诉他我秋季要到日本去。他客气地邀请我到他家里去住。给谢苗诺夫干活的有蛮子、朝鲜人和俄国人。只是从1886年起，我国的移民才开始到这里来做工赚钱，大概也都是自发前来的，因为典狱长们经常都是对酸白菜比对海菜更感兴趣。头几次采捞不完全成功，因为俄国人不太熟悉技术。现在我们逐渐适应了。尽管德姆比对他们不如对中国人那样满意，不过完全可以指望，不久的将来会有数百名移民在这里为自己找到谋生之道。茅卡归科尔萨科夫区管辖。现在这里居住着38人，男33人，女5人。这33个人都有自己的家产，其中3人已取得农民身份。女人全是苦役犯，以同居者身份住在这里。没有儿童，没有教堂，生活肯定异常寂寞，尤其是冬季，当工人们离去的时候。这里的行政长官只有一名屯监，军人有一名上等兵和三名列兵。[1]

---

[1] 在茅卡谢苗诺夫开有一爿商店，夏季里生意还算兴隆。食品价格昂贵，因此移民们要把自己一半的工钱花在这里。1870年，骑士号三桅快船船长曾在报告中提到，快船驶近一个叫作茅卡的地方，拟派十名士兵登岸，开辟菜园，因为按此计划此地正是夏季应设立哨所的地方。我发觉，这正是俄国人和日本人在西部沿海发生摩擦的时候。我在《喀琅施塔得导报》（1880年，№112）上读过一篇通讯：《萨哈林岛——关于茅卡-考夫的若干有趣资料》。那里谈到，茅卡是一家公司的主要驻在地。它从俄国政府手里取得了为期十年的采集海中水生植物的权利；当时茅卡的居民有三名欧洲人、七名俄国士兵和七百名工人，他们是朝鲜人、爱奴人和中国人。（转下页）

萨哈林的形状像条鲟鱼，这个比喻对于它的南部地区尤为恰当，这个地区的确像两片鱼尾。鱼尾的左翼叫作克里利昂岬，右翼叫作阿尼瓦岬，两岬中间的半圆形海湾叫阿尼瓦湾。轮船驶到克里利昂岬附近，急转东北。克里利昂岬在阳光照耀下，景色十分动人，岬上孤零零地竖立着红色的灯塔，颇像一座地主的别墅。这个伸向大海的巨大岬角，地势平坦，绿草如茵，是个水草丰盛的良好牧场。这幅牧歌式的风景画上，缺少的只是在林边阴凉处悠然走动的羊群。但据说，这里的草质并不太好，农作物未必能生长，因为夏季克里利昂岬多半时间笼罩在盐分很高的海雾之中，从而严重地影响植物的生长。[1]

（接上页）
　　已有人在仿效谢苗诺夫和德姆比两位先生，说明海菜业有利可图，并且正在扩大。有一个姓比里奇的强制移民，曾当过教员，并给谢苗诺夫当过管事，现已贷款在久春内附近建造了采捞业所必需的各种设施，并且开始招雇移民。到他那里干活的有三十人左右。企业尚没有取得合法权，甚至没有设立屯监。久春内位于茅卡以北一百俄里的久春内河口处，过去曾是俄国和日本占领萨哈林的分界线。久春内哨所早已废弃。

[1] 从克里利昂北行不远，我看见一些巨石。数年前，科斯特罗马号轮船由于海雾弥漫，撞在这些礁石上而沉没。当时医生谢尔巴克在船上押送苦役犯，出事之际他发了信号火箭。他后来对我讲，他那时在精神上经历了三个时间很长的阶段：第一个阶段时间最长，是痛苦，确信毁灭已不可避免；苦役犯们一片惊慌，大声号叫；把儿童和妇女们放进划艇，在一名军官的指挥下向估计或可能是岸边的方向划去，小艇很快就消失在浓雾之中。第二个阶段，对得救产生了某些希望：从克里利昂的灯塔传来了炮声，报告妇女和儿童已安全抵岸。第三个阶段，确信可以得救，浓雾中突然响起三键喇叭声，这是那些返回的军官吹的。
　　1885 年 10 月，一群逃亡苦役犯袭击了克里利昂灯塔，抢走了一切财物，将守塔水兵击毙，并从悬崖上把他扔进深渊。

9 月 12 日，将近中午时分，我们绕过克里利昂岬，驶进阿尼瓦湾。海湾直径约 80 至 90 俄里，但从这个岬到另一个岬的整个海岸清晰可见。[1] 几乎是在半圆形海岸线的正中间，形成一个凹挡，叫作鲑鱼湾。就在这个海湾的岸边，坐落着南部行政区的中心**科尔萨科夫哨所**。没想到我们的女旅伴，那位乐观的太太会有如此愉快的巧遇：科尔萨科夫碇泊场上，停泊着刚从堪察加开来的志愿商船队的符拉迪沃斯托克号轮船。她当军官的丈夫就在这艘船上。这件事激起了多少声惊叹，多少次抑制不住的欢笑和忙乱啊！

从海上望去，哨所的外观颇为体面，不像西伯利亚的小镇，别具一格。它是约四十年前兴建的，那时候南部沿海到处散落着日本人的房舍和板棚。很可能是日本建筑近在咫尺，而对它的外观产生了影响，赋予它以特殊的风格。科尔萨科夫的兴建年代一般以为是 1869 年。仅就流放殖民点而言，这种说法是正确的。实际上鲑鱼湾岸上第一个俄国哨所是 1853—1854 年设立的。哨所坐落在沟谷里，这里现今仍然沿用日本名称：大泊。从海上只能看到它的一

---

[1] 首次测绘阿尼瓦湾沿岸的是俄国军官卢达诺夫斯基。他是涅维尔斯科伊的战友。详情见阿穆尔考察队参加者 H. B. 布谢的日记《萨哈林岛及 1853—1854 年的探险》、根·伊·涅维尔斯科伊和卢达诺夫斯基的文章《评 H. B. 布谢的回忆录》（《欧洲导报》，1872 年，Ⅷ）以及涅维尔斯科伊本人的札记。布谢少校是位神经质的和难于相处的先生，他写道，他"作为一个下级很难对付，是一个令人不能忍受的同事"，"喜欢发表一些不通情理的意见"。关于鲍什尼亚克，他写道，他是"一个幻想家和孩子"。涅维尔斯科伊慢悠悠地抽着烟斗，这也使他恼怒。他是少校，军衔比卢达诺夫斯基高，同卢达诺夫斯基一起在阿尼瓦过冬时，专爱挑剔，要求对方毕恭毕敬，严守下级服从上级的一切规矩。这是发生在荒原里，几乎只有他们二人。他全然不顾那位青年人当时完全沉浸在严肃认真的科学工作之中。

条主要街道，远处望去，马路和两排房舍似乎从陡坡直下海滨。但这只是远景，其实高坡并不那么陡峭。新建的木头建筑在阳光下熠熠生辉，白色教堂是座普通的老式建筑，颇为美观。所有的房顶上都竖立着高高的木杆，可能是挂旗用的。这使人看上去甚不愉快，觉得小镇好像一头竖起脊毛的发怒的动物。这里同北部各碇泊场一样，轮船只能停在离岸边一俄里至两俄里的地方，码头只供汽艇和驳船使用。先是一条载着官员的小艇驶近轮船，立即响起兴奋的喊声："伙计，啤酒！伙计，一杯白兰地！"接着来了一条快艇，划桨的是一些穿着水手服的苦役犯，舵旁坐着区长别雷。当快艇划近船舷时，他喊了一声海军口令："平桨！"

　　几分钟之后，我和别雷先生就认识了。我们一起登岸，随后到他家吃午饭。我从他的谈话中得知，他也是刚刚乘符拉迪沃斯托克号从鄂霍次克海岸的多来加归来，苦役犯们正在那里筑路。他的宅邸不大，但漂亮、豪华。他喜欢舒适和美味佳肴。而且这一点明显地影响到全区。后来我漫游全区各地时，发现在屯监所或驿站不仅有刀叉和酒杯，甚至还有洁净的餐巾和能做一手好菜的看门人。而主要的是，臭虫和蟑螂不像北部那样多得要命。据别雷先生讲，在多来加筑路工地上，他住的是一个大帐篷，用具齐备，配有专门的厨师，闲暇时还能阅读法国小说。[1]

---

[1] 在南萨哈林服务的文武官员饱尝贫困的日子，几乎已被忘却。1876 年，他们购买一普特面粉得付 4 卢布，一瓶酒 3 卢布，"几乎是所有的人从没有见过鲜肉"（《俄国世界》，1877 年，№7）。至于普通人那当然是连想也不敢想的。他们简直是在受苦受难。仅仅在五年前《符拉迪沃斯托克报》记者还报道说："任何人连半杯酒都喝不到。满洲黄烟（跟我们的马合烟有些相似）要 2 卢布 50 戈比一俄磅。移民和一些看守只好以黑茶和砖茶权代烟叶。"（1886 年，№22）

他是小俄罗斯人，上大学时学的是法律。他年轻，不超过四十岁。顺便说一下，对萨哈林的官员来说，这是中等年龄。时代变了，现在对于俄国苦役制来说，年轻的官员比年老的更典型。假设说，有一位画家要绘一幅鞭笞逃犯图，那么在这幅画上就不应再出现从前的嗜酒如命的老上尉，紫青鼻子的老头，而应该是身穿崭新文官制服的有学识的年轻人。

我们畅谈起来。不觉到了夜幕降临，上灯的时刻。我告辞了好客的别雷先生，向警察局书记官家走去，在那里给我准备了住处。夜色昏黑，万籁俱静，只有大海在低沉地喧嚣。我走过主要街道，快到海滨时，见到那两艘轮船还停在碇泊场。我向右拐去，听到人们的谈话声和纵情大笑声，黑暗中出现了灯火通明的窗户。这情景倒很像我是置身于秋夜里的偏僻市镇，正在赶赴俱乐部。这是书记官的寓所。我踏上陈旧的台阶，踩得它嘎吱作响，登上晒台，走进屋里。大厅里烟雾腾腾，像在酒馆和潮湿的房间里常见的那样。烟雾中有几名文武官员人影晃动，宛若云中的幻想一般。他们中间有农业督导官冯·Φ先生，我同他已经相识，我们曾在亚历山大罗夫斯克见过面。其余的人都是初次见面。但他们对我都挺亲热，大有一见如故之感。我被让到桌前坐下，自然也得饮伏特加酒——其实是掺了一半水的酒精，和质量低劣的白兰地，吃的是干硬的炸肉，是留着黑胡子的乌克兰人流放苦役犯霍缅科烹制的。这次晚餐席上，除我而外，外来的还有伊尔库茨克磁力气象台台长施捷克林。他到堪察加和鄂霍次克筹建气象站，从那里搭乘符拉迪沃斯托克号来此。在这里我结识了Ш少校，他是科尔萨科夫典狱长，从前曾在彼得堡警察局格尔谢尔将军麾下服务。这是一位身高体胖的男子，举止庄重威严。迄今为止我认为只有警察署长才会有这样的仪表。少校向我谈起他跟彼得堡许多著名作家都有一面之交，对他们直呼其名：米萨、万尼亚等等。他还邀我到他家去吃早点和午饭，无意之中有两三次对我也叫起"你"来[1]。

两点钟客人才散去，我上床躺下。这时响起了呼啸声，刮起了东北风。就是说，傍晚时天空的阴郁不是没有原因的。霍缅科从外边进来，报告说轮船已经开走，可是海上竟起了风暴。"恐怕还得折回来！它们怎么经得住这么大的风呢？"他说完就笑了起来。屋里又冷又潮，大概不会高于六七度。警察局书记官是个年轻人，伤风和咳嗽折磨得他无法入睡。跟他同住的K上尉也没有睡，在自己的房间里敲着墙壁，对我说：

"我收到了《周报》。您想看吗？"

早晨，无论是庭院里，抑或屋里或被窝里都很冷。我走到外面去，正在下着冷雨，狂风把树木吹得弯来弯去，大海在咆哮，阵阵狂风夹着雨滴抽打在脸上，敲打着房盖，像是霰弹一般。符拉迪沃斯托克号和贝加尔号果然抵挡不住风暴而返航了，现在停泊在碇泊场，隐没在烟雨飘渺之中。我沿着街道信步来到码头附近的海滨。青草是湿的，树上滴着水。

---

[1] 对 Ⅲ 少校应给予公允的评价，他对我的文学生涯极其尊重。我逗留科尔萨科夫期间，他总是想方设法不使我寂寞。几个星期以前他也是这样跟英国人高瓦德周旋的。那位英国人专爱猎奇，也是文学家。他乘日本人的帆船在阿尼瓦湾里曾失事遇救，后来写了一本书，名叫《生活在外西伯利亚野人中间》，关于爱奴人说了一大堆胡言乱语。

码头更房旁有一条鲸鱼的骨架。想当初它在北方广阔的海域里无拘无束地游荡，是何等的幸福，而如今这个勇士的白骨却陷在烂泥里，任凭风吹雨打……主要街道铺着石头路面，整齐洁净，两侧有人行道和路灯，栽着树木。马路上每天有一个打着犯人烙印的老头清扫。这里全是衙署和官员的公寓，没有一所房子是流放犯住的。房舍大部分都是新建的，样式很漂亮，没有那种沉重的衙门气，跟杜厄大不相同。但是就哨所里全部四条街道来看，旧房要比新房多，不少是二三十年前修建的。科尔萨科夫的旧房子和老公务人员相对地说比北方要多。这大概可以说明，南方比北方两区更利于安居乐业。我发现这里宗法制风气甚强，人们更保守，习俗以至恶习更顽固。例如，同北部相比，这里更经常采用体罚，有时一次就鞭笞五十个人。由一位早已被人遗忘的上校先前兴起来的一种恶习，而今只在南部这里还完整地保留着。这就是——当您，一个自由民，在街上或者在海岸上同一群囚犯相遇时，他们会在五十步以外执行看守的命令："立——正！脱帽！"接着，一队光着脑袋的人阴郁地打您身旁走过，不时地用眼角打量着您，使您觉得如果他们不是在五十步以外，而是在二十或三十步以外才脱帽，您就会像Z先生或N先生一样用棍子打他们。

希什马廖夫上尉是萨哈林最老的军官之一。遗憾的是我没有趁他活着的时候见到他。他的高龄和服务的经历都不亚于帕列沃屯的米克柳科夫。他在我到来前几个月去世了。我只见到了他住的那座独门独户的房子。早在开辟苦役地之前，他就在萨哈林定居下来。人们觉得这是如此遥远的往事，甚至编了一个关于

"萨哈林起源"的神话，把这位军官的名字同地质变迁联系到一起。神话的内容是：从前，在那远古的时候，根本没有什么萨哈林，但是突然，火山爆发，海底的一座山岩往上长着，高出了海面，上面坐着两个生物，一个是海驴，另一个是希什马廖夫上尉。据说他经常穿着一件编织的佩带肩章的大礼服，他在公文中总是把异族人叫作"林中野人"。他参加过数次探险，而且同波利亚科夫一起航行过特姆河，从探险记事中可以看到他俩吵过嘴。

科尔萨科夫哨所流放的居民有163人，男93人，女70人，加上自由民、士兵、他们的妻子和儿女以及住在监狱中的囚犯，总计达一千多人。

共有56家农户，但与其说是农村户，倒不如是城市户、市民户，从农业观点来看，他们完全微不足道。耕地总共只有三俄顷，草场十八俄顷，而且和监狱共用。住宅一家紧挨一家，十分拥挤，密集在山坡上和沟底里。只要看到这些，就可懂得，选择哨所地址的人根本没有考虑这里除了士兵之外还要居住农户。问居民干什么工作，以何为生，他们回答说：做工、做生意……至于其他进项，读者下面将会看到，南萨哈林人并不像北方人那样没有出路。只要愿意，就能找到生财之道，起码春夏两季可以做到这点。但是科尔萨科夫人却很少这样做，他们很少外出做工赚钱。他们是纯粹的城里人，靠不固定的资财生活，即收入不稳定，带有偶然性。有些人靠从俄国带来的钱过活，这样做的是多数；有的人当录事，有的人当教堂执事；有的人开小商铺，尽管按法律规定，他们没有这种权利；有的人用囚犯的旧衣物向日本人换酒，然后再倒卖，等等。女人，甚至自由民女人，则卖淫。有一个特权阶级出身的妇女，听说是专科学校毕业的，甚至也不例外。这里挨饿受冻的情况比北部少一些。苦役犯吸得起两卢布一磅的土耳其烟叶，可他们的妻子却在出卖自己的肉体。因此这里的卖淫比北部更恶劣，尽管都是一路货色！

41人有家室，20对夫妇的婚姻是不合法的。自由民身份的妇女只有10人，也就是说相当于雷科夫斯科耶屯的十六分之一，甚至像山沟里的杜厄也比这里多三倍。

科尔萨科夫的流放犯中有一些很值得一提的人物。先说一下无期的苦役犯比希科夫。他的犯罪行为给格·乌斯宾斯基提供了特写《一比一》的素材。这个比希科夫用鞭子抽死了怀孕八个月的妻子，一连折磨了她六个小时。他这样做是出于对妻子婚前生活的妒嫉。他的妻子是个有知识的女人，在俄土战争期间迷恋上一个被俘的土耳其人。比希科夫给这个土耳其人送过信，劝说他去赴幽会，热心地帮助过双方。后来这个土耳其人回国了，姑娘因为比希科夫善良而爱上了他。比希科夫同他结了婚，跟她已经有了四个孩子，可是突然产生了痛苦的妒忌感情……

这个人瘦高个儿，仪表端正，留着大胡子。他在警察局里当录事，因此一身自由民的装束。他勤劳并有礼貌，从表情上看，他内向，凡事不肯溢于言表。我到过他的寓所，不巧没有遇到他。他在一所房子里占据一个不大的房间，行李整洁，上面盖着一条红色毛毯，床头墙上挂着一个镶框的女人相片，大概是他的妻子。

扎科米尼一家也很有意思。全家共三口人：父亲，从前在黑海当过商船船长，以及他的妻子和儿子。这三个人是1878年在尼古拉耶夫城因杀人案被提交军事野战法庭审判的，照他们自己的说法，完全是冤枉的。老太婆和儿子已经服满苦役期，而66岁的老头卡尔普·尼古拉耶维奇仍然是苦役犯。他们开着一个小商铺，房间很体面，甚至比新米哈伊洛夫斯科耶屯的富翁波焦姆金还阔气。扎科米尼老两口是经过西伯利亚的陆路来到萨哈林的，而儿子是海路来的。儿子早到了三年。这有很大的差别。老头的讲述令人感到恐怖。在受审、转监以及后三年穿行西伯利亚的途中，什么样的人间惨事都见过，什么样的艰难困苦都经历过。自愿跟随父母来到苦役地的女儿，活活地累死在途中。载运他们夫妇到科尔萨科夫来的船，又在茅卡附近遇险失事。老头一边讲，老太婆一边哭泣。"咳，算了！"老头挥挥手说，"这是上帝的意愿！"

文化方面，科尔萨科夫哨所显著地落后于北部屯镇。比如说，至今这里还不通电话，还没有气象站[1]。关于南萨哈林的气候，我们暂且只能根据不同作者的偶然观测进行判断。这些作者有的是在这里服务的，有的跟我一样，是临时来这里的。根据资料，科尔萨科夫哨所春、夏、秋三季，平均气温比杜厄几乎暖和两度，而冬季则

---

[1] 在我逗留期间，什捷林格正在筹建气象站。有一位军医给了他极大的帮助。军医是科尔萨科夫的老户，是一位非常好的人。但我认为气象站不应该设在科尔萨科夫港，因为这里没有抵御东风的屏障，而应该设在该区的腹地，如弗拉基米罗夫卡。再说南萨哈林各地气候各不相同，最合理的是在几个地方同时设立气象观察站，比如在布谢湾、科尔萨科夫、克里利昂岬、茅卡、弗拉基米罗夫卡、纳伊布齐和多来加。当然这做起来是不容易的，但也并非十分困难。依我看，为此可利用有文化的流放犯。经验已经证明，他们很快就能学会独立观测，只是需要有人对他们加以指点。

几乎高五度。不过，同一个阿尼瓦湾，科尔萨科夫哨所东面不远的穆拉维约夫哨所，气温就显著地低于科尔萨科夫，更接近于杜厄。1870年5月11日晨，骑士号船长在科尔萨科夫哨所北88俄里的纳伊布齐记录的温度是零下两度，当时还在下雪。读者可以看到，这里的南部很少像我国南方：冬季同沃隆涅次省一样寒冷，而夏季则相当于阿尔汉格尔斯克。克鲁逊什特恩于5月中旬在阿尼瓦的西岸见到过雪。科尔萨科夫区的北部，具体地说，在采捞海菜的久春内，一年有149天降雨下雪，而南部的穆拉维约夫哨所则有130天。尽管如此，南部地区的气候毕竟还是比北部两区暖和一些，因此这里的生活应该更容易一些。南部的冬季有时会有解冻的现象，而在杜厄和雷科夫斯科耶却是根本不可能的事。河流解冻要早一点，太阳也更经常地露出云层。

科尔萨科夫监狱占据哨所里最高的，也可能是最好的地方，主要街道一直通到监狱墙。监狱大门看起来很平常，不过这可不是普通的住家户，而是监狱的入口。能够说明这一点的，除了门上挂着牌子以外，每天傍晚大门前都要聚集一大群苦役犯，他们排成单行，等候搜身，然后再从角门鱼贯而入。监狱的院子坐落在平缓的斜坡上。虽然周围有墙和建筑物，但从院子中央仍可以看见蔚蓝的大海和远方的地平线。因此这里使人觉得很开阔。巡视监狱时，首先引人注目的是本地行政当局竭力使苦役犯同移民隔离开。在亚历山大罗夫斯克，监狱作坊和数百名苦役犯的住房散落在整个哨所，可是这里，所有的作坊乃至消防队车库全都设在监狱院内。苦役犯除少数例外，即使是矫正级的也不准住在监狱外面。这里哨所是哨所，监狱是监狱，互不相干。如果不留心观察，也许发现了不了监狱就在街道的尽头。

这里的牢房很旧，牢房里空气醒龊，厕所比北部监狱的糟得多。面包房光线昏暗，单人囚室黑暗阴冷，密不通风。我几次亲眼看见关在里面的囚犯冻得浑身发抖。这里只有一点比北部好：重镣囚室宽敞，戴镣铐的囚徒较少。牢房打扫得最干净的是从前的水手们，他们的穿戴也较整齐。[1] 我去监狱的时候，里面

---

[1] 别雷把这些水手编成一个技术熟练的海上作业队，队长是苦役犯戈利岑。这个人个子矮小，蓄着连鬓胡子，喜欢发哲学议论。他坐在舵旁，发着命令："下桅！"或"桨挡水！"颇有长官风度。尽管他有值得尊敬的仪表而且身为一队之长，但是在我逗留期间，他却因酗酒和行为粗暴挨了两次鞭笞。除他以外，技术最熟练的水手要算苦役犯麦德维杰夫了。他为人聪明、勇敢。有一次，日本领事久世先生从多来加归来，麦德维杰夫掌舵。除他们以外，划艇里还有一个看守。黄昏时风浪大作，天色黑暗……当他驶近纳伊布齐时，已经无法辨认纳伊布河的入口，直接靠岸很危险。于是麦德维杰夫不顾狂风暴雨，决定在海上过夜。看守拽他的耳朵，久世先生严厉地命令他靠岸，可是麦德维杰夫却拿定主意，执意向海上漂荡。风暴刮了一整夜，小船在怒涛里拂晓，当麦德维杰夫驶近河口时，快艇到底是触在浅滩上，灌进了水。从那时起，别雷先生每次派人同麦德维杰夫外出执行任务时，都要嘱咐说：

"不论他做什么，你都不许作声，不许反对。"

值得一提的是，监狱里还有两个亲兄弟，他俩是波斯的亲王，至今来自波斯的信件中仍然称呼他们为殿下。他俩因在高加索行凶杀人被判处流放。俩人的装束还是波斯式的，戴着羔皮高帽，露着额发。他们还没有脱离考验期因此无权随身带钱。其中一个抱怨没有钱买烟叶。他觉得抽烟会减轻他的咳嗽。他给衙署糊信封，糊得相当拙劣。我看了他的产品，说道："挺好啊。"看样子，这句赞扬话使这位从前的亲王深感宽慰。

监狱录事由苦役犯盖伊曼担任，他是个黑头发、长相丰满的美男子，从前是莫斯科警察局的巡官，因腐化堕落被判刑。在监狱里，他寸步不离地跟在我身后。每当我回头看他时，他都要恭恭敬敬地脱帽。

这里的行刑员姓米纳耶夫，是个商人的儿子，还很年轻。在我见到他的那天，据说他鞭打了八个人。

只住着 450 人，其余的人都在外地干活，主要是在筑路工地上。全区苦役犯的总数是 1205 人。

这里的典狱长最喜欢让来客参观消防车队。车队确实很有气魄。在这一点上，科尔萨科夫可以同许多大城市媲美。水桶、灭火抽水机、装在套子里的斧子，一切都像玩具似的，光辉夺目，仿佛是为展览而准备的。警报钟声响了，苦役犯们立刻从各个作坊里跑出来，有的没戴帽子，有的没穿外衣，一句话，什么样的都有，一分钟的工夫，就一切停当，拉起车顺着主要街道轰隆隆地向海滨跑去。场面甚是精彩。这个模范车队的创始人Ш先生非常自豪，不断地问我是否喜欢。只有一点令人遗憾，同年轻人一道拉车和奔跑的也还有老人。哪怕是考虑到他们年老体衰，对他们也似乎应该高抬贵手，予以怜悯才是。

第十三章

波罗－安－托马利——穆拉维约夫哨所——头道沟、二道沟和三道沟——索洛维约夫卡——留托加——秃岬——米楚利卡——落叶松屯——霍姆托夫卡——大河滩屯——弗拉基米罗夫卡——农场或招牌——草地屯——神甫窝棚屯——桦树林屯——十字架屯——大塔科伊和小塔科伊——加尔金－弗拉斯科耶屯——橡树林屯——纳伊布齐——大海

我走访科尔萨科夫区的居民点，是从阿尼瓦湾沿岸的屯落开始的。第一个屯子位于哨所东南四俄里，日本名称叫**波罗－安－托马利**。它是 1882 年在一个爱奴人的旧村址上兴建起来的。居民有 72 人，男 53 人，女 19 人。户主 47 人，其中 38 人没有家业。虽然屯子周围看上去很宽阔，但每户却只有四分之一俄顷耕地和不到二分之一俄顷草场。而且已经无处再弄到土地，或者说十分困难。尽管如此，波罗－安－托马利屯假如是在北方，那么这里早就会有二百户居民了，而且还得有 150 名搭伙从业者。南方的行政当局在这方面比较稳健，宁肯兴建新屯，也不愿扩大旧屯。

我在这里登记了九名年龄从六十五到八十五岁的老人。其

中之一是杨·雷采鲍尔斯基，七十五岁，外貌很像奥恰科夫时代的老兵。他已十分老朽，也许已不记得他是否犯过罪。据说这些老人都是无期苦役犯，是恶人歹徒。考尔夫男爵考虑到他们年迈力衰，行将就木，特下令将他们转为强制移民。这些事情听起来不免令人感到奇怪。

移民科斯金在一个地窝棚里安身度命。他自己不出来，也不让任何人进去。他不停地做祈祷。移民戈尔布诺夫被人称作"上帝的奴仆"，因为他在自由的时候曾是一个云游四方的朝圣者。他的职业是油漆匠，但现在却在三道沟放牧，也许是由于喜欢孤独和沉思默想的缘故吧。

再往东四十俄里还有个**穆拉维约夫哨所**，其实这个哨所已经名存实亡，只在地图上才留下个名称。它设立比较早，是在1853年，当时的地址在鲑鱼湾岸边。1854年传来克里米亚战争的风声，哨所当即撤掉，又过了十二年之后才在布谢湾的岸上重建。布谢湾又名十二英尺港，是一个不深的濒海湖，有水道与大海相通，吃水量小的船舶可以驶入。米楚利到这里来的时候，驻有三百名左右的士兵，当时都患有严重的坏血病。建立这座哨所的目的是巩固俄国在南萨哈林的势力。1875年条约签订以后，哨所由于不再需要而被撤销，遗弃的房舍，据说都被逃犯给焚毁了。[1]

---

[1] 从前这里有个穆拉维约夫煤矿，由哨所的受罚士兵开采。也就是说，这里曾有过自己的小苦役地。这些士兵由于"微不足道的犯罪行为"（米楚利语）而受惩，被当地长官指派去干活。士兵们开采的煤炭卖出后，收入归谁所有，很难说，因为采得的全部煤炭都跟建筑物一起化为灰烬了。

　　1870年以前，军事当局还设立过一些哨所：奇比萨尼哨所、奥恰赫－波卡哨所、马努耶哨所、马尔科夫哨所等等。现在都已废弃并被遗忘。

到科尔萨科夫以西的屯落去，濒海有路可通。一路上风景宜人。右面是土崖陡坡，怪石草莽，左面是奔腾喧嚣的大海。滚滚的波涛涌向沙滩，撞成白色的泡沫，然后懒洋洋地后退回去。被大海抛到沙滩上来的海菜，顺着海岸形成一条褐色的镶边。海菜腐烂了，散发出一种并不令人讨厌的甜丝丝的味道。这种味道在南部沿海随处皆是，正像随时都有海鸭惊飞起来一样，是这里常见现象。乘车顺着海岸旅行，观赏着这一切，从来不会感到寂寞。轮船和帆船是这里的稀客，海面空荡，无论近处还是远处地平线上，都看不见任何船只。只是偶尔才出现一条简陋的小木船，在缓慢地移动着，间或船上撑着一片黑色的难看的布帆，要么就是一个苦役犯在没膝深的水里艰难地走着，身后用绳子拖着一根原木——这就是全部的画面。

陡峭的海岸突然被一条长长的深谷截断。谷里流着一条小溪，名叫温塔纳伊，或简称为温塔。附近是从前官办的温塔农场，苦役犯们把它叫作"破烂屯"，顾名思义，不难理解是什么意思。现在此处是监狱的菜地，仅有三栋移民房舍。这里也叫**头道沟**。

继续前行是**二道沟**，住有 6 户人家。这里住着一个流放犯出身的农民老头，生活挺富裕。他的同居女人乌丽娅娜老太太从来没有正式结过婚。那是很久以前，她弄死了自己的婴儿，然后埋了起来。她在法庭上说她没有把孩子弄死，而是活埋的——她以为这样就可以得到原谅，结果是法庭判了她二十年徒刑。乌丽娅娜一边对我讲着这些，一边伤心地哭着。过了一会儿她擦了擦眼睛，问道："有酸白菜，您不买点吗？"

三道沟有 17 户人家。

这三个屯子的居民共有 46 人，其中妇女 17 人。从业主 26 人。这里的人都肯干，很富裕，饲养很多牲畜，有的甚至以此为生。人们生活殷实，主要原因被认为是气候和土壤条件良好。不过我想，假如把亚历山大罗夫斯克或杜厄的官员们请到这里来，让他们来管理，那么一年以后，这三个屯子里就不会是 26 户，而将是 300 户了，而且还不包括搭伙从业者。不过那样一来，居民又将是"不尽心过日子，懒散怠惰"，连一块面包都吃不上了。我认为这三个小屯的事例足以说明一条规律：目前，殖民地尚年轻，很不巩固，因此屯落里的户数越少越好。街道越长，就越穷。

距哨所四俄里处是 1882 年兴建的**索洛维约夫卡屯**。在所有萨哈林的屯落中，它的地势最为有利：濒海，同时临近渔产丰富的苏索雅河口。居民养牛，出卖牛奶，同时也种地。全屯有 74 人，男 37 人，女 37 人。从业主 26 人。他们都有耕地和草场，平均每人一俄顷。海边的斜坡地最好，其余地方土质不佳，从前是枞树林和冷杉林。

阿尼瓦湾岸上还有一个屯子孤悬一方，名叫**留托加**，距同名河口五俄里，距哨所 25 俄里以上，如果从海上去，要走 14 海里。它是 1886 年兴建的。同哨所的交通极其不便，只能顺着海岸步行或在海上乘小艇，移民们来去多乘小木船。居民有 53 人，男 37 人，女 16 人。从业主 33 人。

海滨大道绕过索洛维约夫卡以后，在苏索雅河口附近急剧右转，通往北方。从地图上看，苏索雅河的上游接近于注入鄂霍次克海的纳伊布河，顺着这两条河，从阿尼瓦湾到东部海岸几乎是在一条直线上排列着一长串的屯落，各屯之间有路相通，总长为88俄里。这些屯落是南部地区的精华，体现了全区的面貌，而上述的道路又是连接南北萨哈林的主干驿路的起点。

我疲倦了，要么就是变懒了，在南部不似在北部那样勤恳地工作了。有时整天的时间都花费在散步和郊游上。已经不想再挨门串户地去访问。但是当人们殷勤地向我提供方便时，我却不便谢绝。我第一次到鄂霍次克海边去，往返都是与别雷先生同行，他很想让我见识一下他的辖区。我进行调查时，则有移民监事官雅尔采夫陪同。[1]

南部地区的屯落有自己的特点，每个刚从北部来的人都不能不注意到这些特点。首先，这里的穷人比较少。没有完工就被放弃的房子或者钉死的窗户，我根本没有见到过。木板房盖在这里极为普遍，正像北部的干草和树皮房盖一样。道路和桥梁不如北部，特别是从小塔科伊屯到锡扬查屯中间这一段，在涨水时和暴雨之后一片泥泞，无法通行。居民看起来比北部同胞年轻，身体健康，精神旺盛。整个南部区都比较殷实，可能同南方的流放犯多数是短期徒刑犯有关，他们年龄较轻，受的苦役折磨较少。常常可以遇到二十到二十五岁的人，他们已经服刑期满，就地安

---

[1] 9月和10月初，除了刮东北风以外，天气都非常好，跟夏季一样。别雷先生同我一道旅行时，在车里曾向我诉过苦，说他非常怀念小俄罗斯，真想观赏一下这个季节里结在树上的樱桃。在屯监所里住宿，他总是醒得很早。当你天亮醒来时，总能见到他站在窗前，低声吟诵着："白光笼罩着首都的上空，年轻的妻子睡意正浓……"雅尔采夫先生也常常背诵诗句。当在路上感到寂寞，你求他朗诵点什么，他会富有感情地朗诵起一首很长的诗，有时甚至是两首。

家落户了。有不少流放犯出身的农民年龄在 30 到 40 岁之间。[1]
还有一个情况对南部各屯也很有利，这就是此处的农民并不急于
去大陆，例如在刚刚提到过的索洛维约夫卡屯，26 名从业主中
有 16 人获得了农民身份。女人很少，有的屯子竟然连一个女人
都没有。同男人相比，女人看起来大多数都年龄很大，身体不
佳。这里的官员和移民们抱怨说，北部一向都是把一些"废物"
分给南部，把年轻力壮的女人留给自己。这话是可信的。这里的
医生对我说，他从前担任监狱医生时，有一次给新到的一批女犯
检查身体，结果发现她们全都患有妇女病。

在南方，根本没有"搭伙从业者"或"对分从业者"之说，
这里每个地段只许安排一户。不过有些户主虽被列为屯民，可是
却没有家业，这一点跟北方一样。哨所以及各屯都没有犹太人。
房屋里的墙壁上可以看到张贴着日本画，还可见到日本银币。

苏索雅河畔的第一个屯子是**秃岬屯**。它从去年才开始兴建，
房舍还没有盖完。这里有 24 名男人，没有一个女人。屯子坐落
在一个小丘上，所谓秃岬即指这个小丘。有一条小溪，但离屯子
较远。现在还没有井，必须下山到溪里取水。

---

[1] 由于上述原因，科尔萨科夫哨所的强制移民中 20 到 45 岁的占居民总数的
70%。从前有过一种制度，或者说是习惯做法，就是按区分派新到的犯人时，
往往把短期徒刑犯分到比较温暖的南方，因为他们的罪行较轻，积习不深。
不过根据花名册区分长期和短期罪犯的工作，并非经常都很认真。例如前任
岛区长官根采将军曾到轮船上审阅花名册，挑选短期徒刑犯，分派到南部去。
可是后来在这些幸运者中间竟发现有 20 名惯犯和来历不明者，都是些犯罪积
习最深、不可救药的人。现在这种做法可能已经废除，因为流放到南部来的
不仅有长期徒刑犯，也还有无期徒刑犯。同样，我在令人生畏的沃耶沃达监
狱和矿井也遇到过短期徒刑犯。

第二个屯子**米楚利卡屯**，是为纪念米·谢·米楚利而命名的。[1] 米楚利卡屯从前是个驿站，那时还没有修好道路，驿站为因公旅行的官员备有马匹。马夫和工役获准在服刑期满之前就可安家立业。他们在驿站附近定居下来，建立了自己的家业。这里共有 10 户人家，居民 25 人，男 16 人，女 9 人。1886 年以后，区长官不再准许任何人迁入米楚利卡屯。他做得很对，因为这里的土地不怎么好，草场仅够十家使用。现在屯中有牛 17 头，马 13 匹，另有小牲畜若干，官方统计表中注明有鸡 64 只。如果把居民的户数增加一倍，上述的数字肯定不会跟着翻上一番。

　　在谈到南部地区各屯的特点时，我还忘记了一件事。这里时常发生误食乌头草（Aconitum Napellus）中毒死亡的事件。

---

[1] 1870 年，从彼得堡派出了由弗拉索夫领导的考察队，农学家米哈伊尔·谢苗诺维奇·米楚利也参加了这个考察队。他是位罕见的人物，具有坚忍不拔的毅力和刻苦耐劳的精神。他是一位乐观主义者和理想主义者，具有远大的抱负而且善于用自己的抱负去感染别人。他当时 35 岁左右，对于交给他的任务忠心耿耿。为了考察萨哈林的土壤和动植物区系，他踏遍现在的亚历山大罗夫斯克区和特姆区、西部沿海和整个南部地区。当时岛上完全没有道路，只是偶尔可以遇到消失于密林和沼泽之中的小径。不论是骑马还是步行，都是真正的磨难。但是建立流放经济殖民地的思想，使米楚利赞叹不已，心神俱往。他把自己的全部身心都贡献给了这个理想，爱上了萨哈林。萨哈林成了他的第二故乡。犹如母亲看不到心爱的孩子身上的毛病一样，他没有理会岛上的冻土和浓雾。他认为这是世界上繁花似锦的一角，不管是气象学资料（当时几乎还没有建立这种资料），也不管是过去年代的痛苦经验（看样子他对这种经验极不相信），都不能动摇他的信念。他看到的是山葡萄、竹子、茎叶硕大的蒿草、日本人……后来，岛屿的历史告诉我们，米楚利当上了督导官、五等文官。但是他还是那样全力以赴，孜孜不倦地工作。他因神经错乱殁于萨哈林，享年 42 岁。我见到了他的坟墓。他身后留有遗著《简述萨哈林的农业》，于 1873 年出版。这是献给富饶的萨哈林的长篇颂歌。

米楚利卡屯强制移民塔科沃伊的猪吃了乌头草被毒死。他舍不得扔掉，吃了猪腰子，结果险些丧命。我到他家去的时候，他站着还很吃力，说话声音很低，但谈起猪腰子的事，却笑了起来。从他那浮肿的紫青色的脸上可以看出，这个猪腰子使他付出了多大的代价。在他之前不久，科尼科夫老头吃了乌头草，中毒死掉了。他的房子现在还空着。这所房子是米楚利卡屯的名胜之一。若干年前，前任典狱长Л把一种藤科植物当成了葡萄，向根采将军报告说，南萨哈林产葡萄，可以成功地栽培。根采将军立即下令打听囚犯中有谁在葡萄园里工作过。很快就找到了一个这样的人。这就是强制移民拉耶夫斯基。相传，他是个高大的汉子，自称是行家。于是就相信了他，发给他一张公文，用头班轮船把他从亚历山大罗夫斯克哨所送到科尔萨科夫。这里人们问他："你是干什么来的？"他回答说："栽培葡萄。"把他打量一番，读了公文，只是耸耸肩膀。这位葡萄园丁昂首挺胸地全区到处游荡，一切人都不看在眼里。他自以为是岛区长官派出的，没有必要到移民监事官那里去注册。结果发生了一场误会。在米楚利卡屯，他那高大的身材和目空一切的表现，使人产生了怀疑。人们把他当成逃犯，绑起来送到哨所去了。他在监狱里关押了很长时间，调查清楚之后，才被放出来。最后他在米楚利卡屯定居下来，并且死在这里。就这样，萨哈林到底也没有建立起葡萄园。拉耶夫斯基的房子归官顶了债，以15卢布卖给了科尼科夫。科尼科夫老头付清了房钱，狡猾地眨了眨眼睛，对区长说："我一死，您还得为这所房子操心哩。"果然，他不久就吃乌头草中毒而死，现在官府又必须为这所房子操心了。[1]

米楚利卡屯住着一位萨哈林的甘泪卿[2]。她是强制移民尼古拉耶夫的女儿丹妮娅，普斯科夫省生人，现年十六岁。她头发金黄，容貌清秀，体态苗条，婀娜多姿，温柔贤淑。她已经许配给了屯监。有时你从米楚利卡屯经过，只见她独坐窗下，凄然沉思。这位沦落到萨哈林的年轻美丽的姑娘在想什么，她向往着什么，——恐怕只有上帝才会知道。

距米楚利卡屯五俄里是新建的**落叶松屯**。这个屯子又名赫里斯托夫卡，因为从前有一个叫作赫里斯托夫的基里亚克人曾在这里下套捕貂。可以说这个屯址选择得很不成功，因为这里土质很差，不适于作物生长。[3]居民有 15 人，没有一名妇女。

往前走不远是赫里斯托夫卡河，从前曾有几个苦役犯在河畔制造各种木器，后来他们获准在期满之前安家。但他们的定居

---

[1] 一个流放苦役犯交给我一份申请书，标题页上写着："机密。有关穷乡僻壤的一些事情。给宽宏大度和心肠慈善的文学家契先生，他的大驾光临，使不足挂齿的萨哈林岛荣幸万分。科尔萨科夫哨所。"我在这份申请书里发现有一首诗，题目是《乌头草》：
> 自顾自地生长在河滨，沼泽谷地也有它的足迹，
> 蓝色的叶子有多么美丽还可当作千扁献给良医。
> 这种小小的乌头草根，造物主亲手把它栽培。
> 它常常把人们诱惑，让许多人躺进坟墓，
> 去见亚伯拉罕，一命呜呼。

[2] 德国大诗人歌德的诗剧《浮士德》中的女主角玛甘泪的爱称。——译者注

[3] 对于那些负责选择新屯址的人来说，落叶松可作为不良的沼泽土壤的一种标志。黏土的渗水性极差，因此而形成泥炭土，长满杜香、蔓越橘、青苔，而落叶松本身也遭受毁坏，变弯，布满苔藓。因此这里的落叶松不美观，树干矮小，没等长成便枯萎了。

地点证明是不成功的。1886年他们四户迁到离落叶松屯以北四俄里的地方。在这个基础上兴建的**霍姆托夫卡屯**。屯名来自一个姓霍姆托夫的农民身份的自由移民。他曾在这一带行猎为业。屯中现有居民38人，男25人，女13人；从业主25人。这是个最枯燥无聊的屯子。要说它有什么可以炫耀的，那就是这里住着狂热的永不歇手的盗贼强制移民布罗诺夫斯基，他闻名于整个南部地区。

再前行三俄里是两年前兴建的**大河滩屯**。河流附近的平原叫作河滩地，这里生长着榆树、橡树、山里红、接骨木、水曲柳、桦树。河滩地通常不受寒风侵袭。附近的山上和谷地植物贫乏，同极地风貌区别不大。可是在河滩地，我们却可以遇到茂盛的灌木和两人多高的蒿草。夏季，如果天气晴朗，水分很易蒸发，空气湿润，听说这里像澡堂一样闷热。晒得滚热的土地非常利于粮食作物秸棵的生长。燕麦一个月内就可以达到一俄丈高。这种河滩地最适于建立居民点。[1] 这里草木丛生，园林遍布，很像小俄罗斯人的家乡。

大河滩屯有居民40人，男32人，女8人；从业主30人。当移民们清理场地建立家园时，他们奉命尽量保护原有树木，凡属可以保留者，一律不得砍伐。因此这个屯子看起来不像是新建的，街道上，庭院里耸立着一棵棵古老的阔叶榆树，仿佛祖辈时就有的。

---

[1] 这里生长黄檗树和葡萄，但是已经蜕变，同它们的祖先已很少有相像之处。同样，萨哈林的竹茅草也不像锡兰的竹子了。

屯民中引人注意的是巴比奇兄弟。他们来自基辅省，起初住在一所房子里，后来开始吵架，要求长官把他们分开。其中一个抱怨自己的亲兄弟说："我像怕蛇一样怕他。"

再过五俄里，是1881年兴建的**弗拉基米罗夫卡屯**。屯子的命名是为了纪念一个名叫弗拉基米尔的少校的。少校曾主管过苦役劳动。移民们还把这个屯子叫作小黑河屯。居民有91人，男55人，女36人。从业主46人，其中19人没有家室，只好自己动手挤牛奶。27户家庭中只有6户是合法的。作为农业殖民地，这个屯子的价值赶得上北部两个区的总和。然而，对于殖民地最为珍贵的自愿跟随丈夫来萨哈林，没有给监狱毁掉的自由妇女，这里却仅有一名，而且她也在不久前因被怀疑杀死丈夫，关进了监狱。被北部官员在杜厄"家属营"中百般折磨的那些不幸的自由妇女，若是能到这里来，可就再好不过了。弗拉基米罗夫卡仅牛就有100头，马40匹，有良好的草场，但却没有女主人，也就是等于没有真正的经济。[1]

在弗拉基米罗夫卡，移民监事官 Я 先生和他的当助产士的太太住在官宅里。他在这里开办了一个农场，移民和士兵们戏称之为"招牌"。[2] Я 先生爱好自然科学，对植物兴趣尤浓，各种植物均以拉丁文呼之。比如在他吃饭时，端上来一碗菜豆，他就

---

[1] 科诺诺维奇将军在一项命令中证实道："科尔萨科夫区地方偏僻，交通不便，某些人不肯秉公招待，一味徇私利己，影响所及，十分恶劣。对此，本职历届前任虽有目共睹，但对该区一向未予重视，给予应有之照顾，对其紧急之需，无一得到及时研究，亦未讨论解决。"（1889年第318号命令）

[2] 俄语中"农场"和"招牌"这两个词读音十分相似。——译者注

说："这是 phaseolus"。他给自己的小黑狗取名叫 Favus（宝贝儿）。在萨哈林的所有官员中他是最精通农学的，并且工作热心，忠心耿耿，但他的示范农场的收成却往往赶不上移民，从而引起普遍的困惑不解和嘲笑。我认为收成方面的这种偶然差别对于 Я 先生说来是必然的，任何别的官员做起来也都必然如此。农场里没有气象站，没有牲畜，没有粪肥，没有像样的设备，没有内行人每天从早到晚兢兢业业的管理——这不是农场，实际上只是一块招牌而已，是挂着示范农场招牌的没有意义的消遣。这个农场甚至连试验田都称不上，因为这里只有五俄顷土地，而且故意选择了中等水平以下的土地，像一份官方文件所说的，"其目的是给农民做出榜样，只要精心侍弄和认真耕作，在这样的土地上也能取得令人满意的收成"。

弗拉基米罗夫卡曾发生一桩风流艳史。有一个农民，名叫乌科尔·波波夫，发现自己的妻子和父亲私通，一怒之下打死了老人。

他被判处苦役劳动，流放到科尔萨科夫区，被分派到 Я 先生的农场当车夫。这人膀大腰粗，又年轻漂亮，性格柔和，沉默寡言，总是若有所思的样子。从一开始，主人对他就很信任。他们离家外出的时候，确信乌科尔在家不会偷抽屉里的钱，也不会喝库房里的酒。乌科尔在萨哈林不能结婚，因为他在国内还有妻子，没有同他离婚。男主人公的情况大致就是这样的。女主人公是流放苦役犯叶莲娜·捷尔蒂什娜娅。她是强制移民科舍寥夫的同居女人，长相丑陋，愚蠢而又乖张。起初，她和同居男人吵架，被后者控告。区长指派她到农场去干活，作为对她的惩罚。

乌科尔对她一见钟情，她也爱上了乌科尔。科舍寥夫大概对此有所察觉，要求她回到他那里去。

她说："算了吧，我知道你！你要是跟我正式结婚，我就去。"

科舍寥夫提出呈请，要求同捷尔蒂什娜结婚，得到了长官的批准。与此同时，乌科尔也向叶莲娜表白爱情，哀求她跟自己过，她也海誓山盟，说真心爱他，答道：

"你来就是了。要我搬到你那边去可不成。你是有老婆的，我是个娘们儿，得给自己想条后路，找个靠山。"

乌科尔听说她要嫁给别人，大失所望，于是就服乌头草自尽了。后来审讯叶莲娜时，她承认："我跟他睡了四夜。"听说乌科尔死前两周，曾经望着正在擦地板的叶莲娜说：

"咳，女人啊，女人！为了女人，我被判作苦役，看样子还得为女人而丧生！"

在弗拉基米罗夫卡，我认识了流放犯瓦西里·斯米尔诺夫。他因伪造钞票而被流放，已经服满了苦役和强制移民期限，现在靠捕貂为生。看样子，这个营生给他带来了很大乐趣。他对我说，从前他一天能造 300 卢布的假钞票，不过，犯事的时候早已洗手不干，靠诚实的劳动为生了。谈起伪造钞票，他讲得非常在行，照他的说法，现在的纸币，甚至连娘们儿都能仿造。提起往事，他心平气和，略带讥诮。他引以为豪的是在法庭上得到了普列瓦科夫先生的辩护。

过了弗拉基米罗夫卡，紧接着便是一片数百俄顷的大草原。草原呈半圆形，直径有四俄里。草原尽处的路旁是 1888 年建的**草地屯**，又名鲁日基屯。屯里有 69 名男人，只有 5 名女人。

继续前行，再走四俄里，我们来到 1884 年兴建的**神甫窝棚屯**。建屯当初，曾想给屯子取名新亚历山大罗夫卡，但没有流行起来。据说谢苗·喀山斯基神甫，简称谢苗神甫，乘坐狗爬犁到纳伊布齐去给士兵们"戒斋"，归途遇到狂风暴雪，生了重病（另一说是他从亚历山大罗夫斯克回来）。幸运的是遇到了几所爱奴人的打鱼窝棚，他到其中的一所里去避难，同时派车夫到弗拉基米罗夫卡去求援，那里当时住的是自由移民。移民们闻讯赶来接他。当他被送到科尔萨科夫哨所时，已经奄奄一息了。从此以后，这几所爱奴人的窝棚，便被叫作神甫窝棚，建屯后也就沿用了这个名称。

移民们还把自己的屯子叫作华沙屯，因为这里天主教徒很多。居民有 111 人，男 95 人，女 16 人。42 名从业主中只有 10 人有家室。

神甫窝棚屯坐落在科尔萨科夫哨所到纳伊布齐的正中间。苏索雅河流到这里已是尽头。过了一个很难察觉出来的漫岗之后，就算翻过了分水岭，眼前是纳伊布河流域平原。平原上第一个屯落距神甫窝棚八俄里，叫作**桦树林屯**，因为这一带从前有很多桦树。在南部各屯落中间，这个屯子最大，有居民 159 人，男 142 人，女 17 人，从业主 140 人。屯里已有四条街道和一个广场。广场上将要建造教堂、电报站和移民监事官公署。还设想，如果殖民化获得成功，那么桦树林屯就要设立行政乡。不过，这个屯子的风景索然，人也很乏味。他们想的不是行政乡，而只是如何能尽快服满刑期回大陆去。有个强制移民，在回答是否已经结婚的问题时，郁郁地说："有过老婆，但让我给杀死了。"另外一个移民患咯血症，听说我是医生，就总是跟随着我，询问是否得了痨病，说话时不放心地盯着我的目光。想到可能活不到取得农民权利就客死他乡，他惶惶不已。

再过五俄里，是1885年兴建的**十字架屯**。从前在这个地方曾打死过两个逃犯，坟上竖有两个十字架，但现在十字架已经无影无踪。另外还有一种说法：从前这里是针叶林区，现在已经砍伐殆尽，曾有两条针叶林带像十字架那样交叉地长在河滩地上。两种解释都很富有诗意。显然，十字架这个名称是居民自己起的。

十字架屯位于塔科伊河畔，恰好有一条支流在这里注入。土壤是沙质黏土，积有肥沃的淤泥，几乎年年丰收。草场很多，而且居民都是勤恳能干的主人。但是建屯初年，遭遇同上阿尔姆丹屯没有很大区别，居民差点儿没有饿死。原因是这里一次落户竟有三十人之多。当时亚历山大罗夫斯克好长时间没有供应工具，移民赤手空拳来到这里。由于他们实在可怜，监狱给他们送来几把伐木用的旧斧头。接着一连三年没有给他们发放牲畜，其原因也跟亚历山大罗夫斯克没有供应工具一样。

居民有90人，男63人，女27人。从业主52人。

有一个退役的司务长在这里开设小商铺。他从前在特姆区当过屯监。现在贩卖食品杂货。也有铜手镯和沙丁鱼。当我来到店铺时，这位司务长大概是把我当成了重要官员，突然无缘无故地向我报告说，他从前虽被搅进一个案件，但已辩明无罪，并且连忙给我看各种各样的证明文件，还给我看了某什涅伊德尔先生的书信。记得信的结尾有这么一句话："天气转暖之时，望兄火速行事。"后来，司务长又要向我证明他已不欠任何人的钱款。他开始翻弄各种文件，寻找收据，但却没有找到。我离开店铺时已经相信他确属清白无辜，并且带走了一磅质量低劣的普通糖果，他为此索取了我半个卢布银币。

过了十字架屯之后，下一个屯子坐落在塔科伊河畔。塔科伊是日语，它注入纳伊布河。这条河谷所以闻名，是因为这里曾经住过自由移民。**大塔科伊屯**于 1884 年正式建立，但它的存在时间却要早得多。为纪念弗拉索夫，曾想把它叫作弗拉索夫斯克，但这个名称没有流行起来。现有居民 71 人，男 56 人，女 15 人；从业主 47 人。这里常驻一名一级医助，移民们称他为高级医士。他的太太很年轻，在我来的前一周服乌头草自杀了。

屯子附近，尤其是在去十字架屯的路上，可以遇到优质的建筑用的树林。树木葱茏茂密，如水洗过似的新鲜。塔科伊河谷的植物比北部丰富得多，但北部的风景却更生动，更能使我联想到俄国。诚然，那里的大自然凄凉，严峻（俄国式的严峻），而这里的大自然，或是欢快，或是忧伤，大概也都像爱奴人一样，在俄国人的心灵里唤起一种模糊不清的情感。[1]

在塔科伊河谷，距大塔科伊屯四俄里半，在一条注入塔科

---

[1] 距大塔科伊屯一俄里的河上，有座磨坊，是奉科诺诺维奇将军之命由德国人苦役犯拉克斯修建的。杰尔宾科耶屯附近特姆河上的磨坊也是他建造的。塔科伊磨坊每磨一普特面粉收一俄磅面粉和一戈比加工费。移民们很满意，因为从前一普特要付 15 戈比，否则就得在自家里使用手摇磨。这种手摇磨是自制的，放在榆木磨盘上。为修建水磨，挖了水渠，修建了堤坝。

伊河的小溪旁，坐落着**小塔科伊屯**。[1] 这个屯子于 1885 年兴建，居民有 52 人，男 37 人，女 15 人。从业主 35 人，其中有家室的只有 9 人，正式结婚的夫妇一对也没有。

再前行八俄里，是**加尔金－弗拉斯科耶屯**，又名锡扬查屯，因为从前这里有一所日本人的鱼仓，日本人和爱奴人称作锡扬查。这个屯子是 1884 年建的，风景优美，位于塔科伊河和纳伊布河的汇合处。但是这里建屯很不适宜。纳伊布河像所有的山中河流一样，变幻无常，春秋以及夏天的雨季里，常常泛滥成灾，淹没锡扬查。洪水涌进塔科伊河的入口，这条河的水也随着溢出两岸，注入塔科伊河的各条小溪也有同样的情况。这时，加尔金－弗拉斯科耶屯就变成了威尼斯。屯中摆起爱奴人的小船，建在洼地的房子里，河水漫过地板。这个屯址是由某伊凡诺夫先生选定的。他的正式职务是翻译官，他在建屯方面的知识同他对基里亚克语和爱奴语的知识一样的贫乏。他当时还兼任副典狱长之职，履行移民监事官职责。爱奴人和移民们都曾警告过他，说这个地方过于低洼，但他不予理睬。谁要是发牢骚，就得挨鞭笞。有一次发洪水淹死了一头牛，另一次淹死了一匹马。

塔科伊河汇入纳伊布河，形成一个半岛，架有一座很高的桥，通往岛上。风景十分秀丽，正所谓柳岸闻莺。屯监所里窗明几净，还有一座壁炉。晒台正对河面，院内有座小花园。苦役犯萨维里耶夫老头在这里当看门人；过往官员在此留宿，他又充当

---

[1] 我没有说出苏索雅河和纳伊布河流域的各个屯落附近的支流的名称，因为这些支流的名称都是爱奴人或日本人起的，佶屈聱牙，难于记忆，如埃库列基或弗夫卡萨马奈之类。

仆人和厨师。有一次，他侍候我和一位官员吃午饭，不知做错了什么事，只听那位官员向他厉声叫道："混蛋！"当时我瞧了瞧这个逆来顺受的老头，心中暗想，俄国知识分子管理苦役，迄今为止所能做到的仅有一点，就是用最卑劣的手段把苦役制变成农奴制。

加尔金－弗拉斯科耶屯有居民74人，男54人，女20人。从业主45人，其中29人有农民身份。

驿路上最后一个屯子是**橡树林屯**。这个屯子是1886年在一片橡树林里兴建的。从锡扬查屯到橡树林屯八俄里，中间可以见到烧焦的树木，林子中间是草地，据说草地上长的是青柳茶。途中经过一条小河，据说从前有个叫马洛维奇金的移民在这里捕过鱼，现在这条小河就采用了他的名字。橡树林屯有居民44人，男31人，女13人；从业主30人。从理论上说，屯址可以说是很好的。凡是生长橡树的地方，土壤都适于种小麦。现在耕地和草场占用的大部分土地，不久前还是沼泽地。移民们根据Я的先生的建议，挖了一条一俄尺深的排水沟，通往纳伊布河。情况随之大有好转。

这个小屯大概由于地处边远的缘故，赌风极盛，逃犯和盗贼成堆。6月，当地移民里法诺夫赌输了钱，服乌头草自尽了。

从橡树林屯到纳伊布河口只剩下四俄里。这一段空地不能住人，因为河口附近都是沼泽，海岸多沙石，生长着海岸沙漠植物：结有很大浆果的野蔷薇、黑麦等等。道路一直延伸到海滨，也可乘爱奴人的小船从河上顺流而下。

河口处，1866年设过**纳伊布齐**哨所。米楚利来到这里时，有十八所住宅和其他建筑，有一座小教堂和一家军需食品商店。一位在 1871 年到过纳伊布齐的记者写道，这里有 20 名士兵，归一位士官生指挥。在一所房子里，一个高个的漂亮的士兵妻子招待他吃鲜蛋和黑面包。她称赞这里的生活，只是抱怨糖太昂贵。[1] 如今那些房舍已经无影无踪了。当你环顾荒无人烟的四周时，你会觉得，那位美丽的高个儿士兵妻子只是个神话中的人物。这里正在建造一所新房，可能是屯监所或是驿站。海水看起来冰凉而且混浊，整个海面咆哮不已，高高的白色浪头涌了过来，撞在沙石上，仿佛是在绝望地喊道："上帝呀，你为什么创造了我们？"这已经是大洋了，是太平洋。站在纳伊布齐的海岸上，听得见苦役犯们在建筑工地上敲击斧头的响声，而在那遥远的，想象之中的彼岸，则是美洲。左面，雾色朦胧之中隐约可见萨哈林岛的岬角，右面也还是岬角……周围连一个人影也不见，不见飞鸟，不见苍蝇。使人不可思议的是，这里大海的波涛为谁而咆哮？在这里，每天夜间有谁能听到它们的声音，它们需要的是什么？最后还有一个疑问：当我离开这里以后，它们又将为谁而咆哮？我伫立在这海岸上，萦绕脑际的不是清晰的思想，而是沉重的忧虑。寂寞呀！尽管如此，却又想永远站在这里，无尽无休地观望这波涛的单调运动，倾听它们愤怒的咆哮。

---

[1] 维特盖弗特海军准尉：《关于萨哈林岛的两句话》，《喀琅施塔得导报》，1872 年，№7，№17，№34。

第十四章

波罗内河注入忍耐湾。它的南支流有个地方叫作多来加。那里有个锡谢卡屯。整个多来加都属于南部区。这种区划确实很勉强，因为从这里到科尔萨科夫竟有四百俄里之遥。这里的气候十分恶劣，比杜厄还要糟。我在第十章里说过，计划要成立一个新区，叫作多来加区，管理波罗内河流域各屯，其中包括锡谢卡屯。不过眼下这里仍属南部区。官方资料记载，锡谢卡屯的居民只有七人，六男一女。我没有到过锡谢卡，但是我摘录了别人的一段日记，内容如下："这个屯子和地区异常凄凉，主要是没有适于饮用的水，没有烧柴。居民们饮用的井水缝到雨天就颜色发红，有一股冻土味道。屯子坐落在大河岸上，四周尽是苔原……总之，整个地区给人一种荒凉、抑郁的感觉。"[1]

---

[1] 屯子地处十字路口，冬季来往亚历山大罗夫斯克和科尔萨科夫的（转下页）

在结束关于南萨哈林的叙述之前，我还要谈谈这里的自由民。这种人从前有过，现在还有。他们同流放殖民区无关。先从自由移民的尝试说起吧。1868 年，东西伯利亚的一个机关决定向萨哈林南部移民 25 户，对象是自由农。这些人是迁居到阿穆尔的居民，但是很不走运。有一篇文章说他们的命运像苦命儿那么凄惨。他们原是乌克兰契尔尼哥夫省人，来阿穆尔之前曾在托博尔斯克省落过一次户，但很不成功。现在行政当局建议他们转徙萨哈林，并答应提供极有诱惑力的条件，说是可以在两年内无偿供应米、面，贷给各种农具、牲畜、籽种和现款，五年后偿还，二十年内免除赋税和军役。当时提出申请的有 10 户阿穆尔移民和 11 户托博尔斯克省巴拉甘斯克县农民，共 101 人。1869 年 8 月他们乘满洲人号运输船到达穆拉维约夫哨所，准备从那里经鄂霍次克海路绕阿尼瓦岬去纳伊布齐哨所。纳伊布齐离预定要开辟自由移民区的塔科伊河谷只有 30 俄里。时已入秋，找不到闲船，只好由那艘满洲人号把这批移民连同一应什物送往科尔萨科夫哨所。他们打算从科尔萨科夫哨所走旱道前往塔科伊河谷。当时那一带根本没有路。陆军准尉季亚科诺夫率领 15 名士兵"先行出发"（这是米楚利的说法），开辟小道。可能他们的前进速度极其缓慢，有 16 户移民没等道路修通

（接上页）路人必须在这里留宿。1869 年在现今的屯子（当时是日本屯）附近设过驿站。驿站住过带家眷的士兵，后来住过流放犯。冬春两季和夏末，这里的集市贸易异常兴隆。冬季有通古斯人、雅库特人、阿穆尔的基里亚克人到这里同南部异族人做买卖，春季和夏末则有日本人乘中国式帆船到这里捕鱼。驿站的名称——季赫麦涅夫哨所，一直沿用至今。

就乘驮牛和大车拉荒向塔科伊出发了，但是行至半路被大雪阻隔，只好丢掉一部分车辆，把其余的大车装上爬犁脚。他们于11月20日到达河谷，立即动手搭防寒窝棚，盖地窖子。剩下的六户也在圣诞节前一周到了河谷，可是已经无处安身，为时已晚，无法破土修建了。他们只好到纳伊布齐去寻找驻足之处，从那里辗转到了久春内哨所，总算在兵营里熬过了一个冬天，第二年春天才回到塔科伊河谷。

"这件事说明了官僚制度的腐败无能。"一个作者写道。本来答应供给每户一千卢布的家什农具和四头牲畜，但是当移民们从尼古拉耶夫斯克乘满洲人号出发的时候，却既没有磨盘，也没有耕牛，有犁没有铧，船上没有地方运马匹。一直到冬天才用狗爬犁送来铧子，可是一共只有九个。移民们向当局申请铧子的要求如石沉大海。耕牛在1869年秋才运到久春内，不过都已瘦弱不堪，奄奄一息了。久春内根本没有准备草料，一个冬天41头牛被杀掉了25头。留在尼古拉耶夫斯克过冬的马匹，因为饲料昂贵只好拍卖，用卖得的钱到外贝加尔新买了一批。新买的马比原先的还要糟，其中有几匹农民拒绝接受，农民们很快就对种子失去了信心。从官库里领出的种子只好用作饲料或者人吃。由于没有磨盘，无法磨粉，只能蒸软了当饭吃。

连年歉收之后，1875年又发过一次大水。这就使得移民们最后失掉了在萨哈林务农的兴趣，开始向别处迁徙。从亚历山大罗夫斯克到穆拉维约夫斯克的半路上，在阿尼瓦岸边有个地方叫奇比萨尼。他们在那里建立了一个20户人家的新村。后来又申请向南乌苏里边区迁徙。他们像盼望特赦一样，焦急地等待当局的批准。十年过去了，他们一直靠猎貂和捕鱼勉强度日。直到1886年才迁往南乌苏里边区。有个记者描述说："他们背井离乡，两手空空，只有少许什物，每户一匹马。"（《符拉迪沃斯托克》，1886年）直到现在，在大塔科伊屯和小塔科伊屯之间，离大路不远还可以见到一处火后废墟，那是从前的自由移民屯沃斯克列先斯科耶，逃犯放火烧掉了农民们离弃的房舍。据说，在奇比萨尼至今还完好地保存着当年的房舍、小教堂和学校校舍。我没有到那里去过。

　　岛上的自由移民只剩下三个人了，其中有我已提到过的霍穆托夫和两名生于奇比萨尼的妇女。听说霍穆托夫正在"东游西荡"。他虽然住在穆拉维约夫，却很少能在那里见到他。他以捕貂和在布谢湾打鲟鱼为生。至于两名妇女，一个叫索菲亚，嫁给了流放犯出身的农民巴拉诺夫斯基，现在米楚利卡；另外一个叫阿妮西娅，嫁给强制移民列昂诺夫，住在三道沟。霍穆托夫已是行将就木了，索菲亚和阿妮西娅也很快就要随丈夫到大陆去了。就是说，不久的将来，自由移民就要真正地变成一段史话了。

　　如上所述，应当承认南萨哈林的自由移民事业是失败了。失败的原因究竟是初期移民遇到的自然环境过于严峻无情呢，还是官吏们实在腐败无能，这就很难说了。一方面是经验不足，另一方面也是移民们缺少坚忍不拔的精神，可能他们长期漂泊于西伯利亚，已经沾染了游牧生活的习气。很难断言，如果再次进行实验，会得到什么结果。[1] 这次失败对流放殖民区有两个方面的教训可以汲取：第一，自由移民从事农业不可能持久。他们在返回大陆之前的十年里，宁愿以捕鱼和狩猎为生。现在的霍穆托夫虽已风烛残年，但也只是捕鲟鱼、猎黑貂，而不愿种小麦、栽白菜；第二，当一个自由民不断听说温暖而富饶的南乌苏里边区离科尔萨科夫仅有两天路程时，要想把他留在南萨哈林是不可能的。特别是这个自由人如果体魄健康、精力充沛的话。

如果询问南萨哈林的土著——当地的异族人，他们是什么人，他们既不回答属于什么部落，也不回答属于什么民族，而是简单地说：**阿以诺**，含义是——人。在什连克的民族志学地图上，以黄色表示的阿以诺或爱奴人的分布区域有松前岛 [2] 和忍耐湾以南的南萨哈林地区。千岛群岛也有爱奴人，但被俄国人称作

---

[1] 这项实验仅指萨哈林的范围而言。但是塔利贝格在他的特写《流放萨哈林》（《欧洲导报》，1879 年，Ⅴ）中谈及我国无力进行殖民开发的时候，却认为这项实验具有普遍意义。他甚至得出如下结论："是否已经到了放弃我们在东方的任何殖民尝试的时候了？"《欧洲导报》编辑部在塔利贝格教授的文章后记中说："除了过去占领整个欧洲东部和西伯利亚过程中俄国人民表现的殖民才能之外，我们很难找到其他的例证。"可敬的编辑还援引已故的叶绍夫斯基教授的著作，说叶绍夫斯基勾画了"一幅令人震惊的殖民情景"。

1869 年某猎人把 20 名阿留申男女从卡加克岛运到南萨哈林，让他们从事狩猎。他们被安置在穆拉维约夫哨所附近，获得了口粮。但他们却坐吃山空，无所事事。过了一年，猎人只好把他们送往千岛群岛。大约在同一时期，科尔萨科夫哨所也安置了两名中国人。他们是政治放逐犯，表示愿意务农。东西伯利亚总督命令发给每人六头牛、一匹马、一头奶牛、种子和两年的口粮。据说由于没有库存，他们根本没有得到上述东西，最后只好把他们遣返大陆。尼古拉耶夫斯克市民谢苗诺夫可能也是个不成功的自由殖民者。他是个瘦弱的小个子，四十来岁。目前正在南萨哈林到处流浪，寻找金子。

[2] 今日本北海道的古名。——译者注

虾夷人。萨哈林岛上的爱奴人口未做精确统计，但是毫无疑问是这个部族正在消亡，而且速度异常之快。据 25 年以前曾在南萨哈林服务的多勃罗特沃尔斯基[1]医生说，从前仅布谢湾附近就有八处爱奴人大屯落，其中一个屯子的人口达二百之多，他在纳伊布附近看到过许多屯落遗迹。当时他根据各种资料提出了三个估计数字：2885 人，2418 人，2050 人。他认为后一个数字最可靠。多勃罗特沃斯基同时代的同一个作者证实，科尔萨科夫哨所两侧，沿海岸遍布爱奴人屯落。但我在哨所附近却没有看到任何屯落，只是在大塔科伊和锡扬查看见过几座爱奴人窝棚。根据《1889 年科尔萨科夫区异族居民人口统计表》记载，爱奴人已经只剩了 581 名男人，569 名女人。

多勃罗特沃尔斯基认为爱奴人消亡的原因可能是萨哈林进行过洗劫性战争，或爱奴妇女极低的生育率和疾病所致，常见病有梅毒和坏血病；可能还有天花。[2]

但是上述原因通常只能引起一个种族的逐渐消亡，还不足以说明爱奴人为什么会这样急剧地，几乎是眼看着衰败下去。事实上，最近 25—30 年间既无战争，也未流行过大规模的瘟疫，可是恰恰在这一段时间里，人口减少一半多。我认为，对这种雪崩式的消亡不应当仅仅用死亡来解释，很可能还有爱奴人向邻近

---

[1] 他遗有两部有价值的著作：《南部萨哈林》（军医报告摘录），载《俄国皇家地理学会西伯利亚分会通报》，1870 年，第 1 卷，以及《爱奴语—俄语词典》。

[2] 这种疾病曾使北萨哈林和千岛群岛的居民成批死亡，很难设想南萨哈林能够幸免。波隆斯基的记载是，凡有人死亡的窝棚，爱奴人便予以弃绝，总要迁徙他处另建新居。显然，产生这种习俗的根源是爱奴人害怕旧居会传染瘟疫，不得不另就新居。

岛屿迁徙的原因。

俄国人占领南萨哈林之前，爱奴人差不多是日本人的依附奴。爱奴人秉性温顺，逆来顺受，经常处于饥饿状态，没有大米就无法生存，这使他们更易受到奴役。[1]

俄国人占领南萨哈林之后解救了他们，一向保护他们的自由，不允许欺凌或干涉他们的内部生活。1884 年，逃亡苦役犯杀害了一些爱奴人家庭，还听说，一个赶爬犁的爱奴人因为拒绝运送邮件而遭到鞭打，爱奴妇女遭到强奸，等等。但是，类似的迫害事件是个别的、偶然的现象。遗憾的是，俄国人虽然给他们带来了自由，却未能带来稻米。日本人走了，没有人捕鱼，也没有人支付工钱，爱奴人开始挨饿了。他们不能像基里亚克人那样仅仅以鱼和肉果腹——大米是不可缺少的。尽管他们对日本人没有好感，但是为饥饿所迫，也只好向松前岛逃亡。我读过一篇报道（《呼声》，1876 年），那里说，爱奴人曾派代表到科尔萨科夫哨所请求给他们工作，或者至少能够向他们提供马铃薯种子并教给他们栽种方法，但是，请求工作的事遭到了拒绝，虽然答应提供种子，可是根本没有兑现。爱奴人走投无路，只好继续向松前岛逃亡。1885 年的另一篇报道（《符拉迪沃斯托克》）也谈到过，爱奴人提过某些请求，由于得不到满足，只好强烈要求离开萨哈林，前赴松前岛。

爱奴人肤色黝黑，像茨冈人；黑色的须发浓密粗硬，黑眼

---

[1] 爱奴人对里姆斯基－科尔萨科夫说过："日本人睡觉，爱奴人给他干活；砍木头、捕鱼；爱奴人不想干——日本人揍他。"

睛，表情丰富而又温顺，中等身材，体魄健壮，大脸盘，线条略嫌粗糙，但是正如航海家里姆斯基－科尔萨科夫描述的那样，既不像蒙古人的宽阔扁平，也不像中国人那样细眯眼睛。有人认为胡须浓密的爱奴人很像俄罗斯农夫。确实，爱奴人的长袍很像我国的粗呢长衫，再束上腰带，就俨然是我国商人的车夫了。[1]

爱奴人通体生有黑色茸毛，胸部较密，能够成缕，但这不是毛人。由于须发发达的野蛮人极其罕见，旅行家见了爱奴人，都引为奇事，旅行归来往往把他们称作毛人。

同爱奴人相邻的各个民族的共同特征是须髭极少，独有爱奴人胡须稠密，这使民族志学者大为不解。科学界至今未能确定爱奴人的种族起源。有人把爱奴人归为蒙古种，有人则认为来源于高加索部族，有个英国人甚至认为爱奴人是挪亚洪水期间流落到日本岛的犹太人后裔。目前有两种意见较为可信，一种认为爱奴人是独立种族，从前是东亚各岛的居民；另一种是什连克的意见，认为爱奴人是古亚洲人，很早以前被蒙古部落从亚洲大陆驱向沿海岛屿，路线是从亚洲经朝鲜，退向岛屿。总之，爱奴人的迁徙是从南向北，从暖向寒，条件越来越坏。他们性不好斗，厌恶暴力，易遭征服、奴役和排挤。在亚洲，他们被蒙古人驱逐，在日本和松前岛，被日本人排挤，在萨哈林，被基里亚克人限制在多来加以南，在千岛群岛，受俄国哥萨克的欺凌，终于陷入走

---

[1] 前述什连克的著作中，刊有爱奴人外貌图。还可参阅格利瓦利德著《部落和民族自然史》第 2 卷，那里有身着长袍的爱奴人全图。

投无路的绝境。爱奴人通常不戴帽子，赤足，裤脚挽过膝盖，在路上相遇时总要屈膝致礼，目光亲切、忧郁，带有倒运者的病态和内疚表情，似乎在为胡须已经盈握，却毫无建树而表示歉意。

关于爱奴人的详细资料，可参见什连克、多勃罗特沃尔斯基和波隆斯基的著作。[1] 前面记载的基里亚克人衣食情况，其实也适用于爱奴人，需要补充的是，爱奴人的祖先曾是南方岛屿的居民，养成了对稻米的偏爱并传给了自己的后代。稻米匮乏，会构成爱奴人的严重困难。他们不喜欢俄国面包。食物花样较之基里亚克人更为繁多。除了肉和鱼之外，他们还喜食各种植物、软体动物和意大利穷人通常称之为 frutti di mare（海产）的食品。北方野蛮人特有的那种饕餮贪食，在他们身上是没有的。他们的婴儿断奶的年龄一般都较大，这是因为断奶之后要立即改食海鱼和鲸脂。里姆斯基-科尔萨科夫见过三岁的婴儿仍在吃母亲的奶汁，尽管孩子已经能够自如地跑来跑去，腰间像成年人一样挂着小刀。可以看到，服装和住房都保留着南方的强烈影响——不是南萨哈林，而是真正的南方。他们的夏服是用草、麻纤维织成的衬衫。从前，当他们还不像现在这么贫困的时候，还穿过绸衫。他们不戴帽子。直到下雪之前，夏秋两季都打赤脚。窝棚烟气蒸腾，气味污浊，不过仍较基里亚克人那里明亮、整洁，应该说，更文明一些。窝棚附近通常立有晒鱼架，老远就可以闻到令人窒息的刺鼻腥臭，狗吠声不绝于耳。有时还可以见到关在小木笼里的熊，那是准备冬天过熊节时杀肉吃的。有一天早上我看见

---

[1] 波隆斯基的文章《虾夷人》载《俄国皇家地理学会通报》，1871年，第4卷。

一个爱奴少女用小铲盛着润湿的鱼干在喂熊。窝棚用圆木和木板搭成，顶盖覆以细木杆和干草。室内靠墙设有长长的板铺，板铺上方是堆放杂品的木架，那里除了兽皮、油罐、鱼肉、器皿等物之外，还可以见到筐、席以及乐器等。主人通常坐在铺上，不住嘴地吸着烟袋。如果你问他什么，他的回答总是简短、勉强的，尽管很有礼貌。窝棚中央放着火炉，以木为薪，烟从顶棚的圆孔里升腾出去。薪火上方吊着一口大黑锅，锅里煮着颜色灰暗、泛着泡沫的鱼粥。我想，不论倒贴多少钱，欧洲人都不会吃这种东西。一群怪人围着铁锅团团而坐。爱奴男人的堂堂仪表，同他们的妻子、母亲的丑陋恰成鲜明对照。写游记的人一致认为爱奴女人奇丑无比，甚至令人望而生厌。她们的皮肤黑黄，像干羊皮一样，眼睛细小，线条粗糙，头发僵硬蓬乱，很像旧仓房上的干草，衣着肮脏难看。除此之外，大都骨瘦如柴，表情衰老。已婚女子故意把双唇涂成蓝色，使得她们的面孔完全失去人的模样。当我看着她们带着近乎冷酷的严肃表情，用饭勺在锅中慢慢搅动，舀出浮沫的时候，我觉得自己是看到了真正的女妖。但是，女孩和姑娘的外表却并不那么令人生厌。[1]

---

[1] 尼·瓦·布谢谈到别人的时候，很少有褒奖之词，但是关于爱奴女人却说过下述的话："晚间，一个爱奴醉汉来到我的住处。我已经知道，他是一个醉鬼。他领来了自己的妻子。据我理解，目的是想牺牲妻子对丈夫的贞节，换取我的优厚礼物。这个爱奴女人的长相倒很漂亮，看来她很愿帮丈夫的忙。不过，我对他们的解释装作困惑不解……丈夫和妻子走出我的房子之后，就在我的窗前，当着哨兵的面干起了那个勾当。这个爱奴女人全无羞耻之感。她的乳房一直袒露在外。通常，爱奴女人的衣服同男子一样，都是半敞怀的短外罩，腰下扎一条宽腰带。衬衫和内衣是没有的，因此只要衣服稍有不整，她们的全部隐私就会裸露出来。"即使是这样一位一本正经的作者（转下页）

爱奴人从不洗脸，睡觉总是和衣而卧。

所有见过爱奴人的作者，都交口称赞他们的风俗。一致的意见是，爱奴人性情温顺、淳朴、诚实，爱交游，讲礼貌，尊重私有财产，狩猎勇敢。拉彼鲁兹的同行者洛伦医生认为，这甚至是一个有教养的民族。无私、坦率、笃信友谊和慷慨豪放是他们的常见品德。他们酷爱公正，同尔虞我诈格格不入。克鲁逊什特恩对爱奴人的美好品德大加赞赏，他的结论是："这些真正罕见的品德，不是来自高尚的教育，完全是天性使然。它们在我心中唤起的感觉是，这是我至今知道的所有民族中最优秀的民族。"[1]卢达诺夫斯基则写道："不可能有比我们在萨哈林南部遇到的居民更和平、更淳朴的人了。"任何暴力都会引起他们的厌恶和恐惧。波隆斯基讲过一个可悲的故事。那是他从档案资料中发掘出来的。事情发生在很久以前，远在上个世纪。哥萨克百人长乔尔内曾命令千岛群岛爱奴人臣属俄国。他忽然想到要对几名爱奴人施以鞭刑，"爱奴人一见准备动刑，就大惊失色。而当两名妇女反剪双手，以便施刑时，有几个爱奴人竟狂奔逃上悬崖绝壁，另一个男人带了二十名妇孺乘兽皮船逃往大海……没有来得及逃跑

（接上页）也承认说，"有些年轻姑娘相当漂亮，面庞可爱、温柔，眼睛黑而热情。"尽管如此，总还可以说爱奴女人在体力的发展上是落后的。她们比男人更易老，更易失去姿容。可能，这是在人们的永世漂泊中妇女要分担大部分困难和繁重的劳动，历尽辛酸所致。

[1] 他所说的品德，内容如下："我们访问了鲁缅采夫湾岸边的一座爱奴人房舍。我在这个十口之家里看到了高度的幸福与和谐，或者几乎可以说是家庭成员之间的完全平等。我们在这里逗留了数小时，但是却无论如何都弄不清谁是家长。长者对后生毫无教训的口吻。在分配礼物时，谁都没有流露出一丝一毫的不满神情，毫不计较个人得失。大家都争先恐后地为我们做事情。"

的妇女遭到了毒打，然后有六名男人被带上了船。为防止逃跑，他们的手臂被反捆着。由于用力过猛，其中一人当场死去。当把浑身浮肿、两手紫胀的死者拴上石头，投入大海时，乔尔内为警诫其余的人，说道：'我们俄国都是这么干的。'"

最后，关于在南萨哈林历史上起过作用的日本人，还应略作叙述。众所周知，占萨哈林岛三分之一的南部地区完全归属俄国，不过这是 1875 年以后的事。在那以前，这里被认为是日本领土。1854 年出版的戈利增著的《实用航海地理天文指南》，至今仍为海员必备的书籍。这部著作甚至把玛丽娅岬和伊丽莎白岬在内的北萨哈林也划归日本了。许多人，包括涅维尔斯科伊在内，一致对南萨哈林属于日本表示怀疑。甚至连日本人自己也对此缺少足够的信心。最后，还是俄国人的奇怪行为，使日本坚定了信心，不再怀疑南萨哈林是日本领土。日本人是在本世纪来到萨哈林南部的。时间不会再早了。1853 年尼·瓦·布谢记载了同爱奴老人的谈话，老人们还记得自己的独立，他们说："萨哈林，爱奴人的土地，萨哈林没有日本人的土地。"1860 年，即赫沃斯托夫建立功勋的那年，阿尼瓦海岸只有一座日本屯落。当时建筑房舍的木板还很新，说明日本人来此定居时间不久。4 月间，克鲁逊什特恩来到阿尼瓦时，正逢鲱鱼汛期，湾水因鲱鱼、鲸鱼和海豹密集，势如沸腾的滚水。那里的日本人连渔网具还不具备，只能用水桶舀鱼，说明他们当时对大批捕鱼连想都没有想，只是后来才开始大规模发展捕鱼业。这些日本移民完全可能是逃亡的罪犯，或者是因为擅离该国领土，被驱逐出境的人。

我国外交界也是在本世纪初才开始注意萨哈林的。全权大使列扎诺夫除受命同日本签订贸易条约之外，还应"获得既不属于中国，也不属于日本的萨哈林岛"。但是他却做得十分笨拙。"鉴于日本不信奉基督教"，他竟禁止船员画十字，命令随行人员一律交出十字架、圣像、祈祷书以及"一切画有基督教标志和十字架的物品"。如果相信克鲁逊什特恩的说法，那么，列扎诺夫在谒见天皇时连坐席都没有，同时还不准许他佩带自己的宝剑；"鉴于体统如此"，他进宫时竟没有穿鞋。这样一个人——竟是堂堂俄国的高级使臣！也许，没有谁会比他更低三下四的了。尽管这样，他仍然一事无成。此后，列扎诺夫便想对日本人略施报复。他命令海军军官赫沃斯托夫去"吓唬"一下萨哈林的日本人。他下达命令的方式异常奇特，有些故弄玄虚，指令装在封好的信封里，必须到达指定地点之后才可启封。[1]

这样，列扎诺夫和赫沃斯托夫便首次承认了南萨哈林归属日本。但日本人并未立即占领自己的新领土，只是派遣测绘官间宫林藏前来踏察岛屿。总之，日本人虽然是个机智、灵活、狡黠的民族，但是在整个萨哈林历史中却表现得优柔寡断、徘徊不前。对此唯一解释只能是，他们同俄国人一样，对自己的权利毫无把握。

看来，日本人在对岛屿进行考察之后，产生了移民开发，

---

[1] 赫沃斯托夫在阿尼瓦岸边摧毁了日本人的房舍和仓库，向一名爱奴人旅长颁发了弗拉基米尔绶带银质奖章。他的劫掠行为惊动了日本政府，引起它的刻意防范。不久，戈洛夫宁船长及其船员在千岛群岛被俘，受到战俘待遇。后来当松前藩主释放俘虏的时候，曾向戈洛夫宁等人郑重宣布："汝等皆因赫沃斯托夫肆意抢掠被俘，今鄂霍次克长官已来函，前疑冰释，赫沃斯托夫实乃妄为之盗贼耳。真相既已大白，汝等可归矣。"

甚至进行农业开发的想法。但是，且不论是否做过这方面的尝试，就算是做过这种尝试吧，他们也只能是大失所望，因为日本农夫，按照工程师洛帕金的说法，极难忍受或者根本不能忍受这里的冬天。只有日本渔民才到萨哈林来，他们很少携带家小，只是临时驻足，留一小部分人（几十人）在这里越冬，其余的人都乘船回家，他们不事耕耘，不种蔬菜，也不饲养牲畜。一切必需品都从日本运来。吸引他们到南萨哈林来的唯一的东西是鱼。捕鱼可以获得巨利。这里渔产极丰，担负全部劳动重担的爱奴人几乎不需任何工钱。渔场每年的收入起初是 5 万卢布，后来激增至30 万卢布。无怪乎日本老板身穿七层绸衣了。开始时，日本人只在阿尼瓦岸上和茅卡屯设有商站，主要居住点在库松 - 科坦。现在库松 - 科坦还设有日本领事馆。[1] 后来他们开辟了从阿尼瓦到塔科伊河谷的通路，在加尔金 - 弗拉斯科伊附近设立了日本商铺，至今道路犹存，被称作日本路。日本人的足迹直抵多来加，他们在那里的波罗内河捕捞洄游鱼群，并建立锡谢卡屯。他们的船只甚至到过讷湾，波利亚科夫 1881 年在特罗遇到的一艘装备美观的船就是日本的。

萨哈林引起日本人的兴趣完全出于经济原因，就像海豹岛使美国人感兴趣一样，1853 年俄国人建立穆拉维约夫哨所，此后日本人才开始政治活动。他们意识到可能丧失良好的收入和无偿的劳动力，因此开始注意俄国人的举动并在岛上大力加强自己

---

[1] 详见维纽科夫著《俄国亚洲国界的逐渐推进及守卫方法概论。第一段：萨哈林岛》，载《军事文集》，1872 年，№3。

的势力，以便同俄国人抗衡。可能又是因为对自己的权利缺乏足够的信心，他们对俄国人的斗争软弱到可笑的程度，行动像小孩子一样。他们仅仅限于在爱奴人中间散布关于俄国人的流言蜚语，吹嘘要把俄国人统统杀掉。只要俄国人在某个地方建立哨所，那么他们就很快在附近地方，例如在河对岸，设上一个日本纠察哨。尽管他们装出一副气势汹汹的样子，但一直不失为和平、友好的朋友：他们向俄国士兵赠送鲟鱼，当对方向他们借用渔网时，他们也总是欣然答应。

1867 年签订的条约规定，萨哈林由两国共管。俄国人和日本人具有同等权利支配该岛——这说明双方谁都不认为这个岛屿是自己的。[1] 根据 1875 年条约，萨哈林完全划归俄罗斯帝国版图，日本相应地得到我国的全部千岛群岛，作为补偿。[2]

离科尔萨科夫所在的沟谷不远，还有另一个沟谷。那里从

[1] 日本人想使奴役爱奴人合法化，可能根据他们的这一愿望，条约中写进了一项非同寻常的条款，即规定负有债务的异族人，可用做工或提供其他劳务的办法抵偿债务。实际上，在萨哈林没有任何一个爱奴人不被日本人看作是自己的欠债人。

[2] 涅维尔斯科伊坚持认为萨哈林是俄国领土。他的理由是，该岛在 17 世纪时即已被我国的通古斯人占领。他还坚持认为是俄国人在 1742 年首次测绘了萨哈林，并于 1806 年占领了萨哈林南部。他把奥罗奇人说成是俄国通古斯人。这一点，民族志学者并不同意。最初对萨哈林进行测绘的，也不是俄国人，而是荷兰人。至于说 1806 年占领萨哈林的事，那么事实已经推翻了他的看法。那不是首次占领。毫无疑问，首次考察权应属日本人，并且是日本人首先占领南萨哈林的。尽管如此，我国的慷慨大度也是太过分了。我们可以像农民说的那样，"为了敬重对方"，用靠近日本的五六个千岛群岛的岛屿酬答日本人，可是我们却一下子把二十二个岛屿拱手相送。这些岛屿，日本人说，每年可使他们获利百万。

前有过一个日本屯落，叫库松－科坦，至今这个名称仍然沿用。昔日的日本房舍早已荡然无存。现有的一家经营食杂的日本商铺（我在那里买过坚硬的日本梨），是最近才出现的。在这道沟谷的显著地方，有一所白色房舍，房上有时会飘起一面白地红心的旗帜。这里是日本领事馆。

有一天早上，外面刮着寒风，房间里异常寒冷，我不得不围被而坐。正在这时，日本领事久世先生和他的秘书杉山先生来访。我首先向他们道歉，说屋子太冷。

"噢，哪里哪里，"我的客人答道，"您这里非常暖和！"

接着，他们在言谈举止中竭力装出我这里不仅很暖，而且简直有些燥热的样子，好像我的住处是一所不折不扣的人间天堂。他们二人都是纯血统的日本人，一副蒙古型的面孔，中等身材，领事年约四十，没有胡须，只有微髭，体魄健壮。秘书比他年轻十岁左右，戴一副蓝色眼镜，看样子很像肺病患者——萨哈林气候的牺牲品。还有另外一个秘书铃木先生。铃木较矮，两撇胡，胡尖下垂，同中国人一样，细眼睛，吊眼梢——按日本人的观点来看，他是难得的美男子。有一次谈起一位日本大臣，久世先生说："大臣又漂亮又英俊，跟铃木一样。"他们外出时着西装，俄语说得很好，我到领事馆去，经常看见他们在阅读俄文或法文书籍，书架上摆满了书。他们都受过欧洲式教育，彬彬有礼，和蔼可亲。对当地官员说来，日本领事馆是一个难得的温暖角落，到了那里，可以暂时忘却监牢、苦役和职务上的烦恼，从而得到休息。

领事是来岛捕鱼的日人和地方行政当局的中介人。逢有庆典，他和秘书一道，从库松－科坦盛装前往哨所拜会长官，以示祝贺。别雷先生也礼尚往来，每年 12 月 1 日率领官员到库松－科坦去向领事祝贺日本天皇诞辰。宴会上喝的是香槟酒。领事到我国军舰上访问时，要为他鸣放七响礼炮。我碰巧参加过向久世和铃木先生授勋的典礼仪式。他们分别得到了三级安娜勋章和斯坦尼斯拉夫勋章。别雷先生、Ш少校和警察局秘书 Ф 先生一行，身穿礼服，前往库松－科坦隆重授勋，我也随同前往。日本人深受感动。勋章本身和仪式的隆重场面使他们大为满意。畅饮了香槟酒。铃木先生无法掩饰自己的喜悦，眼放异采，翻来覆去地端量那枚勋章，很像孩童赏玩心爱的礼物。我从他那"又漂亮又英俊"的脸上看到，他内心里正在进行斗争，他极想快些跑回家去，让妻子看看那枚勋章（他不久前才结婚），但是礼节却要求他留下来陪伴客人。[1]

---

[1] 地方当局同日本人的关系极为融洽，无可挑剔。除了在庆典宴会上互敬香槟酒之外，双方还用其他方式维护这种关系。现在是领事来文的一段原话："谨致科尔萨科夫区长官先生。为慰问商船及帆船失事受难者，贵方馈赠咸鱼四桶、食盐五包，对此我已于本年 8 月 16 日签署第 741 号命令，将上述物品分发受难者。尊贵的阁下，贵方对友好邻邦深表同情并以本地必需品见赠，我荣幸地代表受难者向阁下致以衷心谢意，深信此事将永志不忘。大日本帝国领事久世谨上。"此外，这封信还可以说明年轻的日本秘书在短期内研究俄语所取得的成就。专门研究俄语的德国军官和从事俄国文学翻译的外国人，文笔要拙劣得多。

日本人崇尚礼貌，却又毫无虚情假意，因此令人愉快。不论他们如何巧于辞令，人们都不觉得讨嫌，正如俗知所说——礼多人不怪。长崎有个日本手艺人，我国海军军官常到他那里选购工艺品。每次他都出于礼貌盛赞俄国的一切。不管是军官的表坠，还是钱夹，他都啧啧称赞说："啊，多么出色！多么精巧！"有一回，一个军官从萨哈林带去一个烟盒，做工很是粗劣。军官想："这（转下页）

关于萨哈林居民点的粗略介绍就此为止了。下面开始谈殖民地的日常生活，当然，免不了会谈到各种大事小情。

（接上页）回我要难倒手艺人了。看他还有什么说的。"当他把烟盒拿给手艺人之后，手艺人却毫无难色。他把烟盒擎在手里，摇了两摇，惊叹道："啊，多么结实啊！"

第十五章

流放犯从业主 —— 转为强制农民 —— 新建屯址的选择 —— 盖房立业 —— 对分从业者 —— 转为农民 —— 流放犯出身的农民 —— 向大陆移居 —— 屯落生活 —— 在监狱附近 —— 居民的出生地和原属阶层 —— 乡村政权

惩办，除了其本身的直接目的——报复、威慑和强制悔改之外，如果还具有其他目的，如移民开拓目的，那么这种惩办就必须经常地服从于移民事业的要求，不应害怕做出让步。监狱禁锢和移民活动本是互不相容的对立物。群居的牢狱生活，会使人产生奴性，消磨人的意志；定居的本能，操持家务，眷顾天伦的本能会逐渐被畜群般的生活习性所淹没，他会失去健康，迅速衰老，道德蜕变。结果，他在监狱里待的时间愈久，人们就愈有理由担心，他不会成为一个积极进取的、有用的殖民者，相反，他会变成殖民区的累赘。因此，移民开拓实践首先要求缩短监禁和强制劳动的期限。正是出于这种考虑，我国的《流放犯管理条例》才规定很多宽大措施。例如，矫正期苦役犯服刑十个月算作一年，而第二和第三类苦役犯，即刑期为四—十二年的犯人，如在矿坑里劳动，那么劳动一年，可抵一年半的期限。[1] 苦役犯一旦转为矫正级犯人，即要在监外服刑，可自行建造房舍，可以结婚，积蓄金钱。实际生活中的措施，比《条例》还要宽大得多。为了使苦役犯取得较为自由的地位，阿穆尔督军于1888年下令准予提前释放勤于劳动、品行端正的苦役犯。在这项命令（第302号）中，科诺诺维奇将军明确规定，可以提前两年至三年解除苦役。另外，法律虽然没作明文规定，但是考虑到殖民区的利益，所有的女性苦役犯毫无例外地被准许在监外服刑。可以住在自己家里或任选居址。许多考验期犯人，乃至无期徒刑犯，只因携有家眷，或本人是熟练工匠、土地丈量员、爬犁御手，也可以获得这种优遇。许多人获准监外服刑，仅仅出于"人道考虑"，或者认为这种人不收监，住在家里不会有什么坏处。再不就是考虑，既然带家眷的无期徒刑犯某甲能够获准自选居址，那么，不准许短期徒刑犯某乙也这样做，就太不公正了。

截至1890年1月1日，萨哈林三个区共有男女苦役犯5909人。其中刑期八年以内的有2124人（36%），八年至十二年的——1567人（26.5%），十二年至十五年的——747人（12.7%），十五年至二十年的——731人（12.3%），无期徒刑386人（6.5%），刑期二十年至五十年的惯犯——175人（3%）。刑期在十二年以内的短期徒刑犯占62.5%，即半数以上。犯人判刑时的平均年龄，

---

[1] 萨哈林的每个机关都有《犯人刑期累积表》。从表上可以看出一个被判十七年半徒刑的人，实做了十五年零三个月的苦役就够了，遇有赦令，只须服刑十年零四个月，被判六年徒刑的人，五年零二个月后即可获释，遇有赦令，期限可缩至三年半。

我不清楚。但是目前，流放犯居民的平均年龄当不小于三十五岁。这个年龄再加上平均需要度过的八—十年苦役期，考虑到苦役犯更易衰老的因素，如若严格执行判决，一丝不苟地照《条例》办事，即实行牢狱监禁或在军事管制下从事苦役，结果到刑满转为移民时，不仅长期徒刑犯，就连短期徒刑犯也会有一大半丧失移民劳动能力。

我在那里时，有固定地块的男女流放犯从业者共 424 人。以妻子、男女同居者、工役、寄居者身份住在殖民区的流放犯有 908 人。两项相加共 1332 人，占全部苦役犯的 23%。[1] 殖民区的苦役犯从业者同移民从业主毫无区别。苦役犯帮工干的活计和我国农村雇工一样。让犯人去给地道的农夫或流放犯做工，这是俄国创造的一种独特的苦役形式。毫无疑问，这比澳大利亚雇农制更能给人好感。寄居犯只是在监外住宿，他们必须像狱中犯人一样准时到达劳动现场。手艺人，如鞋匠和木匠，常常可以在自己的住处完成役作。[2]

四分之一的流放苦役犯在监外服刑，并没有造成特殊的混乱。我倒是倾向于认为，还有四分之三的苦役犯留在监牢里，这才是我国苦役制度的棘手问题。当然，现在谈论监外服刑优越于

---

[1] 这里我没有把侍候官吏的流放犯仆人统计在内。我想，监外服刑的苦役犯比例可达 25%，即监狱把四分之一的苦役犯提供给殖民区了。如果《条例》第 305 条，即允许矫正级犯人监外服刑，在科尔萨科夫区得到贯彻的话，这个比例还会大大提高。在科尔萨科夫区，由于别雷先生的主张，全部苦役犯都被监禁在牢狱里。

[2] 在亚历山大罗夫斯克，几乎所有的从业者都招徕寄宿的犯人。亚历山大罗夫斯克因此很像真正的城镇。我在一所房子里记下了 27 名投宿的犯人。当然，宿处这么拥挤，和群居监舍倒也没有多大的区别。

监内群居，还没有绝对的把握，这方面我们根本没有做什么精确的调查。还没有证据能够说明，在监外服刑的苦役犯中，逃跑或犯罪现象比住监犯人要少，或者监外犯人比监内犯人的劳动效率更高。但是可以断言，牢狱统计学迟早会注意这个问题，并且得出相应的有利于监外服刑的结论。从目前来看，毫无疑问，各种刑期的苦役犯到达萨哈林之后，若能立即为自己和家庭建造房舍，会更有利于殖民活动，因为要趁他们还比较年富力壮的时候进行这种活动是最合适的。这样做，并不有损于伸张正义，因为犯人从进入殖民区到他取得移民资格，精神上一直在受着惩罚。

刑期一满，苦役犯就会解除劳役，转为强制移民。一般不会无故延期。新的强制移民，要是手中有钱或者能得到长官垂青，就可以留居亚历山大罗夫斯克或者到他喜欢的村子里定居，他可以购买或自建房舍——如果他在服刑期间没有安家的话。这样的人不是必须从事农业劳作的。如果新的强制移民像多数人那样，毫无门路，通常会在当局指定的屯子里拨给他一块地块。如果屯子里已满员，没有合适的地块，可以让他到现成的地段上，跟别人搭伙经营。也可以让他另就新址。[1] 建立新屯，选择新点，

---

[1] 萨哈林地属西伯利亚边远地区。可能因为这里异常寒冷，起初，只有那些在这里服刑期满的强制移民才被就地安置。这些人即使对当地生活不能完全习惯，总还算有所了解。这种做法，正想加以改变。我在那里的时候，根据考尔夫男爵的命令，有个叫作犹大·哈姆贝格的人本来判处流放西伯利亚，却被安置到了萨哈林的杰尔宾斯科耶。杜勃基有一个强制移民西蒙·萨乌拉特，他也不是萨哈林苦役犯，而是在西伯利亚度过苦役期。此外，这里已经出现了由行政当局指派前来的流放犯。

需要经验和某些专门知识，一般由地方当局的区长或典狱长和屯监负责。这种事情，法律上没有明文规定，成败全靠偶然因素，例如处理这事的官员是否称职，他们是否已经任职很久，对流放居民和本地情况是否有所了解，像北部的布塔科夫先生和南部的别雷、雅尔采夫先生那样。也可能碰上新任职的官员，在后一种情况下较好的是碰上毕业于语言系、法律系或出身于步兵中尉的官员。要是碰上根本没有任职经验、没有受过教育的人就糟了。这种人多是未经世面的年轻的市民。我前面谈到的那位官员，尽管移民和异族人都提出了警告，说他选择的屯址春天和大雨季节会被淹没，可他一概不予理睬。我还见过一个官员带着随从，骑马跑出十五—二十俄里，当天就返回住址，前后只用了三个小时查看新址，做了决定。他还说，这是一次愉快的郊游。

较高级、较有经验的官员很少外出寻找新址，去也十分勉强。他们总是公务缠身。而低级官员却是既无经验又无责任感。行政当局办事拖拉，久议不决，使得原有屯落人满为患。最后，只好求助于苦役犯和监守兵。听说，这些人有时倒也真能选到很好的居址。1888 年，科诺诺维奇将军在一项命令（第 280 号）中说，鉴于特姆区和亚历山大罗夫斯克区已经没有可用的地段，而需要安置的人数又在急剧增长，建议"立即组成考察队，可以吸收诚实可靠的流放苦役犯参加，由干练的对此事积有经验的识字监守和官员督率，前去寻找于移民的地址"。但是，探查队出没的地方，都是地形测绘人员未涉足的地区。探查队对这些地区的海拔、土壤、水文等情况一无所知，但却负有选择屯址的重任。这些地区是否适于居住，是否适于作物生长，当局也就只能听凭猜测，听天由命。做出决定时，既不征询医生意见，也不征询地形测绘人员的意见（萨哈林根本没有地形测绘员），土地丈量员则要等新选地址清理就绪，既无荒草也无树根，人们都已定居之后才到那里。[1]

督军巡视屯落之后，曾对我说过："真正的苦役不是在苦役场，而是在移民屯。"如果用劳动量和体力消耗作为惩罚的尺度，那么，萨哈林强制移民受到的惩罚要比苦役犯重得多。新居址通常都是沼泽地带，荒林丛生，移民来到这里时随身携带的只有一把斧头，一把锯和一把锹。他要伐木，掘树根，开沟挖渠，排泄积水。在完成这些创业工作的全部时间里，他都得风餐露宿，生活在露天湿地里。萨哈林气候阴晦，淫雨连绵，温度极低。一个人在劳动中要一连几周地忍受着浑身湿冷的感觉，这时，气候上的特点就会显得更加突出。地道的萨哈林寒热症也就由此而来。

---

[1] 将来各区选择新址将由专门委员会负责，委员会成员是监狱官吏、地形测绘员、农学家和医生，那时要判断一个屯址的选择，从委员会的记录里就可以找到解释了。暂时人们还只能到河谷和大路（已有的或拟议中的）两侧定居，目前只好这么办，虽然这样做，靠的不是统一规划，而是墨守成规的积习。一块河谷地带的选定，不是因为它经过了详细的考察，确知它适于作物生长，而往往单凭它距离行政中心较近，西南沿海的气候比较温和，但是离杜厄或亚历山大罗夫斯克较远，因此都愿意挑选阿尔科沃和阿尔姆丹河谷。在向一条计划中的大路两侧移民的时候，考虑的不是移民本身，而是那些未来的过客——官吏和车夫。目的仅是维修和守护驿路，向过客提供宿处，如果不是仅仅考虑这有限的前景，就很难理解为什么要规定从特姆河上游直至讷湾的大路两侧建设那么多的屯落。守护和维修大路的居民，可以得到国家的现金和食物津贴。如果把这些屯落完全纳入现今的农业殖民区，指靠它们自给黑麦和小麦，那么，萨哈林肯定会增加几千名饥饿的、走投无路的、衣食无着的贫民。

人会觉得头痛，全身酸痛。这不是疾病感染，而是气候在作怪。先要建设屯落，然后才修路，而不是相反。这样，在从哨所向无路可通的新居址运送沉重物品时，就要浪费大量的体力。移民要背负工具、食品等物穿越原始森林，忽而要蹚过齐膝的积水，忽而要攀登堆积如山的枯枝倒木，再不就是在荆棘草莽中艰难地行进。《流放犯管理条例》第 307 条规定，应向监外定居人员提供造房木料。但是这里对该条款的解释是，移民应当自行砍伐木料，以备使用。从前曾经调派苦役犯协助移民创业，或者提供雇佣木匠、购买木料的费用，但是这种办法被放弃了，理由是："其结果，"一个官员说，"培养了懒汉。苦役犯在那里干活；移民却在一旁掷骰子赌博。"现在移民们采用搭伙的办法，实行互助，木匠竖房架，炉匠砌炉子，锯手破木板。没有体力和技能，但有积蓄的人可以雇佣同伴代劳。身强力壮的人干最繁重的活计，力气不大或因坐牢而对农活生疏的人，也不许掷骰子、玩纸牌、逃避冷天气，可以干轻活。不少的人累得精疲力尽，失去了信心，不等房子盖完就跑掉了。蛮子和高加索人不会盖俄氏房舍，通常第一年里就会跑掉。萨哈林的从业者有一半没有自己的房舍，我认为这首先是移民创业艰难所致。我从农业督导官提供的资料得知，1889 年无房从业者在特姆区占总人数的 50%，在科尔萨科夫区占 42%。在亚历山大罗夫斯克区，由于草创较易，以及购房比建房的人多，无房从业者只占 22%。房架建成之后，便应贷给房主玻璃和铁件。但是，关于这种贷品，岛区长官在一项命令中是这样说的："十分遗憾，如同许多其他物品一样，这些贷品需要长时间等待，人们因而丧失了建房的愿望……去年秋季，我在巡视科尔萨科夫区移民屯时，发现不少房舍急需玻璃、铁钉、炉门，目前有此急需的房舍仍然存在。"（1889 年第 318 号命令）[1]

新居址甚至开始住人了，当局仍不认为必须进行勘察工作，起初，向那里分拨五十——一百个从业者，接着每年增加几十人。与此同时，谁都不知道那里的土地究竟可供多少人使用。只有科尔萨科夫区没有发现这种通弊。北部两区的每个屯落都感到人员过剩。甚至像特姆区长官布塔科夫这种热心理事的官员，对待安排地段的事，也是马马虎虎，毫不考虑后果。结果，哪个区都没有像他那里那样，有那么多的搭伙从业者和过剩的从业人员。给

[1] 由此可以看出，移民急需得到服刑期间应得的劳动酬金。法律规定，被判流放、罚作苦役的人可以得到劳动收入的十分之一。例如，筑路的日工资定为 50 戈比，则苦役犯可得 5 戈比。监禁期间，犯人购买必需品的花费不得超过收入的一半，余下的钱留待刑满释放时发给犯人。犯人所得收入不在民事债务追偿范围之内，也不得扣作诉讼费用。犯人如果死亡，这笔钱可发给继承人。1878 年出版过沙霍夫斯基伊公爵的一本书，叫作《论萨哈林岛体制》。作者曾在 70 年代主持过杜厄苦役监狱。他在书中叙述的意见值得推荐给今日的行政官员，作为工作指南。他说："苦役犯劳动酬金可以用来改善伙食，改善服装，改善住处卫生。这种舒适条件愈多，对舒适条件习惯感就会愈引起失掉昔日安乐的痛苦。完全缺少舒适条件和永远阴郁的、令人生厌的环境，会使犯人对生活，尤其是对惩罚采取漠然的态度。这种态度一旦产生，受惩的人数就常常会高达在监人数的 80%。这时，用鞭笞去战胜人的空虚的生理需求，会毫无用处。人会坦然地承受鞭笞。苦役酬金在造成犯人的某种独立精神的同时，还可以消除对囚衣的无谓浪费，促进草创家业的努力，大大减少犯人刑满就业时的国库支拨。"

工具作价借贷为五年，移民须每年缴还五分之一的金额。在科尔萨科夫区，一把木匠斧头作价 4 卢布，一把顺锯 13 卢布，锹 1 卢布 80 戈比，锉 44 戈比，铁钉一俄磅 10 戈比。柴斧每把 3 卢布 50 戈比。移民不需要木匠斧头时，可贷给柴斧。

人的印象是行政当局本身就对农业殖民开发缺少信心。官员们渐渐安于下述想法：反正移民并不长期需要土地，六年之后取得了农民资格，他们就会离岛他去，如此说来，地段问题只是一种形式而已。

在我记载的 3552 名从业者中，有 638 人即 18% 的人是搭伙从业者，如果把根本没有搭伙从业者的科尔萨科夫区不计在内，那么上述比例还会大大提高。在特姆区，屯子历史越短，对分从业者的比重就越大。例如在沃斯克列先斯科耶，从业主 97 人，对分从业者 77 人。这说明，为移民寻找新居址，分拨地块一年比一年更加困难。[1]

从事生产，悉心经营，是移民必须履行的责任。如有懒散、怠惰或放弃经营的行为，可罚他转事社会劳动，即作苦役一年。在此期间，他不是留居自己的房舍，必须住到监狱里去。《条例》第 402 条规定，阿穆尔督军有权"根据地方当局的意见，对无力进行经营的萨哈林强制移民助以官费"。目前，多数萨哈林移民在解除苦役期以后的两年或三年之内，可享受国家的衣食补贴，数量相当于犯人所得。行政当局出于道义和实际考虑，决定对移民实行这类救济。的确，不能设想移民在为自己盖房子、开荒的同时，还有能力每天为自己弄到吃的东西。经常可以看到处罚移民的命令，内容多是说移民怠惰、懒散、"不愿搭盖房舍"等，

---

[1] 从业主和搭伙从业者住在一个房间里，睡在一个炉顶上。宗教信仰不同，甚至性别不同，都不是搭伙经常的障碍。记得在雷科夫斯科耶，移民戈卢别夫的对分从业者是个犹太人，叫柳巴尔斯基。同一屯子里，移民伊凡·哈甫里耶维奇的搭伙从业者是个女人，叫玛丽亚·勃罗佳加。

因此决定取消救济。[1]

　　取得强制移民的身份后，再过十年就可以升格转为农民。新身份可以带来更多的权利。流放犯转为农民之后，有权离开萨哈林。除了谢米列钦斯克省、阿克莫林斯克省和塞米巴拉金斯克省之外，可以自由地到西伯利亚各地定居。可以参加农村村社，当然，要人家同意。可以住在城市里做手艺或经营工业。他已经不在《流放犯管理条例》的管制之内。诉讼和受惩都要依据普通的法律，来往通信同常人一样，不须像苦役犯和强制移民那样事先送审。不过，这种新身份仍然保留了最重要的流放因素：他仍无权返回故乡。[2]

---

[1] 如前所述，尽管有官方补贴和长期借贷，当地农业居民仍极端贫困。下面是一位官方人士对这种一贫如洗的生活的生动描述："在留托加村，我走进一座最贫困的茅舍，主人是移民泽林，一个手艺很不高明的裁缝，开业已有四年。这里的赤贫景象简直叫人难以置信，除了一张东倒西歪的桌子和代替椅子的树墩之外，看不到任何家具。除了一只用煤油桶改制的水壶之外，没有任何器皿和家用什物。代替铺盖的是一堆干草，草上放着一件短皮袄和一件衬衫。手艺用具除了几根针、一点灰线、几只纽扣和一只铜顶针之外，别无所有。那只铜顶针还兼作主人的烟斗。他在上面钻一个小洞，插上一根当地的芦苇，权作烟管。烟叶极少，每次只舍得吸半个顶针。"（1889 年第 318 号命令）

[2] 1888 年以前取得农民身份的人仍然不得离开萨哈林。这项禁令剥夺了萨哈林人改善境遇的最后一线希望，使得他们更加憎恶萨哈林。作为一种惩罚措施，这样做，只能增加逃跑、犯罪和自杀的人数。道理上也不能自圆其说，因为萨哈林流放犯遭到禁止的事情，西伯利亚流放犯却可以做。制定这项措施的本意是，如果农民纷纷离岛，萨哈林就是只能是一个临时流放地，而不成其为殖民地了。但是，仅靠强制定居就能把萨哈林变成澳大利亚第二吗？殖民地的生命力的繁荣，不能靠禁令和命令取得，而要靠一定的条件。这些条件即使不能保证流放犯过上有保障的安宁生活，至少也应当保证他们的子孙过上这种生活。

《条例》对于移民十年之后取得农民身份没有规定其他附加条件。除了第375条附注指出的情况之外，唯一的条件就是十年期限，在此期间不论移民是当从业主还是帮工都行。我和阿穆尔沿岸边区监狱督察官卡莫斯基先生谈及此事时，他向我证实，流放犯只要度过十年强制移民期，行政当局就无权拖延授予农民资格，也不得追加其他任何条件。但是，我在萨哈林却碰到过当了十多年强制移民，却仍未取得农民资格的老头。当然，他们的话我没有来得及核实，因此不敢肯定是否确实。老年人计算年代可能有误，也可能说谎，但是录事们敷衍塞责，下级官吏工作不力，也常使萨哈林的公署闹出各种差错。那些"品行端正、劳动卓有成效、居址固定"的移民，十年期限尚可缩为六年。第337条规定的这项择优办法，已为岛区长官和各区长官广泛运用，至少我所知道的农民几乎全都是六年期满就获得了现有身份的。遗憾的是各区对《条例》规定的从优条件："劳动卓有成效"、"居址固定"，理解各有不同。例如，在特姆区，欠公家贷款或屋顶没盖薄板的移民不能取得农民身份。在亚历山大罗夫斯克，移民根本不从事农业，不需要农具和籽种，因此欠款就少，取得农民资格反倒容易。还有时规定移民必须是从业主，甚至视此为主要条件。但是，流放犯中更常见的是有些人本来就不适于独立经营，他们认为当帮工更合自己的心意。我曾问过，给官吏当厨子或者给鞋匠当帮工的移民能否享受该项优待，提前取得农民身份。科尔萨科夫区对这个问题给予肯定的答复，而北部两区的回答却是闪烁其词。情况既然如此，当然就谈不上什么统一的标准了。如果新任区长要求移民必须具有铁皮房顶或者能在唱诗班演唱的条件，那也很难向他证明，说他这是专断独行。

我到锡扬查的时候，正逢移民监事传召25名移民到屯公所前集合，向他们宣布：根据岛区长官的决定，他们已经转入农民阶层。将军签署该项决定的日期1月27日，向移民宣布时的日期已是9月26日。全体25名移民默默地听着这一喜讯，没有一个人画十字，没有一个人说句感激的话。大家都表情严肃地站在那里，一言不发，似乎因为想到世上的一切，包括苦难，都有尽头，而突然忧郁起来。当我和雅尔采夫先生同他们攀谈，问他们谁想留在萨哈林，谁想离开时，25个人中没有谁表示愿意留下。大家异口同声想回大陆去，能够立刻就走最好，不过没有钱，要好好想想。接着，他们谈道，只有路费还不成——当然，大陆上也喜欢钱啊。得为加入村社请客，购买房基地，盖房子，各种开销加在一起少了150卢布是不成的。哪里能弄到这笔钱呢？雷科夫斯科耶是个较大的屯子，全屯有39名农民，他们都不想在当地扎根落户，都在准备返回大陆。其中有个姓斯帕洛夫的人盖了一所高大的带露台的房屋，像是一座别墅。别人看着这所房子都觉得大惑不解。要这个干吗？这个农民很有钱，儿子已经长大成人。完全可以顺顺当当地到结雅河[1]找个地方落户。可是看样子，他却打算长期留在雷科夫斯科耶似的，这可真叫人莫名其妙，简直是咄咄怪事。在杜勃基，我问一个爱玩纸牌的农民，是否打算返回大陆，他矜持地望着天花板，答道："总要

---

[1] 即精奇里江。——译者注

想办法回去的。"[1]

农民们想离开萨哈林，是因为他们觉得在这里生活毫无保障，情绪苦闷，时刻都要为子女提心吊胆……最主要的原因是热切希望，哪怕是临死之前能够呼吸一下自由的空气，体验一下真正的、不再是囚犯的生活。而被人们纷纷传为迦南福地的乌苏里边区和阿穆尔却近在咫尺，乘上轮船，航行三四天，就是自由、温暖、丰收了……那些移居大陆并已安家的人写信给在萨哈林的熟人说，大陆上对他们很好，那里一瓶伏特加只卖50戈比。有一天，我在亚历山大罗夫斯克码头上闲逛，信步进了船库，看见那里有一对老夫妇。老头年纪在六十到七十之间。两人身边放着一堆大小包袱，显然是准备上路的。我们攀谈起来。老头不久前获得农民身份，现在要带着老妻到大陆去，打算先到符拉迪沃斯托克，往下只好"听天由命"了。他们说身上没有钱。轮船要后天才开。他们来到码头已是费了很大力气，只好带着行李藏在船库里，等待轮船启碇。他们的样子像是很怕撵他们回去。他们怀着热爱、虔诚和自信的心情谈着大陆，似乎到了那里就一定会过上真正幸福的生活。在亚历山大罗夫斯克坟地，我看到过一只黑色十字架，上面画着圣母像，刻着铭文，内容是："这儿埋着处女阿菲米娅·库尔尼科娃的遗骨，死于1885年5月21日。她终年十八岁。立此十字架以兹

---

[1] 表示愿意留在萨哈林的人，我只遇到过一个。那是一个不幸的人，契尔尼哥夫的庄户，他由于奸污亲生女儿来到此处；他不喜欢故乡，因为他在那里的名声太坏，他也不敢给自己已经成年的儿女写信，怕他们想起他；他连大陆都不想去，年纪太老了。

纪念，双亲于 1889 年 7 月返回大陆。"

品行不端，负欠官款的农民是不准返回大陆的。如果农民同女流放犯同居并生有子女，那么只有当他留有保障姘居者及私生子女生存下去的财产时，才能得到准迁证明（1889 年第 92 号命令）。到了大陆，农民可以登记说明想去的乡区。然后，督军应将此事正式通知岛区长官，岛区长官下令由警察局将该农民及其家属除名——此后，岛上的"不幸的人"才算正式地减少一名。考尔夫男爵对我说过，如果农民在大陆上表现恶劣，他会被强制逐回萨哈林，永不准许重返大陆。

听说，从萨哈林返回的人在大陆上生活得很好。我看见过他们写的信，但是没有机会实地看看他们在新地方的生活。我倒也见过一个人，不过不是在农村，而是在城里。那是在符拉迪沃斯托克。我和修士司祭希拉克略到商店里去。希拉克略是萨哈林的传教士和神甫。我们一起走出商店时，有一个戴白围裙、穿高筒亮皮靴的看门人或工人模样的人，发现了希拉克略神甫。他面带喜悦上前祈求祝福。原来他从前在希拉克略神甫那里做过忏悔，是一个流放犯出身的农民。希拉克略认出了他，想起了他的姓名，他问："日子过得怎么样？"对方高高兴兴地回答："感谢上帝，挺好！"

农民们返回大陆之前都住在哨所或屯落里，生产条件同强制移民和苦役犯一样地恶劣。他们仍然不得不听任监狱长官的摆布，如果是在南部区，照样得在五十步以外脱帽鞠躬。他们得到的待遇比以前要好些，不再挨揍了，但仍不是真正意义的农民，仍然是囚犯。他们就住在监狱附近，每天都能见到它，而流放苦役监狱和和平的农民生活却是根本不能并存的。有些文章作者说，曾在雷科夫斯科耶见过人们跳环舞，奏手风琴，欢唱勇士歌。我可是毫无所见。同时，我也想象不出姑娘们怎么能在监狱旁边跳舞。镣铐叮当，监守怒骂，这时如果我听到有人唱歌，我会认为这是一种恶行，因为任何一个善良的软心肠的人，都不会在监狱附近放声唱歌。牢狱的存在，会使农民、移民及其自由身份的妻小感到压抑。监狱就像军队一样，气氛总是冷酷异常，制度总是那么森严，使人经常处于胆战心惊的状态中，监狱当局可以从农民手里任意夺取草场、最好的渔场、森林。逃犯、监狱高利贷者和盗贼常常欺凌农民。监狱行刑员在街上闲逛时，会使农民心惊肉跳。狱吏勾引他们的妻子女儿。最主要的则是，监狱每时每刻都在提示他们的过去，要他们想着自己是什么人，在什么地方。

这里的农村没有村社组织。土生土长的、视萨哈林为故乡的一代人还没有成长起来。老住户很少，多数人刚来不久，居民每年都在变化，一些人来了，另一些人走了。我已经说过，许多屯子里的居民给人的印象根本不是一个整体，而是一群乌合之众。他们因为在一起受过苦而称兄道弟，但是他们仍然缺少共同之处，互相之间极其生疏。他们的宗教信仰不同，语言各异。老年人很瞧不起这些五花八门的人，嘲讽地说，一个屯子里又有俄罗斯人，又有乌克兰人，还有鞑靼人、波兰人、犹太人、芬兰人、吉尔吉斯人、格鲁吉亚人、茨冈人，哪能谈得上组织什么村社？……关于非俄罗斯人在各屯的分布情况，我在前面已经提到过了。[1]

　　各屯人口的增长还带来另一种不利的复杂因素，转入殖民区的有许多老年人、体弱者、病人、精神病患者、行为不端者和不会劳动的人。后者是那些原来住在城市，没干过农活又未经实际训练的人。我根据官方资料统计，1890 年 1 月 1 日在全萨哈林的监狱和殖民区里共有 91 名贵族和 924 名城市阶层的人，如荣誉公民、商人、市民和外国臣民，两项加在一起，占流放犯总数的 10%。[2]

---

[1] 共有 5791 人回答了我提出的问题："你是哪省人？" 其中坦波夫省——260 人，萨马拉省——230 人，契尔尼哥夫省——201 人，基辅省——201 人，波尔塔瓦省——199 人，沃罗涅日省——198 人，顿河省——168 人，萨拉托夫省——153 人，库尔斯克省——150 人，彼尔姆省——148 人，下哥罗德省——146 人，赫尔松省——131 人，叶卡捷琳诺斯拉夫省——125 人，诺夫哥罗德省——122 人，哈尔科夫省——117 人，奥寥尔洛夫省——111 人；其余各省人数都在 100 以下。高加索各省总共 213 人，占 3.5%。高加索人在监狱里的比例要比在殖民区里高，说明他们服刑期间表现不好，远不是所有人都能转为移民，其原因除了经常逃跑之外，可能死亡率也很高。波兰王国的犯人 455 人，占 8%。芬兰和波罗的海东部沿海各省——167 人，占 2.8%。上述数字只能大致说明居民出生地情况，不能由此得出结论，坦波夫省的犯罪率最高，或者因为小俄罗斯人在萨哈林服刑的多，就说他们比俄罗斯人更喜欢犯罪。

[2] 贵族和特权阶层的人不谙农耕和造房。他们本应同别人一样从事劳作，接受惩罚，但是却没有体力。自然而然，他们便想方设法寻求轻微劳动，或者什么都不干。同时，他们还日夜提心吊胆，怕境遇突变，把他们发遣到矿井里，进行肉体惩罚，戴上镣铐等。他们中的多数人早已被生活折磨得疲惫不堪，变得温良恭顺，情绪郁闷。看他们的外表，怎么都不会想象他们竟是刑事罪犯。但是也可以碰到一些狡猾的下流坯。那是些不可救药的精神堕落者，一副小心翼翼的阿谀奉承相，言谈举止、声音笑貌，都卑劣下流至极！不管怎样，他们的处境都很可怕。有个苦役犯，以前是军官，在用囚车送他到敖德萨的路上，他从车窗看到："松枝火光和火把照耀下的捕鱼场面，优美动人，（转下页）

各屯都有屯长，由各农户选举产生，并经移民监事批准。屯长必须是移民或农民。一般都是老成持重、机灵识字的人才能当上屯长。他们的职权没有明文规定，但同俄国村长类似：排解疑难，摊派夫役，保护本屯利益等。雷科夫斯科耶的屯长甚至还有印章。有些屯长领取薪资。

每个屯子还驻有屯监，多由当地守军的下级兵士担任。屯监虽不识字，但可向过路官员报告情况，监视移民的举动，不许他们擅自外出，督促屯里的农业生产。他是屯子的直接官长，经常是唯一的裁决者，他向上级官长打的报告，具有重要意义，可以证明移民的行为是否端正，经营家业和定居情况，下面就是屯监打的一份报告：

（接上页）富有诗意……小俄罗斯的田野已经遍地呈绿。路基两旁的橡树、椴树林里，可以看到紫罗兰和铃兰，鲜花的芳香和失却的自由一齐向他涌来。"（《符拉迪沃斯托克》1884 年，№14）。一个犯有杀人罪的前贵族向我讲述在俄国送他上路的情景。他说："我突然醒悟了。只有一个愿望，就是赶快溜掉，不要叫人瞧见。但是朋友们却不理解我，争先恐后地安慰我，表示种种关怀。"特权阶层的囚犯被押解走在街上时，最怕的是自由人的，特别是熟人的好奇目光。如果有人想在囚犯群中辨认某一名罪犯，或者指名道姓地大声打听，这会使犯人异常痛苦。可惜，不论是在监狱里，还是在街上，甚至在报刊上都以嘲弄特权阶层犯人为能事。我在一份日报上读过关于一个前七等商业文官的报道，说他在西伯利亚的押解途中，被人请去吃早饭。吃过饭后他被押走了。请客的主人发现少了一只汤匙，原来是前七等文官偷走了！关于一个前宫廷侍从士官生，竟写道，他在流放地毫不寂寞，香槟多如潮水，茨冈女人成群结队。这种做法是残忍的。

行迹恶劣者名单
（上阿尔姆丹屯居民）

	姓名	劣迹
1	阿纳尼·阿兹杜金	偷窃
2	彼得·瓦西里耶夫·基谢列夫	同上
3	伊凡·格雷宾	同上
4	谢苗·加林斯基	懒散怠惰，擅自外出
5	伊凡·卡赞金	同上

第十六章

　　流放犯居民的性别——妇女问题——女流放犯和女性移民——男女同居者——自由民妇女

　　在流放殖民区，男女的比例是 100：53。[1] 这项比例只是指住在监外民房里的人。监狱里的囚犯和独身士兵未计在内。按以前本地某长官的说法，这些人也"必须有满足自然需要的对象"。能够成为这种对象的，还得是那些女流放犯和跟流放犯有关的女人。但是在确定殖民区居民的性别和家庭组成时，把那些人简单地统计在内是不成的，还必须加以说明。当他们住在监狱或兵营里的时候，他们只是从泄欲的观点看待殖民区。他们来到殖民区，起了从外部施加有害影响的作用。这种影响就是降低出生率，提高发病率。从影响的大小，往往同监狱和兵营离屯子远近直接有关。这同在铁路上干活的流浪汉对俄国农村的关系相仿。如果把全部男人，包括监狱和兵营都统计在内，那么比例就会从 100：53 降到 100：25。尽管两项比例数都偏小，但是对在如此

---

[1]　根据俄国第十次人口普查（1857—1860），国内男女比例是 100：104.8。

恶劣条件下发展起来的新流放殖民区说来，已经不能算是很低的了。在西伯利亚的苦役犯和移民中，妇女占 10% 以上。而在外国流放地，有些相当体面的殖民农场主在这方面都一筹莫展。他们会兴高采烈地欢迎从殖民地附属国运来的妓女，为每名妓女付给船长一百磅烟草，在萨哈林，所谓的妇女问题虽然十分混乱，可是却不像西欧流放殖民地发展初期那么醒龌。来到这里的不只是女犯人和妓女。由于监狱管理当局和志愿商船队做出努力，在俄国欧洲部分和萨哈林之间建立了快速而有效的交通联系，大大推动了妻子跟随丈夫、女儿跟随父母前来流放地的速度。就在不久前，每三十名罪犯中才有一名妻子自愿随行，而现在自由妇女随行来殖民区已是很普遍的事了。例如，已经很难设想雷科夫斯科耶或新米哈伊洛夫卡能够离开那些悲剧人物而存在了。他们"前来侍候丈夫的生活，却牺牲了自己"。这可能是我国萨哈林的流放史中唯一不必屈居人后的优点。

先从女苦役犯谈起。按 1890 年 1 月 1 日的统计，全岛三个区的女犯人占苦役犯总数的 11.5%。[1] 从殖民观点来看，这些女

---

[1] 这个数字只供确定苦役犯的性别比例，不能用来评价男女两性的道德面貌。女苦役犯较少，并不说明妇女的道德高于男人。生活制度和生理特点决定了女性较少受外界影响，较少有机会犯下严重的刑事罪行。她们不在机关供职，不在军队服役，不外出打零工，不在森林里、矿井里、海上工作，因此不会在职务上犯罪，不会违犯军纪，也不会犯那些需要男人体力的罪行，例如抢劫邮车、拦劫行人等等。只有男人才能触犯败坏童贞、强奸妇女、诱奸少女以及其他超自然罪行的刑律。但是妇女在害人致死、虐待致残、销毁罪证方面较男人更为常见：杀人犯在男犯人中占 47%，在女犯人中却占 57%。至于投毒杀人犯，女性不仅相对来说要多，而且绝对数字也比男性多。1889 年，全岛三个区的女性投毒犯绝对数等于男性的三倍，相对数等于二十三倍。（转下页）

人具有共同的重要优点：她们来到殖民区，都比较年轻，多数人性欲强烈，都是因为恋爱和家庭事件犯罪判刑的。"为了丈夫的事"，"为了婆婆的事"。……她们多数是杀人犯，也是爱情和家庭专制的牺牲品。甚至那些因纵火罪和伪造货币罪来此的人，实际上也是在受着爱情的惩罚，因为她们是受了情夫的唆使才犯罪的。

　　无论是在受审之前，还是在受审之后，爱情因素都在她们的生活悲剧中起着决定一切的作用。她们坐船前来流放地途中，听人们纷纷议论说，到了萨哈林就会强迫她们出嫁。这使她们激动不已。有一回，她们竟一致请求船上官长为她们求情，不要强迫她们嫁人。

　　十五—三十年以前，女苦役犯到了萨哈林，立即被送进妓馆。弗拉索夫在报告中写道："在南萨哈林，由于没有单独住处，女人被安置在面包房里……岛区长官杰普列拉多维奇命令把女监改为妓馆。"她们无须从事任何劳作，"只有那些犯有过失或不能博取男人欢心的"，才被派到伙房工作，其余的一概为"需要"服务，堕入花天酒地之中。据弗拉索夫说，这些女人最后竟会沦落到浑浑噩噩地"用自己的孩子去换取一升酒喝"。

　　（接上页）尽管如此，来到殖民区的女人仍比男人少。虽然每年都有成批的自由妇女来此，男人仍占压倒多数。这种性别比例方面的悬殊差异，对殖民区是不可避免的。只有当流放中止或有外来移民大批涌入，同流放犯结合，或者我国也出现一个热情号召贫家良女到萨哈林成家的弗列伊小姐，那时男女两性才能达到平衡。

　　关于西欧和俄国流放地，特别是妇女问题，请参阅福伊尼茨基教授的著名论著《论与监狱体制有关的惩罚学说》。

现在，当一批女人来到亚历山大罗夫斯克的时候，首先在得意扬扬的气氛中把她们从码头带到监狱。妇女们在包裹背囊的重压下弯着腰，步履艰难地走着，由于没有从晕船的呕吐中恢复过来而显得萎靡不振。像在集市上看杂耍一样，跟在她们身后的是成群结队的婆娘、庄稼汉、小孩子和办事机关的人员。这个场面很像阿尼瓦湾里鲱鱼汛期的情景一样，鱼群后面跟着成批的鲸鱼、海豹和海豚。它们都想饱餐一顿满腹鱼子的鲱鱼。移民庄稼汉跟在女人身后，心里翻腾着一个诚实简单的想法：他们需要女主人。婆娘们感兴趣的是，来人中有没有自己的同乡。录事和监守需要的则是"姑娘们"。这种场面一般都发生在傍晚之前。女人们被锁进早已为她们准备好的监房里。接着，监狱里、哨所里会整宿地议论这些新来的女人，大谈家庭生活的乐趣和管理家业没有婆娘的难处等等。轮船启碇开往科尔萨科夫之前，只有二十四小时的空余时间可供讨论，如何在各区之间分配新来的女人。负责分配的是亚历山大罗夫斯克的官员，因此他们这个区可以得到最上等的一份——无论就数量，还是就质量来说，都是如此。邻近的特姆区得到的是略少略差的一份。北部区精心挑选，就像过筛子一样，留在那里的多是最年轻、最漂亮的女人，而有幸到南部区去的几乎全是老太婆和那些"不能博取男人欢心"的女人。分配的时候，根本不考虑农业殖民区的需要，结果，各区得到的女人相差极其悬殊。殖民开发成功希望愈小的区，得到的女人反倒愈多：亚历山大罗夫斯克区条件最差，但是每 100 个男人平均有 69 名女人，特姆区——47 名，条件最好的科尔萨科夫区却只有 36 名。[1]

　　留在亚历山大罗夫斯克区的女人，一部分派给官吏当女仆，女人们从监狱、囚犯车厢、轮船底舱，忽然来到清洁、明亮的官吏居室，简直是到了仙境魔窟，老爷们也就成了具有无限权力的善神或者恶神。不过，她会很快习惯的，只是言谈话语中总是不免久久地留存着监狱和轮船底舱的痕迹："我说不好"，"吃吧，大人"，"正是这样"。另一部分女人进了录事和监守的内室。第三部分，也是最多的一部分则进了移民的房舍。能够得到女人的只是那些较为富裕，能够赢得长官好感的移民。甚至考验期的苦役犯也能得到女人，只要他有钱，在监狱的小天地里享有势力。

　　在科尔萨科夫哨所，新到的女犯也是先关在单独牢房里。区长和移民监事共同决定，哪些移民应该得到女人。优先考虑的是有家业、行为端正的人。这些为数不多的上帝选民会得到命令：某日某时前来哨所，到监狱里领取女人。在指定的日子里，从纳伊布齐到哨所的大路上可以看到络绎南行的人，当地人不无嘲弄地称他们是未婚夫或新郎官。他们的外表确实与众不同，有些新郎的样子。有的人身穿红布罩衫，有的人戴着不同寻常的农庄主人的大帽子，有的人脚蹬锃亮的高跟新皮靴，这种皮靴谁都不知道是什么地方，花什么价钱买到的。全体到齐之后，一起放

---

[1] 谢尔巴克医生在一篇讽刺小品里写道："直到第二天早上才卸完船。剩下的事情是接收送往科尔萨科夫哨所的流放苦役犯，领取各项据数。第一批 50 名男犯和 20 名女犯立即送来了。从名单上看，男犯都不会手艺，女犯都是年纪很老的。不好的，都留给了别人。"（《同流放苦役犯一道》，《新时代》，№5381）

他们进女监，同女犯们相会。开头总要有一阵难为情，不好意思。"新郎"们在床铺前踱来踱去，默默地打量着低头坐在那里的女人们。大家都在相看，没有人嫌弃女人们的丑陋、衰老和萎靡的外表，大家都一本正经地、"宽厚地"看待这些女人。人们一边端相，一边盘算：谁能是个好主妇？有个年轻些的或者中年的妇女挺合他意。他坐到她的身旁，同她谈起了知心话。女人会问他有没有茶炊，房盖苫着什么，干草还是木板。男人回答，有茶炊、马、两岁的小母牛，房盖是木板的。进行过家业答问之后，双方都觉得已经无须再问，女人才会提出：

"您不会欺负我吧？"

谈话到此结束。女人登记要到某屯某移民家去。于是公民婚礼宣告完成。移民带着同居女人一道回家。为了装点门面，可能要倾囊以赴，雇上一辆大车。到家之后，同居女人的第一件事是烧起茶炊。邻居们看着袅袅炊烟，会羡慕地议论，谁谁已经有了女人。

岛上没有女人可干的活计。有时，女人擦擦办公室的地板，在菜地里干活，缝补麻袋，但是经常固定的强制性的繁重劳动根本没有。可能将来也不会有。监狱把女苦役犯全部交给了殖民区。押解她们来岛的时候，考虑的不是惩办和改悔问题，而是她们会生孩子，会管理家务。按照《流放犯管理条例》第345条规定，女苦役犯是到移民那里当"女工"的，"出嫁之前在就近屯内，受雇为老户仆妇，以获衣食"。这其实是对淫乱和通奸罪的遮掩。住在移民那里的女流放苦役犯不是什么长工，而主要是姘居者，是经当局认可的不合法的妻室。官方文件和命令称这种姘居为"共同经营"或"共事家业"[1]，男女双方组成所谓的"自由家庭"。可以说，除了少数特权阶层的女人和那些随同丈夫来岛的女人之外，全部女苦役犯都变成了姘妇。这已司空见惯。听说弗拉基米罗夫卡有个女人拒绝当姘妇，声明说她到这里是服苦役的，不是为了别的，她的话竟使大家瞠目结舌。[2]

地方上形成了对女流放犯的一种特殊看法，这种看法遍及各流放殖民区：她们既是人、理家的主妇，又是比家畜地位还要低的奴隶。锡谢卡屯的移民向区长呈递过这样的申请："恳请大人为我调拨奶牛和主持家务的女性。"岛区长官同乌斯科沃移民谈话时，向他们做了多项许诺，当时我也在场，其中一项是：

"关于女人，我是不会漏掉你们的。"

"从俄国运来的女人不是春天到达，而是秋天，这不好。"有个官员对我说，"冬天女人没事干，帮不了男人的忙，只是添了一张嘴。因此善于理家的主人都不愿在秋天领取女人。"

人们担心冬天饲料昂贵，到了秋天就是这样谈论马匹的。人的尊严，女性的心理和羞涩感情完全不在考虑之内，似乎这一切早已被她蒙受的耻辱毁掉了，或者已经丢失在监狱和押解来岛的途中了。至少，对女犯进行人格污辱，总算没有达到用暴力逼她嫁人或跟人姘居的程度。有些传闻说，在这方面使用了暴力，

---

[1] 例如，有这样的命令："根据亚历山大罗夫斯克区长1月5日第75号报告的申请，同意将亚历山大罗夫斯克监中的阿库丽娜·库兹涅佐娃转拨特姆区，与移民阿列克谢·沙拉波夫共事家业。"（1889年第25号）

[2] 很难想象，如果女犯拒绝同居，还有什么地方可住。流放区没有专门的女监。医务主任在1889年的报告中写道："来到萨哈林之后，她们本人必须为宿处着想……为了得到一个安身立命之处，某些人只好不惜一切手段。"

那是无稽之谈。还有人传说，海边竖有绞架，设有苦役地牢，也都是没有根据的。[1]

登记同居时，女人的衰老年纪、不同的宗教信仰以及放浪行为，都不会成为障碍。五十岁以上的同居女人，我不仅在年轻的移民那里见过，甚至在二十五岁刚过的监守那里也见过。有的老母亲和成年女儿一起来到苦役地。两人同时成了移民的同居女人，竞赛似的开始生孩子。和俄国人同居，不仅有天主教徒、路德教派，甚至还有鞑靼女人和犹太女人。在亚历山大罗夫斯克的一家房舍里，我看到一个俄国女人，她负责给一大群吉尔吉斯人和高加索人做饭。她的同居者是个鞑靼人，或者用她的说法是车臣人。这里还有一个著名的鞑靼人克尔巴莱，他的同居者是个俄国女人，姓洛普申娜。他们已经有了三个孩子。[2] 流窜犯也有家

[1] 虽然我对这些传闻一直持不相信的态度，但是我还是做了实地调查，听取了可能成为上述传闻的一切起因。有人说，三四年以前，前采将军任岛区长官时，曾强行把一个外国女人拨给了前警察所长。科尔萨科夫区的女苦役犯亚格利斯卡娅，由于想离开同居的移民科斯特利亚科夫，挨了三十下树条。同区的移民亚罗瓦蒂曾上告说，他的女人拒绝跟他同居。为此，上边下了命令："某某，揍她一顿！""揍多少下？""七十！"女人挨了打，但是仍然没有屈服，终于跟了移民马洛维奇金。现在马洛维奇金对她赞不绝口。移民列兹维佐夫是个糟老头子，当场抓住自己的女人和移民罗金，告发了他们。上边的命令："叫她到这里来！"女人来了。"你算个什么东西？为什么不愿跟列兹维佐夫同居？脱光了揍！"列兹维佐夫奉命亲手惩罚她，他照办了。后来，还是女人占了上风。我去的时候，她已经不再是列兹维佐夫的同居者，而是跟了罗金。以上是移民们向我说的全部事实。如果女苦役犯为人刁泼或放荡不检，常常改换同居者，偶尔也会遭到惩罚。但这种情况很少，必须有男方的告发才行。

[2] 在上阿尔姆丹，鞑靼人图赫瓦图拉的俄国同居女人叫叶卡捷琳娜·彼得罗娃。他们生有孩子。他家的帮工是穆斯林，客人也是。在雷科夫斯科耶，阿芙多吉娜·麦德韦杰娃的移民同居者也是穆斯林，叫穆罕默德·乌斯捷－（转下页）

室。有个三十五岁的伊凡在杰尔宾斯科耶对我说过，他有两个姘妇，"一个在这里，另一个登记在尼古拉耶夫斯克"。有些移民跟身世不明的女人同居已经十年，关系亲如夫妻，但是仍不知女方的真实姓名和老家。

问他们过得怎样，移民们通常的回答是："过得不错。"有些女苦役犯告诉我，在俄国老家时备受丈夫的欺凌、毒打和辱骂，可是到了这里的苦役地，却第一回见到了光明。"谢天谢地，现在跟了个好人，知道疼我。"流放犯一般都知道疼爱自己的同居女人。

"这里缺少女人，什么都得男人自己干，下地、做饭、挤牛奶、补衬衣，"考尔夫男爵对我说，"一旦得到女人，就会恩爱备至。您瞧，他们都是怎样打扮女人的。流放犯都很敬重女人。"

"不过，女人的脸上总还是免不了青一块紫一块的。"在场的科诺诺维奇将军插言道。

有时也会吵架、斗殴，身上落得青一块、紫一块。不过移民教训自己的女人时，手下是留情的，心里有些怕她，知道这不是他的合法妻子，随时可能离开他。其实，流放犯爱惜女人也并不全是出于这种心理。虽然萨哈林的家庭结合得十分草率，但也还是会产生纯真的爱情，叫人看了很羡慕。在杜厄，我看到过一个女苦役犯，是个患有癫痫病的疯女人。她的同居男人也是苦役犯，对她的照料很像位热心的看护。我对男的说，同这样的女人同住一起一定很困难，但他却快活地回答说："没什么，大人，她怪可

（接上页）诺尔。在下阿尔姆丹，路德教派移民佩列茨基的同居者是个犹太女人，叫列亚·佩尔姆特·勃罗哈，而在大塔科伊，流放犯出身的农民卡列夫斯基和爱奴女人同居一室。

怜的！"在新米哈伊洛夫斯克，有个移民的同居女人失掉双脚很久了，天天躺在一堆败絮上，全靠男人侍候。我对她的男人说，可以让她住到医院里去。可是那个男人却对我说，他很可怜她。

除了良好的普通的家庭之外，还可以见到另一类自由结合的家庭。正是这些家庭起着败坏流放区妇女问题的名声的作用。这些硬被撮合到一起的家庭，会使你立即产生反感。看得出，这种家庭受着监狱和囚徒的腐蚀，早已堕落不堪，并且变成一种莫名其妙的东西。许多男女同居一室，不是因为别的，而是因为流放地应该如此。同居，在殖民区已经成了传统秩序，而这些人秉性懦弱，毫无志气，只能向传统低头，虽然并没有人强迫他们这样做。新米哈伊洛夫斯克有个五十来岁的乌克兰女人，是和儿子一起到这里来的。儿子也是苦役犯，俩人因为媳妇死在井里而被判罪。老家还有老伴和孩子，但老太婆在这里却要和别人同居。可能，她觉得这么做很龌龊，耻于向别人谈起此事。她鄙视自己的同居者，可是又和他一块睡觉。流放地就该如此。这类家庭的成员可能生疏到如下程度：一起同居了五到十年，仍不知对方多大年纪，哪个省人，父称是什么……如果问女人，她的同居者多大年纪，她会冷漠地、懒懒地看着一旁，回答说："鬼知道呢！"男人在外面干活或玩牌，家里的女人总是忍饥卧床，无所事事。邻居来了，她会懒洋洋地抬起身子，打着哈欠说，她是"为了丈夫的事流放的"，遭了不白之冤。"见它的鬼，是小伙子们整死了他，服苦役的可是我！"同居的男人回到家里，无所事事，有苦说不出，一筹莫展。本来该把茶炊烧好，可是既没有茶也没有糖……看着懒散地躺在床上的女人，立刻会觉得苦闷、颓丧，尽管饥肠辘辘，满腔懊恼，也就只好长叹一声，索性也上床一躺。这种家庭的女人如果外出卖淫，会被男人看成有益的家畜，受到男人的敬重。男人会为她烧好茶炊，对她的刁泼撒野，忍气吞声。这种女人会经常更换同居者，谁有钱，就跟谁，谁有酒，就跟谁。也可能单单是为了情绪苦闷，换换口味。

女苦役犯可以得到一份口粮，和同居男人分而食之。有时婆娘的这份口粮就是全家唯一的伙食来源。由于同居女人形式上算作帮工，因此男方必须为此向官家交纳佣金：他必须从一个区向另一区运送二十普特的东西，或者给哨所搬运十根原木。不过这项义务只有务农的移民才必须履行，而住在哨所里的流放犯却没有任何负担。女苦役犯服刑期满，即可取得移民资格，但同时也就不再领取口粮和囚衣了。这样，在萨哈林转为女移民丝毫不会改变女苦役犯的境遇。领取口粮的女犯人要比女移民的生活好过得多。刑期越长，对女人越有利，如果她是无期徒刑犯，她就可以无限期地享受口粮待遇了。女移民取得农民资格比较容易，一般有六年期限就可以了。

目前在殖民区，跟随丈夫前来的自由妇女比苦役犯多，但同全部女流放者的比例则是 2：3。我记下了 697 名自由妇女；女苦役犯、女性移民和女农民共 1041 名，即自由妇女占殖民区全部成年妇女的 40%。[1] 促使妇女背井离乡，跟随犯罪的丈夫来到流放区的原因多种多样。一些出于爱情和怜悯，另一些人坚信

---

[1] 开展海上运输后的十年里，即 1879 至 1889 年，志愿商船队的船只运送了8430 名男女苦役犯和 1246 名随同犯人来岛的家属。

只有上帝才能使夫妻分离，第三种人是因为在家乡无颜见人。在愚昧无知的乡下，丈夫的耻辱总要牵连到妻子。例如，犯人的妻子到河边洗濯衣服，别的女人就会称她是苦役犯的老婆。第四种人则完全是上当受骗，听信了丈夫的甜言蜜语。不少犯人还在船上就往家里写信，说萨哈林天气暖和，土地很多，粮食很贱，官长待人和气。到了监狱，写的还是这一套。有时一连几年，花言巧语不断翻新。事实证明，妻子的无知和轻信，常常会使他们如愿以偿。[1] 最后，还有第五种人，她们仍然处于丈夫的强烈道德影响之下。她们很可能参与了罪行或者分享过好处，只是由于证据不足，侥幸地逃脱了法律制裁。最常见的是第一和第二种。她们具有献身的同情心和怜悯心，以及不可动摇的信念力量。自愿跟随丈夫前来的妇女，除俄国人之外，还有鞑靼人、犹太人、茨冈人、波兰人和德国人。[2]

　　自由妇女来到萨哈林时，这里对她们的接待并不十分殷勤。

---

[1] 有个犯人甚至在信中吹嘘他有一枚外国银币。这类信件一般都伴作乐观，说得天花乱坠。

[2] 也有丈夫随妻子前来流放的。全萨哈林这样的丈夫有三名：亚历山大罗夫斯克的退休士兵安德烈·纳伊杜什、安德烈·加宁和杰尔宾斯科耶农民日古林。日古林是个老头，随着老伴和儿女来到此地。他整日装疯卖傻，像个醉汉，成了街坊邻居的耍笑的对象。还有一个德国老头，带着老伴到儿子戈特利勃这里来。他连一句俄语都不会说。我曾问他，多大年纪了。

"我生于1832年。"他用德语回答说，然后用粉笔在桌子上写了1890，再减掉1832。

有个苦役犯从前是个商人。管事跟他一道来到这里。不过，管事在亚历山大罗夫斯克住了一个月就回俄国去了。《流放犯管理条例》第264条规定，犹太人丈夫不许跟随犯罪的妻子。后者只许随带吃奶的婴儿，而且必须征得丈夫的同意。

下面就是一个典型的事例。1889 年 10 月 19 日，自由妇女、男女少年和儿童共三百人乘志愿商船队的符拉迪沃斯托克号轮船到达亚历山大罗夫斯克。人们从符拉迪沃斯托克出发，在海上航行了三四昼夜，又冷又饿，吃不到热食。据大夫说，他们中间发现有 26 名猩红热、天花、麻疹患者。轮船是在深夜到达的。船长担心天气会变坏，要求当夜卸船。卸船工作是在夜间 12 点至 2 点进行的。妇女和儿童关在码头上的船库和堆栈里，病人被隔离在检疫站的木棚里。旅客的行李胡乱堆放在驳船上。清晨，忽然传来消息说，波涛冲断了驳船缆索，卷进了大海。顿时哭叫声大作。有个女人丢失了全部行李和三百卢布现款。编写了事故记录，一切罪责都推在暴风雨上。但是第二天却在监狱苦役犯那里发现了丢失的物品。

自由妇女来到萨哈林的初期，必然惆怅迷惘。岛景和苦役生活使她茫然若失。她会绝望地说，投奔丈夫的路上虽然知道这里很苦，不敢存什么幻想，但是万万没有想到，这里竟是这么可怕。她和先来一步的妇女稍经攀谈，看一眼她们的生活状况，便立即会得到结论：她和孩子这下是给毁了。虽然离服刑期满还有漫长的十一十五年，可她已经在不住嘴地叨念大陆了。她觉得这里的家业不值一谈、不屑一顾。她会日夜啼哭，数落丈夫。提起离弃的亲人，如同隔世才能得见。丈夫会怀着沉重的内疚，郁闷地不作声响。但是，终于会忍耐不住，开始打她、骂她，责怪她不该到这里来。

如果妻子没有带钱，或者带的钱仅够买一座屋舍，老家又无钱寄来接济，那么他们很快就会挨饿。没有收入，求乞无门，她和孩子只能分食服苦役的丈夫从狱中领得的一份口粮，而这份口粮，却仅够一个成年人果腹充饥。[1] 日复一日，想的只是一件事：吃点什么，弄点什么给孩子吃。经常性的饥饿，为糊口争吵不休，前途渺茫，使得她的心肠逐渐变得麻木不仁。她明白了，在萨哈林，单靠高雅的感情，喂不饱肚皮。终于，她会像一个妇女说的那样，用"自己的肉体"去赚取几枚硬币。丈夫也同样麻木不仁了。他已经顾不上什么清白名声。那只是小事一桩。刚满十四或十五岁的女儿，也会成为赚钱的工具。母亲会在家里为女儿招徕顾客，还会让她们同富有的移民或监守姘居。自由妇女在这里整日游手好闲，这些事做起来得心应手。住在哨所，本来就无所事事，住在屯里，特别是北部区，农事也少得可怜。

贫困和无所事事之外，自由妇女的第三条祸根——就是丈夫。丈夫赌钱或酗酒，会输光或喝光自己的口粮、妻子以至孩子的衣服。他还可能犯下新的罪行或者逃跑，我在萨哈林时，特姆区移民贝舍维茨因被控图财害命，关进杜厄的单人囚室，妻子和孩子也只好住在家属棚舍里，扔下农舍和农事无人料理。小特姆屯的移民库切连柯逃跑后，妻子儿女落得无依无靠。即使丈夫没有杀人或者逃跑。妻子每日也要为他提心吊胆，怕他受罚，怕他受欺，还怕他摔伤、生病或者死掉。

时光流逝，老期渐近，丈夫度过了苦役期和移民期，即将

---

[1] 这位自由妇女，合法的妻子，同邻室的女苦役犯、姘居者相比，竟是望尘莫及。女犯人每天可以领到三俄磅面包。在弗拉基米尔罗夫卡，有个自由妇女竟被怀疑是杀害丈夫的凶犯，理由是她如果判为苦役犯，就会得到口粮——就是说，她的处境会比犯罪以前大大改善。

成为农民了。往昔的一切被忘却、被宽恕了。随着重返大陆，又在憧憬着理想的新生活和幸福。但是，也有另一种结局。妻子患肺病离开了人世，年迈的丈夫孑然一身返回大陆，或者妻子成了遗孀，一筹莫展，走投无路。在杰尔宾斯科耶，自由人亚历山德拉·季莫菲耶娃离弃了莫罗勘教徒丈夫，跟了牧人阿基姆，住在肮脏拥挤的窝棚里，并且给牧人生了一个女儿，而她原来的丈夫又找了一个女人姘居。亚历山大罗夫斯克的自由人舒丽基娜和费季娜也抛弃了丈夫，给别人当了姘妇。涅妮拉·卡尔宾科的丈夫死了，她只得改嫁给一个移民。苦役犯阿耳图霍夫出走流浪，自由人妻子叶卡捷琳娜只好给别人当姘妇。[1]

---

[1] 《流放犯管理条例》也谈到了自由妇女。第85条规定："自愿随行的妇女任何时候都不应使之与丈夫分居，亦不应受到监管。"在欧洲俄国或在志愿商船队的轮船上，她们确是自由的。但是一进入西伯利亚，当人们混杂为伍，一道步行或乘大车赶路的时候，押解兵就无暇区别对待了。在外贝加尔，我见过这样的场面：男人、妇女、儿童挤在一起下河洗澡。周围的押解兵站成半圆形，任何人不得逾越界限，连儿童也不例外。根据第173条和253条规定，自愿随行的妻子"到达指定地点之前可以领取衣履和饭伙"，数量和犯人等同。但是《条例》没有指明，这些妇女该怎样穿过西伯利亚——步行还是乘车。第406条规定，经丈夫同意，她们可以暂时离开流放区，回帝国内地小住。如果丈夫死于流放地或因犯有新的罪行而解除婚约，其妻子可按第408条规定返回俄国故地，路费由国家负担。

弗拉索夫描述过流放苦役犯的妻子及子女的处境。她们唯一的错处是命运使她们成了罪犯的亲属。他在报告中说，"这几乎是我国全部放逐制度最阴暗的一面"。关于各区各屯自由妇女的不平衡的分布情况，以及地方当局对她们的冷遇，我在前面已有叙述。读者不应忘记杜厄的犯人家属棚舍，在那里，自由妇女及其子女的居处，和群居囚室毫无区别，环境令人作呕，杜厄本来就已是全岛最恶劣最贫穷的地方，还要加上犯人带着姘妇和喂养的猪狗混杂其间。所有这一切都可以说明，地方当局在殖民开发和推进农业活动方面，是何等软弱无力。

第十七章

居民的年龄——流放犯的家庭情况——婚姻——出生率——萨哈林的儿童

有关流放者年龄的官方统计，固然极其精确，并且比我搜集到的更为全面，但是也仍然不能说明任何问题。首先，它们具有偶然性，同自然的或经济的条件无关，而是取决于法律理论、现行的惩罚制度及监狱主管官员的意志。随着对整个流放制度，特别是对萨哈林流放地观点的改变，居民的年龄结构也将改变。同样，如果殖民区的妇女能够增加一倍，或者西伯利亚铁路通车后开始向这里自由殖民，也会发生这种改变。其次，岛上特殊的流放制度，使得这种统计同正常情况下的切列波韦茨或莫斯科县的年龄统计，意义完全不同。例如，萨哈林的老人所占比重极微，但这不是岛上条件艰苦、死亡率高所致，而仅仅是由于多数流放犯刑满之后，趁尚未年迈，赶快离岛返大陆的缘故。

目前在殖民区占首位的是二十岁至三十五岁（24.3%）和

三十五岁至四十五岁（24.1%）的人 [1]。格里亚兹诺夫医生称二十岁至五十五岁是工作年龄。这种年龄的人在殖民区占 64.6%，就是说比俄国高出近一半 [2]。可是，萨哈林的工作年龄或生产年龄的高比例，甚至过剩情况，根本不是经济繁荣的标志。它只能说明这里劳力过剩，尽管这些数量庞大的劳力在萨哈林建设着城市和无可挑剔的驿路，他们仍然处于饥饿的、游手好闲的、技能不熟练的状态。造价昂贵的建筑和与此并存的大批劳力的赤贫状态，使人觉得殖民区同古代有些相像。那时也是人为地造成劳力过剩，让他们去修造庙宇和竞技场，同时又使他们处于一贫如洗的饥馁状态。

从零到十五岁的儿童所占比例也很高，占 24.9%。和俄国同类数字相比，它虽然是低的 [3]，但是考虑到流放区的家庭生活条件如此恶劣，这个比率仍不能不说是高的。读者往下就会看

---

[1] 下面是我编制的年龄统计表：

年龄	男	女	年龄	男	女
○—五岁	493	473	三十五—四十五岁	1405	578
五—十岁	319	314	四十五—五十岁	724	226
十一—十五岁	215	234	五十五—六十五岁	218	56
十五—二十岁	89	96	六十五—七十五岁	90	12
二十一—二十五岁	134	136	七十五—八十五岁	17	1
二十五—三十五岁	1419	680	八十五—九十五岁	—	1

另有年龄不详者男 142 人，女 35 人。

[2] 切列波韦茨县的工作年龄占 44.9%，莫斯科县占 45.4%，坦波夫县占 42.7%。参见尼科耳斯基：《坦波夫县居民和发病率统计》，1885 年。

[3] 切列波韦茨县儿童比率为 37.3%，坦波夫县约为 39%。

到，由于萨哈林妇女的生育率高，婴儿死亡率很低，儿童比例将会赶上俄国水平。一方面，这是好事，因为除了各种殖民考虑之外，对儿女的眷恋，是流放犯的精神支持力量，它比任何其他因素能更有效地使流放犯觉得这里就是他们的俄国故乡。此外，照看儿女，可使女流放犯不再游手好闲。另一方面，儿童多又是坏事，因为非劳力只能增加居民的耗费，儿童本身不能提供任何东西，只能加重经济困难，使居民更加贫困。在这一点上，殖民区比起俄国农村，处境尤其不利。萨哈林的儿童成为少年或成年人时，一般都要回到大陆去，而殖民区为他们耗费的一切却得不到补偿。

萨哈林作为殖民区，虽然没有完全成熟，至少也处在成熟的过程中，但从年龄上看，未来的基本居民却占很小的比重。全殖民区只有185名十五到二十岁的人。其中男89名，女96名，仅占全体居民的2%。他们当中只有27人可以算作殖民区的真正后代，是萨哈林生人，或出生于父母被押解来岛的路上。其余的都是随同流徙至此。即使是那27人，也在等待跟随双亲或丈夫到大陆去。他们的父母几乎全是服刑期满的富裕农民，目前留在岛上仅仅是为了增加自己的财富。如亚历山大罗夫斯科耶顿的拉契科夫一家就是这样。再如，生于奇比萨尼的玛丽娅·巴拉诺芙斯卡娅（现年十八岁）本是自由移民的女儿。她也不打算留在萨哈林，要随丈夫回大陆去。二十年前生于萨哈林的居民，即今年二十一岁的人，这里已经一个不剩了。二十岁的年轻人全岛只有27名，其中有13人是流放来此的苦役犯，7人随丈夫来此，

7 人是流放犯子女。他们都在向往着符拉迪沃斯托克和阿穆尔。[1]

萨哈林岛共有 860 户合法家庭和 728 户自由同居家庭。这两项数字就足以说明殖民区流放犯的配偶情况了。只有约一半成年人能够享受家庭乐趣。就是说，殖民区全部妇女都有配偶，另一半居民即 3000 名左右男子只好过独居生活。这种比例并不稳定，经常会发生变化。例如，遇有特赦，监狱会释放成千名犯人出狱，这时殖民区的独身男子就会剧增。在我离开萨哈林之后不久，那里的移民被准许去修建西伯利亚铁路乌苏里段，这时独身男子的比重又会骤降。不管怎样，流放犯家庭单位的发展是极其缓慢的。有人认为，独身男子的大量存在是殖民区至今未获成功的主要原因[2]。现在极需解决的是，殖民区为何如此广泛地流行非法的或自由的同居单位？人们为何在分析流放犯家庭生活的统计数字时，得到的印象是，流放犯总是千方百计逃避合法婚姻？事实上，如果不算自愿随行的自由妇女，那么殖民区的不合法家庭会比合法家庭高出三倍之多。[3] 督军向

---

[1] 从前表可以看出，儿童的男女性别几乎各占一半，而在十五岁到二十岁以及二十岁到二十五岁的人中间，女多于男。再往下，二十五—三十五岁之间，男人已经多出女人一倍以上，在中年和老年人中间，男人就占了压倒多数。老头的数量极少，老太婆几乎没有。这可以说明，萨哈林岛上的家庭缺少经验和传统的指导。值得一提的是，每次参观监狱时，我都觉得那里的老年人要比殖民区的多。

[2] 当然，无论如何都不能说殖民区的初期巩固主要取决于家庭单位的发展。我们知道，弗吉尼亚的繁荣早在向那里输入妇女之前即已取得。

[3] 单看统计数字，可能得出结论，认为教堂结婚不适合于俄国流放犯。例如，从 1887 年的官方统计来看，亚历山大罗夫斯克区共有 211 名女苦役犯。其中只有 34 人举行了合法婚礼，有 136 人同苦役犯和移民自由同居。同年，（转下页）

我谈起这事时，称这种状况是"令人愤怒的"。他怪罪的不是流放犯。多数流放犯是父权制拥护者，笃信宗教。他们欢迎合法婚姻。经常有不合法的夫妻向上级请求准许补行教堂结婚仪式。但是多数都遭拒绝。原因既不在地方当局，也不在流放犯本身。根源在于：尽管服刑者被褫夺公权的同时，夫权也被褫夺，他对家庭来说已不复存在，如同死去一般，但是他在流放地仍然不能根据未来生活的具体情况取得合法的婚姻权利。他还要受制于留在俄国享有公权的另一方。服刑者必须征得对方同意，方能解除婚约，重新结婚。通常，留在俄国的另一方都不同意离婚。一些人出于宗教信念，认为离婚是罪孽，另一些人则认为离婚毫无意义，是多此一举，异想天开，特别是当双方都已年近四十的时候。"他是再结婚的年龄吗？！"

妻子收到丈夫请求离婚的信以后会想："这条老狗，想想他的灵魂啊！"还有一些人拒绝离婚是怕麻烦，图省事，不愿为此耗费金钱，或者干脆不知道该向谁提出申请，如何办理手续。促使流放犯选择不合法婚姻的原因，还有文案制度上的缺陷。事无巨细，都要照章办事，手续烦琐，令人望而却步。往往是流放犯花费大笔款项延请刀笔，交付印花费、电报费之后，仍然不得不心灰意冷，得出结论：他注定不会再有合法的家庭了。许多流放犯完全没有积存档案。有些档案没有记载流放者的配偶情况，或

（接上页）特姆区有 194 名女苦役犯，只有 11 名有合法的丈夫，161 名和别人同居。198 个屯落中，只有 33 名正式结婚，118 名和别人同居。科尔萨科夫区没有一名女苦役犯有合法的丈夫；115 名的婚姻是非法的；21 个屯落中，只有 4 人的婚姻是合法的。

者记载有误，而除了档案之外，又没有任何文件可资证明流放犯的配偶情况。[1] 在殖民区成就的合法婚姻，可从户籍簿中查知。但是，合法婚姻在这里极为罕见，远非人人可得，因此这种资料不能说明居民对合法婚约的真正要求。这里不是根据需要，而是根据可能，才举行教堂婚礼。在这里统计举行正式婚礼的平均年龄，是一件毫无意义的事：要想根据这类数字确定晚婚还是早婚，是不可能的。因为多数流放犯在举行教堂婚礼之前早已过了很长时间的夫妻生活了。通常，举行婚礼的新郎新娘已经儿女成群了。从户籍簿中只能看到一点，那就是近十年来教堂婚礼多在 1 月份举行。全年的三分之一婚礼集中在这个月份。秋季婚礼也较多，但同 1 月份相比仍是微微了了。这同国内农业县份的情况大不相同。通常，这里流放犯的自由人子女，无一例外地都实行早婚。新郎一般在十八—二十岁，新娘在十五—十九岁。十五—二十岁的自由人姑娘比同年男子多，因为男子在达到结婚年龄之

[1] 例如，沙霍夫斯科伊公爵在他的《论萨哈林岛体制》中写道："家庭关系档案中常略去宗教信仰和婚姻状况，特别是缺少同留在俄国的另一方是否办过离婚手续的记载，这使得再次结婚困难重重；在萨哈林岛对上述情况进行核实，特别是通过宗教法庭办理离婚，简直是万难办到的事。"

上述例子可以说明殖民区组织家庭的特点。在小塔科伊，女苦役犯索洛维约娃·普拉斯科菲娅是移民库德林的同居女人。库德林不可能同她正式结婚，因为他的妻子留在俄国。而普拉斯科菲娅的女儿年仅十七岁，是个自由人，却只能同移民戈罗金斯基同居。戈罗金斯基出于同样的原因不能同她正式结婚。新米哈伊洛夫斯克的移民伊格纳季耶夫向我抱怨说，他不能和同居女人举行教堂婚礼，原因仅是时隔已久，无法确知原先的配偶情况。他的同居女人请我帮忙。她说："这么过下去真是罪孽啊！俩人的年纪都一大把了，不是年轻人啦。"类似的例子，不胜枚举。

前即已离岛。可能由于年轻的未婚夫不足，年龄悬殊的婚姻极多。自由人姑娘几乎还是未成熟的少女，即由双亲作主，嫁给中年移民或农民了。经常有军士、上等兵、医助、录事和屯监举行婚礼。这些人只肯惠顾十五六岁的少女。[1]

---

[1] 在萨哈林，军士，特别是屯监，被公认为难以攀附的乘龙快婿。他们也深知自己的身价，可以毫无顾忌地傲视求婚者及其双亲，以至于列斯科夫厌恶地称他们是"高级僧正的贪婪畜牲"。十年里，曾举行过数次不门当户对的婚姻，例如，十四等文官娶了苦役犯的女儿。七等文官娶了移民的女儿。大尉以移民的女儿为妻，商人与流放犯出身的农民联姻，女贵族下嫁给移民，等等。这种知识阶层以流放犯之女为妻的事例，虽然只是凤毛麟角，但是却很能博得人们的好感，可能对殖民区的风气也有良好的影响。1880年1月份杜厄的苦役犯在教堂里同一名基里亚克女人举行了婚礼。在雷科夫斯卡耶有一个十一岁的孩子，叫戈里格里·锡沃科贝尔卡，他的妈妈也是个基里亚克女人。一般说来，俄国人极少和异族人通婚。有人对我说过，有个屯监和基里亚克女人同居，那个女人生了一个男孩。她自己很想受洗，以便随后能够补行教堂婚礼。拉克略神甫认识一个娶了格鲁吉亚女人的雅库特人流放犯，两人都不懂俄语。至于穆斯林，即使在流放地也不放弃多妻制。有些人有两个老婆，如亚历山大罗夫斯克有个扎桑别托夫就有两个老婆——一个叫巴马蒂玛，一个叫萨森娜。科尔萨科夫的阿布巴基罗夫也有两个老婆：加诺丝塔和维尔霍妮萨。在安德烈-伊凡诺夫斯科耶，我见过一个特别漂亮的鞑靼美女。她只有十五岁，丈夫花了一百卢布从她父亲那里买到了手。丈夫离家外出时，她独自坐在床上，移民们会纷纷拥立在她家的门斗里，探头探脑地瞧个不停，欣赏她那美丽的姿容。

《流放犯管理条例》规定，男女流放苦役犯必须在升格为矫正期犯人一至三年以后，才有权结婚。这样一来，来到殖民地的女犯如果还处在考验期，那她就只能和别人姘居，而不能成为合法妻子。男性流放犯可以同女犯人正式结婚。被褫夺公权的女犯取得农民资格之前，只能嫁给流放犯。自由妇女如果嫁给在西伯利亚初次结婚的男性流放犯，可得50卢布的国家补助。在西伯利亚初次正式结婚的移民，如果女方是流放犯，可得15卢布的无偿资助和同样数目的贷款。

《条例》对于无固定居址的流放犯婚姻未做任何规定。我不知道他们结婚时可根据什么文件查核他们的配偶情况和年龄。我从下述文献中（转下页）

婚礼一般都很寒酸乏味。据说特姆区的婚礼办得很是热闹。特别是性好欢乐的乌克兰人更是如此。亚历山大罗夫斯克有自己的印刷所。流放犯可以印制请柬，婚礼之前分送客人。这已成了传统。苦役犯印刷工人平时只能印制那些枯燥无味的通告命令，他们很高兴能有机会显露一下自己的本领，因此请柬的形式和内容甚至不逊于莫斯科的印刷水平。每场婚礼都由官家发给一瓶伏特加。

　　流放犯们都说殖民区生殖率高。这成了男人嘲笑女人的口实，进行种种讽刺挖苦。据说，萨哈林的气候特别适于妇女受孕，老太婆在这里都能生育。甚至在俄国被认为是没有生育能力，不敢指望生孩子的女人，也能受孕。好像女人们都急于要使萨哈林人丁兴旺起来。还听说，生双胎是常见的事。弗拉基米罗夫卡有个中年妇女，大女儿已经长大成人。她听了不少关于双胞胎的传说，自认也能生出双胎。当她只生出了一个婴儿时，甚至很感失望。"你再找找看。"她请求助产士说。其实这里的双胎生殖率并不比俄国国内县份高。1890 年 1 月 1 日以前的十年里，殖民区的新生婴儿为 2275 名，其中双胞胎仅为 26 名。[1] 所有这些关于受孕率和双胞胎的纷纭传说，不过是说明了流放犯居民对生儿育女的强烈兴趣，以及出生率对这里的重要意义。

　　（接上页）得知，他们当中也有人举行过正式婚礼。文献是一份呈文，内容是："呈萨哈林岛区长官老爷阁下。特姆区雷科夫斯科耶顿移民伊凡，现年三十五岁，出生地点不详，现请领证明。我，出身不详者，于去年，1888 年12 月 12 日，同女移民别列兹科娃·玛丽娅正式结婚。"该人目不识丁，呈文上有两名移民代他签名。

[1] 这些数字取自教堂出生登记册，只包括信仰东正教的居民。

由于居民人数变化不定，像赶集一样，有去有来，忽多忽少，因此要确定最近几年的平均出生率，简直是无法办到的奢望。特别是，我和其他人搜集到的数字资料极其有限。没有最近几年的人口统计。我翻阅了官方资料，觉得弄清这个问题实在太难，得出的数字十分值得怀疑。只能计算出大约的出生率，并且只限于目前。1889年全部四个教区新生婴儿为353人。俄国国内大约有七千居民的地区，每年才能生这么多的婴儿。[1] 1889年殖民区的居民恰好是七千几百人。显然，这里的出生率只略高于俄国的总平均数（49.8）和俄国县份（如切列波韦茨县）的平均数（45.4）。也可以认为1889年萨哈林的出生率同俄国国内的出生率差不多一样高。不过，两个地区的平均出生率虽然相同，但其中一个地区女人较少，当然受孕率也较高。因此也可以说萨哈林妇女的受孕率要比俄国国内妇女高出了许多。

饥饿、思乡、恶习和禁锢——所有这一切不利因素并未影响流放犯的繁殖能力。反过来说，繁殖能力强，也不能说明福利状况良好。妇女受孕高和由此而来的高生殖率，原因有二。第一，居住在殖民区的流放犯无所事事，丈夫或同居男人没有外出打零工赚钱的机会，他们被迫游手好闲，生活单调乏味，结果，性欲的满足成了他们唯一的娱乐活动。第二，此地的妇女多属于生育期。除了上述近因之外，可能还存在一些很难直接观察的远因。也许应该把旺盛的生育力看成是大自然赋予人们的一种斗争手段，让他们去克服那些有害的具有破坏力的影响，首先是同人

---

[1] 根据延松的统计，每千人的出生率为49.8或近于50人。

口稀少、女性不足等自然秩序的大敌作斗争。人类面临的威胁愈大，生殖率就愈高。从这种意义上说，不利条件也可以称作是出生率高的原因。[1]

十年期间出生的 2275 名婴儿中，秋季生人最多，占 29.2%，春季最少，占 20.8%，冬季为 26.2%，高于夏季的 23.6%。可以看出，从 8 月份到 2 月份的半年时间里妊娠和生育的数字最大，这时正是昼短夜长，比阴暗多雨的春夏两季更为适宜。

目前萨哈林共有 2122 名儿童，包括 1890 年满十五岁的少年。其中，随父母由俄国来此者 644 人，生于萨哈林或押解来岛途中者，1473 人；生地不详者五人。第一类儿童占三分之一弱，他们多数人来岛时已经到了懂事的年龄，知道怀念和爱恋祖国；第二类儿童，即萨哈林生人，没有见过比萨哈林更好的地方。他们理应对萨哈林有所眷恋，把这里看作自己的故乡。一般说来，两类儿童差别极大。如，第一类儿童里私生子只占 1.7%，而在第二类儿童里则占 37.2%[2]。第一类儿童自称是自由人，多数生于父母受审前，或母亲受审前即已怀孕。他们享有一切公权。在流放地出生的儿童，不知自己该属何种地位。将来他们可以登记为纳税阶层，可以自称农民或市民，而现在的地位却是——流放犯的私生子、移民之女、女移民之私生女，等等。听说，有一个贵

---

[1] 激烈的、转瞬即逝的剧变，如荒年、战争等，会降低出生率，而慢性的灾难，如婴儿死亡率高，以及被禁锢、受奴役、流放等等，却可能刺激出生率。某些精神上具有退化特征的家庭，却有很强的生殖力。

[2] 第一类儿童里的私生子，都是女苦役犯带来的儿女，多数在判刑后生于狱中；在自愿随丈夫和双亲来此地的家庭里，完全没有私生子。

族妇女——流放犯之妻，听到她的婴儿在户籍簿里注册为移民之子时，竟伤心地痛哭起来。

第一类儿童里几乎没有哺乳的和四岁以下的婴儿，多是学龄儿童。第二类，即萨哈林出生的，多为幼童，年龄愈大，人数愈少。如果用图表描述这类儿童年龄，就会是直线下降的趋势。这类儿童里，一岁以内的有 203 人，九一十岁的 45 人，十五一十六岁的仅有 11 人。前面我已说过，生于此地的二十岁青年人，已经一个不剩了。少年和青年都是外来人。目前，全部年轻的新郎和新娘都是外来的。萨哈林当地出生的少年奇缺，原因是儿童死亡率高，前些年岛上女性过少，生的孩子也少，特别是外流量过多。成年人离岛返回大陆，当然不会把孩子留在岛上，而是带着他们一起走。当地出生的儿童早在问世之前，父母就已开始在岛上服刑了，等孩子生下来，长到十岁时，多数父母已经取得农民资格，可以返回大陆了。外来儿童的处境则相反。双亲来到萨哈林时，他们一般为五一十岁；父母度过苦役期和移民期，孩子已经长大成人了。父母取得农民资格时，儿子已经开始做工。全家迁往大陆之前，儿子可能已经到符拉迪沃斯托克和尼古拉耶夫斯克打过几回短工了。不论外来的或当地生的儿童，最后都不会留在殖民区。到目前为止，还不能称萨哈林的哨所和屯落为殖民区，它们更像临时徙居地。

新生婴儿的问世，在家里不受欢迎。他们听不到摇篮曲，从小听的就是恶毒的咒骂。父母的口头禅是孩子没有东西可喂，在萨哈林学不成好人。"最好让仁慈的上帝赶快把孩子召回身边。"如果孩子哭闹或者淘气，大人就会呵斥道："住嘴，还不快死！"但是，不论怎么呵斥，怎么诅咒，在萨哈林最有益、最需要、最教人欣慰的，仍是孩子们。流放犯最理解这一点。他们对孩子极为珍视。孩子会给变得粗野、庸俗低级的萨哈林家庭，带来一丝柔情和纯洁，一股温顺和欢乐的气氛。别看孩子自己是无罪的，但他们却在一切世人中最爱自己有罪的母亲和当过强盗的父亲。如果一条狗对主人的眷顾，尚能打动在狱中忘却爱抚的流放犯，那么婴儿对他的爱恋，又会显得多么可贵啊！我已经说过，孩子的存在，会给流放犯以精神支持，现在我还要补充说，孩子是维系男女流放犯，使他们生活下去的唯一纽带，是唯一能使他们免于绝望和彻底堕落下去的因素。有一回，我去访问两个自由妇女。她俩都是自愿随丈夫来到这里，住在一座房舍里。一个是没有孩子的。在我逗留过程中，她一直在抱怨命苦，嘲笑自己，骂自己是傻瓜，该死，不该到萨哈林来。她说话时神经质地握紧双拳，毫不顾忌丈夫在场。丈夫也带着自咎的神情瞧着我。与此同时，另一个女人有几个子女，是当地人惯常称呼的孩子妈妈，却在一旁没发一句怨言。我当时想，那位妇女没有子女，处境确实可怕。还有一回，我到一座房舍里去采访，看见一个三岁的鞑靼男孩，戴着圆顶小帽，眉眼距离很宽。我对孩子说了几句爱抚的话，他的父亲，一个喀山鞑靼人，本来毫无表情地待在一旁，这时脸上忽然绽开了笑容，快活地点着头，表示同意我的话，他的儿子确是一个好孩子。我觉得他这时是很幸福的。

　　萨哈林的儿童受着怎样的熏陶，心灵受着怎样的影响，读者从以上所述是可以有所了解的。俄国城乡视为可怕的事情，这里却司空见惯。孩子漠然地目送着一队队镣铐叮当的囚徒。当戴着镣铐的犯人推车运送沙石的时候，孩子们会跟在身后纠缠哄笑。他们做士兵和囚犯的游戏。他们在街上对同伴们喊："看齐！"、"稍息！"有时，他们把玩具和面包放进背囊，对妈妈说："我要逃跑。""当心，别让哨兵给你一枪。"妈妈也同样对孩子开玩笑说。他来到街上，开始"流窜"，让扮演士兵的同伴到处抓他。儿童们最熟悉的是逃犯、树条抽打和鞭刑。他们说得出行刑员、重铐犯、同居者是怎么回事。我到上阿尔姆丹采访时，曾到过一座房舍。家里没有大人，只有一个十来岁的男孩。浅色头发，有些驼背，打着赤脚，苍白的脸上毫无血色，布满巨大的雀斑。

"你父亲叫什么名字？"我问他。

"不知道。"

"怎么回事？和父亲住在一块儿，不知道他叫什么！不羞吗？"

"他不是我的真父亲。"

"什么叫不是真父亲？"

"他是妈妈的同居男人。"

"你妈妈是改嫁的，还是寡妇？"

"寡妇。为了丈夫的事来到这里。"

"为了丈夫的事？这是什么意思？"

"她害死了丈夫。"

"你还记得自己的父亲吗？"

"不记得了。我是私生子。妈妈在卡拉生的我。"

萨哈林的儿童都很苍白、瘦弱、萎靡不振，穿得破破烂烂，总想吃东西。读者从下文可知，儿童的死亡几乎全是因消化系统的疾病所致。半饥半饱的生活，有时一连几个月只能以芜菁果腹。家境富裕者也只是以咸鱼充饥。低温、潮湿，缓缓地毁坏着儿童的机体，使他们的机体衰老、退化。如果不是向外迁徙，那么过两三代以后，殖民区可能就会出现各种营养缺乏病症。目前，对最穷困的移民和苦役犯子女，国家提供所谓的"抚育费"。一至十五岁的儿童每月可得一个半卢布；孤儿、残废、畸形儿和孪生子，每月可得三个卢布。儿童能否得到这种救济，全凭官吏个人意志。官吏们对"最穷困"三字各有各的解释。[1] 领得的一

---

[1] 救济金的发放，还取决于官吏们怎样理解残废和畸形，是单指跛者、断臂者、驼背，还是也包括痨病患者、智力不全者和盲者。

怎样救济萨哈林儿童？首先，我认为不应对取得救济的权利加以"最穷困"、"残废"等诸多限制。应当向所有提出申请的人无例外地提供救济。不要担心有人冒领：宁肯被人欺骗，强似自欺欺人。救济的形式可视当地情况而定。如果让我来办这事，我会用现在支付"抚育费"的钱，在哨所屯内设立赈济站，救济全体妇女和儿童，向全体孕妇和哺乳妇女提供衣食补助。另外要向十三岁以上的少女直接发放一个半卢布到三个卢布的赈济金，直至她们出嫁为止。

慈善家每年都从彼得堡向这里寄赠短皮大衣、围兜、毡靴、童帽、小手风琴、赎罪书、笔尖。岛区长官收到物品之后，总要邀请当地女士分发赠品。据说，这些物品到了父母手里，都给喝光、输掉了。最好是寄些粮食，而不是手风琴。我希望这些话不会使慈善家闻而却步。儿童收到了礼物，兴高采烈，父母也是满怀感激之情。关心流放犯子女命运的慈善家，最好每年都能收到有关萨哈林儿童的详尽资料：知道这里有多少儿童，年龄情况，男女各多少，识字情况和非基督教徒多少，等等。如果慈善家知道有多少识字儿童，他就会知道该寄多少书本和铅笔，做到各有所得。寄赠玩具和服装，最好能考虑到儿童的性别、年龄、民族等情况。在萨哈林当地，一切同慈善事业有关的事宜，不应再交给无暇及此的警察局处理。救济工作应该交给当地知识界去办。知识界有不少人乐于承担此项切合实际的事业。亚历山大罗夫斯克有时举行冬季业余演出，赈济儿童。不久前科尔萨科夫哨所职员签名认捐，购买布匹，由职员家属缝制衣服，分赠儿童。

子女本是经济上的一项累赘，也是上帝对罪孽的惩罚。但是这（转下页）

个半或三个卢布全归父母支配。这笔微薄的救济金由于有了这么多的关卡，加上父母的赤贫和冷心肠，很少能够真正用到孩子身上。其实，它早该废除。它不仅不能减轻贫困，反而会掩饰贫困，使得不明真相的人以为萨哈林的儿童生活是有保障的。

（接上页）并不妨碍没有子女的流放犯招认义子。有子女的诅咒子女快死，无子女的又会招来孤儿抚养。也有一些流放犯收养孤儿或招认义子是为了得到"抚育费"和各类救济，甚至有人让义子为他去讨饭。但多数流放犯的动机是纯洁的。愿作螟蛉义子的不仅有儿童，也有成年人，甚至老头。例如移民伊凡·诺维科夫第一，六十岁，认移民叶夫格尼·叶菲莫夫为父，后者年仅四十二岁。在雷科夫斯科耶，叶利谢伊·马克拉科夫，七十岁，登记为伊利亚·米纳耶夫的义子。

《流放犯管理条例》规定，跟随父母流徙或转徙西伯利亚的幼童有权途中乘车，每辆马车指定乘坐五人；《条例》未规定多大年纪是幼童。随行子女在整个押解途中可以得到衣服、鞋靴和抚养金。家属自愿跟随判刑者前来流放地时，满十四岁的儿童有权自行决定，是否随行。年满十七岁的子女有权不经父母同意，自行脱离流放地，返回祖国。

第十八章

流 放 犯 的 劳 动 —— 农 业 —— 狩 猎 —— 捕 鱼 —— 洄 游 鱼 —— 大麻哈和鲱鱼—— 监狱的捕鱼业——技艺

我已经说过，萨哈林辟为流放地的初期，就产生了把苦役犯和强制移民用于农业的想法。这个想法的诱惑力是很大的。显然，农业劳动含有一切要素：占据流放犯的身心，使他眷恋土地，直至改正恶行。另外，这种劳动又是多数流放犯所能胜任的，因为我国的苦役制主要都是以农民为对象，只有十分之一的苦役犯和强制移民来自非农业阶层。上述想法确实得到了兑现，至少到目前为止，萨哈林流放犯的主要劳动是农事，殖民区一向被称作农业殖民区。

萨哈林殖民区有史以来每年都从事耕种，从未间断。随着居民的增加，耕种面积也在不断扩大。这里的农业劳动不但是强制的，而且也是繁重的。如果认为苦役劳动的基本特征应是强制和由"繁重"引起的体力紧张，那么在这个意义上说，萨哈林的农业对犯人确实是最合适不过的了。直到目前，这种劳动一直都能满足最严酷的惩办目的。

不过，这里的农业是否真正有效，能否符合殖民开发的要求，——关于这些问题，从萨哈林流放地初期直到现在，一直众说纷纭，有时意见甚至截然相反。一些人认为萨哈林是沃土良乡，在工作报告和通讯里，甚至在电报里，都大加赞赏，说流放区已经可以丰衣足食，无须国家开销。另一些人则对此持否定态度，坚决认为在岛上培育农作物是不可思议的事。产生这种分歧的原因是，对萨哈林农业发表意见的多数人，对实际情况一无所知。殖民区是建立在一个未经勘察的岛屿上。从科学观点来看，依据的仅仅是下述一些特征：地理纬度，邻近日本，岛上生长竹子和黄檗树等等。偶然来访的文章作者，常常凭肤浅的印象做出判断：碰到的天气好坏，在农舍里是否吃到了黄油和面包，是否碰上像杜厄那样的令人沮丧的地方，还是碰上像锡扬查那种表面上生气勃勃的地方。多数受命管理农业殖民区的官吏，既不出身于地主，也不出身于农民，对农业一窍不通。他们只知抓住屯监提供的资料，拼凑报表。当地的农学家学识有限，无所作为。他们的报告，或者具有明显的片面性，或者因为才出校门就来到殖民区，因而只会搬弄理论，做些官样文章，使用的资料都是下级打来的报告。[1] 有人会认为最可靠的资料来源，是那些直接从事

[1] 岛区长官在农业督导官1890年的报告上批注道："终于有了这样一份文献，它可能远非完善，但资料至少是观察所得，并经专家整理，写法亦非专为取悦他人。"他称这份报告是沿上述方向迈出的第一步。可见1890年以前的报告，都是为了取悦他人而写的。此外，科诺诺维奇在批示中还说，1890年以前有关萨给林农业的资料全部来自"空洞的臆测"。

　　萨哈林的农业官员称作农业督导官，六等职衔，俸禄优厚。上述报告是现任督导官在岛上供职两年之后提出的；这是一份篇幅不长的报告，（转下页）

耕种的人们。其实，这种来源并不可靠。流放者们害怕丧失救济，担心停止种子信贷或者罚他们终身留居萨哈林，因此总是少报耕地和收成。而那些不需要救济的富裕流放犯，同样不肯说实话。他们虽然没有上述担心，却有着波洛涅斯[1]式的顾虑，即他们不得不同时承认，那片云彩既像骆驼，又像鼬鼠。他们密切注视流行的思潮。

如果地方当局对农业持否定态度，他们也立即随声附和。如果管理机关里流行相反的看法，他们也会改口说，感谢上帝，萨哈林的日子过得不错，收成很好，所差的是，人们太懒散了，云云。为了得宠于官长，他们不惜胡说八道，制造种种假象。例如，他们在田里选择最大的麦穗，蒙骗米楚利。米楚利也就深信

（接上页）是坐在办公室里写成的，其中并无作者亲自观察所得的资料，结论亦欠明确，但报告扼要地叙述了气象学及植物学资料，对岛上居民区的自然条件具有明确概念。报告已印刷出版，可能将要收入萨哈林文献集。他的前任农业官员全都命运多舛。我不止一次提到的米楚利就是一位农学家，他后来升为主任督导官，死于心绞痛，卒年不到四十五岁。另一位农学家据说一直致力于论证萨哈林农业毫无前途，不断地向外寄报告，发电报，后来可能也是以精神分裂而告终。提起他，人们都说他是一个诚实的、有学问的人，但有些疯癫。第三个"负责农业的官员"是个波兰人。他是被岛区长官解职的。解职的方式在职官志中也是罕见的；命令里规定，只有当他"交出同车夫订妥的到达尼古拉耶夫斯克的合同"之后，才能发给他驿马费；显然，长官担心那位农学家领了驿马费却又不肯离岛（第349号命令，1888年）。第四位农学家是德国人。他游手好闲，可能对农艺学一窍不通。希拉克略神甫对我说过，有一年8月份里出现了霜冻，毁掉了庄稼。霜冻过后，这位农学家到了雷科夫斯科耶，把人召集起来，问道："你们这里为什么出现霜冻？"人群里走出一个聪明人，答道："大人，我们说不清楚，说不定这是上帝的恩典。"农学家听后十分满意，坐上马车，扬长而去。他认为自己已经尽到了职责。

[1] 莎士比亚剧本《哈姆雷特》中的人物，奥菲利娅之父。——译者注

不疑，认为是取得了丰收。他们给参观者看的是人头大小的马铃薯、半普特重的萝卜、西瓜。参观者看到这些奇品，就会相信萨哈林的小麦收成不会低于种子的四十倍。[1]

我在那里的时候，岛上的农业问题正处于不得要领的特殊时期。督军、岛区长官和区长们一致对萨哈林农户的劳动生产率持否定态度。他们断言，把流放犯的劳动用于农业的企图已告失败，如果继续坚持殖民的农业方向，就会白白浪费国家资金，使人们继续遭受折磨。下面是我记载的督军的原话：

"岛上的流放殖民区不会成功。应该给人们别寻生路。农业只能是一种辅助手段。"

下级官吏也有同样的看法。他们当着上司的面，毫无顾忌地抨击岛上的成绩。流放犯被问及生活情况时，他们的回答是神经质的，绝望的，脸上带着苦笑。尽管大家对农业抱有上述一致的固定看法，但是流放犯仍然照常耕种，行政当局继续贷给他们种子，而对萨哈林农业最感失望的岛区长官在发布命令时，照样强调"为使流放犯热心务农"，凡在所得地段经营无效的移民，

---

[1] 通讯记者在 1886 年第 43 期《符拉迪沃斯托克》上写道："萨哈林新来了一位农学家（普鲁士臣民）。他为了宣扬自己的功绩，于 10 月 1 日举办了萨哈林农业展览。展品取自亚历山大罗夫斯克和特姆区移民以及官长的菜园……移民们提供的粮食展品没有什么可说的，如果不算那些冒称萨哈林自产，其实是从著名的格拉乔夫那里定购的籽种的话。特姆区移民锡乔夫展出的小麦经区公署证明，当年收成可达 70 普特，后来揭露出，这原来是个骗局，展品竟是一粒粒挑选出来的。"同一家报纸的第 50 期也谈到了这次展览："特别使人惊异的是那些出众的蔬菜展品，如重达 22.5 磅的一棵洋白菜，13 磅重的萝卜，3 磅重的马铃薯，等等。我敢冒昧地说，就是欧洲中部，都不会有这么好的蔬菜展览标本。"

"无论如何"皆不得转入农民阶层（第 276 号，1890 年）。这种心理上的矛盾实在难以理解。

到目前为止，报告中提供的已耕地数字都是浮夸和虚假的（1888 年第 306 号命令）。谁都说不准每户平均有多少土地。农业督导官认为每块地段平均为 1555 平方俄丈或约三分之二俄顷。在气候适宜的科尔萨科夫区平均为 935 平方俄丈。这些数字可能是不准确的。此外，用户的土地极不平衡，这也使上述统计的意义更小了。从俄国带有款项来此的人或者在此地成为富农的人，可能有三—五甚至八俄顷土地。同时，却有不少农户，特别是科尔萨科夫区，有些人只有几平方俄丈的耕地。看来，耕地的绝对面积每年都有增长，而地段的平均面积却不见增加，并且有可能成为固定不变的常数 [1]。

播种的种子每年都由国家借贷。1889 年在最肥沃的科尔萨科夫区，"使用的全部 2060 普特种子中，私人种子仅为 165 普特；在种地的 610 人中，只有 56 人自备种子"（1889 年第 318 号命令）。根据农业督导官提供的资料，每个成年居民平均使用

---

[1] 随着人口的增长，寻找可耕地愈加困难。生长阔叶林——榆树、接骨木等树木的土层深厚的河谷绿洲极为罕见，多是沼泽地带、冻土区、火场山地、长满针叶林的涝洼地。就是在岛子南部，河谷地带也是夹在植物稀少的山区和泥沼中间。这些山区和泥沼同北极地带无大区别。例如，塔科伊河谷和茅卡中间的作物区，就是大面积的泥沼地带，毫无前途。在泥沼中间修筑道路也许有可能，但是人们却无法改变那里的严酷气候。尽管南萨哈林面积如此辽阔，但到目前，能够找到的可耕地、适于辟为菜园和建立农庄的土地，仅有 405 俄顷（1889 年第 318 号命令）。可是以弗拉索夫为首负责研究萨哈林流放殖民区可耕地问题的委员会，却认为岛子中部适于开垦的土地，"应不少于 20 万俄顷"，而在南部"可达 22 万俄顷"。

种子 3 普特 18 俄磅，平均数最低的是南部区。有趣的是在气候条件最好的区，农业经营情况反倒比北部区差，虽然这并没有妨碍它事实上是良好的地区。

在北部两区，从来没有遇到过足够的能使燕麦和小麦完全成熟的无霜期。而对黑麦来说，只有两年有过足够的无霜期[1]。春季和初夏几乎总是寒冷的；1889 年的 7、8 两月都有霜冻，恶劣的秋季从 7 月 24 日即已开始，一直延续到 10 月末。单是寒冷，尚可克服，可以改良萨哈林农作物的培育，从而取得丰收。难以战胜的，是极高的湿度。作物抽穗、扬花、灌浆期，特别是成熟期，岛上降雨量过大，地里不可能结出熟透的、籽粒饱满的干燥的粮食。由于雨水过多，庄稼收割后运不回来，只好任其在垛里烂掉、发芽。收获期，特别是春播作物收割期，几乎总是赶上连绵的雨季，有时因为从 8 月到深秋，淫雨连绵，庄稼会全部撂在地里。农业督导官在报告中绘制了一份图表，岛区长官称它是根据"空洞无物的臆测"绘制的。由此表可知近五年萨哈林粮食收成的平均水平是籽种的三倍。下述数字也可资佐证：1889 年收藏的粮食每个成年人可得 11 普特，即比投下的籽种多两倍。粮食质量很差。有一次岛区长官检查移民们送来的换面粉的粮食样品，发现其中一半不适于作籽种，另一半是遭受霜冻未及成熟的粮食（1889 年第 41 号命令）。

收获量这样低微，农户必须有不少于四俄顷好地，才能糊口，既无剩余，也不能雇工。不用很久，流放居民就会意识到，

---

[1]　详见冯－弗里肯先生的《1889 年萨哈林岛农业状况报告》。

不讲休耕和施肥的单耕制，会耗尽地力。因此，"必须采用更加合理的耕作制和新的轮作制"。那样一来，就会需要更多的土地和劳力，农业也将随之变成亏本的生意，并被人们彻底放弃。

看来，倒是园艺业能在萨哈林取得良好的效果，它主要不是依赖自然条件，而是靠主人的勤奋和知识。某些家庭整个冬季都以芜菁果腹的事实，就说明了当地的菜田是有效的。7月份，我在亚历山大罗夫斯克时，有一位女士向我抱怨说，她的小园子里尚未扬花，可是在同一时期的科尔萨科夫，一家农舍里却摘下了满满一篮子黄瓜。从农业督导官的报告里可知，1889年特姆区每个成年人平均收藏四又十分之一普特白菜和两普特其他块根作物；在科尔萨科夫为四普特白菜和四又八分之一普特块根作物。同年，亚历山大罗夫斯克每个成年人平均收50普特马铃薯，特姆区收16普特，科尔萨科夫收30普特。马铃薯收成一般都很好。这不仅有统计数字，而且我亲眼见到的情况也是如此。我没有看过成囤或成袋的粮食，没见过流放犯吃白面包，尽管这里小麦的种植面积多于黑麦。可是马铃薯每家都有，而且听人们抱怨说，冬天还烂掉了许多。随着萨哈林城市生活的发展，逐渐出现了集市贸易。亚历山大罗夫斯克已经划出专门的地方，让女人们在那里出售蔬菜，街上也常常可以见到出售黄瓜和青菜的流放犯。南部的某些地方，如头道沟，园艺业已经是一门重要的行业了。[1]

---

[1] 不知为什么，到目前为止葱头仍不适于种植。流放犯都以野生的茖葱代替这种蔬菜。这是一种类似葱的植物，有很浓的蒜味。从前哨所的士兵和流放犯都认为它是防止坏血病的良药。每年，驻军和监守都要准备上百普特（转下页）

种植粮食，被认为是流放犯的主要事业。提供辅助收入的次要劳动，有狩猎和捕鱼。从狩猎的观点看，萨哈林的脊椎动物种类极其丰富。最珍贵、数量最多的有貂、狐和熊。[1] 黑貂分布全岛。据说近来由于采伐和林中火灾，黑貂已经迁向离居民点更远的地方去了。不知这种说法是否属实。有一次在弗拉基米罗夫卡，就在屯边上，我亲眼看到屯监用手枪射杀一只黑貂。当时那只黑貂正爬过原木到河对岸去。凡是我遇到的狩猎者，通常都是在屯落附近从事猎捕。狐和熊的分布也是遍及全岛。以前黑熊并

（接上页）的茖葱。这也说明坏血病是很盛行的。据说这种植物好吃，有营养，只是有人不喜欢它的气味。不仅是在房间里，就连在外面，吃过这种东西的人走近我时，我都会觉得恶心。

　　萨哈林的草场面积究竟有多大，还不清楚，尽管在农业督导官的报告里有这方面的数字。数字是有的。可是毫无疑问的是，许多农户春天时并不知道夏天该到哪里去割草，结果是没有足够的草料，到冬末时牲畜变得瘦弱不堪。最好的草场被有势力的人占去了，如监守和驻军。而剩给移民们的，或者是边远的草场，或者是又稀又矮的草场。他们只好用小镰刀一把一把地割制。由于地势低洼，这里大部分草场是沼泽地，常有积水，因此多是生长苦涩的禾本植物和沼姜，只能提供较少营养价值的粗糙饲料。据农业督导官说，这里的草料所含营养，连普通草料的一半都不及。流放犯也认为这里的草料低劣，较富裕的人都是掺和麸粉和马铃薯一起饲喂牲口。萨哈林的草料完全不像俄国国内的草料，没有那种清香味道。那些生长在河谷林间和河岸上的粗大野草，能否成为良好的饲料，众说纷纭，我同样说不清楚。顺便说一句，这里有一种草籽，即萨哈林荞麦籽，在国内已有出售。至于萨哈林是否需要并且可能播种饲草，农业督导官的报告只字未提。

　　再谈谈畜牧业。1889 年亚历山大罗夫斯克和科尔萨科夫区平均 2.5 人一头奶牛，特姆区平均 3.5 人一头奶牛。役畜，即牛马的平均数也大致如此。而条件最好的科尔萨科夫区的平均数却最低。当然，上述统计数字不能完全说明问题。因为牲畜的分布是很不平衡的。现有的牲畜全部集中在富户手中，他们拥有大量土地，或者从事买卖。

[1]　详见尼科利斯基的《萨哈林和岛上的脊椎动物》。

不伤害人畜，性情温和。从流放犯在河流上游定居之后，便开始砍伐那里的森林，这样就截断了黑熊觅食的道路，而河鱼一向是它们的主食。正因为此，户籍簿和"事故统计表"也跟着增加了一项新的死亡原因——"被黑熊咬死"。目前黑熊正在肆虐，变成一大威胁，需要人们认真对待。这里还出产鹿和麝、水獭、獾、猞猁。偶然可以碰到狼。白鼬和老虎极少。[1]尽管野兽如此繁多，但是殖民区的狩猎并没有形成一门行业。

这里的流放犯富户多因经商发家。他们都经营毛皮，用很少一点酒精从异族人那里廉价换得毛皮。但是，这不能算作狩猎，充其量不过是一种贸易而已。流放犯中间猎人极少，屈指可数。他们大多不是猎户，而是狩猎爱好者。打猎时没有狗，猎枪很差，仅仅为了取乐。猎获的野物，售价极低，或者换酒喝。在科尔萨科夫，一个移民要卖给我一只猎得的天鹅，价格是"三个卢布或者一瓶烧酒"。应当认为，狩猎在流放殖民区永远不会发

---

[1] 狼离住宅区很远，它们害怕家畜。这种说法有些不可思议，但我可以举出下列例证：布谢的文章说奴人初次见到猪时曾经张皇失措，米登多夫也说过，阿穆尔河刚出现羊时，狼并不敢触动它们。萨哈林岛西北部野生鹿繁殖极多，冬天它们麇集沼泽地区。据格连记载，春天鹿群到海边舔食海盐，在过路的平原上可以见到成千上万。野禽有雁、各类野鸭、沙鸡、雷鸟、麻鹬、山鹬。野禽交配期一直延续到6月份。我是7月份来到萨哈林的，森林里已是万籁俱静。岛上死气沉沉，很难相信某些观察家的记载。他们说这里有堪察加夜莺、山雀、鹡、黄雀。黑乌鸦倒是很多，喜鹊和椋鸟却不见有。波利亚科夫在萨哈林只见过一只家燕。据他说，这只燕子是偶然来岛的。有一次我觉得在草丛里有一只雌鹌鹑，但是仔细一看，却是一只小走兽，叫作金花鼠。在北部区这是最小的哺乳动物。据尼科利斯基记载，这里没有家鼠，可是殖民区的早期文献里就有关于鼠害的记载。

展成为一门行业，原因就在于这里是流放殖民区。狩猎者必须具有自由权利，还要勇敢、健康。而流放犯则大多数性格软弱，胆子很小，神经衰弱。他们在家时没有当过猎人，不会放枪。他们被压抑的心灵同这种自由行业格格不入。移民们在万般无奈的情况下，宁肯冒受罚的危险，宰杀国家贷给的牛犊，也不肯去猎杀雷鸟和兔子。另外，来到殖民区接受矫正的多是杀人犯。广泛地发展狩猎业，也许很不适宜。不应该允许前杀人犯去杀害动物，重复野蛮行为，例如宰杀受伤的鹿，或者用牙齿咬断鹌鹑的喉管，等等。

　　萨哈林的主要资源及其光辉前景，不像有些人想的那样，是毛皮兽业和采煤，而在于捕获洄游鱼。它的前景可能是令人鼓舞的，并能给人带来幸福。被河流冲进海洋的部分物质，也可能是全部物质，每年都以洄游鱼的形式，还给大陆。**大麻哈**，属鲑鱼科，大小、颜色和味道都近似我国的鲑鱼。它们栖息在大洋北部，到一定时期向北美和西伯利亚某些河流洄游。洄游的势头不可阻挡，其数量真正是无穷无尽。它们急速地逆水而上，直达上游的山间泉溪为止。萨哈林的大麻哈汛期在 7 月末和 8 月上旬。这个时期鱼量之多，游速之快，没有亲眼见到这种奇观的人，是怎么都不会想象得出的。仅从河面的情景就可以判断它们的游速和拥挤程度。河水如沸，散发着鱼腥味，船桨无法划动，一动就会撞到鱼身上，把鱼抛出水面。在河口区，大麻哈肥壮有力。不停地逆流疾游、拥挤、饥饿、摩擦、在树墩和石块上的冲撞，使它们精疲力竭，变得极其消瘦，全身布满血班，鱼肉松弛苍白，牙齿向外突出。它们变得完全不可辨认，不知内情的人以为是另一种鱼，不再称它们大麻哈，而称作齟牙鱼。鱼群逐渐耗尽体力，无力顶水上游，只好漂进河沼，或者藏身树墩之下，把头扎进河岸。这时人可以轻易地用手捞到，甚至熊也可能用掌直接捕捞。性欲和饥饿把鱼群折磨得奄奄一息，使它们大批死亡。这种现象在江河中游就已出现，到了上游，两岸遍布死鱼，一片浓重的臭味。鱼群交尾期经受的这种折磨，被人们称作"死亡的追逐"，因为它们不可避免地会因此死去，没有任何一条能够回到海中，都毫无例外地葬身途中。米登多夫说："性欲的勃发不可遏止，直至死亡。这是洄游鱼在追逐理想，这种理想竟然产生在迟钝的鱼类头脑中！"

鲱鱼的洄游也同样有趣。它们通常是在 4 月中下旬出现在海岸边。用目击者的话来说，鱼群极盛，数量"多到难以想象"。根据下述迹象可以判断鲱鱼的来临：海面上泛起大面积的环形泡沫带，空中海鸥和信天翁成群，海中出现喷射水柱的鲸鱼以及大批海狗。奇怪的景象！在阿尼瓦湾逐食鲱鱼的鲸鱼，竟然多到将克鲁逊什特恩的海船团团围住，船不得不"小心翼翼地"驶向岸边。鲱鱼群洄游时，海面如同沸腾的滚水。[1]

---

[1] 有一位作者见过一种日本渔网，它"伸入海中约三俄里，一头固定在岸边，形成一只大口袋。人们从这只大口袋里不停地舀取鲱鱼"，布谢在游记中写道："日本渔网既密又大。一只网从岸边伸入海内，直径可达 70 俄丈。使我大为惊诧的是，日本人把网拽到离岸 10 俄丈的距离时，就只好把渔网暂时放在海中，因为这 10 俄丈的网袋里装满了鲱鱼。60 名渔工虽然用尽气力，仍不能使网具再稍稍靠岸一步……桨手们每荡一下桨，都会扬起几只鱼。他们抱怨鱼多得没法划船了。"布谢和米楚利对鲱鱼鱼汛和日本人的捕捞活动都做过详尽的描述。

甚至不可能大致估计，鱼汛期间在萨哈林的河流和沿海地带可以捕到多少鱼。怎样估计都不会过高。

总之，可以毫不夸张地说，如果进行大规模的合理组织，又有早已存在的日本和中国市场，在萨哈林捕捞洄游鱼，会获得百万巨利。当南萨哈林归日本所有，捕捞还属草创时，他们每年就可以获利约 50 万卢布。据米楚利估算，单是在南萨哈林熬炼鱼油一项，就需要 611 口大锅和 15000 立方俄丈烧柴。仅鲱鱼一项，每年就可获利 295806 卢布。

从俄国人占领南萨哈林至今，捕捞业一直处于衰落低潮。"不久之前，这里还是一片欣欣向荣，异族爱奴人不愁食用，业主也可获取巨利，"杰伊捷尔写道，"如今却是一片荒凉。"[1] 北部两区由我国流放犯进行捕捞，规模堪称可怜之至。我到特姆河时，正逢大麻哈游至河源地带。只能偶尔在绿草丛生的岸边看到几个捕鱼者。他们用拴着鱼钩的长竿把半死的鱼从河里拖上来。近年，地方当局为给移民增加些微收入，开始向他们收购腌鱼。移民可按低价或以借贷方式得到咸盐，然后监狱以高价收购他们的鱼，以资鼓励。关于这项微不足道的新收入，有一点需要说明：犯人们反映，用当地移民腌制的鱼做成汤，总有一股特殊的叫人恶心的味道，腥臭难忍。移民们不知应该怎样捕捞和腌制，也没有人教他们。目前，监狱占据着最好的网滩，分给移民的是岩槛和石滩。移民们自制的质量低劣的网具，常因挂在树墩和石礁上造成损坏。我到杰尔宾斯科耶时，苦役犯正在为监狱捕

---

[1]《海洋报》，1880 年，№3。

鱼。岛区长官科诺诺维奇把移民们召集起来，责备他们去年不该把不堪食用的鱼卖给监狱。他说："苦役犯是你们的兄弟，也是我的儿子。你们在欺骗国家的同时，也欺骗了自己的弟兄和我的儿子。"移民们对此表示信服，不过从他们的表情上看，明年他们的"兄弟"和将军的"儿子"还要照样吃臭鱼。即使移民们学会腌鱼，这项新收入也不会持久，卫生监督机构迟早会禁止食用在河源捕到的鱼。

8月25日我到杰尔宾斯科耶监狱所属网滩去参观。当时正是连日阴雨，自然景色死气沉沉，岸边泥泞，行走艰难。我们先到了仓房。那里16名苦役犯正在腌鱼，领头的叫瓦西连卡，以前是塔甘罗格的渔夫。已经腌上了150桶，约2000普特。得到的印象是，如瓦西连卡不当苦役犯，这里就没有人懂得怎样炮制鱼食品了。从仓库到河岸是一片斜坡地。坡地上有六名苦役犯在用利刃剖鱼。鱼的内脏信手抛向河里，河水变得浑浊血红，烂泥里掺和着鱼血，发散着浓重的腥臭。附近还有一群苦役犯——个个浑身湿透，打着赤脚或穿着破鞋，在布着一张不大的渔网。我停在那里看着他们投了两次网，每次都是满网的鱼。大麻哈的形体已不可辨认。所有的鱼都龇着牙，弓着背，全身血斑。几乎每条鱼的肚子都沾有褐色或绿色排泄物。这是排出的稀粪。捕到的鱼，如果不是原来即已死去，或者在网中挣扎几下即已断气，那么抛到岸上之后，也会立即长眠过去。偶尔也会见到没有血斑的鱼，人们称它们为银宝宝。这种鱼被细心地收在一起，不过不是为给监狱伙食，而是为了"制熏鱼"。

这里的人们还不能掌握洄游鱼的自然水性，不知道应该到河口或河的下游去捕捞。愈往上游，这种鱼便愈难吃。我航行在阿穆尔河上时，听当地居民说，只有在河口才能捕到像样的大麻哈，到了上游，它们就变成了龇牙鱼。我在轮船上听人说，该是对捕捞进行统一规划，亦即禁止在下游捕鱼的时候了。[1] 例如，在特姆河上游，犯人和强制移民捕到的是瘦弱的、半死不活的，而日本人却在河口用排桩截住通路，滥肆捕捞，到了下游，基里亚克人捕去喂狗的鱼，要比特姆区人吃的鱼肥壮鲜美得多。日本人的帆船以至大海船，总是满载而归。1881 年波利亚科夫在特姆河口看到的那艘漂亮的海船，可能就是今夏来到这里的那艘。

为了认真推进捕鱼业，必须使殖民区移近特姆河口或波罗内河口。但这还不是唯一的条件。还必须使流放犯不致遭受自由民的竞争，因为任何一种行业，只要流放犯居民的利益同自由民发生冲突，自由民总要占上风。目前同移民们竞争的还只是为了关税原因进行海盗式捕捞的日本人，和把优良网滩留给监狱使用的官吏。而在不久的将来，随着西伯利亚铁路的建成和航运业的发展，自由人会惑于这里奇迹般的渔产和毛皮资源，开始向这里自由移民。那时，就会出现真正的捕鱼业，流放犯不会以渔业为主，而只能以雇工身份参加这一事业。可以断定，人们将会抱怨流放犯的劳动，在许多方面要逊色于自由人，甚至不如蛮子和朝

---

[1] 顺便说一句，渔产极丰的阿穆尔捕鱼业组织得极差，原因好像是业主们舍不得花钱从俄国国内聘请专家。例如这里捕捞大量鲟鱼，可是却吃不到像俄国国内那样的鱼子，甚至连外观都不像。本地渔户的技艺仅止于晒制鱼皮子而已。杰伊捷尔在《海洋报》（1880 年）上写道，以前阿穆尔河上曾经组织过一家渔业公司（股东为资本家），计划开展大规模经营，但结果他们自己吃的鱼子，每磅价格竟高达 200 到 300 银卢布。

鲜人。从经济观点看，流放犯居民将会被认为是岛上的累赘。随着自由移民的增加和捕捞业的发展，国家必定会认为保护自由人更有利、更合理，从而关闭这里的流放地。这样一来，渔产必将会是萨哈林的，但绝不是流放殖民地的巨大财源了。[1]

---

[1] 对那些现在就住在小河河口或海边的流放犯来说，捕鱼可能成为一种辅助的经济手段，提供少量的补充收入。但为此必须向他们供应优质网具，让那些老家住在海边的人到这里定居，等等。

目前，到南萨哈林捕鱼的日本船，每捕一普特，要缴纳七戈比金卢布。各种鱼制品也应缴纳税金，例如鱼粉肥料、鲟鱼和鳕鱼油，把各项税金相加，尚不足两万卢布。这也就几乎是我国从萨哈林全部资源开发中能够得到的唯一收入了。

除了大麻哈之外，向萨哈林各条河流定期洄游的，还有它们的亲族驼背大麻哈、嘉鱼和鲺鱼。萨哈林河流中的淡水鱼有：淡水鲑、狗鱼、鲫、鮈和胡瓜鱼（又名黄瓜鱼，有一股黄瓜味道）。海鱼中除鲱鱼之外，还可以捕到鳕鱼、比目鱼、鲟鱼、虾虎，后者体大性恶，可以生吞比目鱼。亚历山大罗夫斯克有个苦役犯，专捕长尾虾，虾味鲜美，当地称作奇里姆萨。

萨哈林沿岸的海中哺乳动物，数量最多的是鲸鱼、海狮、海豹和海狗。我乘贝加尔号驶近亚历山大罗夫斯克时，看见有许多鲸鱼，成对成双地在海峡里游泳、嬉戏。萨哈林西岸有一座石崖兀立于近海中，名为"险崖"。一位乘坐耶尔马克号纵帆船考察这个孤崖的目击者写道："远在一海里半之外，就可以清楚地看到石岸上遍是巨大的海狮。这些巨型海兽的吼声，使我们惊异不止。它们的体积大得不可思议，远远望去，很像一座座石堆……海狮体长约二俄丈，有的还要大……海狮之外，石崖上和周围的海水中，可见万头攒动的海狗。"（《符拉迪沃斯托克》，1886年，№29）我国北海的捕鲸业和捕海豹业究竟能够达到何等规模，可以从一篇文章的惊人数字中看出；据美国捕鲸船主的统计，十四年中（到1861年），从鄂霍次克海中运出的鲸油和鲸须一项就值200万卢布（兹贝舍夫斯基：《鄂霍次克海捕鲸业述评》，载《海洋文集》，1893年，№4）。尽管这项事业前景如此广阔，它们仍不会给流放殖民区带来财富，原因就是，这里是流放地。据布莱姆记载："猎获海豹是一种残忍的杀戮，既粗野又冷酷。因此，通常不叫猎获海豹，而称之为捕杀海豹。""最野蛮的部落从事这种事业，都要比文明的欧洲人更有人道。"捕海狗时，要用棍棒猛击它们的头部，使得可怜的动物脑浆四溅，眼珠迸落。流放犯，特别是那些杀人犯，不应当目击这类场面。

关于采捞海菜，我在记述茅卡屯时已经谈到。从事这一行业的移民从 3 月 1 日到 8 月 1 日可赚到 150 到 200 卢布。三分之一的收入用作伙食费，其余三分之二可以带回家去。这是一笔可观的收入，可惜的是，目前只有科尔萨科夫区的移民能够赚得。实行的是按件计酬，工资多寡直接和技巧及勤恳耐劳有关。但不惜汗水和尽心劳动，却远不是每个流放犯都有的品质。因此，不是人人都想去茅卡干零工。[1]

不少流放犯会做粗细木工、裁缝等。但多数人没有一技之长，或者只会务农种地。有个流放犯会钳工手艺，能制造别旦式长枪。他已经造了四支，售给大陆。还有人能制造漂亮的钢链，雕塑石膏。不过，这些别旦式枪、钢链和贵重的小匣，如同南部区有人在岸边搜集鲸鱼骨或采集海参一样，丝毫不能代表萨哈林的经济状况。它们都是个别现象。在犯人制品展临会上展出的精巧珍贵的木制品，只能说明有时会有技艺高超的细木工匠来此服苦役，他们的技术同监狱毫无关系。监狱并不为他们的成品寻找出路，他们的技巧也并非得自监狱。直到现在，监狱不过是在承受现成工匠的劳动。工匠提供的劳动大大超出人们的需求。"这里即使造了假钱，也没有地方可花。"有个苦役犯对我说。木匠每天只挣 20 戈比，还要吃自己的，裁缝缝衣是为了得到

---

[1] 西南沿海出产海菜，气候又较为适宜，我认为是建设流放殖民区唯一合适的地点。关于海菜采捞业，1885 年在阿穆尔边区研究学会的一次会议上，现今的海菜业主谢苗诺夫曾做过内容丰富的报告。报告载于《符拉迪沃斯托克》，1885 年，№47 和 №48。

酒喝。[1]

把流放犯的各项收入加在一起，并且平均到每个人身上，数字是相当可怜的。除了向国家出售粮食之外，再加上狩猎、捕鱼的收入，每人平均仅得 29 卢布 21 戈比。[2] 除此，每户平均欠国家 31 卢布 51 戈比。由于上述收入总额中还包括犯人伙食费、官家救济以及邮寄来的钱，同时还由于流放犯的收入主要来自零工工钱，官家付的工钱一般稍高于实际应付额，上述平均收入便有一半是虚假的了。欠官家的款额比实际数字还要高。

---

[1] 至今，工匠们只能在哨所长官和富有的流放犯那里找到活计。当地知识界令人赞佩，他们付给工匠的工钱一向很慷慨。也有个别医生把鞋匠当作病人收进医院，目的是为了让他给儿子缝制皮靴；还有个别官员收留时装女裁缝当女仆，为的是让她给太太和子女无偿缝制衣服。但是这些情况仅是令人伤心的例外。

[2] 根据农业督导官的统计。

第十九章

流放犯的饮食——囚犯们吃什么和怎样吃——服装——
教会——学校——识字

萨哈林流放犯服刑期间每天可得三俄磅面包，40所洛特尼克[1]肉，约15所洛特尼克粮米和价值一戈比的各种调料。在大斋期，肉食改为一俄磅鱼。为了确定这份伙食能在多大程度上满足流放犯的实际需要，仅仅依靠通行的脱离实际的统计方法是不行的。那种方法注重比较，偏重表面数据，强调国内外各种居民的饮食数额。萨克逊和普鲁士监狱的犯人每周只能吃到三次肉，每次不到五分之一磅，坦波夫省的农民每天食用四俄磅面包。但是这绝不能说明萨哈林流放犯每天在吃大量的肉和少量的面包，而是说明，德国的典狱官害怕被人指责为伪装的慈善家，至于坦波夫的农夫呢，不过是食物里面包占较大比重而已。重要的是从实践上，从质量上，而不是单从数量上对某个居民层的饮食进行分析，并且研究该居民层生活其中的自然条件和习俗条件。没有具

---

[1] 一所洛特尼等于 4.266 克。——译者注

体分析，答案就会是片面的。只有那些形式主义者才会感到信服。

有一次，我和农业督导官冯·弗里肯先生一道从红谷屯返回亚历山大罗夫斯克。我乘四轮马车，他骑马。天气燥热，林子里闷得很。犯人们光着头在哨所和红谷屯之间的大路上干活，衣衫被汗水湿透了。当我驶近时，他们突然拦住了我的马匹，误认我是官员，向我告起状来。他们说，领到的面包无法下咽。我告诉他们最好向长官申诉，他们回答说：

"我们向达维多夫说过，可他说我们是谋叛。"

面包确实不成样子。掰开之后，阳光下闪着水珠，直粘手，很像肮脏滑腻的面团，拿在手里就会感到恶心。他们给我看了几份，全都烤得半生不熟，面粉粗糙不堪，显然掺了大量水分。这种面包是在新米哈伊洛夫斯克由看守长达维多夫监制的。

犯人的口粮三俄磅面包，由于大量掺假，耗用面粉大大低于定额[1]。上述新米哈伊洛夫斯克的苦役面包师，卖掉自己应得的那一份，自己吃因掺假而多出的部分。在亚历山大罗夫斯克监狱就食的犯人，可以吃到合乎规定的面包，而住在监外的犯人，领到的面包就要差一些。远离哨所在外边干活的犯人吃的最差。换句话说，当着长官和监事的面，面包质量都不错。为了在面包里掺假，面包师和管理伙食的监守们使尽在西伯利亚早已形成的一套鬼蜮伎俩。例如，用开水把面烫熟——这还是最无害的一招。为了增加面包重量，以前特姆区曾掺和过筛出的细土。类似的胡作非为所以能够得逞，是因为官员们不可能整日坐在面包房

---

[1]《男女流放犯伙食定额表》是根据皇帝1871年7月31日御批军队伙食章程制订的。

里进行监视，也不可能对每份口粮都进行检查。再说，犯人方面的申诉也永远不能上达。[1]

不管面包好坏，总是不可把全部口粮吃光。犯人要计算着吃。我国的监狱和流放地早已形成习俗，供应的面包成了流通的货币。犯人可以用面包雇人清扫囚室，支付替他服苦役的工钱，或者用面包换得对个人嗜好的满足。可以用面包换得针、线和肥皂。为了调换一下极其贫乏单调、永远都是盐渍的食物，犯人也可以把面包积攒起来，在"卖堂"那里换取牛奶、小白面包、白糖和酒……高加索人多半厌恶黑面包。他们想方设法加以调换。因此，本来已经足够食用的三俄磅定额，则由于面包的质量低劣和监狱的生活条件，顷刻之间化为泡影，数字也变得毫无意义了。平时吃的肉都是腌的，鱼也同样。[2] 鱼和肉都是煮成汤吃。

---

[1] 在面包里掺假，这是一种诱人的魔怪。事实证明，抵挡它的诱惑是很困难的。它使很多人丧失良心，乃至性命。我前面提到的典狱长谢利瓦诺夫，后来就成了掺假的牺牲品。他因为责骂苦役犯面包师掺假量不足，被对方杀害。事实上，这里很有油水可捞。比如，在亚历山大罗夫斯克监狱，要为2870人烤制面包。如果每份口粮克扣十所洛特尼克，每天就能赚得三百俄磅面粉。烤制面包可获厚利。例如，贪污一万普特面粉，只要以后从犯人的口粮里一点一滴地克扣下来，有二三年时间就可以全部补齐。

波利亚科夫写道："小特姆屯的面包糟糕透顶，连狗都不一定愿意吃它。面包里掺有大量麦粒、糠皮和草梗。和我一起去查看面包质量的一位同事说得很对，'是的，这种面包既易糊住全部牙齿，又能成为刷牙的刷子'。"

[2] 有时监狱里也煮牛肉汤。这准是奶牛给熊祸害死了，或者公家的牡牛或奶牛碰上了什么灾星。不过，这类肉常常被犯人们看作是死兽肉而拒绝食用。波利亚科夫还有如下的记述："当地的腌肉质量低劣，多取自公家的役牛。这些牛由于道路泥泞难行，役作繁重，累得只剩皮包骨，在奄奄一息的情况下被宰杀。"鱼汛期间犯人可以吃到鲟鱼，每人的份额是一俄磅。

监狱里的菜汤很稀，里边放有米和土豆，上面漂着几块红色的肉或鱼。某些官员对这种汤大加赞赏，但却不肯尝上一口。所有的汤，包括给病号吃的在内，味道都很咸。当然，逢到有人参观或者海面上出现了轮船的烟雾，再不就是看守或伙夫在厨房里吵架了，这些都能影响汤的色、味、香。汤的味道常常叫人作呕，甚至放上辣椒和桂叶也无济于事。在这方面咸鱼汤的情况尤甚，原因很明显：首先，鱼易腐败，人们总是急于把开始变臭的鱼先做了吃；其次，做汤用的往往是移民在上游捕捉的病鱼。科尔萨科夫监狱有一个时期给犯人吃的咸鲱鱼汤，据医务主任说，着实无法下咽，鱼肉很易烂在汤里，鱼刺常常造成胃肠卡他症。不知道犯人是否因为不能食用把汤倒掉。但是这种事情肯定是有的。[1]

犯人们怎样就餐？没有专门吃饭的房间。一到中午，他们就会像在售票窗口前一样，在厨房所在的营房或棚子外面排成长队，每个人手里都拿着一个盛汤的器皿。这时汤已煮好，仍然"焖"在锅里。伙夫用长柄勺给每个走近的犯人从锅里舀一勺汤。这一勺里可能摊上两份牛肉，也可能连一块都没有，全凭伙夫的意愿。轮到排尾的犯人时，汤已经不成其为汤，而是剩在锅底的浓稠微温的菜粥了。这时要掺上水，再分发。[2] 犯人们领得

---

[1] 行政当局是知道这种情况的。至少，岛区长官说过这样的话："在当地，因食物引起的外科手术，使人自然地想到这方面存在的问题。"（第314号命令，1888年）如果有的官员说他整个星期或整个月都食用犯人的伙食，并且觉得不错，那就是说监狱给他吃的是小灶。

[2] 伙夫很容易弄错，做的份数有时多，有时少。这从下锅原料的数量便可以看出来。1890年5月3日，亚历山大罗夫斯克监狱有1279名犯人就餐。做汤的原料是：13.5普特肉、5普特大米、1.5普特作浆用的面粉、（转下页）

自己的一份之后，立即走开。有的边走边吃，有的席地而坐，有的回到自己的铺位上去吃。没有人过问是否都吃到了，是否有人漏掉了。如果有人对管理伙食的人说，在苦役地，受压抑的精神畸形的人，有不少需要照看，要劝他们吃，有时甚至要采用强制手段，逼他们吃，那么这个意见定会使对方莫名其妙，并且回答说："我不明白，大人！"

在领取官家口粮的犯人中，只有 25%—40% 在监狱伙房里就餐，其余的人领出食物自己起伙。[1] 这些人可分两类。一类人把口粮领出和家人或对分搭伙者分享。另一类人是奉派到远离监狱的地方干活。他们在工地上起伙。完成劳作之后，如果天不下雨或者不是困倦已极，一般都是每人一个铁罐，单独烧饭。又累又饿时，一般为省些麻烦，干脆生吃咸肉和鱼。如果有人在吃饭时间睡过去了，或者口粮卖掉、输光了，或者食物腐败变质了，面包被雨浇湿了——这一切同监管人员毫不相干。有时，一些人一天之内就把三四天的份额吃光，然后只靠面包果腹或者干脆饿着。据医务主任说，在海边干活的人甚至捡食冲到岸上来的贝类和鱼充饥。在林子里干活的采食各种野菜，其中有些是毒性植物。据矿业工程师克本说，在矿井干活的犯

（接上页）1 普特盐、24 普特土豆、三分之一普特桂叶和三分之二普特辣椒。同一个监狱里 9 月 29 日只有 675 人就餐，作汤的原料却是：17 普特鱼、3 普特米、1 普特面粉、三分之一普特盐、12.5 普特土豆、六分之一普特桂叶和三分之一普特辣椒。

[1] 5 月 3 日，亚历山大罗夫斯克的 2870 名犯人中有 1279 人在监狱伙房就餐，而 9 月 29 日，2432 人中只有 675 人就餐。

人以脂蜡充饥。[1]

移民在解除苦役后的两年（较少情况下也有三年的）之内，仍可从官家领取口粮。此后，就只能全靠自己养活自己了。有关移民的饮食情况，在文献和公署里找不到任何统计数字和正式资

[1] 行政当局和当地医生认为，犯人的食物在数量方面也是不足的。根据我从医务报告中得到的数字，每份口粮含营养如下：在荤食期，蛋白质——142.9克，脂肪——37.4克，碳水化合物——659.9克；在斋食期，分别为164.3克、40.0克和671.4克。据埃里斯曼统计，我国工人的荤食期食物含脂肪79.3克，斋食期含67.4克。人干活越多，体力消耗就越大。时间越长，按照卫生要求，他就应当得到越多的脂肪和碳水化合物。读者从上述的一切可以看出，犯人的面包和汤在这方面能够提供的希望是很小的。矿井犯人在夏季的四个月里多领口粮，每份可得 4 俄磅面包、1 俄磅肉和 24 所洛特尼克米。由于地方当局的吁请；筑路犯人也得到了同样数额的口粮。1887 年监狱管理总局局长提出，在萨哈林"改变现行供应定额，在不损害身体营养的情况下降低流放苦役犯的食物费用"。为此，建议按照多勃罗斯拉文倡导的方法进行供应实验。从已故教授的报告里可以看出，教授认为"在对犯人从事苦作和生活的条件未做仔细研究的情况下，不宜对已实行多年的食物定额进一步限制，因为这里难于对当地发放的肉类和面包质量具有确切的概念"。尽管如此，他还是认为可以限制一年里的昂贵的肉类食物。他提出三种供应定额：两种是荤食期的，一种是斋食期的。在萨哈林这几种定额标准被提交给专门委员会审查。该委员会由医务主任主持。参加委员会的医生们无愧于自己的崇高天职。他们毫不迟疑地声明，鉴于萨哈林的工作条件，严酷的气候，一年四季不论天气好坏的繁重劳动，现在发放的食物是不够吃的；多勃罗斯拉文教授的食物定额，尽管缩减了肉类定额，但比现行定额的成本要高出许多。针对降低口粮费用，即新定额的主要问题，他们提出了自己的供应定额。不过这个定额没有附和监狱管理总局的节约要求。他们写道："物质上的节约虽然没有做到，但是代之而起的，却是犯人劳动的质量和数量的改进，病人和体弱者将会减少，犯人的健康状况将会普遍改善，这对萨哈林的开发事业极有益处，会使移民具有充沛的精力和良好的体魄。"这份改变供应定额、降低费用的《萨哈林岛区长官公署案卷》，收集有二十份各种报告、公函、命令，对监狱保健状况感兴趣者，值得一读。

料。根据我个人的印象和在当地收集到的片段资料，殖民区的主食是马铃薯。其他块根作物，如萝卜和芜菁，也和马铃薯一样，在一年的很长时间里会成为家庭主食。只是在鱼汛期才能吃到鲜鱼。其他时间只有较富裕的人才能吃到咸鱼。[1] 至于肉，根本别想。那些养奶牛的人挤得的牛奶都是为了卖钱，而不是自己喝，牛奶不是盛在瓦罐里，而是装在瓶子里——这是要卖出的标记。一般说来，移民都在想方设法出售自产食物，宁肯自己挨饿。移民认为，比起自己的健康，更需要的是钱，攒不足钱，就别想回大陆去。到了大陆再放开肚子吃，恢复健康也不迟。野生植物入食的有茖葱和各种野果，如桑悬钩子（托盘）、笃斯越橘、酸果蔓、绒皮蘑等等。可以说，生活在殖民区的流放犯，主食完全是植物食品，至少对绝大多数人来说，这是毫不夸张的。总而言之，他们的食物所含脂肪极少，很难讲他们比那些在监狱里就食的人会幸福多少 [2]。

犯人领到的衣服和鞋似乎是够用的。苦役犯不论男女，每年可得粗呢上衣和短皮大衣各一件，而萨哈林士兵虽然干活并不比苦役犯少，一身制服却要穿三年，一件军大衣要穿两年。鞋的情况是，犯人每年可穿四双便鞋和一双水靴，而士兵只有一双皮靴和两双半后掌。不过，士兵的卫生条件较好。士兵有被褥和躲避雨雪、烤干衣物的居址，而苦役犯则只能任凭衣服鞋靴糟烂下去。由于没有行李，只能和衣而卧或睡在臭气扑鼻的破旧衣服

---

[1] 铺子里一条熏大麻哈 30 戈比。

[2] 我已经提到，当地异族人食用大量脂肪，这无疑有益于他们抵抗低温和潮湿。我听说东岸和邻近各岛的俄国渔户也逐渐开始食用鲸鱼油了。

上。他们没有可以烤干衣物的地方，常常穿着湿衣服睡觉。在苦役犯没有得到更符合人道的待遇之前，究竟发给他多少衣服和鞋才能满足需要，仍是悬案。至于质量问题，情况同面包一样：谁住在上级官长的眼皮底下，谁就能得到较好的衣物；谁奉派在外，谁就只能得到质量低劣的衣物。[1]

现在谈谈精神生活，即满足高级需要问题。殖民区本属矫正性质，但是却没有专门从事矫正罪犯的机构和人员。有关此事，没有任何指令。《流放犯管理条例》中未列专款，只有略略数语谈及押解犯人的军官和军士必要时可以动用武器对付犯人，或者神甫有"传布宗教和道德义务"之责，向流放犯宣讲"获得恩遇的幸运"。通行的看法是，教会和学校应在矫正事业中起首要作用，其次是自由居民。自由居民应以本身的威望、品行和示范，对道德的改进起重要的补益作用。

宗教方面，萨哈林隶属堪察加、千岛群岛和布拉戈维申斯克主教区[2]。主教同时兼任三个地区的职务。历届主教曾不止一次巡视萨哈林。他们行装简朴，旅途中和普通神甫一样，历尽艰辛。他们到这里为教堂奠基，为各类建筑物祈祷[3]，并巡视监狱，

---

[1] 当马申斯基大尉沿波罗内河架设电报线的时候，给他手下的苦役犯劳工送来的衬衫，短小到只适合儿童穿。囚服的款式呆板、拙笨，不适于干活的人穿。因此，在轮船装卸货物时和在筑路工地上，您看不到犯人穿长襟粗呢上衣或长裤子。实际上，这种不便是很容易消除的，只要卖掉或换掉就成了。干活和日常生活中，最方便的是农民服装，多数流放犯都是穿农民便服。

[2] 千岛群岛现属日本，故改称萨哈林主教区更为确切。

[3] 有关马尔季米安主教为克里利昂灯塔祈祷事，可参阅《符拉迪沃斯托克》，1883年，№28。

抚慰流放犯，指示未来。关于主教们的活动，从古里主教大人的下述批语中可略知一二。这是对活动记事的一段批语，保存在科尔萨科夫教堂里："据我所见，即使他们（指流放犯）不是全体都有信仰和忏悔之意，至少许多人都有。当我1887年和1888年进行劝谕时，不是别的，正是忏悔的诚意和笃诚的信仰，使他们伤心地哭泣。监狱的使命除了应是对罪行进行惩罚之外，还要唤起囚禁者的善良感，尤其是不应使他们身处囹圄而陷入绝望之中。"这种观点也被教会低级人士所接受。萨哈林神甫一向回避惩罚活动，不是把流放犯看作罪犯，而是视为普通人。在这方面，他们比喜欢擅自越权的医生和农艺师表现了更多的良好行为和对使命的深刻理解。

在萨哈林教会史中，至今仍享有盛名的是谢苗·喀山斯基主教大人。居民都称他谢苗神父。70年代他曾任阿尼瓦和科尔萨科夫教堂神甫。早在"史前"时期，他即已在此工作。那时萨哈林尚未开辟道路，俄国臣民，主要是军人，只是零星地分散在南部。谢苗神甫几乎全部时间都是在荒漠里度过的。他乘坐狗爬犁或鹿爬犁奔波于小股居民之间。夏天则从海上乘小帆船或徒步穿越原始森林。他有时冻僵在半路上，被雪埋住，或者病倒，再不就是忍受蚊蠓的折磨或者冒着同黑熊遭遇的危险。他多次在湍急的河流里翻船遇难，落进冰冷的水中。而这一切，他都以非凡的乐观精神克服了。他称荒漠的老林是可爱的地方，对艰苦的生活毫无怨言。在同官员和军官的交往中，他表现为一名出色的同伴，为人随和，善于在快活的谈话中不失时机地插进宗教内容。关于苦役犯，他的意见是："在造世主面前，我们大家是平等的。"这话写进了公文。[1] 他任职期间，萨哈林的教堂极其简陋。有一回，他为阿尼瓦教堂的圣像壁做祈祷时，关于这种贫困状态是这样说的："我们既没有钟，也没有祈祷书，但是对我们说来，最要紧的是'主在此地'。"我在记述神甫窝棚时曾谈到过这位神甫。士兵和流放犯已将他的事迹传遍西伯利亚，现在在萨哈林一带，谢苗神甫成了一位传奇式的人物。

目前，萨哈林有四座教堂：亚历山大罗夫斯克、杜厄、雷科夫斯科耶、科尔萨科夫各一座 [2]。教会现在并不寒酸。神甫的年俸是一千卢布，每个教区都有唱诗班，着仪式服装。祈祷仪式只有礼拜天和大的节日时才举行。头天晚间举行彻夜祈祷，第二天早上九点做弥撒，一般没有晚祷。居民的特殊组成，并不使当地神甫负有特殊责任，他们的活动内容同国内的乡村神甫一样，即节日举行祈祷仪式、圣礼和在学校授课。我没有听说过单独开导、单独劝诫的事例。[3]

---

[1] 他的公文别具一格。他向当局申请让一名苦役犯担任下级执事职务协助他的工作时，写道："我为何没有正式执事？原因是宗教法庭里无人可调。如果说以前有过，此地的教堂生活条件也不会使圣诗执事久待。旧事不必重提了。可能连我自己也不得不很快离开科尔萨科夫，到我可爱的荒漠里去，正所谓：人去楼空也。"

[2] 雷科夫斯科耶教区的小特姆屯也有一座教堂，但是只在教会的节日即圣安东节时才举行祈祷仪式。科尔萨科夫县有三座小教堂：弗拉基米罗夫卡、克列斯蒂和加尔金－弗拉斯科耶各一。萨哈林的教堂和礼拜堂全部由监狱出资修建，由流放犯任劳力。只有一座科尔萨科夫教堂是由骑士号和东方号船员以及驻扎哨所的军人捐资修建。

[3] 弗拉基米罗夫教授在其刑法课本中说，苦役犯进入矫正期的宣布仪式甚为隆重。可能，他指的是《流放犯管理条例》第301条。该条规定，宣布苦役犯进入矫正期，应有监狱最高长官和为此邀请的神职人员到场，（转下页）

在大斋期，苦役犯实行斋戒祈祷，可获得三个早上的假期。当镣铐犯实行斋戒祈祷，可获得三个早上的假期。当镣铐犯人或沃耶沃达、杜厄监狱的犯人进行祈祷时，教堂周围布有岗哨。据说，这种场面叫人极不愉快。做苦役活计的犯人通常不到教堂去。他们要利用每个节日休息一下，缝补衣服或采摘野果。此外，当地教堂极其拥挤，习惯上只有那些便服打扮，即所谓洁净的教民，才能到教堂去。例如，我在亚历山大罗夫斯克时，每次礼拜，教堂前半部都被官员及其眷属占据，接着是打扮得花花绿绿的士兵和看守的妻子、自由妇女及其子女，再往后，是看守和士兵。最后，紧靠墙边的，才是市民打扮的移民和苦役犯录事。能够设想剃着光头、背上缝着囚犯标志、戴着镣铐或者拖着镣车的犯人到这里来吗？我向一位神甫提出过这个问题，他的回答是："我不知道。"

移民们如果离得近，就到教堂里斋戒祈祷、为孩子施洗或

<hr>

（接上页）云云。其实这一规定很难贯彻。那样一来，就要天天邀请神职人员。此外，隆重气氛和苦役环境并不相称。实际上，甚至节日里犯人可以免除役作的法律也不能贯彻。根据规定，矫正期犯人本应比考验期犯人享有更多的解除劳作的机会。但是，每次都这样区分起来，会费去很多时间，增加不少麻烦。

要说当地神甫的活动有些不同，那只是说其中某些人负有传布东正教的使命。我去萨哈林时，修士司祭希拉克略还在那里。他是没有胡须的布里亚特人，出身于外贝加尔波索利修道院。他在萨哈林度过了八年，后期升任雷科夫斯科耶教区神甫。他的传教使命是，每年去讷湾和波罗内河一二次，为异族人施洗，接收教徒和主持宗教婚礼仪式。经他手皈依的奥罗奇人有300名之多。当然，穿行于原始森林，而且是在冬天，绝不会是舒服的事。夜间，希拉克略神甫多是睡在羊皮袋里。袋子里放着烟草和表。同行者一夜之中总要生两三次篝火，喝茶取暖，而他则在睡袋里彻夜酣睡。

举行婚礼。屯落离得偏远，神甫就会自行前去主持斋戒，处理其他事宜。希拉克略神甫在上阿尔姆丹和小特姆屯有自己的"助理主教"。他们是苦役犯沃罗宁和亚科文科。每逢礼拜，由"助理主教"诵读圣经。希拉克略每到一个屯落，就会有屯民放开喉咙高喊："快来做祈祷啊！"没有教堂和小礼拜堂的地方，就在营房或房舍里祈祷。

我在亚历山罗夫斯克的时候，有一次叶戈尔神甫来看我。他坐了一会儿便说要去教堂主持婚礼。我随他一起去了。教堂里已经燃起蜡烛，唱诗班的歌手们表情漠然地站在唱台上，等待着新婚夫妇的来临。场内已经站有许多女苦役犯和自由妇女。她们焦急地瞧着门口。忽然，传来一阵低语声。门口有人挥了一下手，激动地压低声音说："来了！"歌手们开始清理嗓子。人群从门口涌了进来。有人大声喊了一句。终于，新婚夫妇走了进来。新郎是苦役犯排字工，约二十五岁，身穿礼服，上浆的白领折成硬角，结着白色领带。新娘也是苦役犯，年纪约大三四岁，身穿一身镶白色花边的蓝色长裙，头上插着花朵。傧相和排字工们都结着白领带。叶戈尔神甫走出祭室，在经坛长时间地翻弄着圣经。"上帝赐福……"他朗声读道。婚礼开始了。当神甫把礼冠戴向新郎和新娘的头上并祈求上帝赐予他们幸福的时候，在场的妇女们脸上出现了深受感动和无比欢乐的表情。她们似乎已经忘记，这一切都是发生在监狱教堂里，是在远离祖国的苦役地。神甫对新郎说："新郎，你要像亚伯拉罕那样，得到荣耀……"婚礼结束，人们走出教堂。更夫立即吹熄蜡烛，散发出一股脂油味道。这使人心里不觉惆怅起来。我们走出教堂，站在门口的台阶上。天正下雨。门外昏黑中人影攒动，停着两辆四轮马车，一辆坐着新婚夫妇，一辆还空着。

"神父，请光临！"人们齐声说，黑影里立刻有几十双手伸向叶戈尔神甫，很怕失掉他似的，"请光临，赏光吧！"

叶戈尔神甫被扶上马车，随大家一起到新婚夫妇家里去了。

9月8日正逢节日。我做完礼拜之后，同一名青年官员走出教堂。正巧遇上四名苦役犯用抬架抬来一名死者。四个人都是衣衫褴褛，面容枯槁，鄙俗，很像国内的城市贫民。抬架后面还跟着两名轮流抬死者的人，外表和前四人相像，另外，还有一名领着两个孩子的妇女和一名肤色黝黑的格鲁吉亚人。后者身着便服，是个录事，人们都称他为克勒鲍基安尼公爵。大家急急忙忙地走着，样子像是担心碰不上神甫。克勒鲍基安尼告诉我们，死者是自由妇女利亚丽科娃。她的丈夫是个强制移民，到尼古拉耶夫斯克去了。利亚丽科娃遗下两个孩子。克勒鲍基安尼是她家的房客，正不知该如何安置这两个孩子才好。

我和我的同行者无所适从，我们没有等安魂祈祷结束就动身向坟地走去。坟地离教堂有一俄里，在城郊屯后面的陡峭的高山上，濒临大海。我们上山的时候，葬仪队伍就已赶到。显然，安魂祈祷只用了二三分钟。从山上可以清楚看到，抬架上的棺材一颠一颠地起落着，女人手里拉着的男孩，由于跟不上步伐，只好小跑着。

一边是哨所及其周围的开阔景色，另一边是海，静静的，映着阳光。山上许多坟墓和十字架。有两座十字架异常高大，那里埋着米楚利和被囚犯杀害的典狱长谢利瓦诺夫。苦役犯坟墓上立着的小十字架，样子千篇一律，早已湮没无闻。关于米楚利，人们还会记得一个时期。可是那些长眠在小小十字架下面的杀人犯、逃亡者，那些生前镣铐叮当的囚犯，有谁去记得他们呢？顶多不过是在俄罗斯的草原上或者森林里，人们围坐在篝火旁，听老车夫为了解闷讲起从前某某在村里行抢的事罢了。听故事的人看着漆黑的夜色，会吓得全身发抖，或者正巧响起猫头鹰的号叫——而这一切就是对亡灵的追荐。有一个流放犯医士的十字架上刻着一首诗：

> 来世相逢吧，我的伙伴！
> 人生如过眼烟云
> ……

诗的末尾是：

> 再会，我们将相逢于
> 欢乐的清晨！
>
> 叶·费奥多罗夫

新掘的坟坑里，积水竟有坑的四分之一深。抬棺材的苦役犯气喘吁吁，汗流满面，高声地谈论着同丧葬毫无关系的事情。接着，他们把棺材放在坟坑沿上。棺材是用木板仓促钉成的，没有上漆。

"动手吧？"其中一人问道。

棺材哐当一声落进水中。团团泥土撒向棺盖，敲得咚咚直响，泥水四溅。苦役犯一边用锹撮土，一边继续闲谈。克勒鲍基安尼困惑地瞧着我们，摊开双手抱怨道：

"这两个孩子，我往哪里安置？这回有事干了！我去找过典狱长，求他拨一个婆娘来，可他不给！"

拉着女人手的小男孩阿辽沙，年约三四岁，站在那里看着坟坑。他穿着不合身的外衣，两只袖子老长，一条蓝裤子已经褪色，膝盖上打着浅蓝色补丁。

"阿辽沙，妈妈呢？"我的同伴问。

"埋——上了！"阿辽沙说着笑了，用手指着坟坑。[1]

---

[1] 根据我的统计，在全体人员中东正教徒占 86.5%，天主教徒和路德教派共占 9%，穆斯林——2.7%，其余的是犹太教徒和亚美尼亚格列高利教会教徒。天主教教士每年由符拉迪沃斯托克来这里一次。那时北部两区的天主教徒都得"赶赴"亚历山大罗夫斯克，通常是在春季泥泞时期。天主教徒对我说，教士来的次数太少了。孩子生下很长时间不能施洗。许多父母怕孩子未经洗礼即行夭折，只好请东正教神甫施洗。我也真的见过，孩子属东正教，双亲却是天主教徒。有时天主教徒死了，由于没有本教神甫，只好延请俄国神甫代疱，由他唱颂"圣主"。我在亚历山大罗夫斯克时，一个路德教徒前来看我。他因在彼得堡纵火受审。他说，萨哈林的路德教徒自成一体。为证明确有其事，他给我看一枚印章，上面刻着"萨哈林路德教团之印"。路德教徒到他家聚会，共同祈祷和交流思想。鞑靼人自选毛拉、犹太人自推拉比（犹太教牧师）。当然，都不是正式的。亚历山大罗夫斯克正在修建清真寺，由毛拉瓦斯-哈桑-马麦德出资。这位毛拉是个漂亮的黑发男子，年约三十八岁，达格斯坦省人。他问我刑满后能否准他前往麦加朝圣。亚历山大罗夫斯克的别伊希科夫电现有一架弃置不用的风车。据说这架风车由一对鞑靼夫妇修建。他们二人自己动手伐木、搬运、锯木板，没有人帮助他们，持续干了三年。鞑靼男人取得农民身份后回大陆去了。行前他把风车捐官，而没有送给鞑靼同胞，原因是他对同胞们没推选他当毛拉心怀不满。

萨哈林岛上共有五所学校。不包括杰尔宾斯科耶学校，因为那里没有教师，不能上课。1889—1890年，在学儿童共计220名，其中男孩144名，女孩78名。每校平均44名学童。我到岛上时正值假期，没见过他们怎样上课。当地的学校生活一定别具一格，饶有趣味，可惜我竟毫无所知。普遍的反映是，萨哈林的学校极其贫困，简陋不堪，被视为可有可无，谈不上什么地位。谁都不清楚它们能否存在下去。主持学校事务的是岛区长官公署的一个有教养的年轻官员。但他只是高高在上的国王，并不进行实际管理，实际主持各校工作的是各区区长和典狱长，教员任免全由他们包办。教员都是流放犯。他们在俄国时没当过教师，没有经验，没有经过任何训练。他们在这里每月可得10卢布报酬。行政当局认为不能支付更高的工资，因而无法延聘自由人。自由人的工资不能少于25个卢布。显然，学校的教学无足轻重。与此相比，流放犯出身的屯监本来没有固定工作，只不过是为官吏们跑腿学舌，每月却可得40甚至50卢布。[1]

在男性居民中，包括成年人和儿童，识字的人占29%。女

---

[1] 亚历山大罗夫斯克区区长在1890年2月27日的报告中提出，需要延聘称职的自由人或移民，取代目前在学校执教的流放苦役犯。但是他又说，在他管辖区内，不论自由人还是移民，都没有胜任教师职务的人。他写道："因此，根据教育程度选择胜任教师工作的人员，存在着不可克服的困难。我实在说不出，在我管辖的区内，哪些强制移民或流放犯出身的农民可以担当此项工作。"虽然区长先生不想让流放犯担任教师，但是流放犯却继续在那里当着老师，而且是经他批准和任命的。为了避免类似的矛盾现象，最简单的办法是从俄国或西伯利亚聘请真正的教师，让他们领取和屯监一般多的薪俸。不过，这样做，就要彻底改变对教学工作的看法，不要把它看得比屯监工作还要低下。

性居民中，识字者占9%。这个9%的女性完全是学龄女童。可以说，萨哈林的成年妇女全是文盲。教育事业与她们无关。她们的粗俗鄙陋叫人吃惊。我觉得，在哪里都没有遇到过像这里的女流放犯和被奴役的女人这样愚昧无知。在儿童中间，由俄国来的识字者占25%，而萨哈林出生的识字儿童仅占9%。[1]

---

[1] 根据一些片段的资料和谈话，可以看出，比起文盲来，识字者更易度过刑期。文盲中累犯者较多。识字的人较易取得农民身份。在锡扬查，我记载的18名识字男性中，有13名，即几乎全部识字的成年人，都取得了农民身份。监狱里没有教成年人识字的习惯。虽然，在冬季的风雪天里，犯人们待在监狱里，并且闲得难受。我想，逢到这种时候，他们会很高兴地学习文化。

由于流放犯不识字，他们的家书只好由录事捉刀代笔。信的内容说的是这里生活凄惨、贫穷和艰难，或者请求和丈夫离婚，等等，但是说话的口气却像描述狂欢痛饮那样轻松愉快。如，"百忙中略述近况……并请解除我等婚约为盼"等等。再不就是高谈阔论一番，使对方不得要领。特姆区有个录事专爱咬文嚼字，卖弄华丽辞藻，人称"大学士"。

第二十章

自由人——驻军士兵——屯监——知识界

士兵被称作萨哈林的"开路先锋",因为他们在开辟苦役地之前就来到了这里。[1] 从 50 年代占领萨哈林直到 80 年代,士兵们除了要完成条令规定的直接军务之外,还要负担现在苦役犯的工作。那时岛上一片荒漠,既没有屯落,也没有道路和牲畜,士兵必须自己动手建造房舍和军营,开辟道路,驮运物资。如果岛上有工程师或学者前来出差,就会拨给他几名士兵,以代替马匹。矿业工程师洛帕金写道:"我穿行于萨哈林原始森林的深处,骑马或者用牲口驮运物资,是连想都不敢想的。步行翻越萨哈林的陡峭山岭,极其困难。山上倒木纵横,竹林遍地。因此,我只好徒步行走一千六百俄里。"[2] 当然,士兵们也就只好跟在他的身后,背负着他的全部辎重了。

那时,为数不多的士兵散驻在岛的西岸、南岸和东南岸。他

---

[1] 参见布谢著《萨哈林岛及 1853—1854 年的探险》。

[2] 洛帕金:《给东西伯利亚总督的报告》,载《矿业杂志》,1870 年,第 10 期。

们的驻地称作哨所。现在这些哨所早已荒芜，被人遗忘了。可是从前，这些哨所却像今日的移民屯一样，被人们认为是未来的殖民区的萌芽。当时的穆拉维约夫哨所驻有一个步兵连，科尔萨科夫驻有西伯利亚第四营的三个连和一个山炮排。其他的哨所里，如马努和索尔图奈哨所，仅各有六名士兵。六个人远离连队，相距数百俄里，领头的不过是一名军士，甚至可能根本不是军人。

他们的生活确实同鲁滨逊差不多。荒凉，单调，寂寞。如果哨所在是海边，夏季偶尔会有轮船前来给士兵运送食物。冬季会有神甫前来"主持斋戒"，神甫们穿着皮衣皮裤，外表上倒更像基里亚克人。只有灾祸才会使士兵们的生活发生一些变化：有的士兵乘小船时给卷进了大海，再不就是被熊舐了，被雪埋住了，遭到逃犯的袭击，染上坏血病……士兵们或者由于在雪封的营房里百无聊赖，或者由于置身密林，变得"豪横、糊涂、胆大妄为"，偷东西，盗用军资，有时则因猥亵女苦役犯而受到审讯。[1] 由于勤务繁杂，士兵无暇学习军事，甚至从前所学都已忘

---

[1] 在科尔萨科夫警察局，我见过一份 1870 年的《索尔图奈河普提雅廷石煤矿场哨所士兵名单》：

瓦西里·维杰尔尼科夫——代理上士，鞋匠兼面包师和伙夫。

卢卡·培勒科夫——前上士，因玩忽职守被撤，曾因酗酒和鲁莽无礼罚过禁闭。

哈里顿·梅利尼科夫——无过错，但极懒惰。

耶夫格拉夫·拉斯波波夫——白痴，不适于任何工作。

费奥多尔·契格洛戈夫 ⎫
格里戈里·伊凡诺夫 ⎭ 偷钱被抓，在我面前表现豪横、糊涂、违抗命令。

萨哈林岛普提雅廷石煤采矿场哨所长官

省秘书官　F. 利特克（签字）

记。军官于此道同样荒疏。队列步伐则令人哭笑不得。每次检阅都会发生混乱并且引起长官的不满。[1] 军务极为繁重。下了岗，要立刻去押送犯人。押送完毕又要去上岗，再不就是去刈草或卸官货。昼夜都没有歇气的时间。他们住的房舍，拥挤、寒冷、肮脏，和监狱没有多大区别。直到 1875 年以前，科尔萨科夫哨所的卫兵都是住在流放苦役监狱里，警卫室很像阴暗的囚室。辛佐夫斯基医生写道："也许对流放苦役犯来说，这种恶劣的居住条件能够被允许：这是一种惩罚手段。可是这跟卫兵有什么关系呢？他为什么也要受这种惩罚呢？真说不清楚。"[2] 他们的饮食和犯人的一样低劣，衣衫褴褛，执行任务时衣服总是不够穿。在原始森林里追捕逃犯，最费衣服鞋袜。有一次在南萨哈林，人们因此错把士兵当成逃犯，向他们开枪射击。

目前岛上驻军有四支队伍，分驻于亚历山大罗夫斯克、杜厄、特姆、科尔萨科夫。1890 年 1 月统计，各队士兵共有 1548 人。他们仍像从前一样，从事繁重的劳务。这种劳务超出他们的体力和智力限度，也超出军人条令的范围。当然，他们已经不再

---

[1] 斯姆－伊讲过，就在不久以前，即 1885 年，将军接管萨哈林部队时，询问一个士兵屯监：

"你要手枪作什么用？"

"为了制服（驯服）流放苦役犯，大人！"

"用手枪射击那个树桩。"将军命令道。

接着，发生了一阵混乱。兵士无论如何都不能把枪从枪匣里拔出，多亏旁人协助，才勉强掏出。他拿着手枪，不知如何是好。将军只得收回成命，否则真不知会有怎样的结果，也许子弹不是射向树桩，而是击倒在场的某人。（《喀琅施塔得通报》，1890 年，№23）

[2] 辛佐夫斯基：《流放苦役犯的保健状况》，载《健康》杂志，1875 年，№16。

开路、筑房，但是下岗或下操之后，仍像从前一样不得休息：会立即派他押解犯人、刈草、追捕逃犯。生产事宜占用大量士兵，因此押解犯人的勤务经常人手不足，站岗的人没有可能实行三班轮换。8月初我在杜厄的时候，当地驻军有60人在刈草，其中一半人要为此徒步行走109俄里以上。

　　萨哈林士兵都很温顺、寡言、冷静。在街上大吵大闹、耍酒疯的士兵，我只在科尔萨科夫哨所见过。士兵们很少唱歌。要唱，就是那首"十个姑娘，而我只一个，姑娘上哪儿，我也上哪儿……姑娘进了林子，我也紧紧相随"。这本来是一首快活的歌曲，可是他们唱起来，却含有无限的哀怨，你听到歌声，就会产生怀乡之情，并对萨哈林的景物感到厌倦。士兵们温顺地忍受一切困苦，漠然地对待危害生命和健康的各种危险。与此同时，他们又都是些粗俗、愚昧、头脑简单的人。由于无暇从事教育，他们不能理解，什么是军人的天职和荣誉，因此经常犯错误，成为现行秩序的敌人，沦为由他们监管和捕捉的罪犯的同辈。[1] 当他负起和他的智力不相称的职务时，这些缺陷就暴露得更加明显了。例如，当他们成为监守时就是这样。

　　《流放犯管理条例》第27条规定，在萨哈林，"监狱管理人员由看守长和看守组成。具体人数为，每40名苦役犯派一名看

---

[1] 在沃耶沃达监狱，人们把一个苦役犯指给我看。他以前押解犯人时，曾在哈巴罗夫卡帮助流放犯逃跑。他自己也跟着犯人逃掉了。1890年夏，在雷科夫斯科耶监狱拘押过一个自由妇女，她被控犯有纵火罪。她的单人囚房隔壁住着犯人安德烈耶夫。安德烈耶夫向上级抱怨说，卫兵们不断地到隔壁女囚里喧哗，吵得他整夜不得安宁。区长下令把女囚室换上一把新锁，钥匙由区长亲自掌管，可是卫兵们把钥匙搞到了手。区长对此一筹莫展，只好对彻夜的狂欢听之任之。

守长，每 20 名苦役犯派一名看守。看守长和看守每年由监狱管理总局确定"。每四十名苦役犯，就有三名看守人员。就是说，一个看守管理 13 个犯人。可以设想，13 个人经常在一名热心、称职的看守监督下劳作、吃饭、度过监禁生活，同时，看守之上又有典狱长，典狱长之上又有区长，如此等等，完全可以认为事情进行得非常顺利了。但在实际上，监狱管理至今仍是萨哈林苦役地最薄弱的一环。

目前在萨哈林，看守长约 150 名，看守约 300 名。看守长由识字军曹、当地退役列兵和平民担任。当然，平民任此职者，只是个别现象。有 6% 的看守长是现役士兵。而一般看守却几乎全是驻军指派的列兵。在监守人员不足的情况下，《条例》准许由当地驻军士兵担任看守。结果，有些年轻的西伯利亚人本来不能胜任押解兵职务，却被委以看守之责。说是"临时的"，"出于极端需要"，可是这个"临时的"却一下子持续了几十年；"极端需要"的范围却在日益扩大，使得 73% 的看守都由士兵担任。也许，再过两三年，这个数字可能会增加到 100%。应该指出的是，派去担任看守的不是优秀士兵，驻军官长为了营务需要，总是把能力较差的士兵派给监狱，把优秀士兵留在行伍里 [1]。

---

[1] 这样做的结果是，造成了明显的不公平现象：军队里的优秀士兵只领一份口粮，而在监狱里服务的士兵，虽然表现很差，却可以在口粮之外，又得一份薪俸。沙霍夫斯科伊公爵在《论萨哈林岛体制》中抱怨说："多数看守（66%）是当地驻军的列兵，他们领取国家薪俸，每月 12 卢布 50 戈比。这些人目不识丁，智力水平低下，对其职权范围内的贪污行为姑息迁就，缺少严格的军纪概念，但是却有广泛的行动自由。这一切都使得他们或对犯人采取不合法的专横暴虐，或对犯人低三下四。只有极少数人例外。"现在岛区长官的意见是，"多年经验证明，驻军派遣的看守极不可靠"。

监狱里看守很多，但是没有制度的保证，他们只能是行政当局的绊脚石。岛区长官可以证明这一点。几乎每天他都要发布处分看守的命令：一些人降薪，一些干脆解职。有的因为行为乖张，违抗命令，有的品行不端，玩忽职守，有的盗窃负责保管的粮食，有的窝藏赃物。有的奉派到驳船上工作，不仅不监督秩序，反而领头偷盗船上的核桃。有的盗卖官家的斧头和钉子。有的屡次侵吞官马饲料。还有的和苦役犯同流合污，沆瀣一气。从这些命令里我们知道，个别列兵出身的看守长，在当值时，从事先拔掉钉子的窗户爬进女监，图谋串演桃色事件。还有的看守长深更半夜放一个普通看守钻进女犯因房。看守们的浪荡行为并不仅仅限于女监和单人女囚房。我不止一次在看守的住房里看见有未成年的少女，问她们是什么人，回答是："我是同居女人。"有时走进看守的住处，会看到下述情景：膀大腰圆、脑满肠肥的看守，敞着坎肩，脚上的皮靴嘎吱嘎吱直响，坐在桌旁"吃"茶。窗户旁边坐着一个年约十四岁的女孩，面容憔悴、苍白。看守一般都自称军士、看守长，而关于家中的女孩，他会告诉你，那是苦役犯的女儿，十六岁，同居女人。

看守们在狱中当值时，纵容犯人赌牌，自己也跟着赌。他们倒卖酒精，和流放犯一块儿酗酒。有些命令文告说，看守们当着犯人的面对上级官长豪横、抗命、乖张无礼。还有人用棍棒痛打苦役犯的头部，造成重伤。

他们都是些粗俗愚昧的人，只知和苦役犯一块酗酒、玩牌，从不放过女犯人的爱情和酒精，毫无纪律观念，怠惰异常，因此毫无威望可谈。流放犯居民毫不尊重他们，完全不把他们放在眼里。他们当面直呼看守是"面包匠"，以"你"相称。而行政当局也从不考虑提高看守的威望——可能认为那是白费力气。官员们用"你"字呼喊看守，动辄责骂，不管苦役犯是否在场。时常可以听到："你这个混蛋，看什么？"再不就是："你一窍不通，糊涂虫！"这里极不尊重看守的另一例证是，许多看守"被指定从事同他们的职位不相称的勤务"，说明白些，就是给当官的当仆人、听差。出身特权阶层的看守，似乎都以看守职务为耻，总要设法表现得比同行们高出一筹。有的把肩上的绦带弄得粗一些，有的戴着军官的帽徽，有的因是十四等文官，便在公文里回避看守身份，自称为"劳务和工役主持人"。

由于萨哈林看守从不知道监管犯人的宗旨，自然而然，随着时间的推移，监管犯人的工作便逐渐萎缩成目前的状态。他们的全部工作只是坐在监房里监视犯人，"不许喧哗"，向上级敬礼报告。在苦役现场，他们挎着幸好不懂该如何射击的手枪和锈得很难拔出鞘的战刀，站在一旁，漠然地看着人们工作，吸着烟，显得百无聊赖。在监狱里，他只是一个专管开门关门的"仆役"，在工地则是一个多余的人。虽然每四十名犯人就有三名看守——一个看守长和两个看守，但经常看到的是，四五十人干活，只有一人监管，或者干脆无人监管。如若有一个看守坚守岗位，另外一个可能站在官营商铺附近，对过往官员点头哈腰，第三个看守这时可能在谁家的门廊里打发时日，或者毫无必要地立正站在医院诊室里。[1]

---

[1] 看守长的年俸为480卢布，看守的年俸为216卢布。经过一定时期，（转下页）

关于知识界，也应略述一二。他们的职责是惩罚别人，哪怕是贴身近侍，也不能幸免，为此，时刻都要克服内心的反感和厌恶。偏僻的服务地区，菲薄的薪俸，寂寞无聊，终日接触的是剃光的脑袋、镣铐、行刑人员、毫无价值的劳动、无谓的争吵，特别是对邪恶的环境束手无策，——这一切加在一起，使流放苦役犯的管理工作永远是沉重、令人生厌的差事。从前到苦役地服务的，多是那些随遇而安、无意功名的背运人物。他们不管在哪里服务，只要有吃有喝，能够睡觉玩牌就行。正常的人则是迫于境遇，不得已才来到这里。一有机会，他们就会离开这里。否则，他们就会变成酒鬼，精神失常，颓废沉沦，甚至会陷入泥坑不能自拔，成为贪婪的吸血鬼，开始偷盗，残酷地运用鞭子……

从官方报告和通讯来看，60年代和70年代的萨哈林知识界，特点是道德低下，品格卑微。在当时的官员的统治下，监狱成了妓馆和赌场。人们在那里腐败淫荡，肆虐逞威，草菅人命。这类官员的典型人物是某尼古拉耶夫少校。他在杜厄区当过七年区长，名字经常在通讯文章中被道及。[1] 他出身农奴。这个粗暴的、

（接上页）薪俸还会增加三分之一、三分之二或一倍。人们都认为这是优厚的俸禄。对于微员末吏说来，这是很有诱惑力的肥缺，例如对报务员就是这样，他们一有机会，就会离职高就，去当看守。有人担心，将来如果委派教师到萨哈林，而且只给他们通常的20—25卢布月薪的话，他们肯定会改行当看守去的。

由于当地找不到自由民担当看守职务，或者驻军无法提供足够的看守，岛区长官于1888年允许选择品行端方、经过考验、证明热心公务的强制移民和农民担任看守。这项措施并未取得良好效果。

[1] 参阅卢卡舍维奇的《我在萨哈林杜厄结识的人们》，载《喀琅施塔得导报》，1868，№47和№49。

未经教化的人，究竟具有什么才能，怎样捞到了少校军衔，实在不可思议。有个记者问他是否到过岛子中部，那里的情况怎样，他答："山和河谷，河谷和山。谁都知道，那里的土质是火山岩，是植物；第二，这是极有益极好吃的植物。当然，吃下去有些胀肚，可我们不在乎，又不是要陪伴太太们玩耍。"他用木桶代替运煤的推车，说是那样更便于滚动。他命令把犯有过错的囚徒装进木桶，叫别人沿着河边滚动。"滚上个把小时，活蹦乱跳的人，就会变成一摊稀泥。"他用赌钱的办法教士兵习数。"不会喊囚号的看守，每次罚交20戈比。罚一回，罚两回，慢慢他就觉得这是不上算的事了。你再一看，他开始拼命地学习数码了。用不到一个礼拜就学会了。"类似的荒唐事，对杜厄的士兵影响极坏。士兵向苦役犯出售枪支。有一次，少校要惩罚一个苦役犯，他事先向犯人声明一定要整死他。果然犯人受惩而死。事故发生之后，尼古拉耶夫少校被送交军事法庭，判作苦役。

我问过岛上的老人，从前是否有过好人。他沉思片刻，显然在搜索枯肠，终于答道："什么人都有过。"在萨哈林，旧事最易淡忘，主要因为这里的流放犯居民流动性很大，每隔五年就要大换一次。其次，也因为公署档案残缺不全。二十一二十五年以前的事情就得算是古老往事，早就被忘得一干二净了。只有某些建筑物尚可称作物证，人呢，只剩一个米克柳科夫了。除此之外，还有流传至今的二十余件趣闻。当然，也有一些数字统计表，但毫不足信，因为当时的公署并不知道岛上有多少犯人，跑掉多少，死亡多少，等等。

萨哈林的"史前时期"一直延续到1878年尼古拉·沙霍夫

斯科伊公爵受命主管滨海省流放苦役地为止。公爵是位优秀的行政官员，为人聪明、诚实。[1] 他的著作《论萨哈林岛体制》，在许多方面堪称楷模，至今仍保存在岛区长官公署里。他主要是一个公务人员。在他视事期间，犯人的境遇仍同他就职之前一样恶劣。但是由于他经常同上司和下属交流自己的观察心得，写出具有独到和坦率见解的《论体制》，也就开创了一代新风。

1879 年志愿商船队开展活动。萨哈林的公职逐渐由直接来自欧洲部分的俄国人取代。1884 年萨哈林实行新条令，人员剧增，当地的说法是新人大批涌入。[2] 目前，萨哈林有三座县城，住着官员和军官及其眷属。社交界人才济济，具有相当的知识水平。如 1888 年亚历山大罗夫斯克业余爱好者演出了《结婚》一

---

[1] 1875 年以前，北萨哈林的苦役犯由杜厄哨所长官管理。他是一个军官，其上司机关设在尼古拉耶夫斯克。从 1875 年开始，萨哈林分为北萨哈林和南萨哈林两个区。这两个区都在滨海的管辖之内，民事方面受督军领导，军事方面受滨海省军队司令的指挥。地方事务由区长管理。同时，北萨哈林区区长由萨哈林岛和滨海省流放苦役地总管兼任，事务机关设在杜厄。南萨哈林区区长由东西伯利亚第四边防营营长兼任，事务机关设在科尔萨科夫哨所。区长集地方军事和民事于一身，行政机关里全是军人。

[2] 根据新条令，萨哈林的总管理权属于阿穆尔督军。地方管理权属岛区长官，岛区长官由军队将军兼任。全岛分三个区，每区的监狱和屯落都受区长的统一管辖，区长相当于国内的县警察局局长。他主持当地的警察局。每区的监狱和屯落都受区内的典狱长管辖；如果屯落由特设的官员管辖，那么该官员就称作移民理事。典狱长和移民理事都相当于国内的警察分局局长。岛区长官下设公署主任、会计师、司库、农业督导、土地丈量官、建筑师、爱奴语和基里亚克语译员、中心仓库理事和医务主任。四支驻军队伍各设队官一名，助理支队官两名，军医一名。此外，还设有岛区部队管理副官一名，助理副官一名，书办一名。最后，还有四名神甫，以及同监狱没有直接关系的职员，如邮电所长、所长助理、报务员、灯塔管理员。

剧。当地官员和军官约定把盛大节日互相走访花费的钱，捐作对贫穷苦役犯家属和儿童的赠款。在认捐名单上签名的达四十人。萨哈林的社交界给外来人的印象是良好的。主人殷勤好客，在各方面都不逊于国内的县城。在东部沿岸地区，社交界被认为是最活跃、最有趣的；至少，官员们并不愿意从这里调出，例如，不愿意调转到尼古拉耶夫斯克或迭卡斯特里去。但是，就像水手们说的那样，鞑靼海峡受中国海和日本海飓风的影响，有时也会掀起强风暴——这里的生活也还总是多多少少地、自然而然地反映着昔日的流弊，并使人感到西伯利亚确实近在咫尺。1884 年改革之后，有些什么人物到这里服务，从撤职送交法庭审判的命令中，从申斥职员们违法乱纪、"下流淫荡"的官方通告（第 87 号命令，1890 年）里，或者从传说和趣闻里，都可窥见一二。例如，传说苦役犯佐洛列夫是个有钱的人，他和官员们结伙寻欢作乐，斗牌赌博。他的妻子看到丈夫同官员们交往，便责备他不该同这些人混在一起，他们只会引导他堕落下去。直到现在，仍可见到动辄对流放犯不分头脸饱以老拳的官员，即使犯人出身特权阶层也不能幸免。我看到过他们对匆忙中忘记脱帽的犯人呵斥说："到典狱长那里去，告诉他打你三十杖！"至今，监狱管理仍然十分混乱，比如，两名犯人被认为失踪整整一年，其实他们就在监狱里吃饭，甚至照常出工（第 87 号命令，1890 年）。并不是每个典狱长都确切知道，他管辖的狱中有多少犯人，多少人就餐，逃跑的多少人，等等。岛区长官认为，"一般说来，亚历山大罗夫斯克区的管理，在各方面都给人以沉重的印象，需要认真改进。在日常公事方面，录事的权力失之过大，他们'恣意妄为，以假乱真'"（第 314 号通令，1888 年）。[1] 关于这里糟糕的侦讯机关，下文还要专门谈及。邮电所服务态度粗暴，一般人收到电讯，须要三四天的周折。报务员文化水平很低，电报内容不予保密。我收到的电报，每一封都有严重错误。有一封电报竟然混进了一段别人的电报内容。我为了分清各自的内容，曾要求改正错误，他们竟要我补付电资。

在萨哈林的近代史中，不乏当代最新类型的代表人物。他们是杰尔日莫尔达 [2] 和牙戈 [3] 的混合种，对下只知使用拳头、鞭子和粗野的咒骂，对上则装得文质彬彬，甚至表现得颇有自由主义思想。

但是不管怎么说，陀思妥耶夫斯基笔下的"死屋"[4] 总算已经不复存在。萨哈林的衙署里，也有明智、善良和高尚的知识分

---

[1] 要是花些时间去翻阅文牍，那些虚伪的数字、错误的结论和"凭空的臆造"，立即会使你大吃一惊。那都是典狱长助理、看守长和录事们的手笔。我没能找到 1886 年的全年《通报》。有些《通报》的页脚上用铅笔注有"明显失实"的字样。特别是关于流放犯和儿童的家庭状况、流放犯的罪行类别资料，更是谎话连篇。岛区长官对我说，有一次他需要知道从 1879 年起志愿商船队每年从俄国运来犯人的数字，但是当地行政机关根本没有这方面的统计数字，结果他只好去询问监狱管理总局。有个区长在报告里抱怨说："尽管我多次要求，但是需要的资料仍然不见交来。使我尤其困窘的是，因为缺少某些存档资料，根本无法提供应该有的统计报告。例如，现在想确切知道 1887 年 1 月 1 日以前的强制移民和农民数，就异常困难。"

[2] 杰尔日莫尔达——果戈理《钦差大臣》中的人物，是个粗暴愚蠢的警察，官僚专制制度的维护者。——译者注

[3] 莎士比亚戏剧《奥赛罗》的人物，性好嫉妒，善于搬弄是非，挑拨离间，陷害别人。——译者注

[4] 陀思妥耶夫斯基的小说《死屋手记》，写的是流放地种种骇人听闻的苦难。——译者注

子。这些人的存在，使得管理工作取得了进步。现在已经没有人把苦役犯装进木桶里滚动了。凡毒打致死或逼死犯人者，都会激起公愤，引起阿穆尔和全西伯利亚人的物议。恶行早晚总要暴露。最明显的例子，是奥诺尔案件。人们尽管千方百计加以遮掩，终于不免议论纷纷，结果被萨哈林知识分子披露于报界。好人好事也不少见。不久前雷科夫斯科耶一位女医士去世了。她在萨哈林服务多年，立志把自己的生命献给受苦受难的人们。我在科尔萨科夫时，正逢一个苦役犯乘小船被冲进大海。典狱长 W 少校乘汽艇进海寻找。他冒着风暴，不顾个人安危，从傍晚到夜间两点一直巡游海上，终于找到了小船，救出了苦役犯。[1]

　　1884 年的改革证明，在流放殖民地，行政人员越多越好。纷繁的公务和分散的地域，要求有较为复杂的机构和大量的人员。绝不应使主管官员忙于琐事，无法履行主要职责。实际上，由于没有秘书和随员，岛区长官每天要用大量时间起草命令和公文。这些杂乱的文牍琐事，几乎夺去了他的全部时间，使他没有可能巡视监狱和屯落。区长们除了主持警察局事务之外，还要给婆娘们发放口粮，参加各类委员会、检查等等。典狱长及其助理还得负责侦讯和警察事务。这样一来，官员要么如通常所说，负

---

[1] 当地官员在履行职责时，经常会遇到严重的危险。特姆区区长布塔科夫先生徒步往返波罗内河沿岸时，染上赤痢，险些丧命。科尔萨科夫区区长别雷先生有一回乘大划艇从科尔萨科夫到茅卡去，途遇风暴，被迫离岸入海，在风浪里颠簸了两昼夜。当时别雷先生本人、担任水手的苦役犯和一名搭船的士兵都以为不会生还了。但是他们却在克里利昂灯塔附近被冲上了岸。别雷先生来到了灯塔守护人的住处，一照镜子，发现自己头上增添了白发。士兵上岸后，倒头便睡，用什么办法都唤不醒他，竟一连睡了四十个小时。

担过重，弄得昏头涨脑，要么干脆把份内的大量工作推卸给苦役犯录事。后一种做法更为常见。地方机构里，苦役犯录事不只是抄抄写写，而且还起草重要文件。由于他们常常比官员，特别是比新到的官员，更谙内情，精力也更充沛，结果，整个衙署的呈文事务便由苦役犯或强制移民独揽，甚至侦讯工作也会落到他们肩上。经年累月，录事们由于浅陋无知或敷衍塞责，公事档案被弄得一团糟。只有录事懂得其中奥妙，所以他也就成了无可取代的要人了。官长们即使再严厉，也只好非他莫属。要想摆脱这个全能的录事，办法只有一个，即在他的位置上，放上一个或两个真正的官员。

哪里知识分子越多，哪里就越容易形成社会舆论。这种舆论会造成道德的监督，对每一个人都提出道德要求。谁都不能不受惩罚地逃避这些要求，甚至包括尼古拉耶夫少校那种人。毫无疑问的是，随着社会生活的发展，在萨哈林的服务也将逐渐变得不那么令人生厌。疯子、醉鬼和自杀者的比例也会下降。[1]

---

[1] 现在总算有了一些娱乐活动，如业余演剧、野餐、小型晚会。过去甚至玩一局纸牌都凑不齐人手。精神生活比过去丰富。可以订阅杂志、报纸和书籍，每天都可以收到北方通讯社的电讯。许多人家有了钢琴。当地的诗人拥有自己的朗诵者和听众。有一个时期，亚历山大罗夫斯克还出版过手抄杂志《小蓓蕾》，一共出过七期。主管官员有良好的住宅，既宽敞又明亮，有自己的厨师和马车。较低级的官员租用移民的房舍。有的租用整所住宅，有的租用备有家具什物的成套房间。我前面提到的年轻官员、诗人租住的房间里就有很多圣像，有一张挂着帷幕的床，墙上甚至挂有壁毯，上面绣着箭射猛虎的骑士。

岛区长官年俸7000卢布，医务主任——4000卢布，农业督导——3500卢布，建筑师——3100卢布，区长——3500卢布。每隔三年可有半年休假，薪俸照支。服务五年后自动加薪25%，十年后即可取得年金。两年可算（转下页）

（接上页）三年工龄。差马费也很可观。没有官衔的典狱长助理，从亚历山大罗夫斯克到彼得堡，可得 1945 卢布 68 又四分之三戈比的差马费。这笔钱足够进行一次舒适的环球旅行（第 392、305 号命令，1889 年）。退休和服务满五—十年的休假，都可享受差马费。领到钱后不去休假也可，因此差马费实际上是一种补贴和赏金。神甫的家庭成员都可享受差马费。退休官员在冬季可以申请到彼得罗巴甫洛夫斯克——13000 俄里，或者到霍尔姆斯克县——11000 俄里的差马费。与此同时，他可以一面递交退休呈文，一面向监狱管理总局申请免费乘坐志愿商船队的船只去敖德萨。还有一点要补充的是，官员在萨哈林服务期间，子女可享受官费教育。

尽管如此，当地官员仍对生活不满。他们常为琐事激怒，争吵。生活百无聊赖。他们及其眷属多患肺结核、神经衰弱、精神病等疾病。我在亚历山大罗夫斯克时，有个青年军官，为人善良，却整天揣着一只大手枪。我问他干吗要枪不离身。他一本正经地回答道：

"您可知道，有两个官员想杀害我，已经下过一次毒手了。"

"您带枪又有什么用呢？"

"很简单，我要打死他们，像对付狗一样，毫不客气。"

第二十一章

流民的道德面貌——犯罪现象——侦讯和审判——惩戒——树条抽打和鞭刑——死刑

有些流放犯勇敢地忍受惩罚，爽快地承认自己有罪。问他为了什么事情流放来岛时，通常的回答是："流放到这里的没有好事。"另一些流放犯则表现得沮丧颓唐，怨天尤人，爱流眼泪，绝望地赌咒发誓，说自己无罪。有的人认为，惩罚本是一种幸福。照他们的说法，到了苦役地，才真正认识到确有上帝存在。另一些人则千方百计地逃跑，遭到追捕时，会以棍棒抵抗。有一些偶犯、"不幸的人"、无辜者，也和那些怙恶不悛的惯犯和恶棍同处一室 [1]，所以，流放犯的道德面貌异常复杂，让人捉摸不定。用通行的考察研究方法，实在难以做出重要的有价值的结论。通常都是根据犯罪率来判断居民的道德面貌。但是对流放殖民地说来，这个通行的简单方法并不适用。生活在不正常的、极其特殊

---

[1] 督军手下的监狱督察卡莫尔斯基告诉我说："说到底，如果在 100 名苦役犯里，有 15—20 名品行端正，那绝不是我们实行矫正的结果，而应归功于我们的法庭。是法庭给我们送来了这么多的优秀的可靠的分子。"

的环境里的流放犯居民，有自己独特的约定俗成的犯罪观念和标准。比如，我们认为是轻微的罪行，他们却认为是弥天大罪。或者相反，大量的刑事犯罪却根本不受重视。因为在监狱里，这类罪行被认为是普遍的，几乎是不可缺少的现象。[1]

流放犯的道德缺陷和反常行为，同他们被监禁、受奴役、不得温饱并且经常处于提心吊胆的状态有关。撒谎、狡诈、怯懦、沮丧、拨弄是非、小偷小摸以及各种只能暗中施展的恶行，其实都是人们受到屈辱而进行反抗的手段，或者至少是重要的手段。他们用这些手段去反对那些不受尊重，对之又怕又恨的官长和看守。为了逃避沉重的苦役和体罚，为了一小块面包、一小撮茶叶、盐、烟叶，流放犯只能求助于欺骗。经验向他们证明，在生存斗争中，欺骗是最保险最有效的手段。在这里，偷窃行为司空见惯，很像不可或缺的营生。囚犯们对一切能够得手的东西都偷，简直像饿狼那样顽固，贪婪。特别是对待可吃可穿的东西，

---

[1] 在这里，对最高的幸福——自由，如果产生自然的强烈的愿望，就会被认为是一种犯罪的倾向。逃跑被看作是严重的刑事罪，会受到加重苦役和鞭刑的惩罚。移民出于纯正的动机，收留逃犯住了一宿，为此会被罚作苦役。如果移民为人懒惰，性好饮酒，岛区长官会因此罚他矿井劳动一年。在萨哈林，负债也会被看成是刑事犯罪。对负债的惩罚是，移民不得升为农民。警察局会因为移民懒惰、不热心经营家业、拖欠官款，送他从事一年苦役。岛区长官会对这项决定照准，让他到萨哈林公司去干苦役，偿还欠款（第45号命令，1890年）。简言之，流放犯会因为犯有轻微过失，受到加重苦役和鞭刑的惩罚，而在正常的情况下，针对这些过失最多不过是给予警告、拘留或者监禁。另一方面，监狱和屯落里屡见不鲜的偷盗行为，却极少受到惩处。如果相信官方统计数字，就会得出完全错误的结论，即流放犯比自由人更加尊重他人的财产……

更是如此。他们在监狱里偷，互相偷，到屯子里偷，往船上装货时偷。手法极其熟练。甚至可以认为，他们为此进行着经常的训练。有一回，在杜厄的轮船上，一只活羊和整桶的酵面被盗。驳船还没有离开轮船，但是失物却已遍寻不见。还有一回，船长遭窃，舷窗和指北针为人拧掉。小偷甚至潜入外国轮船的舱房，偷走银制餐具。卸船时，成捆成桶的货物常常不翼而飞。[1]

流放犯的娱乐活动都是偷偷摸摸暗地进行的。为了弄到一杯正常情况下只值5戈比的烧酒，犯人要偷偷恳求走私者。没有钱，就得用面包或衣服换。唯一的精神享受是玩牌，而且必须在夜里，在烛光下或者躲到老林子里去。任何秘密享乐，天长日久都会变成嗜好。流放犯极善模仿，相互之间感染力极强，结果，像私贩烧酒和玩牌一类小事，却能造成令人难以置信的混乱。前面我已经说过，流放犯可以靠私卖酒精挣得产业，变成富翁。就是说，透过握有三五万卢布的流放犯富翁，应该看到那些不断丧失衣食的人。玩牌聚赌，已经像瘟疫一样传遍各个监狱。监狱成了巨大的赌场，而屯落和哨所则是它的分部。赌博的范围异常广泛，听说搜查当地偶然暴露的设局者时，可以找到成百上千的卢布。他们和西伯利亚的监狱，如伊尔库茨克监狱的赌博有着经常的联系。苦役犯认为，只有那里，即伊尔库茨克的赌博，才是"名符其实的"。亚历山大罗夫斯克设有几处赌场。其中一处，即

---

[1] 苦役犯把成袋的面粉抛进水里，然后，在夜间寻机捞出。有一位船上大副对我说："稍不留神，大批东西就会一偷而光。比如，卸成桶的咸鱼时，他们会设法把自己的口袋、衬衣、裤子里都塞满咸鱼……再说，他们为此要吃多大的苦头啊！只要被人发现，就是劈头盖脸一顿毒打……。"

二道砖场街赌场已经发生了典型的赌窟丑闻：一个输光了的看守寻了短见。什托斯（一种纸牌赌博）像烈酒一样使人昏头昏脑。赌掉了衣服和食物的苦役犯，他能忘记疼痛。使人惊讶不止的是，甚至往轮船上装货的那种时刻，载煤的驳船已经靠近轮船船舷，周围波浪滔滔，有人晕船呕吐，驳船上却在大赌特赌。正经的谈话声中会混杂着赌徒的呼号："揭牌！两点！全杀！"

身处囹圄的妇女，迫于贫穷和屈辱，视卖淫为儿戏。我在亚历山大罗夫斯克问那里有没有妓女，得到的回答是："要多少有多少！"[1] 因为需要量大，卖淫的人不管是年老色衰，还是相貌丑陋，甚至三期梅毒，都无妨碍。年纪幼小也无所谓。我在亚历山大罗夫斯克街上遇到一个十六岁的姑娘，据说从九岁起就卖淫。这个姑娘有母亲，但是在萨哈林，家庭并不能使女孩子免于此道。听说有个茨冈人，不仅要女儿出卖肉体，而且全家以此为生。城郊屯甚至有个自由妇女开设"妓馆"，妓女全是她的亲生女儿。那里的卖淫业具有城市特征。不仅有犹太人开办的"家庭浴室"，而且出现了拉皮条的人。

根据官方资料统计，到1890年1月1日为止，受区法庭再次审判的惯犯，占苦役犯的8%。有些犯人已是三次、四次、五次甚至六次重犯，累计刑期由二十年到五十年不等。这种人共有175个，占全部犯人的3%。不过，也可以说有些惯犯是不能算数的，特别是那些因为逃跑而屡次受审的犯人。逃犯的统计数字不可能达到精确，不少逃犯抓回以后并不经法庭审判，就做了处

---

[1] 但是警察局给我的名单上却只有30名妓女。她们每周都要接受医生的检查。

置。流放犯的犯罪率或再犯率到底有多高，目前尚不得而知。这里犯了罪也要受审，但是许多案件因为查不出犯者只好中断。还有不少案件由于证言材料不充分或超出法庭管辖范围，遭到驳回，或者因为没能取得西伯利亚其他机关提供的必要证据，只好中途搁置。长期拖延的结果是，被告身亡，或者长期外逃未归，案件只能归档。这里最重要的原因是，侦讯资料不可相信，进行侦讯的人是一些没有受过教育的年轻人。再就是哈巴罗夫斯克区法庭只凭公文对萨哈林犯人进行缺席审判。

　　1889 年，受到侦讯和审判的苦役犯共 243 名，和其余的苦役犯的比例是 1∶25。移民受审者为 69 人，比数是 1∶55。农民受审者仅为 4 人，比数是 1∶115。从这些比数可以看出，随着地位的改善，随着流放犯向较有自由的地位的过渡，每一级别之间的犯罪率都会锐减一倍。这些数字是 1889 年的实际受审数，而不是当年的犯罪数，就是说其中有不少案件是多年以前的未了结的悬案。读者可以从中得知，在萨哈林每年有许多人受着侦讯的熬煎，他们的案件一拖再拖。可以设想，这会给人们的经济和心理造成多么恶劣的后果。[1]

---

[1] 1889 年审理了 171 件苦役犯逃跑案。其中，科洛索夫斯基案起始于 1887 年 7 月，由于证人未能出庭而停顿。1883 年 9 月立的越狱逃跑案，直到 1889 年 7 月，才由检察长起诉交滨海省法庭判决。列斯尼科夫一案，始于 1885 年 2 月，终结于 1889 年 2 月。如此等等。1889 年发生的案件中，比重最大的是逃跑案——70%，其次是凶杀案——14%。如果逃跑案不算在内，凶杀案就占全部案件的一半。凶杀，在萨哈林是最常见的罪行。这可能和那里的流放犯有一半原先就犯有凶杀罪有关。杀人之事屡见不鲜。我在雷科夫斯科耶时，一个苦役犯在官家菜地里用刀捅了另一个人的喉咙。据他自供，仅仅是因为不想干活。待审者一般都待在禁闭室里，不必干活。在秃岬屯，一个（转下页）

侦讯工作通常交典狱长助理和警察局秘书进行。用岛区长官的话来说，"侦讯开始时，都缺乏足够的证据，工作拖沓笨拙，受到牵连的犯人遭到毫无根据的监禁"。嫌疑犯和被告一律看押起来，关进牢笼。例如，秃岬屯一移民被杀，有四人被怀疑，关进囚室。[1] 囚室又黑又冷。数日之后，三人获释，留下一人。留下者被戴上镣铐，每三天才能吃到一回热饭。后来经看守要求又

（接上页）年轻的木工仅仅为了几枚银币就杀害了自己的同伴。1885年，逃亡苦役犯袭击了爱奴人屯落，原因可能是为了追求强刺激。他们大肆蹂躏屯里的男女，全体妇女都遭奸污，最后把儿童吊上房梁。多数凶杀案起因荒谬，情节残酷。结案工作遥遥无期。例如，有个案子立案于1881年9月，结案于1888年4月；另一案件立案于1882年4月，结案于1889年8月。残杀爱奴人的案件，至今仍未了结。"凶杀爱奴人一案已由野战法庭裁决，十一名流放苦役犯被判处死刑。但警察局不知法庭为何把其他五名被告也判处死刑。已向萨哈林岛区长官先生提出报告，日期分别为1889年6月13日和10月23日。"更换姓名案拖的时间最久，1880年3月立案，至今仍未结案，原因是一直没有收到雅库特省府的材料。另一案件始于1881年，还有的始于1882年。"由于伪造钞票和使用假币"受审的苦役犯共有八名。据说，伪造钞票的地点就在萨哈林。犯人趁卸外国轮船之机，向小卖店购买烟叶和烧酒，而付出的钱却是伪造的。那个被人盗走56000卢布的犹太人，就是因为伪造纸币罪流放来岛的。他现在已经服刑期满，正戴着礼帽和金表链，穿着呢大衣，在亚历山大罗夫斯克街上大摇大摆地走着。他同官吏和看守说话时，一贯慢声细语。正是由于这个卑鄙龌龊的家伙的告发，另一个家口众多的犹太农民被抓，并被戴上镣铐。那个犹太人以前因为"造反抗上"被军事法庭判处终身苦役，但在途经西伯利亚时伪造手段把刑期偷改为四年。《1889年全年审讯通报》中，载有一件"偷盗科尔萨科夫地方驻军军需仓库"案。被告从1884年即已待审，但"本案侦讯工作何时开始，何时结束，前南萨哈林区长存案未见记载，审判工作何时结束亦不得而知"。结果，该案经萨哈林岛区长官签署，于1889年转交区法庭审理。就是说，罪犯要重新受审。

[1] 根据《流放犯管理条例》，当局拘捕犯人时，可以不受法律程序的限制；流放犯涉有嫌疑，可以随时受到拘捕（第484条）。

打了他一百鞭。他一直被监禁在黑屋里，又饥又怕，最后，只好承认自己有罪。与此同时，监狱里还看押着一名姓加拉尼娜的自由妇女。她被怀疑杀害丈夫，关在黑屋里，也是每三天吃一次热饭。官员提审她的时候，我也在场。她声明说已经病了好长时间，不知为什么不给她请医生。官员转问负责看管的看守，有无此事。看守回答的原话是：

"我向典狱长先生报告过，可是大人的回答是'让她死去吧！'"

这种对判前监禁（而且是在苦役犯监狱的黑牢里！）和服刑监禁，对自由人和苦役犯不加区分的做法，使我十分惊诧。特别是，当地的区长毕业于法律系，而典狱长从前还在彼得堡警察局任过职哩。

还有一次，我和区长一起到囚室里去。时间是清晨。四名涉有凶杀嫌疑的流放犯从囚室里被放出来的时候，冷得全身发抖。加拉尼娜只穿一双袜子，没有鞋，也是冻得发抖，一见光亮就眯起眼睛。区长吩咐把她转移到光线充足的房间里。那一次，我还看到，一个格鲁吉亚人像幽灵一样徘徊在囚室门外。他在黑暗的牢房里已经关了五个月。他被怀疑投放毒药，正等待至今仍未开始的侦讯。

萨哈林检察长没有副手，因此没有人对侦讯进行监督。侦讯的方向和速度，完全取决于同案件没有任何关系的偶然因素。我在一个通报里读到，杀害某雅科夫列娃，"目的在于抢劫。作案前强奸未遂，证据是行李堆在床上，床堵头上有鞋后跟铁钉的划痕和印迹"。这种推测可能决定整个案件的命运，尽管在类似的情况下，这种验证是毫无说服力的。1888 年，某逃亡苦役犯杀害了列兵赫罗米亚蒂赫，但直到 1889 年才根据检察长的要求，进行现场检验，而这时侦讯工作业已结束，案件已经转交法庭了 [1]。

《条例》第 469 条规定，当地官长不经警方正式侦讯，有权确定和实施对犯有罪行或过失的流放犯的惩处，而按照普通刑法，对这类罪行和过失的惩处，不应超出剥夺特权和财产、监禁之限。通常，轻微案件在萨哈林由正式的警方法庭审理，而警方法庭归警察局管辖。尽管地方法庭具有如此广泛的职权范围，一切轻微案件都归它处理，但是当地流民却毫无法律保障，不能伸张正义。只要官员有权越过法庭的侦讯程序，施行鞭刑和拘押，甚至强送矿井劳动，法庭的存在就只能徒具虚名 [2]。

重大案件由滨海省法庭审处，但它只能凭来往公文进行裁夺，对案犯和证人不能进行面审。法庭的判决须经岛区长官批准，岛区长官如有不同意见，可自行处理，将改判决定呈报主管

---

[1] 从前，发生过案件神秘地消失或"原因不明地"突然中断的现象（参见《符拉迪沃斯托克》，1885 年，№43）。有一回，野战法庭判处的一个案子的全部案宗甚至被人盗去。弗拉索夫在报告里提到过一个终身苦役犯艾兹克·沙皮拉。这是一个犹太人，住在杜厄，贩卖酒精。1870 年，他被控奸污五岁幼女。尽管证据确凿，案件却被撤销。该案侦讯工作由哨所驻军军官负责。军官早已把自己的手枪抵押给了沙皮拉，并且欠后者的钱。当案件从军官手中移交出来时，揭发沙皮拉的一切证据，都已销毁。沙皮拉在杜厄很有势力。有一天哨所长官问沙皮拉在哪里，人们回答说："他老人家赴茶会去了。"

[2] 安德烈－伊凡诺夫斯科耶屯某甲在雨夜里丢了一口猪，某乙遭到了怀疑，因为乙的裤子上沾有猪屎。对乙进行了搜查，但是没有找到猪。尽管如此，村社仍然决定没收某乙房客的一口猪，因为房客被控窝藏赃物。区长批准了这一裁决，虽然他认为这个裁决并不公正。他对我说："如果我们否决村社的议决，那么萨哈林就会没有任何法庭存在了。"

枢密衙门备案。如果行政当局认为罪行过于严重，按照《流放犯管理条例》进行惩办不够有力，它可以将犯罪分子交送军事野战法庭。

苦役犯和移民犯有罪行，惩办极其严酷。如果说我国《流放犯管理条例》同时代精神和法制背道而驰的话，那主要是指条例中有关惩办的条款。惩办使罪犯感到屈辱，使他更加残忍，道德更加沦落。这种办法早已公认为对自由人是有害的。但对强制移民却还保留着。似乎流放犯较少可能沦落，较少可能变得残忍，较少可能最终丧失人的尊严。这里广泛应用的鞭刑、连车重镣，既污辱罪犯的人格，又使他遭受肉体的痛苦和折磨。一切犯罪，不论是刑事罪还是轻微过错，都用皮鞭和棍棒加以惩罚。在这里，不论这种肉刑是作为补充手段同其他手段一起使用，还是独立应用，肉刑必定是一种判决的不可缺少的内容。

树条抽打，是最普遍的惩办手段。[1] 据《通报》记载，亚历

[1] 缝在背上的罪犯标志，剃半头和上脚镣，从前是为了防止逃跑和辨认犯人。现在则失去了原有意义，只是为了侮辱犯人。罪犯标志是块方形布头，长宽两俄寸。《条例》规定，颜色必须与衣服有别。在此之前本是黄色的，但是黄色是阿穆尔和外贝加尔哥萨克的颜色，因而考尔夫男爵下令改用黑色。在萨哈林，罪标已毫无用处，人们早已司空见惯，不以为意了。对剃半头也是一样。在萨哈林，现在半头已经很少了。只有那些逃亡被捕、待审者和重镣犯人才剃半头。科尔萨科夫区完全取消了这一做法。《在押犯人条例》规定，脚镣的重量应在五俄磅到五俄磅半之间。女犯上镣者，我只见过一个。她的绰号叫小金手。考验期犯人必须戴镣，但《条例》准许在有碍生产劳作时酌情处理。实际上，不论干什么活，镣铐都会碍事。因此，大多数犯人都被摘掉了镣铐。甚至远不是所有的终身苦役犯都戴，尽管《条例》规定他们必须手铐脚镣一齐戴。镣铐不论如何轻巧，它们都会妨碍人的动作。远不是所有的犯人都能对镣铐安之若素。我遇到过些已经不很年轻的犯人，他们遇有生人（转下页）

山大罗夫斯克区1889年受行政处罚的苦役犯和移民有282人。其中肉体惩罚，即挨树条抽打的人有265人，其他方式17人。就是说，树条抽打占行政处罚的94%。实际上，《通报》并没有把遭受体罚的人都统计在内。特姆区通报记载，1889年只有57名苦役犯受过抽打体罚，科尔萨科夫只有三人。可是事实的真相是，这两个区每天都有几个犯人挨打，特别是在科尔萨科夫区，有时一天有十人以上挨打。任何微小的过失都可能招致三十或一百下抽打。没有完成日课（例如鞋匠没缝完规定的三双暖鞋）、酗酒、粗鲁、违命……都要挨抽打。如果是20—30人没有完成日课，那他们就干脆集体挨打。有个官员对我说：

"犯人，特别是戴镣犯人，喜欢提出各种狂妄的申诉。我到这里任职，第一次巡视监狱的时候，收到了50份申诉书。我一律收下，并向申诉者宣布，凡不屑理睬的申诉者，都将受到惩罚。只有两份申诉书是合理的，其余全是胡扯。我下令抽打了48个人。第二回就只有25人提申诉了。以后愈来愈少。现在再也没有人提出申诉了。我把他们教训过来了。"

南部区某苦役犯被人告发，遭到搜查，发现一本日记。日记被认为是诬陷材料，苦役犯因此被罚五十杖，关十五天暗牢，只给面包和水。某移民理事经区长同意，对柳托加屯的居民实行了集体肉刑。下面是岛区长官对此事的描述："科尔萨科夫区区

（接上页）在场，总是用衣襟遮掩自己的刑具，我有一张照片，照的是一群在狱外干活的杜厄和沃耶沃达监狱的苦役犯，那些戴镣的犯人都设法不让刑具照上。诚然，作为侮辱人的惩罚手段，铁链在多数情况下可以达到目的，但是由此产生的屈辱感，根本不能称作羞愧感。

长向我报告了一起极其严重的擅越职权的事件。这是某人（名字很像某河流名称）干的。他对一些移民施用残酷的体罚，远远超出法律规定的界限。此事令人愤慨。我在分析事件起因时发现，特别不能容忍的是，这次不分青红皂白，甚至连孕妇都不能幸免的肉刑事件，不过是因为流放移民之间发生过一场没有造成严重后果的斗殴。"（第 258 号命令，1888 年）

犯有过失的人，多数要受到三十或一百下抽打。抽打多少下，同过失情节轻重无关，而是取决于下令的人是谁。是区长，还是典狱长。区长有权命令抽打一百下，典狱长有权打三十下。某典狱长一向循规蹈矩，只命令打三十下。有一回他奉命代行区长职务，马上由三十下提为一百下，如同这个一百下，是他的新职权不可缺少的象征一样。他一直忠于这个象征，直到区长返任。此后，他又立即心甘情愿地降到三十下了。由于动辄使用树条抽打，这种体罚似乎成了萨哈林的家常便饭。许多人对它既不感到厌恶，也不感到恐惧。听说已经有许多人甚至都不觉得痛了。

鞭刑用得很少。只有区法庭才有权行使。我从医务主任的报告中得知，1889 年"为确定经受法庭判决的肉体惩罚的能力"，医生检验了 67 个人。鞭刑是在萨哈林各种肉刑中最令人厌恶的一种。无论就其残忍性，还是就其行刑情景，都是如此。制定对流窜犯和惯犯施用鞭行的欧洲俄国法学家们，如果目睹施刑情景，他们早就会放弃这种刑法了。但是他们却看不到这种可耻的，伤害人的情感的场面。《条例》第 478 条规定，俄国国内和西伯利亚法庭的判决，要在流放地付诸实施。

我在杜厄亲眼见过怎样施用鞭刑。流窜犯普罗霍罗夫，即梅利尼科夫，年约三十五—四十岁。他从沃耶沃达监狱逃亡后，造了一只小木筏，乘筏漂向大陆。但是被岸上及时发现，派出汽艇追捕。接着，立了案，罪名是逃跑案。开始审查他的案情之后，偶然发现，这个普罗霍罗夫原来就是去年谋杀哥萨克及其两名子女的梅利尼科夫。他曾被哈巴罗夫斯克区法庭判处鞭打九十并加戴重镣。由于工作疏忽，这项判决未得实施。如果普罗霍罗夫根本不想逃跑，这事可能永远不会被发现，鞭刑和重镣的事也就没人提起了。现在，惩处是不可避免的了。决定用刑的那天，即8月13日早上，典狱长、医生和我慢步朝公署走去。头天已经吩咐把普罗霍罗夫带到这里。现在他正和监狱看守坐在台阶上。显然，他还不知道会怎样对待他。见到我们之后，他站了起来，可能已经猜到了几分——他的脸色变得苍白了。

"进去！"典狱长命令。

大家走进了公署。普罗霍罗夫也被带了进来。医生，一个年轻的德国人，命令普罗霍罗夫脱掉衣服，听了他的心脏，以便确定这个犯人可以经受多少下鞭打。医生当即弄清了情况，接着坐下来，郑重其事地书写检验记录。

"啊，可怜的人啊！"他的俄语带着很重的德国味，他一边故作怜悯地说，一边用钢笔去蘸墨水，"你戴着镣铐挺沉吧？央求一下典狱长先生，给你摘掉吧。"

普罗霍罗夫沉默不语，双唇毫无血色，颤动着。

"对你说来，反正是那么回事啦，"医生仍不放松，继续说道，"对你们说来，都是徒劳无益的。唉，俄国竟有这么多的可疑的人哪！啊，可怜的人，可怜的人！"

记录写好之后，附在逃跑案侦讯档案里。一片沉默。录事在写，医生和典狱长也在写……普罗霍罗夫还不确切知道究竟为了什么事传他：仅仅为了逃跑呢，还是老账新账一起算？他不明情况，忐忑不安。

"你昨晚梦见什么啦？"终于，典狱长开口问道。

"我忘了，大人。"

"那么，你听着，"典狱长眼睛看着案情记录说，"某年某月某日，哈巴罗夫斯克区法庭因你犯有谋杀哥萨克罪判你九十下皮鞭……你今天该还啦。"

典狱长用手拍拍犯人的前额，教训道：

"你为了什么啊，你这个脑袋呀，总想自作聪明。跑啊跑的，满打算会更好一些，到头来却更糟啊。"

我们起身到"看守房"去。那是一座营房型的灰色旧房子。军医助理站在门口，央求典狱长，样子很像在乞讨：

"大人，请允许我看看怎样施刑吧！"

看守房正中，放着一条斜坡长条凳，上面备有捆绑手脚的孔洞。行刑员托耳斯蒂赫是个又高又壮的人，体形很像大力士，没穿外衣，敞着坎肩。[1] 他向普罗霍罗夫点点头。对方一声不吭地躺上长凳。托耳斯蒂赫同样一言不发，把犯人的裤子褪到腿弯，然后开始不紧不慢地捆绑犯人的手脚。典狱长无动于衷地看着窗户。医生来回踱着步，手里拿着一种滴剂。

---

[1] 托耳斯蒂赫是因为砍掉妻子的脑袋，罚作苦役的。

"也许，该给你一杯水？"他问道。

"为了上帝，大人。"

终于，普罗霍罗夫捆好了。行刑员拿起三叉皮鞭，不慌不忙地摆弄着。

"挺住！"他声音不高地说。接着并不扬起手臂，不过是像试试效果，打了第一鞭。

"一——下！"看守用念经般的声音数道。

初时，普罗霍罗夫还不出声响，甚至脸部表情都没有变化。但是接着全身一阵痉挛，发出的不是叫喊，则是一声嘶叫。

"两下！"看守高声数着。

行刑员站在犯人身旁，鞭子落下去刚好横着抽在犯人身上。每打五下以后，他就慢步转到另一边去，让犯人喘息半分钟，普罗霍罗夫的头发粘在前额上，脖颈涨得老粗，五到十下鞭打之后，身上的鞭痕由红变紫，由紫变青。每下鞭打都在皮肤上留下一道血印。

"大人！"透过嘶叫和哭泣可以听到，"大人，饶了我吧，大人！"

第二十一三十下以后，他开始数落自己，断断续续地，既像醉汉，又像在说谵语：

"我是倒霉的人，我没救了……我干了什么，要受这种苦啊？"

接着，他奇怪地伸长脖子，发出像是呕吐的声音……他已经语不成声，只是低声地哼着，喘着。从开始施刑，好像过去了整整一个世纪。但是看守却只喊到"四十二！四十三！"离九十下还远着呢。我走到外面。街上一片沉寂。看守室里传出阵阵撕裂人心的号叫。我觉得这声音能够传遍整个杜厄。一个穿着便服的苦役犯正打看守房旁边路过，他朝房子瞥了一眼，脸上，甚至走路的姿势里都显出内心的惊惧。我又走进看守室，接着又退了出来，而看守仍然在那里数着。

九十下终于满了。普罗霍罗夫的手脚被迅速松开。人们帮他站立起来。鞭打的部位斑痕累累，又青又紫，滴着血。牙齿格格打战，面色蜡黄，流着冷汗，眼神错乱。当给他喝药水的时候，他痉挛地咬住杯子……用冷水浇了他的头，然后送他到警察局去。

"这回是为了谋杀罪。逃跑罪还要单算。"在回去的路上，人们向我解释说。

"我最愿看施刑的情景！"军医助理兴高采烈地说，他正因为饱看了这种可恶的场面而扬扬自得，"我喜欢看！这些坏蛋！该死的家伙……绞死他们才好！"

肉刑不仅仅使犯人，而且也使那些施刑和目睹施刑的人，变得野蛮残暴，甚至受过教育的人也不例外。至少我看不出，受过大学教育的官员对待施刑的态度跟这个医助或士官学校、神学校毕业生有什么两样。有些人已经如此习惯于鞭刑和用树条抽打犯人，变得如此粗野，竟然开始从肉刑中汲取乐趣。听说某典狱长看着犯人挨打时，悠然地吹着口哨。还有一个老典狱长竟幸灾乐祸地对犯人说："你喊什么，上帝听你的吗？没关系，没关系，挺住！狠点，再狠点！猛抽他！"还有人命令把犯人的脖颈捆在长凳上，专听犯人的哼唧声，打过五一十下之后，他就到别处去转悠一两个小时，然后回来接着再打。[1]

军事野战法庭，经岛区长官任命，由当地军官组成。该法庭审理的案件及判决，须经督军核准。从前，等待判决的犯人，一般要在单人囚室里受上两三年的熬煎。现在他们的命运可以借助电报决定了。军事野战法庭的一般判决都是：处予绞刑。督军有时会将死刑减缓，改为鞭打一百，重镣监禁，终身考验。如果被处死刑的是凶杀犯，判决很少减缓。督军对我说："我同意把凶杀犯处绞。"

执行判决的前一天傍晚和夜间，神甫要接受死囚的忏悔。某神甫向我讲过下述故事。

---

[1] 雅得林采夫讲过某杰米多夫的故事。杰米多夫为了揭开某项罪行的全部细节，吩咐拷打凶犯的妻子，尽管她是自由妇女，自愿跟随丈夫来到西伯利亚，享有免除体罚的权利。接着又拷打凶犯的十一岁女儿。女孩子给吊了起来，行刑员用树条从头到脚打她。孩子甚至还挨了几下皮鞭。当孩子要水喝时，他们却给她一条咸鲑鱼，本来还想继续用皮鞭打她，只是由于行刑员拒绝执行命令，才作罢论。雅得林采夫说："值得注意的是，杰米多夫的凶残，是他长期管理流放犯，受到熏陶的自然结果。"（《西伯利亚流放犯的境遇》，载《欧洲导报》，1875 年）弗拉索夫在报告中谈到过一个耶福诺夫中尉。中尉的弱点是"一方面使苦役犯居住的营房变成赌窟、酒馆；另一方面他那阵阵发作的凶残也使得苦役犯跟着变得十分凶残。有个罪犯为了逃脱不公正的抽打，在受刑前打死了看守。"

现任岛区长官科诺诺维奇将军一向反对肉刑。每次警察局和哈巴罗夫斯克区法庭的判决送他审批时，他都写上："除了肉刑，余皆照准。"遗憾的是，由于繁忙，他很少到监狱里去。他不知道，在他的岛上，甚至在离他的住宅二三百步之外，经常在用树条抽打犯人。他仅凭通报判断遭受肉刑的人数。有一天我坐在他家的客厅里，他当着其他几位官员和一位外地来此的矿业工程师，对我说："我们萨哈林很少使用肉刑，可以说，已经绝迹了。"

我开始担任神职时，只有二十五岁。有一回，碰巧要接受沃耶沃达监狱的两名死囚的忏悔。他们因为抢劫移民的 1 卢布 40 戈比，而导致凶杀，被判处绞刑。我走进囚室，因为没有经验，心里有些害怕。我吩咐不要关上牢门，要狱卒留在我的身边。犯人对我说：

"神甫，不要害怕，我们不会杀害您，请坐。"

我问："往哪儿坐呀？"他们要我坐到铺上。我先是坐到一只盛水的木桶上，接着鼓起勇气坐到两个死囚之间的铺位上。我问，哪省人，以及诸如此类的问题。然后开始为他们祝福。可是正在祈祷的时候，抬头一看——人们正抬着竖绞架的木桩从窗外路过呢。

"那是什么？"犯人问。

我说："那可能是典狱长在建造什么。"

"不对，神甫，那是给我们竖绞架呢。神甫，您看能不能给我们弄点酒喝？"

我说："不知道，我去问一下吧。"

我去找了某上校。告诉他，死囚想喝酒。上校给了我一瓶。为了避免闲话，他命令当值军士把那个狱卒支走。我从哨兵那里借了一只酒杯，回到了囚室，斟满酒杯。

他们说："慢着，神甫，您先喝一口，要不我们不敢喝。"

只好喝了一杯。没有下酒菜。

他们说："好啦，酒一下肚，头脑就清楚了。"

他们继续忏悔。一两个小时过去了。忽然传来了命令：

"拉出去！"

绞死他们以后，我好久心有余悸，不敢进黑屋子。

死亡的恐惧和处决时的情景，对死囚犯人有强烈的威慑作用。萨哈林还没有过一个犯人能够昂首阔步上刑场。杀害商铺主人尼基丁的苦役犯契尔诺舍伊，临刑前从亚历山大罗夫斯克解往杜厄的途中，突然发生膀胱痉挛，只好走走停停。同案犯金扎诺夫则絮絮叨叨说个不停。处决之前要给犯人穿好尸衣，诵读临终祈祷。处决杀害尼基丁的凶手时，其中一个死囚做祈祷时竟然昏厥。凶杀犯中最年轻的帕祖辛，已经穿好尸衣，听完临终祈祷，忽然，上面宣布，他已得赦免，死刑改为徒刑。可以想象，这个人在短短的时间里，要有多么漫长的经历啊！整夜同神甫谈话，庄重的忏悔，清晨前的半杯酒，"拉出去！"的命令，尸衣和临终祈祷……忽然又是遇赦的喜悦，接着是同伙们处绞之后他要承受的一百皮鞭，第五下抽击之后的昏厥，最后，是连车重镣的禁锢。

在科尔萨科夫区，因杀害爱奴人有十一人被判死刑。处决前的一整夜，官员和军官们都没有睡觉，而是来来往往地走动，喝茶。普遍感到郁闷，坐立不安。没有想到，其中两名死囚半夜吞食了乌头草毒药——给看管死囚的卫队造成了极大的麻烦。区长听见外面人声嘈杂，有人向他报告，两名犯人服毒而死。行刑前，他虽明知此事，仍然不得不当着聚集在绞架之下的死囚，质问卫队长：

"判处死刑的犯人共有十一名，这里只有九名，其余两名呢？"

卫队长本应做出正式报告，但他却神经质地咕哝道：

"把我绞死好啦。绞死我吧……"

正是 10 月的清晨，灰蒙蒙的，又冷又暗。死囚犯人的脸色由于恐惧，变得蜡黄，头发簌簌地飘动。一个官员宣读判决书时，由于激动，全身都在颤抖。这使得他看不清宣判书的字迹，口齿结结巴巴起来。身穿黑色法衣的神甫，让九名死囚逐个地吻他的十字架，同时，他转向区长耳语般地恳求着：

"看上帝份上，放了他们吧，我受不了啦……"

跟着，又是一长串的仪式，给每个死囚穿上尸衣，送他们走上绞架。终于九个人全给绞死了。半空里悠荡着"长长的一串"——这是区长向我讲述这次处决时使用的词儿。当把处绞者从绞架上取下的时候，医生们发现其中有一个犯人还活着。这个偶然现象其实是有特殊原因的。监狱人员，包括刽子手等，对犯人的罪行了如指掌。他们早就知道，这个犯人在那次暴行中是无辜的，不该处绞。

"但是他受到了第二次绞刑，"区长结束了叙述，"我整整一个月不能安然入睡。"

第二十二章

萨哈林的逃犯——逃跑的原因——逃犯的出身、类别及其他

著名的1868年委员会曾强调指出，萨哈林的地理位置是一个主要的和特别重要的优点。该岛同大陆之间阻隔着滔滔的大海，在那里可以轻而易举地建成一座巨大的海上牢狱。可谓"周围是水，插翅难飞"，完全可以实现罗马式的荒岛流放，犯人休想从那里逃跑。其实，萨哈林流放地自建立之初，就已经发现，根本不是这么回事。海岛和大陆之间的海峡，冬季里完全结冻，夏季可以成为监狱围墙的海面，这时变得又平又光，像田野一样平展，任何人，只要愿意，都可以徒步或乘狗爬犁横越过去。即使是在夏季，海峡也不是完全不可逾越。波哥比和拉扎列夫两峡之间的最窄处，只有六七俄里。而在无风的晴朗日子里，即使乘基里亚克人的简易小船，也可以顺当地航行上百俄里。即使是在海峡的宽处，从萨哈林岸边也可以相当清晰地看见大陆彼岸。雾气笼罩的大陆，连同它那美丽的起伏山峦，日日夜夜引诱着流放犯：那里有自由，那里有祖国。除了上述的自然条件以外，另一个问题

也被当时的委员会忽略了，或者干脆没有预见到。那就是，可以不向大陆，而向岛上腹地逃跑。这和向大陆逃跑一样，产生许多麻烦。所以，萨哈林的岛屿位置，根本不能产生委员会预期的效果。

但是岛屿的地理位置，毕竟还有其优越之处。从萨哈林逃跑并不容易。流窜犯本来都是越狱潜逃的能手，可也都坦率地承认，从萨哈林逃跑，比从卡利亚或涅尔琴斯克苦役地逃跑要难得多。萨哈林监狱管理松弛，防范不严，还完全是旧式的管理体制，尽管如此，监狱仍然满员。逃跑的犯人，仍然不像典狱长们希望的那么多。犯人逃跑，是典狱长捞取"外快"的最好机会之一。官员们都明白，若不是犯人惧怕自然障碍，那么由于苦役地点分散和防范不严，岛上恐怕只剩下喜欢在这里生活的人，也就是说一个人都不剩。

在阻碍人们逃跑的诸因素中，海洋绝不占主要地位。不可逾越的萨哈林原始森林、山脉、常年的潮湿、浓雾、荒无人烟、熊罴、饥饿、蚊蚋以及冬季的酷寒和暴风雪——这些，才是看守人员的良友。在萨哈林的老林里，攀越倒木纵横的山峦异常艰难，粗硬的藤蔓和竹林使人难以举步，沼泽和溪流深及腰际，蚊蚋逞凶——即使是吃得饱饱的自由人，一昼夜的行程也不会超过八俄里，而被监狱生活折磨得精疲力竭的犯人，在密林里只能以腐败的食物加盐果腹，并且不辨东南西北，一昼夜的行程不会超过三五俄里。除此之外，他不能走直路，只能东躲西藏地兜圈子，免得落入巡丁之手。通常，逃亡在外一两周，很少能过一个月，逃犯就会被饥饿、腹疾和寒热病糟蹋得骨瘦如柴，被蚊蚋叮得体无完肤，腿脚浮肿带伤，穿着湿漉漉的破烂衣服死在森林里，或者强撑着向回挣扎，祈求上帝大发慈悲，让他碰上士兵或基里亚克人，押送他回监狱。

罪犯逃跑，而不是从劳动和悔改中寻求生路，主要是心中的生存意识尚未熄灭。如果他不是一个哲学家，在任何地方、任何条件下都能生活得很好，那么要他不想逃跑，既不可能也不应当。

首先，使流放犯急于从萨哈林脱身，是他对祖国仍存炽热的爱恋。只要听听苦役犯的谈话，就会知道，生活在祖国是多么大的幸福，多么大的欢乐！谈着萨哈林，谈着这里的土地、人、树木、气候，谁都免不了带着轻蔑的嘲笑、反感和懊丧。在俄国，什么都是美好的，令人陶醉的。简直不能想象俄国还会有不幸的人，只要能够住在土拉省或库尔斯克省，天天看见农舍，呼吸俄国的空气，就是至高无上的幸福了。上帝啊，让我们受穷、生病、又聋又哑、被人凌辱，但是让我们死在老家吧。有个苦役犯老太婆，曾给我当过一个时期的用人。她对我的箱子、书籍、被褥一直赞不绝口。不为别的，就为这些东西不是萨哈林的，是来自祖国的。神甫到我这里做客的时候，老太婆不愿去求他们为她祝福——萨哈林怎会有真正的神甫呢？！思乡之情，表现为不断的追忆往事。这种时候，他们会流露出悲伤的、令人感动的深情，并且常常伴之以怨恨和泪水。有时他们会表现出不可实现的近乎癫狂的期望，其荒诞不经叫人大为诧异。有时干脆就是精神失常。[1]

---

[1] 在符拉迪沃斯托克，官员和水手中常常可以遇到思乡病患者。我就亲眼见过两名精神失常的官员——一位是法官，另一位是军乐队队长。在自由的、生活环境相对说来是健康的人们中间，尚且如此，那么在萨哈林，类似的现象显然就会是不胜枚举的了。

流放犯急于从萨哈林脱身的第二个原因，是对自由的向往，这是人人都有的，在正常条件下构成最高尚的品格之一的特征。如果流放犯年轻力壮，他总要尽可能逃得远些，到西伯利亚或俄国去。一般的情况是，他会给抓住，送去受审，解回原苦役地，但是这都不能使他望而却步。在缓慢的徒步穿越西伯利亚的历程中，在监狱、难友和押解士兵的经常变换里，和在沿途的风险中，自有一种特殊的诗意。比起在沃耶沃达监狱或筑路工地，这种生活多少有些近于自由。随着年老体衰，他会丧失对两条腿的信心，不再跑那么远了。他会逃到较近的阿穆尔，或者钻进老林子，或者逃到山上。只要看不见令人嫌恶的牢墙和狱友，只要听不见镣铐的叮当声响和苦役犯的谈话就行。科尔萨科夫哨所有个流放苦役犯阿耳图霍夫，已经六十多岁了。他的逃跑方式是这样的：带上一块面包，锁起房舍，逃到离哨所不超过半俄里的山上。在那里坐下来，看林子，看大海，看天空。坐上三天之后，回到家里拿了食物再跑回山上……开始时，为此责罚过他。现在呢，人们都在嘲笑他。有些人逃跑，就是为了在外面游荡一个月、一个星期，有些人只要逛上一天就行。虽然只有一天，可这是自由的一天啊！自由病，对某些人来说，具有周期性，倒很像酗酒癖和癫痫狂。听说，到一定的季节或一定的月份，就会发作。有些老老实实的苦役犯，觉得病期渐近，就赶快通知官长。凡是逃犯，通常不问情由，都要遭受鞭刑或树条抽打。在萨哈林，医生们能够操纵惩处大权。他们可以决定是惩处还是赦免。在许多情况下，他们面对的不是什么罪行，而是一种病态。因此，他们必须注意，许多逃跑行为从头到尾都具有惊人的不合理性和不可思议性。常常有一些神志清醒的、朴实的、有家口的人忽然出逃。他们出逃时不带衣服食物，没有目的，没有计划，明知会给抓住，会丧失健康，丧失官长的信任和自己相对的自由，有的还会丧失薪俸，甚至可能冻死在外，或者被枪打死。

终身惩罚，也是逃跑的普遍原因，例如，我国苦役犯最终只能取得定居西伯利亚的权利。被判苦役的人，离开熟知的人群后，毫无希望重返故乡。就是说，对他生长其中的社会来说，他好像是死掉了一样。苦役犯私下也正是这样说的："一进坟墓，就再也别想回老家了。"正是这种毫无出路和绝望的心情，使得流放犯决心孤注一掷：逃出去，碰碰运气——反正死活都是那么回事！如果他跑掉了，人们就会议论说："他跑去碰运气去了。"如果他被抓回，人们会说：他不走运，没交好运啊。只要存在终身流放，逃跑和流窜就是不可避免的。这甚至还像安全阀门那样不可缺少。如果迫使流放犯完全丧失逃跑的希望，使他完全没有可能改变一下命运，从坟墓逃回老家，那么他的绝望心情就会因为无处发泄，而用另外的，当然比逃跑更残忍、更可怕的形式表现出来。

引起逃亡的另一个原因，是侥幸心理，以为不会受惩，甚至以为逃跑是合法的，尽管实际上逃跑很难成功，会招致严厉惩处，并被认为是重大的刑事犯罪。这种侥幸心理由来已久，渊源于早年的较为宽大的时期。那时，逃跑确实轻而易举，甚至受到长官鼓励。如果犯人不纷纷逃跑，长官或典狱长就会认为，这是上帝对他们的惩罚。只有当犯人成批逃跑的时候，他们才高兴。如果能在发放冬装的 10 月 1 日以前逃掉三四十人，那就意味着典狱长可以多得三四十件短皮大衣。据雅得林采夫说，那时的官长在接收新的犯人时，总要高声吆喝："谁想留下，就领衣服，谁想逃跑，就别领啦！"官长的行为似乎使逃跑合法化了。这种风气感染了整个西伯利亚的居民。至今居民仍不认为逃跑是犯罪行为，流放犯谈起自己的逃跑经过时，免不了要哈哈大笑，再不就是因为未能成功而高叫遗憾。想看到他们为逃跑行为感到悔恨或受良心的责备，那是不可能的事。在我与之交谈的逃跑过的犯人中，只有一个病弱的老头为自己的多次逃跑后悔不迭。他因为屡犯不改，被判加戴连车重镣。但他也不认为逃跑是罪行，而只认为是干了糊涂事。他说："年轻的时候真糊涂啊，现在只好受罪了。"

至于逃跑的个别原因，更是五花八门。例如，有的因为对监狱秩序和恶劣的伙食不满，有的对某官长的残暴不仁不满，有的因为懒惰，不会干活，有病，意志薄弱，受别人唆弄，或者为了追求冒险……有些成批的犯人逃跑，仅仅为了在岛上"逛逛"。他们在游逛的时候，免不了要杀人越货，骚扰居民，激起公愤。有的人逃跑是为了复仇。例如，士兵别洛夫在追捕逃犯克利缅科时打伤了后者，并把后者押解到亚历山大罗夫斯克监狱。克利缅科痊愈之后，再次逃掉。这次只有一个目的——找到别洛夫报仇。他故意落入巡丁之手。别洛夫的同伴对别洛夫说："你的人啦，算你走运，还是你去押解吧。"别洛夫照办了。一路上，别洛夫和犯人边走边唠。时值秋天，吹着冷风……他们停下来吸袋烟。趁士兵掀起衣领，点燃烟斗的机会，克利缅科夺下士兵的枪，当场结果了对方。接着，他若无其事地回到亚历山大罗夫斯克哨所。他回来后被捕，不久被处以绞刑。

也有的人是为了爱情。流放苦役犯阿尔焦姆（这是他的名字，姓氏我已记不得了）是个二十来岁的年轻人。原在纳伊布齐当更夫。他爱上了一个爱奴女人。女人住在纳伊布河上的一个屯落里。听说是两厢情愿。忽然，阿尔焦姆被怀疑有偷盗行为。为示薄惩，他调转到科尔萨科夫监狱。这样一来，他离爱奴女人就有九十俄里之遥。为了同情人相会，也从哨所出逃，直奔纳伊布齐。他径直跑着，直到一颗子弹射进他的腿部。

逃犯有时还是诈骗的对象。这种勾当，既表现了对金钱的贪欲，又表现了最龌龊的叛卖行为。有些老流窜犯，一生就是在逃跑和冒险中度过的。如今已经头发斑白。他们在新来的犯人中窥伺着，物色那些有钱的犯人（新犯人一般都带着钱），接着开始勾引他们逃跑。要做到这点并不难。新犯人跑了，老流窜犯在老林子里将他杀掉，然后返回监狱。还有一种较为普遍的诈骗勾当，目的是得到捕捉逃犯的3个卢布赏金。这要和士兵或基里亚克人勾通一气。几个苦役犯逃出监狱，到了约定地点，在老林子里或海边上，同押解兵相遇。押解兵把他们当作捕到的逃犯，送回监狱。于是，按捕到的人数领到赏金。当然，这笔赏金要大家分享。当你看到一个矮小瘦弱的基里亚克人，手持木棍押来六七个膀大腰圆的彪形大汉，这种情景当然会使你感到好笑。我还见过一个身体并不健壮的士兵，一次押来十一名逃犯。

前不久，监狱统计工作几乎没有注意逃犯问题。但是至少可以肯定，那些老家和萨哈林在气候方面差别特大的流放犯，逃跑的最多。例如，高加索人、克里米亚人、比萨拉比亚人和小俄罗斯人。有时，逃亡者和逃亡被捕者名单上列有五六十人的姓名，可是见不到一个俄国姓氏。全是奥格雷、苏莱曼或哈桑之类。此外，毫无疑问，无期徒刑和长期徒刑犯人，比第三类犯人逃跑的要多。住在监狱里面的，比住在监狱外面的，逃跑的也要多。年轻的和新来的犯人逃跑的也较多。女犯比男犯逃跑的要少得多。对女人来说除了逃跑的困难实在太大之外，还因为她们在苦役地很快就会形成牢固的家庭羁绊。对妻子和子女的责任感，一般会使男犯人放弃逃跑的念头。但是也不尽然。合法夫妻比同居者逃跑的要少。我有时到农舍里去，问那些女苦役犯，同居男人到哪里去了。她们常常回答说："谁知道啊？无影无踪。"

除了平民出身的流放犯外，特权阶层的犯人也有逃跑的。我在科尔萨科夫警察局翻阅犯人名单时，发现有个前贵族犯人，因为在逃亡途中犯有凶杀罪，被判八十或九十皮鞭。杀害梯比里斯文科中学校长的赫赫有名的凶手拉吉耶夫，流放来此之后，在科尔萨科夫当教员。他在 1890 年复活节之夜，伙同神甫的儿子——苦役犯尼科耳斯基以及另外三名流窜犯一起出逃。复活节后不久，传说有人看到三个身着"文明"服的流窜犯沿海岸向穆拉维约夫哨所方向逃去。但是却没有看到拉吉耶夫和尼科耳斯基。估计可能是流窜犯们串通年轻的拉吉耶夫他们二人逃跑，行至途中杀害了他们。目的是得到二人的金钱和衣物。某大司祭的儿子因凶杀罪流放来岛，后逃回俄国。在那里又犯杀人罪，并被遣回萨哈林。有一天清晨，我在某矿场附近的犯人群里看到了他：骨瘦如柴，佝偻着腰，两眼无神，一身破旧的夏季大衣和褴褛的裤子。他大概刚刚睡醒，清晨的寒意使他瑟瑟发抖。他走到我身旁的典狱长跟前，摘掉制帽，露出秃头，开始请求什么。

我举一些我搜集到的数字，说明逃跑行为在什么季节最多。1877、1878、1885、1887 和 1889 年，共有一千五百零一名流放犯逃跑。按月份计算，上述数字的分布情况是：1 月——117 名，2 月——64 名，3 月——20 名，4 月——20 名，5 月——147 名，6 月——290 名，7 月——283 名，8 月——231 名，9 月——150名，10 月——44 名，11 月——35 名，12 月——100 名。如果画成浪线，高潮在夏季月份和最寒冷的冬季月份。显然，最适于逃跑的时刻是在暖和的天气里，监外役作季节，鱼群洄游期，老林子里野果成熟期，以及移民栽种的马铃薯成熟期，再就是海面结冻，萨哈林不再是岛屿的季节。春秋两季有大批的新犯人到来，也是造成夏冬两季逃跑高潮的原因之一。3、4 两月逃跑者最少。因为这两个月河流解冻，不论是老林子里还是移民那里，都找不到吃的东西。移民自己在春天也得挨饿。

1889 年，亚历山大罗夫斯克监狱的逃亡数占年收容量的15.33%。同年，杜厄和沃耶沃达监狱的逃亡数占 6.4%。这两座监狱看押犯人，除看守之外，还有带枪卫兵。特姆区占 9%。这些数字只是一年的统计数。如果从岛上全部服刑的苦役犯来看，逃跑过的犯人可占 60% 以上。就是说，您在狱中或街上看到的每五个犯人中，就有三个人是逃跑过的。我同流放犯谈话时，得到的印象是：大家都跑过，很少有人在自己的苦役期里没出去度过"假期"。[1]

通常，在来萨哈林的途中，即在轮船统舱里或在阿穆河上的驳船上，苦役犯就开始考虑逃跑了。那些从苦役地逃跑过的老流窜犯向年轻的犯人介绍着岛上地理、萨哈林制度、监狱管理情况以及从萨哈林逃跑可能尝到的酸甜苦辣滋味。如果在中转羁押监狱里和在船上，把那些流窜犯和新犯人分别监管，可能新犯人就不会那么急着要逃跑了。新犯人通常很快就开始逃跑。甚至下船后，刚刚办完交接手续，就逃掉了。1879 年来到的一批犯人，头几天就有六十人打死了士兵，出逃了。

要想逃跑，根本不需要像柯罗连科在其优秀短篇小说《萨科林岛人》里描写的那些筹备工作。逃跑虽遭严令禁止，并且不再被官长纵容，但是当地的监狱生活、管理和苦役条件，以及那里的地势特点，都决定了大多数情况下不可能防止逃跑。如果今天没能从监狱敞开的大门里跑出去，那么第二天，混在仅有一名士兵看押的二三十人里，在老林子里逃跑也还是可以的。在老林子里没能跑掉，那么不妨再等上一两个月，趁派他伺候某个官员，或者到移民那里当帮工的机会再逃，也不为晚。事先充分准备，蒙骗官长，撬窗子，挖地洞等等，只是少数人才需要做，即那些戴重镣的、坐暗牢的和沃耶沃达监狱的犯人才要这么干。也许还包括在矿井里干活的犯人，因为从沃耶沃达监狱直到杜厄，

---

[1] 记得有一次我乘快艇靠近轮船时，看到正有一只驳船离开船舷。驳船上满是逃犯。有些人面孔阴沉，另一些人却高声哗笑。其中有一个人没有双脚，是冻掉的。他们都是从尼古拉耶夫斯克被押解回来。看着驳船上密密麻麻的人群，我能够想象，还有多少苦役犯正在大陆和岛上游荡着。

沿线岗哨和巡丁遍布。从那里逃跑会遇到危险，但是仍然几乎每天都有可乘之机。多数情况下根本不必乔装，只有那些有冒险兴趣的人才爱这么干。例如，女犯小金手逃跑时就乔装成士兵。

多数逃犯都向北跑。奔向波哥比和拉扎列夫两岬之间的狭窄海面。或者再向北，那里人迹罕至，很易躲避巡逻队。还可以得到基里亚克人的小船，或自己动手造筏，渡过海去。如果是冬季好天气，两小时就足够跑到对岸。渡海位置越靠北，就越接近阿穆尔河口。就是说，冻饿而死的危险就越小。阿穆尔河口处，有许多基里亚克人村落，尼古拉耶夫斯克市近在咫尺，往上还有马林斯克、索菲斯克和哥萨克军屯。到了那里，可以打一冬天的零工，甚至在官员中间也有人愿意向不幸者提供安身之地。也有些逃犯因为不辨东南西北，只是在原地兜圈子，结果走来走去，又回到了原出发地点。[1]

不少逃犯企图在监狱附近横渡海峡。这需要很大的勇气和特别幸运的机会。尤其是要积累多次经验，痛切知道向北穿越原始

[1] 有一回逃犯偷了一只罗盘，以备辨别正北方向，绕过波哥比岬附近的警戒线。谁知正是这只罗盘使他们投入罗网。有人对我说，近来苦役犯们为了躲避设有警戒的西海岸，开始寻找另一条路，即向东奔讷湾，从那里沿鄂霍次克海岸向北奔玛丽娅和伊丽莎白岬，然后向南到普隆格岬对面开始渡越海峡。听说，著名的波格丹诺夫就是选的这条路线。他是在我去岛之前不久逃跑的。不过，这是很难设想的事。虽然，沿整个特姆河都有一条基里亚克人小径可走，可以遇到他们的村落，但是过了讷湾的路，是又长又难走。波利亚科夫曾从讷湾向南走过，路上遇到过不少艰难险阻。由此可知，从讷湾向北的路途，也是困难重重。

我已经谈到过逃犯的可怕处境。他们，特别是惯逃犯，能够逐渐习惯在老林子里和沼泽地里生活。他们的腿力越走越强。有些人竟然能够边走边睡。我听说，中国的逃犯"红胡子"比任何人都能更持久地过逃亡生活。这些人是从滨海省流放到萨哈林的。听说他们能够一连几个月地靠草根和野菜果腹。

森林路途的艰难和危险。从沃耶沃达和杜厄监狱逃跑的老流窜犯，都是在离开监狱后的第一天和第二天，就立即下海峡横渡。他们根本不考虑海上是否有风暴；即使是淹死，也总是死在自由的天地里。通常，他们在杜厄以南的五—十俄里地方，朝阿格尼沃渡海。他们在那里造成木筏，毫不犹豫地向浓雾漫漫的对岸划去。此处海面宽六七十海里，波涛汹涌，海水寒冷。我在那里时，从沃耶沃达监狱逃跑的流窜犯普罗霍罗夫，即梅利尼科夫，就是这么逃跑的。关于他，我在上一章里已经谈过了。[1] 也有乘平底小驳船或小船逃跑的。但是无情的大海，不是把小船击碎，就是把它们抛回岸上。有一回，苦役犯偷乘属于矿业部门的快艇渡海。[2] 还

---

[1] 1886 年 6 月 29 日，通古斯人号战船航行到离杜厄二十海里的地方，发现海面上有一个黑点。靠近一看，原来是一只用四根圆木结成的木筏，上面有两个人坐在树皮堆上。他们的身边放着一小桶淡水，一块半大圆面包，一把斧头，约一普特面粉，少许大米，硬脂蜡烛，一块肥皂和两块茶砖。把他们弄上船一问，才知道他们原来是杜厄监狱的犯人。他们是 6 月 17 日从那里逃跑的（就是说，度过了十二天的逃亡生活），现在正要回到"就是那里，到俄国去"。两小时后，海上起了风暴，船因此未能泊靠萨哈林。人们不禁要问，如这两名逃犯没给弄到船上，这时他们会怎么样呢。关于此事，可参见《符拉迪沃斯托克》，1886 年，№31。

[2] 1887 年 6 月，蒂拉号轮船在杜厄泊碇场装煤。通常，煤是用汽艇牵引的驳船运向轮船的。傍晚天亮后，起了风暴。蒂拉号不能继续泊碇，只好驶向迭卡斯特里湾。驳船在杜厄附近被拖上岸，汽艇则驶向亚历山大罗夫斯克哨所，躲进一条小河。夜里，风浪稍缓，汽艇上的苦役犯仆役把一封伪造的杜厄来的电报交给看守。电报内容是命令汽艇立即出海营救驳船及船上人员，并称驳船已被风暴卷离海岸。看守没有想到这是个骗局，放汽艇离开码头进海。汽艇本应朝南驶向杜厄，但却向北驶去。艇上共有七名男人和三名妇女。黎明时，风暴渐强。在霍埃附近，海水冲进了汽艇的机舱。九名逃犯全部遇难。尸体被冲上岸来。只有一人因抓住一块木板得救。他是艇上的舵手。幸存者的姓名是库兹涅佐夫，现在亚历山大罗夫斯克煤矿给一位矿业工程师当（转下页）

有的苦役犯干脆潜入他们往上装货的大船逃走。1883年，苦役犯弗兰茨·基茨藏在凯旋号轮船的煤仓里。当发现他时，把他从煤仓里拖了出来。不论问他什么问题，他只是回答："给我水，水，五天滴水没进了。"

逃犯们勉强到达大陆之后，都要继续西逃。一路上，或乞讨为生，或受雇于人，或偷窃一切可能到手的东西。他们偷牲畜，偷蔬菜、衣服，一句话，偷一切可吃可穿可卖的东西。抓住他们以后，总要关押上很长时间，经过审讯，带上罪行记录，被遣回原苦役地。读者已经知道，也有许多人能够到达莫斯科，并在那里鬼混，甚至跑回老家。在巴列沃屯，面包师戈亚奇对我讲过他怎样回到老家的事。他是一个天真坦率的人，看样子很是善良。他讲了在家里怎样见到妻子和孩子，又怎样被遣回萨哈林。现在他的第二次刑期也快满了。人们传说，报上也登过，说是美国捕鲸船收容俄国逃犯，带回美国。[1] 当然，这是可能的，不过我没有听见过实例。美国捕鲸船通常在鄂霍次克海作业，很少靠近萨哈林。它们在荒凉的岛子东岸碰上逃犯的机会是很少的。按库尔布斯基先生的说法（《呼声》，1875年，№312），在密西西比河右岸的印第安区有成伙的前萨哈林苦役犯。这些人如果实际上是存在的话，他们也不会是乘捕鲸船到美国的。很可能是经日本转道去那里的。另外，还有可能不是所有的人都向俄国逃亡。有

（接上页）下人。他给我递过茶，是一位健壮黝黑的男子，年约四十，看上去又高傲又粗野。他使人想到了《格兰特船长的儿女》中的汤姆·艾尔顿。

[1] "美国捕鲸船收容过鲍塔尼别伊的逃犯。"涅尔琴斯克的斯塔罗日耳说，"他们还将收容萨哈林的逃犯。"（载《莫斯科通报》，1875年，№67）

少数人会逃往国外，这是毫无疑问的事。早在 20 年代，我国的苦役犯已从鄂霍次克煮盐场逃往"暖和的地方"，即散得维齿群岛。[1]

人们异常害怕逃犯。这也是对逃跑惩罚如此严酷的原因。如果某著名流窜犯从沃耶沃达监狱或重镣囚室逃跑了，人们就会议论纷纷，不仅萨哈林的人会惊惶不安，就连大陆上的居民也会感到恐怖。据说，有一次一个叫布洛哈的犯人逃掉了，消息传到了尼古拉耶夫斯克，竟引起居民的一片惊惧，使得当地警察局长认为有必要用电报查询：布洛哈逃跑是否属实。[2] 逃犯对社会的危害主要是：一、助长流窜的歪风；二、他们处于非法状态，在多数情况下必定要犯下新的罪行。在累判累犯的惯犯中，逃犯占绝大

---

[1] 即夏威夷群岛。——译者注

《流放苦役犯在鄂霍次克》(《载俄罗斯往事》，第 22 卷) 记有这样一件有趣的往事。1885 年日本报纸上发了一条消息说，在札幌附近有九名外国人乘船失事。当局派员去札幌救援。失事者竭力向官员们表白，他们是德国人，纵帆船失事后，乘小艇得救。后来把他们从札幌转到北海道。在那里用英语和俄语同他们交谈，他们都听不懂，只是说："日耳曼，日耳曼。"总算弄清了他们谁是船长。可是当把海图拿给那位船长，要他指出失事地点时，他的手指在地图上画了半天，竟找不到札幌。一切如堕五里雾中。恰好我国有一艘巡洋舰停泊在北海道。日本总督请求舰长派一名德语译员去。舰长派了大副。大副怀疑那些人就是前不久袭击过克里利昂灯塔的萨哈林逃犯，决定试探一下。他让那些人站成横排，突然用俄语高喊："左后转，齐步走！"其中一个人露了马脚，按口令完成了动作。这样一来，这些狡猾的俄底修斯究竟属于哪个民族，也就弄清楚了。参见《符拉迪沃斯托克》，1885 年，№33 和 №38。

[2] 这个布洛哈在逃跑期间因杀害许多基里亚克人而名声远扬。不久前他一直按重镣犯人受到监禁，既戴手铐也戴脚镣。后来在督军和岛区长官视察重镣犯人时，由岛区长官下令解除他的镣铐，同时让他做出保证，不再逃跑。有趣的是：这个布洛哈竟被认为是老实人。听说鞭打他的时候，他高声喊道："着实打，大人！着实打，这是我活该！"也有可能，他会履行自己的保证。苦役犯都希望自己有个老实人的好名声。

多数。到目前为止，萨哈林岛上最凶残的罪行，都是逃犯干的。

目前防止逃跑的手段是惩办。这种办法能够减少逃跑现象，但是只能在一定程度上奏效。惩办手段不论多么完美，都不可能杜绝逃跑现象。超过一定限度，它就不再有效。人们知道，甚至当哨兵用枪瞄准逃犯的时候，他们还会照样跑下去。同样，即使海上有风暴，而且逃犯确信会葬身海底，他们仍不愿望而却步。超过一定限度之后，惩办手段甚至会变成促进逃亡的原因。例如，增加若干年限的惩戒性措施，只能增加无期和长期徒刑犯，并且促使后者再次逃跑。总体说来，在同逃跑现象的斗争中，惩办手段没有前途。它同我国的立法宗旨大相径庭。我国立法宗旨主张惩办只是为了矫正犯人。当监守人员的精力和智慧，日复一日地消耗在用复杂的肉刑防止逃跑的时候，矫正问题就根本谈不上了。这只能使囚犯变成野兽，使监狱变成兽栏。再说，惩办措施毫无实际意义。一、它会给无辜的居民造成压抑的感觉；二、高墙重门的牢狱、各种囚室、暗牢和连车重镣，只能使人丧失劳动能力。

所谓的人道手段，即犯人生活的某种改善（不管是实是虚，或者仅仅提供对未来的希望），都会降低逃亡率。例如，1885年有25个强制移民逃跑，而1886年是丰收年，当年的逃犯便只有七人。强制移民的逃亡率比苦役犯要低得多。而流放犯出身的农民几乎无人逃亡。科尔萨科夫区的逃亡者最少，因为这里收成较好，气候较暖，短期徒刑犯占多数，比起北萨哈林也较易取得农民身份。这里的苦役犯服刑期满后，不必为了糊口重返矿井挣钱。犯人生活愈好，逃跑的可能性愈小。因此，可以认为最可行的措施是改善监狱管理，建造教堂，兴办学校和医院，保障犯人的家庭生活，给予工资，等等。

前面我已说过，士兵、基里亚克人和其他捕捉逃犯的人，每捕到一名逃犯并把他押回监狱，可以得到3卢布官方赏金。无疑，对于饥饿的人们说来，这笔赏金的诱惑力是很强的，可以刺激人们"活捉或打死逃犯"的积极性。但是，这种收益绝不能抵销这3个卢布唤起的不良动机和造成的不良后果。那些必须捕捉逃犯的人，如士兵或遭到抢劫的移民，没有3个卢布的赏金，也会照样逮起逃犯。而那些不是出于职务和个人安危去捕捉逃犯的人，仅仅为了自私自利的动机去做这事的人，必然全把捕捉逃犯变成一种下贱的勾当。因而，这3个卢布只会助长最卑劣的风气。

据我现有的资料统计，在1501名逃犯中，有1010名被捕或自动返回；发现时即已死亡，或追捕时被击毙者40人；下落不明者451人。可以看出，萨哈林的全部逃犯有三分之一的人失踪了。上述资料摘引自《通报》。至于自动返回者有多少，被捕的有多少，发现时即已死亡或追捕中击毙的有多少，没有单独的具体数字。因此，也就无法说明发放过多少赏金，也无法说明多少逃犯死于士兵的子弹。[1]

---

[1] 《流放犯管理条例》规定，进行惩罚时，要区分逃跑和暂时离开，逃跑的范围在西伯利亚之内和之外，是第一次，还是第二次、第三次、第四次等不同情况。对苦役犯来说，三日之内被抓住或七日之内自动返回者，都不应算作逃跑，而应算作暂时离开。而对移民来说，上述期限放宽一倍，逃到西伯利亚以外的，比起在西伯利亚以内的，罪行更为严重，惩办也更严一些。做这种区分的原因可能是考虑到：跑到欧洲俄国，比只在西伯利亚某省逃亡，要有更多的犯罪恶念。对苦役犯逃亡者最轻的处罚是打四十皮鞭，延长苦役期四年。最重的——一百皮鞭，终身苦役，三年连车重镣，考验期监禁二十年。参观《流放犯管理例条》第445、第446条，1890年版。

第二十三章

流放犯居民的疾病和死亡——医疗组织——亚历山大罗夫斯克医院

1889年，全岛三个区共有体弱和丧失劳动能力的男女苦役犯632人，占总数的10.6%。就是说，每十个人中，有一个体弱和丧失劳动能力的人。那些有劳动能力的人，给人的印象也不够健康。男性苦役犯中，看不到营养良好、体胖的、面色红润的人。就连那些无所事事的移民也是面黄肌瘦的。1889年夏在多来加筑路工地上干活的131名苦役犯中，有37人患病。岛区长官到那里视察时，其余的健康人"样子简直吓人；衣衫褴褛，许多人光着上身，被白蛉子叮得遍体鳞伤，浑身是树枝划破的伤痕，但是却没有一个人叫苦"。（第318号命令，1889年）

1889年有11309人次就诊。提供上述数字的医疗报告，没有区分就诊的流放犯和自由人。但是报告撰写人指出，大多数患者是流放苦役犯。通常，士兵们都在军医那里就诊，官员及其眷属则在家里治疗。因此可以认为11309人次只能是流放犯及其家属。就是说，流放犯及其家属每年平均就诊一次以上。[1]

关于流放犯居民的患病率，我只有1889年的报告可用。很遗憾，这份报告所依据的医院就诊登记册资料统计极不准确，结果我还得借助教堂出生和死亡登记册，摘录其中有关近年来的死亡登记。所有的死亡原因，神甫们都是照抄医生和医士的报告，内容不少属于胡诌。[2] 但是整个说来，这份资料同就诊登记册一样，不比它更好，也不比它更坏。显然，两种资料都不够充分，因此读者下面看到一切，并不是患病和死亡情况的全貌，而仅仅是了了的一部分。

报告列举的两类疾病——传染疫病和流行病，至今在萨哈林的传播并不广泛。如，1889年麻疹患者只有三人，猩红热、白喉和格鲁布肺炎则一例没有。死于这些疾病的主要是儿童。据教堂登记册记载，十年中只死亡45人，其中包括具有流行病性质的"咽峡炎"和"喉炎"。据我观察，后两种病可以在短时期内造成大量儿童死亡。流行病通常始于9月份或10月份，即志愿商船队轮船来岛的时期，移民带有患病儿童。疾病流行的时间很长，但是规模并不大。如1880年在科尔萨科夫附近，咽峡炎始于10月份，止于次年4月份，但仅有10名儿童死亡。1888年秋，白喉始于雷科夫斯科耶教区，持续整整一冬，然后传入亚历山大罗夫斯克和杜厄教区，于1889年11月止于此地，流行

---

[1] 1874年科尔萨科夫区的就诊人次和总人数的比例是227.2∶100，辛佐夫斯基医生：《流放苦役犯的保健状况》，载《健康》，1875，№16。

[2] 例如，我碰到过这样一些诊断：不适当的哺乳，发育不健全，心脏的内心病，身体发炎，内脏衰竭，奇异的肺炎，什彼尔症，等等。

期达一年之久，死亡儿童仅 20 名。报告记有天花流行一次，十年中死于此病者 18 人。亚历山大罗夫斯克区发生过两次流行病，一次在 1886 年 12 月至翌年 6 月，另一次在 1888 年秋。严重的天花流行病以前曾肆虐日本海和鄂霍次克海诸岛以及堪察加。有些地方整个部落，如爱奴人部落，灭于此病。但这种疾病现已绝迹，或者至少没听说过有这样的病。基里亚克人中，麻脸很常见，但是这是生水痘所致，水痘在异族人中间可能一直没有断根。[1]

各类伤寒病在报告记载有 23 次，死亡率为 30%。其中回归热和斑疹伤寒各三次，没有死亡。教堂登记册载有伤寒病和热病 50 次，但都属个别病例，散见于十年时间的各个教区。没有资料说明流行过伤寒病。可以有把握地说，根本没有流行过这种病。报告记载，肠伤寒只见于北部两区，发病原因是饮水不洁，监狱和河流附近土壤污染严重，以及住处拥挤和人口密集。我本人没见过肠伤寒病例，虽然我走遍了那里的农舍，也到医院去过。某些医生对我说，这些病岛上根本没有。我对此没有把握。至于回归热和斑疹伤寒，可以说这里发生的所有病例，都是外面带来的，情况同猩红热和白喉一样。可以认为萨哈林岛的条件不适于急性传染病的传播。

不能确诊的寒热病，有 17 次。关于这种病，报告里是这

---

[1] 关于这种病 1868 年流行全岛和 1858 年为异族人接种牛痘的情况，可参阅瓦西里耶夫的《萨哈林之行》（载《法医文库》，1870 年，№2）。为消除生水痘时的奇痒，基里亚克人用炼制的海豹油涂擦全身。基里亚克人与俄国人不同，从不洗浴。所以生这种病时，全身奇痒不止。麻点是搔痒时留下的。1858 年，萨哈林流行过真正的天花，危害极大。一个基里亚克老人对瓦西里耶夫医生说，死掉了三分之二的人口。

样说的:"发病多见于冬季月份。症状为剧冷剧热,有时伴有斑疹,普遍头痛,寒热症持续五天到七天即行消失,复原迅速。"这类病在当地很常见,尤其在北部区。但报告所载尚不及百分之一。原因是,这种病的患者,一般不去就医。多数人都是硬挺过去。如果需要卧床,也是在家里的炉台上躺躺。据我逗留岛上的观察,这种病主要起于伤风感冒,多是在阴冷潮湿的天气里,到老林子里干活并宿于露天所致。患者常见于筑路工地和新建移民屯,堪称真正的萨哈林寒热病。

　　1889年有27人患格鲁布性肺炎,死亡三分之一。看来,这种病对流放犯和自由人的危害都是一样的。十年间的教堂登记册上记载有125次病例。28%发生于5、6月份。这正是气候恶劣、变幻无常,犯人开始远离监狱外出干活的季节。46%发生于12月、1月、2月、3月,即冬季月份。[1]此地格鲁布性肺炎致病原因主要是冬季酷寒、温差急剧变化和在坏天气里干活。区医院医生彼尔林先生1889年3月24日写的报告(我带回一份抄件),上面写道:"流放苦役犯中急性肺炎的发病率一直高得出奇";彼尔林先生认为致病原因是:"三名苦役犯要抬直径6至8俄寸、长4俄尺的原木走8俄里路,估计原木重量为25到35普特。冰天雪地,身穿厚衣,呼吸和血液循环都达到很高速度。"这些都是致病原因。[2]

---

[1] 1889年7、8、9三个月里没有此类患者。十年来,在10月份发病的只有一例。可以说10月是最健康的月份。

[2] 顺便说一句,我在同一报告里还发现有如下细节:"惩罚苦役犯时采用的树条抽打极其残酷,他们常常人事不省地抬进医院。"

痢疾，或称赤痢，只有 5 次病例。1880 年在杜厄，1887 年在亚山历山大罗夫斯克，可能流行过赤痢。十年里教会登记册中记载有 8 人死亡。早期资料和报告经常提及赤痢，非常可能那时的赤痢和坏血病一样，都很常见。患病者多为流放犯、士兵和异族人，同时，资料还表明，食物低劣、生活条件极差是致病的原因。[1]

亚洲霍乱在萨哈林从未发生过。丹毒和坏疽病患者我见过。看来，这两种疾病在当地医院里一直有实例。1889 年没有发现百日咳。间歇热记载有 428 次，亚历山大罗夫斯克区占一半以上。报告指出，病因是，室内为了保暖，空气不流通，住房附近土壤污染严重，在周期性泛滥地区干活，移民屯位于泛滥区等等。所有这些不利于健康的条件确实存在。尽管如此，萨哈林仍不是疟疾患区。我在访问各处农舍时，没有发现疟疾患者，也没有听说那里有过疟疾。很可能，病志中记载的患者原来在老家就有病根，来岛时脾脏就已肿大了。

炭疽死亡实例在教会登记册中只有一次。岛上没有发现过鼻疽和恐水病。

死于呼吸器官疾病的人占全部死者的三分之一，其中肺结核占 15%。教会登记册里只记载了基督教徒。如果把死于肺结核的穆斯林计算在内，上述百分比就会相当可观。总之，萨哈林成年人患肺痨比率很高。在当地，这是最常见的危险疾病。多数患者死于萨哈林最冷的 12 月份。3 月和 4 月次之。9 月和 10 月

---

[1] 瓦西里耶夫医生在萨哈林见过许多基里亚克人患赤痢。

最少，下面是死于肺结核的年龄率：

零至二十岁⋯⋯⋯⋯⋯⋯⋯3%

二十至二十五岁⋯⋯⋯⋯⋯6%

二十五至三十五岁⋯⋯⋯43%

三十五至四十五岁⋯⋯⋯27%

四十五至五十五岁⋯⋯⋯12%

五十五至六十五岁⋯⋯⋯⋯6%

六十五至七十五岁⋯⋯⋯⋯2%

可以看到，萨哈林最易死于肺结核的年龄是二十五—三十五和三十五—四十五岁，即正是年富力壮的时期。[1] 多数死者是苦役犯（66%）。这使我们有充分的理由得出结论说，在流放殖民区，肺结核死亡率很高的起因，主要是监狱集体囚室生活条件恶劣，苦役劳作力不胜任，监狱伙食不能补偿犯人的体力消耗等等。严酷的气候，沉重的劳役，逃跑期间的含辛茹苦，单人囚室中的重重苦难，集体囚室的无常生活，食物中脂肪不足，乡愁——这都是萨哈林肺痨的主要病因。

1889年登记的梅毒病例为246例，死亡5人。报告载明，患者都是二期或三期梅毒老患者。他们极其可怜，常年无人照管。说明这里完全没有卫生监督。本来，流放犯居民人数有限，卫生监督完全可以做得十全十美。我在雷科夫斯科耶看见一个患梅毒性肺痨的犹太人。他早已放弃治疗，任其恶化。家人都盼望他快些死掉。医院离他们家只有半俄里之远！教堂登记册记载的

---

[1] 读者不要忘记，这两种年龄分别占流放犯居民的 24.3% 和 24.1%。

死于梅毒的亡者，有 13 例。[1]

1889 年登记的坏血病患者有 271 人，死亡 6 人。教会登记册记载的坏血病死者有 19 人。二十一—二十五年以前，这种病在岛上很常见，比近十年来多得多。那时，许多士兵和犯人都死于此症。以前，一些力主在岛上创建流放殖民区的作者盛赞荠葱，认为荠葱是防治坏血病的良药。据他们说，居民们储存成百普特的荠葱，准备越冬。坏血病曾猖獗于鞑靼海岸。当然，生活条件恶劣的萨哈林也不能幸免。现在，这种病多见于乘志愿商船队船只来此的犯人中间。医务报告证实了这一点。亚历山大罗夫斯克区长和监狱医生告诉我，1890 年 5 月 2 日有 500 名犯人乘彼得堡号来此，其中坏血病患者不下百人，有 51 人被医生送进医院或医务站。患者有个波尔塔瓦的乌克兰人在医院里对我说，他在哈尔科夫的中央监狱中染上了这种病。[2] 食物失调引起的疾症，除坏血病外，还可以举出衰老消瘦症。在萨哈林死于这种病的，

---

[1] 亚历山大罗夫斯克梅毒患者最多。报告认为，其原因是这里聚集大量新到犯人及其眷属、士兵、工匠和所有外来居民。此外，海船到亚历山大罗夫斯克泊碇，以及夏季短工到这里齐集，也是原因之一。报告也列举了防治梅毒的措施：（1）每月 1 日—15 日对苦役犯进行体检；（2）对新到犯人进行体检；（3）对行为可疑的女人每周进行一次体检；（4）监督梅毒患者。尽管有这些措施，仍有相当多的梅毒患者没有被发现。
　　1869 年出差到萨哈林向异族人提供医疗援助的瓦西里耶夫医生，没有发现基里亚克人有患梅毒的。爱奴人称梅毒是日本病。前来捕鱼的日本人必须向领事出示证件，证明自己不是梅毒患者。

[2] 长时间住过中央监狱和乘坐轮船船舱的犯人，极易染上这种病。成批的犯人登岛后，有时很快就会成为坏血病患者。有个作者写道："最近科斯特罗马号运来的苦役犯，本来都很健康，现在却患了坏血病。"（《符拉迪沃斯托克》，1885 年，№30）

并不都是老年人，而多是属于工作年龄的人。死者有的二十七岁，有的三十岁、四十、四十三、四十六、四十七、四十八……这不是医士或神甫的笔误。据教会登记册记载，死于衰老消瘦症的未满六十的壮年人，竟有 45 例。俄国流放犯的平均寿命尚无统计，但从外观看去，萨哈林人都未老先衰，四十岁的苦役犯或移民，看上去像老头一样。

医院接待的流放犯神经病患者，人数并不多。1889 年登记的神经病和痉挛症患者只有 16 名。[1] 显然，只有那些被强行送进医院的患者才能得到治疗。脑炎、中风和痴呆病例共 24 起，10 人死亡。癫痫病例 31 起，神经分裂症 25 起。我已说过，精神病患者在萨哈林并不隔离。我在科尔萨科夫村看到有些神经病患者和梅毒患者住在一起，听说其中有个患者染上了梅毒。另外一些精神病患者无人照管，同健康犯人一样干活、同居、逃跑、受审。我在哨所和屯落里见过不少疯子。杜厄有个前士兵，总是絮絮叨叨地说什么空中和天上的海洋，谈论自己的女儿纳杰日达和波斯沙赫在一起，还说他杀害了克利斯托沃兹维仁斯克 [2] 的教士。我在弗拉基米罗夫卡看见过一个姓维特利亚科夫的犯人，他已经服了五年苦役。这个人表情迟钝、呆板，径直走到移民理事 Я 先生跟前，像见了熟人似的去握对方的手。Я 先生很是惊诧，问："你这是怎么和我打招呼的？"原来，维特利亚科夫想要求官家发给

---

[1] 患偏头痛和坐骨神经痛的苦役犯，很容易被看成是装病，没有可能去医院就诊。有一次，我见过许多苦役犯请求典狱长准许他们去医院就诊，但典狱长不问青红皂白，一概拒绝。

[2] 意为"十字架节日的"。——译者注

他一把木匠斧头。"我要搭个窝棚，还要盖座木房。"他说，大家早就知道他是疯子。医生断定，他是偏执狂患者。我问他父亲叫什么。他说："不知道。"最后，还是给了他一把斧头。神经错乱、早期进行性痴呆等症患者，不仅得不到细心的治疗，而且还要干活，被视为健康人。有些人来岛时就已病魔缠身，或者具有病因了。例如，教会登记册上记载的苦役犯戈罗多夫，死因是进行性痴呆。他因预谋凶杀罪被判徒刑。对一个不够坚强、神经脆弱的人来说，这里每日每时都有足够的诱因，可以使他发疯。[1]

1889 年登记的肠胃病共 1767 例。十年中死亡 338 人，其中 66% 是儿童。对儿童来说，最危险的月份是 7 月，特别是 8 月。8 月份死亡的儿童占总数的三分之一。成年人因肠胃病死亡也多发生在 8 月，原因可能是正逢鱼汛期，食量过度所致。胃卡他症在当地极为常见。高加索人经常抱怨说他们"心痛"，因为食用黑面包和监狱煮的菜汤，常常呕吐不止。

妇女病就诊者在 1889 年不多，总共 105 例。实际上，殖民区几乎没有健康的妇女。据一份有医务主任参加的苦役犯食物委员会记录说，"约 70% 的流放苦役犯妇女患有积年妇女病"。有的时候，成批来岛的妇女中，竟没有一个健康者。

最常见的眼病是结膜炎。此病在异族人中最流行。[2]

是否还有更为严重的眼病，我就不清楚了。报告里关于各

---

[1] 如良心的谴责，思乡，时时受挫的自尊心，孤独和犯人间的各种纠纷……

[2] 瓦西里耶夫医生说："雪地刺激是基里亚克人眼病的重大诱因……我的切身体验说明，在雪地里一连待上几天，就会患眼黏膜脓性卡他。"苦役犯易得夜盲症。有时成批的人得这种病。他们不得不手拉手，摸索着走路。

种眼病，只是笼统地提了一个数字：211 例。在农舍里我碰到过独眼人、盲者和角膜白斑患者。也有失明儿童。

外伤、脱臼、骨折、挫伤等各种硬伤患者，1889 年就诊数为 1217 人次。这都是干活发生的各种不幸事故，逃跑途中（枪弹射伤）和打架斗殴造成的创伤。其中有 4 例是被同居男人毒打致伤，被送到医院就诊的女流放苦役犯。[1] 冻伤患者共 290 例。

十年来，东正教徒非自然死亡 170 人。其中 20 人是绞刑处死，两名不知被何人绞死。自杀而死者 27 人——在北萨哈林用枪自杀（一人在站岗时自杀），南萨哈林则吞服乌头草。还有不少人死于非命：淹死、冻死、被树砸死的都有。还有一人被狗熊撕裂而死。除了心脏麻痹、心力衰竭、中风、全身麻痹等死因外，教堂登记册记载的"猝然"亡故者还有 17 人，死者多数都是二十二岁至四十岁，只有一人五十岁。

关于流放殖民区的发病率，我能说的，就是上述这些了。尽管传染病发病率极低，但是各类疾病加在一起，发病率仍不能不说是很高的。上面引证的数字也说明了这一点。1889 年求医的患者总共有一万 11309 人次。由于多数犯人夏季是在远离监狱的地方生活、劳作，只有少数地方配有医士，还由于多数移民屯地处边远、风雨阻隔，没有可能到医院就医，上述数字多半只能

---

[1] 报告撰写人对此的解释是："分配女流放犯和移民同居，对前者来说是强制的。"某些苦役犯为了逃避干活，故意把自己弄成残废，如把右手手指砍掉。有些人装病的方法层出不穷。他们用烧红的硬币烫伤皮肤，故意冻伤双脚，把一种高加索药粉撒在轻伤口上，或者撒在故意抓破的伤口上，造成肮脏的溃疡面，流脓流血。有一个人竟把鼻烟末放入尿道，等等。最爱装病的是从滨海省流放来此的蛮子。

包括住在哨所里或医疗点附近的居民。报告上的资料说明，1889年死亡 194 人，换句话说为 12.5‰。单看死亡率，甚至可以说，萨哈林是世界上最健康的地方。可是不应忽略：在通常情况下，儿童死亡数应占全部死者的一半以上，老年人则占四分之一以上，而在萨哈林儿童不多，老年人几乎没有，因此 12.5‰的比例实质上都是壮年劳力。再说，这项指数要比实际死亡指数低得多，因为得出这项指数的基数为 15000 居民，即比实际居民数多出一半。

目前萨哈林共有三处医疗点，一区一个：亚历山大罗夫斯克、雷科夫斯科耶、科尔萨科夫。门诊部仍称作区医院，设备简陋，接受病人住院治疗的房舍和病房称作医疗站。每区配备一名医生，医务主任亦即医学博士主持全部事务。驻军另有自己的军医院和军医。军医常常暂代监狱医生职务。例如，我在那里时，医务主任出差去参观监狱展览或医生递了辞呈，亚历山大罗夫斯克区医院便由军医代管。我在杜厄碰上对犯人施刑，当时也是由军医暂代监狱医生职责。岛上的医院奉行地方医疗机构条例，由监狱出资维持。

下面谈谈亚历山大罗夫斯克医院。它有数座专用病房建筑 [1]，设有 180 张床位。当我走近医院的时候，新建的专用病房在阳光下闪烁着，粗大的原木散发着松油味道。药局里一切都是

---

[1] 医院占地 8574 平方俄丈。有十一栋建筑，分布在三个点上：（1）行政建筑，内有药局、外科室、候诊室、四间专用病房、同妇科设在一起的伙房和小教堂。这个点被称为医院。（2）专治男女梅毒症的两座建筑、伙房和看守室。（3）传染科的两座建筑。

崭新的，发着亮光，甚至还有鲍特金的半身塑像，那是一个苦役犯看着照片雕塑的。医士打量着雕像说："不太像。"那里照例放着巨大的箱子，里面多半是早已不再使用的树皮和树根药物。再往前走，是病人住的专用病房。两长排床铺中间的过道地板，是用杉木铺的。一律是木板床。有个床上躺着杜厄来的病人，他的喉咙割伤了，伤口有半俄寸长，翻着干巴巴的伤痕，可以听到呼噜呼噜的喘气声。病人说他干活时被倒塌的重物砸伤了肋骨，他请求住院，但医士不收他。他受不了这种侮辱，一气之下决定自杀——想切断自己的喉管。脖颈上没缠绷带，伤口没有上药包扎。这个病人的右侧三四俄尺的地方有个生坏疽的中国人，左侧是个生丹毒的苦役犯……另一个角落里又是一名丹毒患者……外科病人的绷带肮脏不堪，悬带令人怀疑是用脚在上面踩过的。医士和看护责任心很差，对业务茫无所知，给人的印象实在不佳。只有一个犯罪前当过医士的苦役犯索津，熟悉俄国习惯，可能也只有他一个人是热心服务的。在这些医护人员中，他是唯一不会使医药神丢脸的人。

接着不久，我自己开始接待门诊患者。[1] 门诊室紧挨药局，也是新建的，散发着新木料和油漆味道。医生坐的桌子四周，围有木栏杆，像在银行办事一样。病人就诊时无法靠近医生，多数时间只能隔着一段距离同医生交谈。医生身旁坐着一名值班医士。他一声不吭地坐在那里玩弄手中的铅笔，很像考场上的助考。门诊室的门口，站着一个带枪的看守，看着男女患者走来走

---

[1] 契诃夫当过医生。——译者注

去。这种奇怪的景象，会使就诊者不知所措。我想，没有一个梅毒患者或者女人敢于当着带枪看守和那么多的男人讲述自己的病情。患者不多。大半是萨哈林寒热病、湿疹、"心痛"或者装病的病人。就诊的苦役犯都免不了要苦苦央求医生给他们开假条。有个男孩脖子上生了脓疮，需要割开。我请求给我一把手术刀。医士和两名男人从座位上弹了起来，朝一旁跑去。隔了一会儿，拿回一把手术刀给我。手术刀极钝，可他们硬说这不可能，不久前工匠才磨过的。医士和男人再次从座位上弹了起来，又跑向了什么地方。两三分钟后又拿来另外一把手术刀。我动手割脓疮，原来第二把刀也是钝的。我请求拿些石碳酸水。他们给了我，但是却等了好一阵子。显然这里不常使用这种东西。既没有瓷盆，也没有棉球、探杆、像样的剪刀，甚至连水也不够用。

这所医院的日就诊数平均为 11 人，年平均数（以五年为期）为 2581 人。日平均住院数为 138 人。医院设主治医[1]、医生各一，医士两名，助产士一名（管两区）和杂役若干名（说来可怕，杂役竟达 68 人，男 48 人，女 20 人）。1889 年全年开销27832 卢布 96 戈比。[2] 据 1889 年报告所载，三区共做 21 次法医

---

[1] 主治医即医务主任。

[2] 服装费 1795 卢布 60 戈比，食物 12832 卢布 94 戈比，药品、外科器械和设备2309 卢布 60 戈比，行政杂费 2500 卢布 16 戈比，医务人员开支 8300 卢布。房屋维修费由监狱负担；杂役没有薪水。不妨比较一下。莫斯科省谢尔普霍夫市地方自治医院，门面漂亮，设备符合现代化要求，日平均住院数 1893 年为 42 人，门诊患者 36.2 人（全年 13278 人），医生几乎每天都要做大型手术，监视流行病，填写详尽病志等。这是县里最好的医院。1893 年地方自治会为它提供的开支不过 12803 卢布 17 戈比，其中包括房屋保险和修缮费1298 卢布、杂役费 1260 卢布（见《1892—1893 年谢尔普霍夫地方（转下页）

验尸和尸体解剖。另对 7 例硬伤、58 例怀孕和 67 人承受法庭判决的肉刑能力提出证明。

我从报告中摘记的有关医疗设备，情况如下。三个医院共有妇科器械 1 套，喉科器械 1 套，极限温度计 2 只，但都已打碎，体温计 9 只（两只已打碎），高温温度计 1 只，套针 1 只，普拉瓦茨注射器 3 只（一只针头已断），镀锡喷雾器 29 只，剪刀 9 把（两把已毁坏），灌肠器 34 只，排液管 1 根，大杵臼 1 只（已破裂），刮刀带 1 条，吸血罐 14 只。

根据《萨哈林岛民事部门医疗机械医药耗费情况通报》，三区同年耗费盐酸 36.5 普特，氯化石灰 26 普特，石碳酸 18.5 普特，Aluminum crudum 56 俄磅，樟脑 1 普特多，除虫菊 1 普特 9 俄磅，奎宁皮 1 普特 8 俄磅，红辣椒 5.5 俄磅（《通报》未说明酒精消耗量），橡树皮 1 普特，薄荷 1.5 普特，阿尼卡 0.5 普特，蜀葵根 3 普特，松节油 3.5 普特，橄榄油 3 普特，树果油 1 普特 10 俄磅，碘仿 0.5 普特……除石灰、盐酸、酒精、消毒和绷带材料外，根据上述《通报》统计，共消耗 63 普特药品。这样，萨哈林居民实在可以吹嘘他们在 1889 年服用了大量的药品。

法律中涉及有关流放犯健康的条款，可以举出下述两点：（1）对健康有害的工作，即使犯人自愿担任，也不准许（1886

（接上页）自治卫生医疗组织概述》。）萨哈林的医疗开支极高，但是却得用"氯化石灰烟"消毒，没有通风设备，给病人食用的菜汤咸得难以入口，因为是用咸肉烧的。这都是我在那里亲眼目睹的。直到不久以前，"由于伙房用具和设备未能运到"，患者只好在监狱犯人伙房里就餐（岛区长官第 66 号命令，1890 年）。

年 1 月 6 日御批国务会议议案，第 11 条）；（2）孕妇整个怀孕期间及产后四十天解除劳作。此期限过后，以不危害母婴健康为宗旨，酌减哺育婴儿之妇女的役作。女犯哺婴期限规定为一年半。见《流放犯管理条例》第 297 条，1890 年版。

文
景

Horizon

社 科 新 知　文 艺 新 潮

萨哈林旅行记

［俄］契诃夫 著
刁绍华、姜长斌 译

出 品 人：姚映然
责任编辑：张　晨
营销编辑：杨　朗
装帧设计：蔡佳豪
美术编辑：安克晨

出　　　品　北京世纪文景文化传播有限责任公司
　　　　　　（北京朝阳区东土城路8号林达大厦A座4A　100013）
出版发行　上海人民出版社
印　　　刷　山东临沂新华印刷物流集团有限责任公司
制　　　版　北京金舵手世纪图文设计有限公司

开 本：890mm×1240mm　1/32
印 张：13.625　　字 数：263,000　　插页：2
2022年1月第1版　　2025年9月第4次印刷
定 价：59.00元
ISBN：978-7-208-17273-9/I·1983

图书在版编目（CIP）数据

萨哈林旅行记/（俄罗斯）契诃夫著；刁绍华，姜
长斌译.—上海：上海人民出版社，2021
（文景·恒星系）
ISBN 978-7-208-17273-9

Ⅰ.①萨…　Ⅱ.①契…②刁…③姜…　Ⅲ.①游记-
作品集-俄罗斯-近代 Ⅳ.①I512.64

中国版本图书馆CIP数据核字（2021）第156277号

本书如有印装错误，请致电本社更换 010-52187586

中文版译自

Остров Сахалин by Антон Павлович Чехов

（ Типография литературного Высочайше утверждённого

Товарищества И. Н. Кушнерев и Ко., Moscow, 1895 ）

本版根据黑龙江人民出版社 1980 年版整理修订

Chinese simplified translation copyright © 2022 by Horizon Media Co., Ltd.,

A division of Shanghai Century Publishing Co., Ltd.

All rights reserved.

社 科 新 知　文 艺 新 潮　　|　　与 文 景 相 遇

微信公众号　　　　　微　博　　　　　豆　瓣

bilibili　　　　　　抖　音　　　　　小红书